T M

Seconde chance pour Felicity

Le retour de Jude

JANICE MAYNARD

Seconde chance pour Felicity

Traduction française de
SOPHIA LIBRET

PASSIONS

HARLEQUIN

Collection : PASSIONS

Titre original :
THE COMEBACK HEIR

HARPERCOLLINS FRANCE
83-85, boulevard Vincent-Auriol, 75646 PARIS CEDEX 13
Service Lectrices — Tél. : 01 45 82 47 47 - www.harlequin.fr
ISBN 978-2-2804-8240-0 — ISSN 1950-2761

Composé et édité par HarperCollins France.
Imprimé en février 2023 par CPI Black Print (Barcelone)
en utilisant 100% d'électricité renouvelable.
Dépôt légal : mars 2023.

FSC www.fsc.org MIXTE Papier issu de sources responsables FSC® C159065

Pour limiter l'empreinte environnementale de ses livres, HarperCollins France s'engage à n'utiliser que du papier fabriqué à partir de bois provenant de forêts gérées durablement et de manière responsable.

- 1 -

Novembre. Il n'y avait pas pire mois pour un enterrement. Le temps était à la grisaille, l'air vif et la pluie glacée. Alors qu'au loin les nuages bas s'amoncelaient sur les contreforts des Great Smoky Mountains, Felicity Vance serra autour d'elle les pans de son manteau. Elle regrettait d'avoir revêtu une robe pour l'occasion ; elle était glacée jusqu'aux os. N'aurait-elle pas mieux fait de rentrer se réchauffer chez elle ?

Un peu plus tôt, quand elle avait découvert en arrivant au funérarium qu'il n'y aurait pas de commémoration mais uniquement quelques mots prononcés au cimetière, elle n'avait pas trouvé le courage d'aller présenter ses condoléances. Après avoir jeté un bref regard dans le salon bondé, elle avait promptement regagné sa voiture.

Et à présent elle se trouvait là, au cimetière, veillant à rester à bonne distance des personnes rassemblées, regrettant de ne pas avoir lu plus attentivement le message concernant l'organisation des funérailles.

Voir le cercueil, même à distance, était douloureux. Et plus difficile encore était de regarder la personne la plus attristée de l'assistance, le frère de la défunte, Wynn Oliver. L'homme qui avait autrefois représenté son univers.

Comme il lui tournait le dos, elle ne voyait de lui que son élégant pardessus noir, ses larges épaules et ses cheveux sombres. Il semblait parfaitement insensible à l'épais brouillard environnant.

Son cœur se serra. Malgré une enfance malheureuse – ou peut-être à cause d'elle –, Wynn et sa sœur avaient toujours été proches. Shandy n'avait que vingt-neuf ans quand un cancer agressif l'avait emportée, laissant derrière elle sa petite fille de dix mois et Wynn, son frère.

Autrefois, Felicity avait cru que la jeune femme deviendrait sa belle-sœur…

Mais la vie en avait décidé autrement.

Alors que s'élevait la voix du pasteur, Felicity se demanda si elle avait bien fait de venir. C'était un message publié sur les réseaux sociaux qui l'avait informée du décès de Shandy. Cela faisait quinze ans qu'elle avait quitté cette petite ville de Falcon's Notch, pour Knoxville, dans le Tennessee. Elle n'y était jamais revenue jusqu'à ce jour.

La bourgade était isolée, peu peuplée. Et si la plupart des habitants appréciaient cette existence, Wynn et elle avaient eu, eux, une farouche envie de s'en échapper pour voir le monde.

Un sentiment de culpabilité la saisissait, parfois, en songeant qu'ils avaient laissé Shandy derrière eux. Mais à dix-huit ans, son univers avait volé en éclats et elle s'était retrouvée submergée par ses propres difficultés, son chagrin et son désarroi.

Elle ramena son attention vers le triste moment présent et vers Wynn qui, debout, semblait fort et inébranlable.

Quand prit fin la dernière prière, il posa un genou à terre et lança une rose sur le couvercle du cercueil avant que ce dernier soit descendu dans la tombe.

Felicity sentit les larmes lui brûler les yeux, sa gorge se nouer douloureusement. Cette splendide région cachait tant de douleurs. Une pauvreté généralisée mais aussi de graves problèmes d'addiction. C'était pour cette raison que Shandy n'avait jamais réussi à fuir. Mais elle avait trouvé la rédemption en se désintoxiquant avant que son enfant vienne au monde.

Avant qu'un autre malheur la frappe…

La petite foule commença à se disperser. Certains des membres de l'assistance étaient venus par sympathie. D'autres pour voir le plus célèbre des enfants de leur communauté.

L'autodidacte millionnaire. Ou peut-être milliardaire. Peu importait le nombre de zéros. Wynn Oliver avait été l'un des leurs, autrefois. Un enfant du pays qui avait réussi, devenant de ce fait une créature mythique à leurs yeux.

Après avoir connu de nombreux succès, Wynn avait construit une maison dans les montagnes. Son véritable domicile se trouvant à New York, Felicity se demandait pourquoi il avait ressenti le besoin de réaliser un tel projet.

Comme elle fixait le sol, se balançant d'un pied sur l'autre dans l'espoir de les réchauffer, une voix grave s'éleva près d'elle.

— Fliss ?

Quand elle releva la tête, son regard rencontra des yeux dont le vert éclatant évoquait la mousse couvrant les ormes en plein été. Son souffle se bloqua dans ses poumons.

— Wynn, murmura-t-elle.

— Je t'ai vue tout à l'heure au funérarium, fit-il remarquer, sourcils froncés.

Une note accusatrice perçait-elle dans sa voix ? Felicity s'éclaircit la gorge.

— Tu avais beaucoup de monde à voir, dit-elle. J'ai pensé que j'étais de trop.

Elle s'interrompit, soucieuse de trouver les paroles les plus appropriées au moment.

— Je suis désolée, Wynn. Terriblement désolée. Shandy avait toute la vie devant elle. C'est profondément injuste.

— La vie est rarement juste, répliqua-t-il, un sombre sourire aux lèvres. Je pensais que tu le saurais, à ce stade de la tienne.

La pointe de sarcasme la poussait à fuir, mais ses pieds, pareils à deux blocs de glace, refusaient de bouger.

Quand un violent coup de vent la fit frissonner, Wynn saisit son coude.

— Bon sang, tu es gelée, Fliss.

Le regard qu'il jeta vers ses jambes fit naître une étrange sensation au creux de son ventre.

— Je dois m'en aller, dit-elle, sentant l'attirance qu'exerçait sur elle sa sensualité malgré les années passées.

— Non. J'ai à te parler. Nous irons chez moi. Mon SUV est garé un peu plus loin et ses portières sont déverrouillées. Installe-toi à l'intérieur, je te rejoins dans un instant. Je te ramènerai plus tard pour que tu récupères ta voiture.

— Quelle raison aurais-je d'accepter ?

Wynn lui jeta un regard glacial.

— Tu m'es redevable, Fliss. C'est important.

Et avant qu'elle ait pu répondre, il s'éloigna pour discuter avec d'autres personnes venues rendre hommage à Shandy.

Wynn Oliver ne pouvait pas lui imposer ses propres volontés. Mais deux raisons empêchaient Felicity de quitter les lieux. Tout d'abord, elle était curieuse d'apprendre ce qu'il avait à lui dire. Et ensuite, il avait raison. Elle lui était redevable, d'une étrange façon. Et elle avait porté le fardeau de cette culpabilité durant les quinze dernières années.

Elle gagna le véhicule et, une fois à l'intérieur, laissa échapper un soupir de soulagement. La température n'était pas beaucoup plus élevée qu'à l'extérieur mais au moins était-elle à présent protégée de la pluie et du vent.

La voiture de Wynn conservait l'odeur de son parfum. Les notes masculines l'apaisèrent et firent renaître en elle quelques souvenirs. Peu importe que leur relation se soit mal terminée. À une certaine époque, tous deux s'étaient aimés passionnément…

Un quart d'heure plus tard, une portière s'ouvrit et un souffle d'air chargé de l'odeur des pins et de la pluie s'engouffra dans l'habitacle au moment où Wynn se glissa sur le siège conducteur. Le regard qu'il lui lança, mâchoires serrées, la fit se raidir.

— Merci d'être venue, dit-il d'un ton bourru. J'ignorais que Shandy et toi étiez toujours proches.

— Je ne dirais pas que nous l'étions. Nous échangions parfois des nouvelles. Elle m'avait envoyé un faire-part pour la naissance de sa fille et informée de sa maladie. Je suis allée la voir une fois à l'hôpital. Elle était très courageuse, et s'inquiétait pour son bébé.

— C'est à ce sujet que j'aimerais te parler.

Il démarra en trombe et prit la route de sa maison.

Felicity se cramponna à la poignée de la portière quand la voiture s'engagea dans un chemin grimpant dans la montagne. Des pluies récentes avaient créé de profondes ornières et le véhicule enchaîna les embardées.

— Tu es riche, grommela-t-elle. Pourquoi ne fais-tu pas combler ces trous ?

Wynn braqua brusquement et évita de justesse une cavité plus impressionnante encore.

— L'état de la route décourage les indésirables, répondit-il.

— Ah.

Quand, enfin, ils arrivèrent devant un portail de fer forgé, Wynn composa un code sur un boîtier et les battants s'ouvrirent devant eux pour laisser apparaître une allée pavée.

— Mon Dieu ! s'exclama Felicity. Je crois que j'ai été tellement secouée que je me suis cassé une dent.

Wynn ricana étrangement, comme s'il n'avait pas ri depuis longtemps.

— Tu as toujours été une petite taquine, pas vrai, Fliss ?

Felicity se retint de grimacer. Elle n'aimait pas évoquer le passé. Elle préférait de loin se concentrer sur l'instant présent.

La maison de Wynn apparut soudain devant eux. C'était une splendeur avec son toit d'ardoises, ses gouttières de cuivre et ses rondins de bois brut.

Ils descendirent de voiture et Wynn lui prit le bras pour l'aider à monter en hâte les marches du perron sous la pluie mêlée de grésil.

Une fois à l'intérieur, il alluma les lumières une à une et Felicity tourna sur elle-même pour prendre toute la mesure de la beauté des lieux.

— Waouh, Wynn, murmura-t-elle. Cet endroit est incroyable.

La pièce principale était à la fois immense et accueillante. Le mobilier surdimensionné invitait à la détente, et des tapis aux couleurs vives réchauffaient agréablement l'atmosphère. En outre, une gigantesque cheminée trônait contre l'un des murs, et deux larges baies offraient une vue splendide sur la forêt.

Wynn s'accroupit face au foyer.

— Merci, dit-il. Je l'aime beaucoup. Mais je n'y séjourne pas autant que je l'avais prévu au moment de sa construction.

Il alluma un feu et bientôt une vague de chaleur enveloppa le canapé où Felicity s'était installée.

Elle ôta ses chaussures trempées et replia les jambes sous elle. Quand Wynn retira son manteau, elle ne manqua pas de noter la façon dont son pantalon épousait le contour de ses jambes musclées.

Indéniablement, tout en cet homme évoquait la puissance.

Après lui avoir proposé un chocolat chaud, il quitta la pièce, et elle se pelotonna contre les coussins. Elle avait mal dormi la nuit précédente, s'inquiétant de savoir si elle devait ou non assister aux funérailles. À présent, alors que la chaleur du feu réchauffait son corps gelé, elle se sentait prête à s'assoupir.

Mais ce serait une bien mauvaise idée. Il était essentiel qu'elle reste sur ses gardes.

Elle n'aurait pu qualifier la nature exacte de sa relation avec Wynn, mais une chose était certaine : ils n'étaient pas amis. Et la manière dont son corps réagissait à sa présence lui indiquait… qu'elle devait faire preuve de méfiance.

Wynn revint bientôt, les bras chargés d'un plateau de bois qu'il déposa sur le grand repose-pieds de cuir. Il avait enlevé sa cravate et défait les premiers boutons de sa chemise. Il lui tendit une tasse fumante surmontée de crème fouettée avant de prendre son mug de café noir.

— C'est délicieux, dit Felicity après sa première gorgée. Merci.

— Je t'en prie, c'est normal.

Il s'assit sur le grand canapé, tout près d'elle.

— T'es-tu réchauffée ? s'enquit-il.

Elle acquiesça en regardant sa tasse. Poser les yeux sur lui dans ce cadre si intime lui était impossible. Son corps semblait animé d'une douce vibration, une sorte d'absurde onde de plaisir imaginaire. La moindre de ses cellules paraissait réceptive à celui qui avait été son premier amour, son premier amant. Quinze années s'étaient écoulées depuis cette époque. Quinze longues années.

Ils partageaient tout, alors. Leurs espoirs, leurs rêves, leurs corps, leur amour. Mais en fin de compte, cela n'avait pas suffi. Le chagrin avait fait voler en éclats leur relation.

Une fois son chocolat terminé, elle reposa sa tasse sur le plateau.

— Pourquoi suis-je ici, Wynn ? Je suis ravie d'avoir vu ta maison, mais j'aimerais rentrer chez moi avant la nuit.

— Pourquoi tant de hâte ? demanda-t-il d'un air renfrogné. As-tu un rendez-vous, ce soir ?

Elle sentit le feu lui monter aux joues.

— Mes projets ne te regardent pas, répliqua-t-elle sèchement. Si tu as quelque chose à me dire, parle.

— D'accord.

Il se leva, commença à arpenter la pièce, puis s'adossa, bras croisés, contre l'un des piliers de bois brut.

— Shandy m'a désigné comme tuteur de sa fille, Ayla.

— Je l'ai entendu dire. C'est une énorme responsabilité pour toi. N'y avait-il personne d'autre pour l'assumer ?

Wynn eut un léger haussement d'épaules.

— Le père du bébé n'a jamais fait partie du tableau. Et comme tu le sais, nos parents ne sont plus de ce monde.

— Je l'ai appris également. Je suis désolée qu'ils n'aient jamais été là pour vous.

Les parents de Shandy et Wynn étaient tous deux morts d'overdose au cours de la même nuit tragique. En tant que parents, ils avaient été pour le moins défaillants, laissant leurs enfants livrés à eux-mêmes au point que le frère et la sœur avaient dû passer quelques mois en famille d'accueil.

— Même s'ils avaient été encore en vie, jamais je ne les aurais laissés s'occuper du bébé de ma sœur, précisa-t-il.

— Je le comprends sans peine. Et où se trouve Ayla ?

— Une voisine de Shandy a accepté de la garder durant quelques jours. J'avais à m'occuper de l'organisation des funérailles, et il me reste encore à vider l'appartement de Shandy.

— Et tes affaires, à New York ?

— J'ai la chance d'avoir des collaborateurs formidables. Et je reste joignable à tout moment.

Felicity accueillit ces paroles d'un bref hochement de tête.

— J'ignore ce que c'est que d'avoir un frère ou une sœur mais j'imagine que les choses n'ont pas été faciles, fit-elle remarquer.

Le visage de Wynn sembla devenir subitement grisâtre. C'était comme s'il laissait soudain apparaître l'épuisement et le chagrin qu'il cachait jusqu'alors.

— C'est un sacré gâchis, marmonna-t-il.

Il traversa la pièce, enleva le plateau et prit place sur le repose-pieds, ses genoux frôlant presque les siens.

— J'ai besoin de ton aide, Fliss.

Son superbe regard vert la transperça et elle sentit son cœur battre un peu plus vite.

L'envie de fuir la tenaillait mais elle se força à rester immobile. Elle n'avait pas peur, mais c'était *Wynn* qui se tenait face à elle.

— Je suis en congé, les prochains jours, dit-elle. Je peux t'aider à vider l'appartement de Shandy, si tu le souhaites.

— Là n'est pas la question.

— Je ne comprends pas.

Une étrange expression passa sur ses traits.

— Par le biais d'une étrange coïncidence, il se trouve que je connais ton patron, expliqua-t-il. Lui et moi avons siégé ensemble au comité consultatif de l'administration de l'aviation civile il y a quelques années.

— OK. Et ?

— Je lui ai exposé ma situation. Sans jamais mentionner ton nom, bien sûr, je lui ai demandé si, en pareilles circonstances, un congé de longue durée pourrait être accordé à un de ses employés en laissant ensuite à ce dernier le droit de reprendre son poste sans perte de son ancienneté et de ses avantages.

Felicity se figea. Il n'était certainement pas en train de dire que… ?

— Tes paroles n'ont aucun sens, dit-elle d'une voix blanche.

Wynn prit ses mains entre les siennes.

— J'ai besoin de toi, Fliss.

— Tu l'as déjà dit. Mais pour quelle raison ?

— Je veux que tu t'occupes d'Ayla pendant neuf mois, peut-être douze. Que tu viennes vivre avec moi à New York. Tu te chargerais d'elle dans la journée et à mon retour du bureau je prendrais le temps de créer des liens avec elle.

Felicity retira vivement ses mains. Il lui demandait l'impossible.

— C'est absurde, Wynn. Il doit y avoir à New York au moins une demi-douzaine d'agences de garde d'enfants d'excellente réputation. Tu peux proposer une belle somme en guise de salaire. Tu n'aurais que l'embarras du choix.

— Non. Je ne veux pas d'une étrangère chez moi ou dans la vie d'Ayla.

- 2 -

Felicity sentit son pouls s'affoler.

— Je *suis* une étrangère, Wynn. Ayla ne m'a jamais vue.

— C'est vrai. Mais tu connaissais Shandy. Tu me connais. Et tu es une enfant de Falcon's Notch.

— Quelle différence cela peut-il bien faire ?

— C'est une question de valeurs. D'histoire. De racines.

Elle secoua lentement la tête.

— Toi et moi détestions cet endroit, dit-elle. Nous mourions d'impatience de le fuir.

— Peut-être était-ce ce que nous aimions nous répéter. Nos enfances ont été malheureuses, certes, mais lorsque les temps étaient durs, nous n'avions qu'à lever les yeux vers ces montagnes et contempler leur beauté défiant le temps pour trouver un peu de stabilité dans nos vies.

Oh ! Seigneur ! S'il commençait à jouer les philosophes, elle était fichue ! Ce trait de caractère était l'une des raisons qui avaient fait chavirer son cœur d'adolescente, tant d'années plus tôt… Ce garçon qui avait grandi sans rien avait de vastes connaissances, une belle imagination et une profonde sagesse.

À présent il se tenait assis face à elle, vêtu d'un costume taillé sur mesure et doté de toute l'assurance d'un homme qui avait vaincu nombre de démons.

Elle chercha les mots adéquats pour mettre un terme à leur discussion. Wynn représentait un danger pour sa sérénité. Elle ne permettrait pas qu'il l'attire dans son orbite.

— Tout d'abord, tu n'avais aucun droit de t'adresser à mon patron, même si tu n'as pas fait référence à moi, dit-elle d'un ton sec. Deuxièmement, j'adore mon métier d'hôtesse de l'air et je n'ai aucune intention de l'abandonner, même pour quelques mois.

Wynn la fixa intensément tout en plissant les yeux.

— Et troisièmement ?

Elle déglutit avec peine.

— Je ne sais absolument pas m'occuper d'un bébé.

— Ayla a dix mois, ce n'est plus vraiment un bébé. Et ma sœur a préparé un énorme classeur avec tous les détails sur ses habitudes, ses visites chez le pédiatre, ses…

Sa voix s'éteignit. Son regard s'embua.

— Oh ! Wynn…

Comme il lui était douloureux de le voir souffrir !

— Il s'agit probablement de mon unique chance d'être père, poursuivit-il d'un ton bourru. Je n'ai pas envie de tout rater.

Felicity lui jeta un regard incrédule.

— Tu as trente-trois ans. Tu as certainement eu des relations avec des femmes, à New York.

— J'ai connu des femmes, c'est vrai. Mais pas de vraie relation.

Ne pouvant en supporter davantage, Felicity se leva et s'éloigna de quelques pas.

— Tu me demandes l'impossible, Wynn. Tu le sais. Peut-être est-ce ta façon de me tourmenter pour le plaisir.

— Je veux être un bon père pour Ayla, dit-il en la rejoignant. J'ai besoin de toi pour que ce désir devienne réalité.

Il s'interrompit un instant avant de reprendre :

— C'est le moins que tu puisses faire pour moi, Fliss.

De petits points lumineux se mirent à danser devant ses yeux. Le choc était si violent qu'il aurait tout aussi bien pu lui avoir administré un coup de poing dans l'estomac.

— C'est injuste, murmura-t-elle, la gorge nouée. Tu sais que je n'ai rien fait de mal.

La douleur était revenue en un instant, étonnamment intacte. Quinze ans plus tôt, elle avait fait une fausse couche, perdant ainsi un bébé qu'elle ignorait porter. Le traumatisme et le chagrin avaient sonné la fin de leur couple, même si la rupture n'avait pas été immédiate.

Tous deux étaient alors trop immatures pour gérer leur peine. Elle s'était concentrée sur son deuil et n'avait pas été en mesure de comprendre les sentiments de Wynn.

Il était furieux, affreusement blessé, et, durant une courte période, s'était même demandé si elle ne lui avait pas caché sa grossesse.

Elle l'avait assuré de sa sincérité sans pouvoir le blâmer pour ses doutes. Les parents de Wynn étant des menteurs patentés, dire qu'il avait du mal à accorder sa confiance était un doux euphémisme.

Après la première semaine passée à tenter de surmonter le choc, Wynn lui avait demandé de l'épouser. Encore à ce jour, elle en ignorait la raison. Avait-il cru qu'une alliance à leurs doigts adoucirait la douleur de la perte de cet enfant ?

À tout autre moment de leur relation, elle aurait été folle de joie. Elle aimait Wynn de tout son cœur. Mais après sa fausse couche, son corps et son âme avaient besoin de guérir. Elle avait donc refusé sa proposition de mariage.

Une erreur sans doute car Wynn, s'étant senti rejeté, était devenu terriblement froid. Et il avait juré de ne plus jamais lui demander sa main.

Il avait ensuite quitté la ville pour s'engager dans la marine. Il n'y avait pas de rupture plus officielle.

Elle avait alors connu une si grande souffrance…

— S'il te plaît, reconduis-moi jusqu'à ma voiture, dit-elle.

Un éclair de douleur déchirait sa poitrine, les larmes lui piquaient les yeux. Jamais elle n'aurait dû se rendre à l'enterrement de Shandy.

Wynn se passa nerveusement les mains dans les cheveux, trahissant pour la première fois une perte de contrôle.

— Écoute-moi, Fliss. Il y a encore un point que…

— Inutile de te fatiguer. Rien de ce que tu pourras ajouter ne me fera changer d'avis.

— Je me souviens de chacune des fois où tu m'as dit combien il était difficile pour toi de ne pas avoir de mère. Dans tous ces moments clés de la vie d'une jeune fille.

Felicity le fixa avec un mélange de stupéfaction et de dégoût. Il était donc prêt à jouer de la moindre de ses faiblesses pour obtenir ce qu'il voulait…

— Espèce d'enfoiré !

— Veux-tu bien réfléchir, Fliss ? Tu as rêvé toute ta vie d'avoir une mère, parce que la tienne t'a abandonnée et que ton père n'a pas su être à la hauteur de son absence. Toute fille a besoin d'une maman. Il faut à Ayla une figure féminine près d'elle, un modèle. Ne veux-tu pas lui donner ce que tu n'as jamais eu ? Neuf mois, Fliss. Douze, tout au plus. Nous établirons un contrat pour que tout soit clair. Et il va sans dire que je te paierai pour compenser ta perte de salaire.

— Bon sang, Wynn !

Mais il savait qu'il avait gagné. C'était écrit sur son visage.

— Ce ne sera pas si terrible, reprit-il. New York est une ville géniale. Et tu auras du temps libre. Je ne suis pas un monstre.

— Entendons-nous bien. Si j'accepte, ce sera uniquement pour Shandy et Ayla. Je ne te dois absolument rien. Le passé est le passé. Quoi que nous ayons pu partager, plus rien n'existe entre nous depuis longtemps.

— Compris.

— Et je ne t'aiderai pas avec l'appartement de Shandy. Si je dois déménager, je vais être occupée.

— Entendu.

— De plus, ce que tu tentes pourrait ne pas fonctionner. Et si Ayla ne parvient à créer de liens ni avec moi ni avec toi, que feras-tu ?

Ses épaules et sa mâchoire se crispèrent à ces mots.

— Je n'envisage jamais l'échec, décréta-t-il. Cette petite fille est tout ce qu'il me reste. La réussite est la seule issue.

Trois jours plus tard, Felicity montait à bord d'un jet privé à destination de l'aéroport de La Guardia. Sa valise était en soute et elle avait fait expédier quatre cartons d'effets personnels qui l'attendaient à destination.

Un sentiment de panique la tenaillait. Qu'était-elle en train de faire ?

La seule façon d'affronter le tourbillon émotionnel qui l'assaillait était de se concentrer sur le bébé. Ayla était adorable. Elle avait hérité des cheveux blonds de Shandy et des yeux verts de Wynn.

Wynn, l'enfant dans les bras, entra dans l'appareil. Depuis l'instant où il l'avait reconduite jusqu'à sa voiture après leur discussion, ils n'avaient échangé que quelques brefs textos.

Après tout, qu'y avait-il de plus à dire ? Wynn avait gagné.

Elle s'installa tout au fond de l'appareil et attacha sa ceinture. Elle refusait de lui laisser voir combien elle était impressionnée. Elle savait depuis longtemps que sa réussite était exceptionnelle et sa fortune immense, mais le constater de ses propres yeux était un choc.

Ambitieux dans son adolescence, Wynn avait développé ses talents lors de son séjour dans la marine. L'armée avait financé ses études universitaires et une fois revenu à la vie civile, il avait inventé une boîte noire dématérialisée relayant les informations essentielles de tout avion en temps réel. Ce brevet avait changé sa vie pour toujours.

Au moment du décollage, elle songea à la crainte qui l'avait tenue éveillée les trois nuits précédentes. Elle s'apprêtait à vivre avec Wynn…

Le bébé n'empêcherait rien. Sa présence servirait peut-être à l'occasion de distraction, mais Ayla, ainsi que le leur avait appris le classeur de Shandy, se couchait chaque soir à 19 h 30 précises et dormait jusqu'au matin.

Que ferait Felicity de toutes ces heures sans elle ?

Il suffisait qu'elle ferme les yeux pour que Wynn lui apparaisse à demi nu au détour d'un couloir… Mis en présence l'un de l'autre, un homme et une femme ayant été amants pouvaient commettre toutes sortes d'erreurs.

Et il y avait en outre la terrifiante vérité : elle désirait toujours Wynn Oliver. Son corps reconnaissait le sien et brûlait de renouer un contact charnel avec lui. Comment cacherait-elle ce désir pendant des mois ?

Elle avait trente-trois ans. Quelques hommes avaient partagé son lit, mais aucun n'était resté durablement dans sa vie ni n'avait éveillé en elle ce qu'elle ressentait autrefois quand Wynn lui faisait l'amour.

Les moteurs se mirent à rugir et elle s'enfonça dans son siège tout en tentant de se détendre. Alors que la peur et l'excitation se mêlaient en elle et qu'elle fixait les nuages cotonneux à travers le petit hublot, elle se souvint de l'une des dernières fois où elle avait vu Wynn avant l'enterrement de sa sœur. Affectée à la première classe sur un vol Atlanta-Londres, elle avait perdu toute son assurance professionnelle au moment où il était entré dans l'appareil.

Après le repas, quand il avait étendu son siège et s'était confortablement installé pour la nuit, elle avait demandé à une collègue de s'occuper à sa place de l'allée où il se trouvait. Elle n'aurait pas survécu à cette nuit si elle avait dû passer à côté d'un Wynn endormi pendant six heures. Même depuis l'autre côté de l'appareil, elle pouvait encore le voir et constater combien, dans le sommeil, il paraissait vulnérable et d'un abord facile. Mais elle savait qu'il n'en était rien. Lorsqu'elle lui avait apporté son plateau-repas, il avait posé sur elle un regard vide. Comme s'il ne l'avait jamais vue de sa vie. Sa réaction l'avait profondément blessée et elle en gardait un douloureux souvenir.

Le matin suivant, lors du service du petit déjeuner, elle avait observé, l'estomac noué, Wynn adresser sans sourciller un sourire à l'hôtesse de l'air qui l'avait remplacée.

À une seule occasion, juste avant l'atterrissage, il l'avait vraiment regardée, et elle avait alors compris qu'il avait été tout aussi conscient de sa présence qu'elle l'avait été de la sienne.

Ce moment remontait à un an et demi. Elle ne l'avait pas revu depuis. Jusqu'à l'affreuse journée de l'enterrement de Shandy.

En se penchant dans l'allée, elle ne pouvait voir de lui que son épaule et le sommet de sa tête. Mais elle avait en mémoire la première vision qu'il lui avait offerte le matin même. Son pardessus de laine noire, son costume de prix et sa cravate. Porter une cravate semblait un peu excessif mais que connaissait-elle de lui, à présent ? Peut-être portait-il d'élégantes cravates de soie jusque dans son lit.

Il n'était pas sage d'associer l'image de Wynn à celle d'un lit. Elle s'inquiétait déjà bien trop de leur cohabitation !

Elle savait qu'il habitait un appartement de luxe situé à deux pas de Park Avenue. Et qu'elle disposerait de son propre espace et de temps libre, sans lui et le bébé. Mais elle n'ignorait pas que parfois les promesses n'étaient que des mots, de simples moyens de négociation.

À leur arrivée sur le tarmac de l'aéroport de La Guardia, une voiture avec chauffeur les attendait. Wynn ayant longtemps travaillé pour l'aviation civile, il connaissait une bonne partie du personnel de l'aéroport. Malgré son statut il se montra aimable et courtois avec ceux qu'ils croisèrent, signe sans doute qu'il n'avait pas oublié ses humbles origines.

Quand ils arrivèrent à la voiture, Felicity fut stupéfaite de le voir installer le siège bébé lui-même.

— Me fais-tu confiance ? lui demanda-t-elle soudain.

Il serra la dernière lanière, se redressa et la transperça du regard.

— Tu ne serais pas là si ce n'était pas le cas, rétorqua-t-il.

Une fois qu'ils furent engagés dans la circulation, Felicity sentit son anxiété enfler. Quelle serait sa place, une fois chez lui ?

Ses nerfs étaient à vif quand ils atteignirent l'élégant bâtiment où résidait Wynn.

Un portier les accueillit puis un ascenseur les mena au trente-cinquième étage jusqu'à l'appartement terrasse.

Wynn, qui tenait Ayla dans ses bras, lui proposa alors une visite rapide des lieux avant d'ouvrir la porte de sa chambre.

Felicity s'arrêta sur le seuil, stupéfaite. Une légère odeur de peinture baignait l'atmosphère. Il était inenvisageable qu'il ait rénové quoi que ce soit pour elle, n'est-ce pas ? Cela aurait été ridicule. Mais la preuve était bien là, pourtant, dans cette odeur.

La délicate nuance de céladon des murs était celle qu'elle lui avait montrée dans un magasin un jour où, à dix-sept ans, elle lui avait décrit sa chambre idéale. Elle avait même évoqué alors une couette damassée crème et doré… très semblable à celle couvrant le lit king size placé face à elle.

— C'est magnifique, dit-elle d'une voix neutre.

Sa réaction le décevait-elle ? se demanda-t-elle en voyant le front de Wynn se plisser.

— La chambre d'Ayla est entre la tienne et la mienne, expliqua-t-il. L'une de tes premières tâches consistera à préparer la pièce. J'ai dit à la responsable de l'un des meilleurs magasins de puériculture de la ville que tu l'appellerais pour faire ton choix.

— Je ne suis pas sûre de savoir tout ce dont nous aurons besoin.

— Elle nous conseillera. Je lui ai expliqué que nous étions novices. Elle a déjà enregistré ma carte de crédit et je ne doute pas qu'elle sera prête à dépenser beaucoup de mon argent.

— Quel est ton budget ?

La tristesse qui voila subitement le regard de Wynn lui fit l'effet d'un coup de poignard.

— Ma sœur ne m'a pas laissé l'aider à régler ses dépenses médicales. Elle m'a même caché que sa fin était proche. Je n'ai pas pu être présent pour elle mais jamais je ne laisserai ma nièce livrée à elle-même, ni ne négligerai aucune dépense pour son bien-être. Je ferai tout pour qu'Ayla ait une enfance saine et heureuse.

- 3 -

Felicity gagna sa chambre et commença à défaire ses bagages.

Wynn et Ayla se trouvaient dans le salon et continuaient de faire connaissance.

Par moments, la voix grave et virile de son ancien amour et les gloussements de rire du bébé lui parvenaient. Les paroles de Wynn lui revinrent à l'esprit. « Je ferai tout pour qu'Ayla ait une enfance saine et heureuse. » Était-il donc prêt à fraterniser avec l'ennemi – elle – pour le bien de l'enfant dont il avait la garde ?

Oh ! il ne devait pas la détester pour ce qui s'était produit autrefois. Il comprenait certainement qu'elle avait été aussi dévastée que lui sur le plan émotionnel, à cette époque. Pourtant, une certaine hostilité demeurait. Toutefois, elle espérait que cela ne rendrait pas leur cohabitation trop tendue.

Une fois installée, elle s'aventura dans le luxueux appartement avant de gagner le salon.

Elle se tint un instant sur le seuil et observa Wynn qui jouait avec Ayla. S'il était protecteur envers la petite fille, il n'en était pas moins dangereux pour elle.

En voyant ses bras musclés et bronzés dévoilés par les manches roulées de sa chemise et ses épais cheveux noirs élégamment coupés, elle sentit une bouffée de nostalgie monter en elle. Il lui avait tant manqué, après leur rupture… Elle avait cru qu'ils feraient leur vie ensemble. Mais au lieu de cela, il l'avait quittée et elle avait dû se frayer son propre chemin dans la vie. Seule.

Étant donné les difficultés de ses jeunes années, elle avait bien réussi. Elle avait eu la chance d'avoir des enseignants qui l'avaient aidée à trouver de bonnes bourses d'études puis, une fois à l'université, elle avait travaillé tout en menant ses études, couronnées par un diplôme qui avait fait sa fierté. Son objectif suivant avait été de devenir hôtesse de l'air. La route avait été longue mais elle avait fini par intégrer et réussir le programme de formation. Après des années passées sur des vols domestiques, elle travaillait à présent sur des trajets internationaux. Elle commençait enfin à concrétiser le rêve dont Wynn et elle avaient parlé si longtemps : voyager à travers le monde.

Mais durant toutes ces années, elle s'était sentie terriblement seule. Et à présent, ses yeux étaient posés sur l'homme qui avait un jour partagé son désir de voir le monde.

Il avait réalisé son rêve, lui aussi. Cela l'avait-il rendu heureux ?

Après avoir pris une profonde inspiration, elle pénétra dans la pièce et vint s'asseoir face à Wynn et au bébé.

— Le voyage ne semble pas l'avoir perturbée, fit-elle remarquer d'un ton faussement détendu.

Wynn lui lança un regard sombre.

— C'est vrai.

Il chatouilla le ventre du bébé et Ayla partit d'un éclat de rire. Cet élan de gaieté dénoua quelque peu la tension régnant dans la pièce.

— Puis-je faire quoi que ce soit pour la préparation du dîner ? demanda Felicity.

— Je ne t'ai pas engagée pour être ma cuisinière.

— Ne me rabroue pas, Wynn Oliver. J'ignore pour quelle raison tu es de mauvaise humeur, mais c'est *toi* qui as imaginé cet arrangement.

Il lui offrit un rapide sourire.

— Désolé, Fliss. Je n'ai jamais aimé voir mes habitudes bousculées. Tu le sais.

Elle l'observa attentivement avant de reprendre :

— Tu es chez toi, dans ta propre maison. C'est moi qui devrais être hargneuse, non ?

Le sourire de Wynn se fit plus franc.

— Sous-entends-tu que je suis désagréable ? s'enquit-il d'un ton moqueur.

— Tu sais très bien ce que je veux dire.

Elle s'interrompit un instant et soupira.

— La pression est forte, n'est-ce pas ? J'ai beaucoup de respect pour ce que tu fais, Wynn. C'est un engagement considérable.

— Aimerais-tu la tenir ?

— Bien sûr.

Quand elle prit Ayla, elle sentit son cœur se serrer. Elle avait toujours espéré avoir un enfant un jour. Mais pas de cette façon. Elle pouvait déjà imaginer la peine qu'elle ressentirait plus tard. Elle s'attacherait à Ayla, et quand Wynn n'aurait plus besoin d'elle, elle se retrouverait de nouveau seule…

Wynn plongea les mains dans ses poches.

— Je commence à avoir faim, marmonna-t-il. Aimes-tu toujours manger chinois ?

— Oui, j'adore ça.

— Je vais commander et la livraison devrait être

rapide. Veux-tu essayer de préparer son biberon ? Ce n'est pas difficile. Le classeur se trouve dans la cuisine.

— Bien sûr.

Tandis que Wynn s'éclipsait, elle se rendit dans la cuisine. Elle prépara soigneusement le biberon et sourit lorsque Ayla commença à bondir contre sa hanche.

— Tu as faim, toi aussi, n'est-ce pas, ma puce ?

Elles regagnèrent le salon, s'installèrent sur un siège confortable et la petite fille se mit à boire avec enthousiasme.

Felicity réfléchit à la liste des actions à mener : vérifier que l'appartement est adapté à un tout-petit, chercher des informations sur le développement des bébés sur Internet, commander des livres sur la question. Elle avait tout à apprendre.

Lorsqu'on sonna à la porte, Wynn alla ouvrir et paya le livreur. Il emporta ensuite les sacs dans la cuisine.

Une fois le biberon terminé, Felicity le rejoignit.

— Tu arrives pile au bon moment, dit-il en désignant la table où il avait tout installé.

Elle se répéta de ne pas être impressionnée. Le fait qu'il ait commandé ses plats favoris, poulet à l'orange au riz brun et nems au porc, ne signifiait rien. Le cerveau de Wynn était plus qu'affûté. Il se souvenait probablement du menu de son petit déjeuner lorsqu'il avait cinq ans !

— Ces plats sentent merveilleusement bon, dit-elle.

— Je t'en prie, sers-toi.

Il tendit les bras et elle lui donna le bébé à contrecœur.

Wynn leur ayant servi deux verres de vin pour accompagner le repas, elle en but une longue gorgée, comme pour tenter d'oublier sa crainte croissante. Et si elle lui révélait accidentellement qu'elle était toujours attirée par lui ? Voilà qui serait affreusement embarrassant.

Wynn semblait ne pas remarquer la bataille qui se livrait en elle. Il mangeait d'une main tout en tenant sa nièce de l'autre.

— Comment va ton père ? demanda-t-il soudain.

Felicity se sentit soulagée d'aborder un sujet aussi neutre.

— Bien, répondit-elle. Il a déménagé en Floride il y a plusieurs années pour vivre près de mon oncle. Ils ont ouvert un parc spécialisé dans les alligators, pour les touristes.

— Bon sang ! s'exclama Wynn, visiblement stupéfait. Je savais que ton père était anticonformiste, mais là, c'est grandiose.

— Je sais, dit-elle en pouffant de rire. Mes amis trouvent que c'est hilarant.

Le sourire de Wynn provoqua une drôle de sensation au creux de son ventre. Elle s'éclaircit la voix. Il lui fallait immédiatement redresser le cap.

— Où coucheras-tu Ayla ce soir étant donné que tu n'as pas encore de lit bébé ? s'enquit-elle.

Wynn avala une bouchée et enfouit son nez dans les cheveux de la petite fille.

— L'un de mes amis m'a prêté un couffin. Il fera très bien l'affaire pour une nuit. Je garderai Ayla dans ma chambre en attendant d'avoir un babyphone.

— Voudrais-tu que je t'aide d'une manière ou d'une autre ?

Il leva un regard brillant vers elle.

— Me proposes-tu de partager mon lit, Fliss ? Sache que j'en suis très honoré !

— Va te faire voir ! marmonna-t-elle tout en sentant ses joues devenir brûlantes.

Wynn couvrit vivement les oreilles du bébé de ses deux mains.

— Fliss ! Veux-tu bien surveiller ton langage. Vraiment, je pensais que tu aurais une attitude bien plus maternelle !

Elle lui décocha alors un regard empoissonné qui eut autant d'effet qu'une fléchette lancée contre la peau d'un rhinocéros.

Après qu'ils eurent achevé leur repas en silence, elle fit une nouvelle tentative au sujet de la teneur de son travail.

— Ne faudrait-il pas que nous parlions de l'organisation quotidienne ?

Wynn soupira.

— Tu as sans doute raison. Retrouvons-nous dans le salon dès que j'aurai changé la couche de cette petite demoiselle.

Quinze minutes plus tard, Ayla jouait avec ses cubes sur un plaid posé sur le sol du salon tandis que Wynn et Felicity étaient assis face à face.

— Eh bien, que veux-tu savoir ? demanda-t-il en croisant les bras sur son torse.

— Les bébés apprécient les horaires réguliers. J'ai le classeur de ta sœur, mais tu as dit vouloir nouer une relation avec Ayla dès que tu seras à l'appartement. Veux-tu fixer un planning ?

Wynn se pencha pour appuyer ses coudes sur ses genoux et elle lut dans ses yeux l'ampleur de sa tristesse et de ses incertitudes.

— J'aimerais lui donner son petit déjeuner, répondit-il. Puis je ferai tout mon possible pour être de retour du bureau pour 17 heures, même si c'est sans doute très optimiste. J'espère pouvoir être celui qui la fera dîner et la mettra au lit. Et après son coucher, je sortirai jusqu'à une heure tardive la plupart des soirs.

— Pour le travail ?

— Parfois. Mais mes absences concerneront principalement ma vie sociale.

Prononcée d'un ton égal, cette phrase fit l'effet d'une gifle à Felicity. Elle vit que Wynn scrutait son visage. S'attendait-il à une réaction de sa part ?

— Je comprends, dit-elle, la gorge nouée. Merci pour l'information.

Elle marqua un temps d'arrêt avant de reprendre :

— Tu as parlé de périodes de repos. J'imagine que tu as prévu de m'accorder mes week-ends ?

Wynn parut subitement décontenancé. Peut-être n'appréciait-il pas qu'elle lui rappelle qu'il s'agissait bien entre eux d'un arrangement rémunéré. Il s'éclaircit la voix.

— Ah… oui, tout à fait. Le dimanche, c'est certain. Et le samedi. Seulement après le déjeuner toutefois car, parfois, je ne rentrerai pas avant le matin.

Felicity eut brusquement envie de quitter la pièce. Voilà qu'il se montrait intentionnellement blessant. Il voulait qu'elle sache qu'il prévoyait de passer à l'occasion le vendredi soir chez une petite amie. Et peut-être n'y en avait-il pas qu'une !

Ses mains se mirent à trembler, mais elle noua les bras autour de sa taille afin qu'il ne remarque rien.

— Entendu, dit-elle. J'imagine donc que je disposerai d'une autre demi-journée de repos dont nous déciderons suivant le cas, et que j'aurai par conséquent aussi droit à une nuit à l'extérieur de temps en temps ?

— Où irais-tu ? rétorqua-t-il vivement, lui jetant un regard noir qui ne l'intimida pas le moins du monde.

— Je suis hôtesse de l'air depuis plus de dix ans, je te rappelle. J'ai des amis à New York. C'est une ville que je connais bien.

— Je vois.

Il était évident que sa réponse ne l'enchantait guère.

— Je crois que nous avons réglé tous les détails, reprit-elle. Apporte-moi le contrat et je le signerai.

— Euh…, marmonna-t-il, visiblement mal à l'aise.

— Qu'y a-t-il ?

— Il n'est pas encore prêt. Je ne pensais pas que cette formalité comptait vraiment à tes yeux. En outre, nous n'avons pas évoqué ta rémunération.

Elle leva les yeux au ciel.

— Si tu es tellement ami avec mon patron, je suis certaine que tu as une bonne idée de ce que je gagne. Je ne doute pas que tu te montreras juste. Ce soir je rédigerai la liste de tout ce dont nous aurons besoin pour Ayla. Voudras-tu l'approuver ?

— Ce ne sera pas nécessaire.

— D'autre part, je n'ai jamais pris le taxi avec un bébé. Comment faire ?

— Tu n'as pas à t'inquiéter pour ça. Il y a une berline Mercedes dans le parking souterrain. Tu pourras demander les clés au concierge dès que tu en auras besoin. Et si tu ne te sens pas assez à l'aise pour conduire en ville, tu n'auras qu'à appeler mon chauffeur.

— Mais n'auras-tu pas besoin de lui ?

— Ayla a la priorité. Une occasion m'est donnée d'être père. Les petits sacrifices que je serai amené à faire pour elle n'ont pas la moindre importance.

Elle tressaillit. Voilà qu'il formulait une autre allusion au fait d'être père. Comme si, d'une certaine façon, elle s'était mise en travers de son chemin, en faisant une fausse couche.

C'était tout simplement ridicule. Il aurait pu devenir père une dizaine de fois déjà, depuis toutes ces années. Ce n'était pas sa faute à elle s'il ne l'était pas ! Peut-être était-ce ce que l'on récoltait lorsqu'on était un bourreau de travail.

— Si tu n'as pas besoin de mon aide avec le bébé, dit-elle, je crois que je vais aller dans ma chambre.

Elle se releva, fière d'avoir parlé sans révéler la moindre émotion.

Mais Wynn n'avait pas fini de jouer avec elle.

— Que fuis-tu, Fliss ? demanda-t-il en se plantant face à elle.

— Crois-tu que je te fuis, toi ? répliqua-t-elle, agacée.

Lentement, il prit son poignet et l'attira contre sa poitrine.

— Non, c'est plutôt cela que tu fuis, murmura-t-il.

Et sur ces mots, il l'embrassa.

Elle eut la sensation que le sol se dérobait sous ses pieds. Elle aurait dû le repousser. Lui dire non. Refuser de laisser leur passé compliqué faire irruption dans leur présent plus complexe encore.

Elle y songea, mais la tentation était trop forte, le désir trop puissant…

Elle lui rendit son baiser.

Ses lèvres étaient comme autrefois, fermes, douces et diaboliquement chaudes, et il la tenait comme s'il n'avait pas la moindre intention de la laisser partir.

Ils oublièrent tout jusqu'à ce qu'une petite plainte d'Ayla les ramène à la réalité.

Wynn s'agenouilla et prit sa nièce dans ses bras. Quand il se releva, ses mâchoires étaient serrées. Comme il ne parlait pas, Felicity décida de mettre les choses au clair.

— Nous n'y arriverons pas, Wynn, tu le sais. Si Ayla est ta priorité, toi et moi ne pouvons pas…

Elle fit un geste vague de la main, incapable de trouver le mot propre à décrire ce qui venait de se produire entre eux.

— Nous ne pouvons pas quoi ? demanda-t-il, un petit sourire aux lèvres. N'as-tu pas envie que nous profitions chacun de la présence de l'autre, pendant ton séjour ?

— Nous avons eu notre chance il y a quinze ans. Nous avons échoué. Et je n'ai jamais été du genre à batifoler pour obtenir quelques orgasmes.

— Pourquoi penses-tu qu'il n'y en aurait que quelques-uns ? De plus, l'ancienne Fliss ne prononçait jamais de telles paroles.

— L'ancienne *Felicity* était une gamine de dix-huit ans.

— Tu as toujours été très mûre pour ton âge. Je crois que c'est ce qui m'a attiré chez toi. Tu te projetais dans ton avenir et tu as réalisé tes rêves. Je suis fier de toi.

Ses mots l'ébranlèrent profondément. Pourquoi se montrait-il si gentil alors qu'elle tentait de le détester ?

— Merci, murmura-t-elle.

— Je suis désolé. Je n'aurais pas dû t'embrasser. Faisons comme si rien ne s'était passé. D'accord pour un nouveau départ ?

— Bien sûr. La semaine a été stressante. Nous sommes tous les deux ici pour honorer la mémoire de Shandy et prendre soin de sa fille. Nous ne devrions rien faire qui risque de tout gâcher.

— Entièrement d'accord.

— Bonne nuit, Wynn.

Elle tourna les talons et tandis qu'elle sortait de la pièce elle sentit que son regard ne la quittait pas un seul instant.

- 4 -

Après des années passées à se réveiller dans une ville différente plusieurs fois par semaine, Felicity avait appris à s'endormir en tous lieux.

Elle trouva donc aisément le sommeil. Sa nuit toutefois fut ponctuée de rêves dérangeants, et lorsque son réveil sonna à 7 heures, elle l'éteignit en grognant. Réalisant soudain qu'elle ignorait à quelle heure Wynn devait être au bureau, elle enfila en hâte un survêtement.

Sa couleur turquoise s'accordait à merveille avec ses yeux bleus. Elle contempla sa silhouette dans le miroir et leva un sourcil satisfait.

— Pas mal, Fliss, murmura-t-elle.

Elle grimaça. Elle n'avait pas entendu son surnom depuis des années, et voilà que Wynn le lui avait remis en tête comme si le temps n'avait pas passé. Elle doutait que ce soit une bonne chose…

Elle se brossa les dents et déposa une touche de gloss sur ses lèvres tout en se répétant qu'elle était une femme à la brillante carrière et qu'elle ne faisait que rendre service à Wynn Oliver.

Peut-être que si elle parvenait à ce que nul ne prenne le dessus sur l'autre, ils pourraient accomplir leur tâche sans encombre.

Elle resta convaincue qu'il devait en être ainsi… jusqu'au moment où elle pénétra dans la cuisine.

Wynn avait une mine affreuse. Enfin, pas tout à fait. Même avec les cheveux en bataille et des cernes sombres sous ses magnifiques yeux, il était splendide… et sexy.

En outre, sa tenue décontractée, T-shirt usé et vieux jean, la replongea aussitôt au temps de leur adolescence, dans un passé qu'elle n'était pas près ou désireuse d'affronter.

— Tu fais peur à voir, lui fit-elle remarquer. Que s'est-il passé ?

Wynn bâilla avant de prendre une longue gorgée de café, le bébé calé contre sa hanche.

— Ayla n'a pas aimé le couffin, répondit-il. Elle s'est réveillée presque toutes les heures. La nuit a été longue.

— Tu m'en vois désolée. Mais peut-être doit-elle s'adapter. La pauvre petite puce a connu beaucoup de changements, dernièrement.

— Oui, c'est certain.

Felicity se versa une tasse de café.

— Au fait, j'ai établi une liste hier soir, dit-elle. Quand Ayla fera sa sieste, tout à l'heure, je téléphonerai au magasin de puériculture. Peut-être pourront-ils livrer le berceau cet après-midi.

Wynn lui adressa un sourire en coin.

— Je crois que tu peux miser là-dessus. Je m'apprête à devenir l'un de leurs meilleurs clients, et ils le savent.

— Aimes-tu être riche, Wynn ? Tu as toujours apprécié te fixer des objectifs et les atteindre. Par quoi es-tu motivé désormais ?

— Il est trop tôt pour les discussions philosophiques, grommela-t-il. Si tu veux bien tenir Ayla, je vais préparer des œufs brouillés.

— Inutile. Crois-le ou non, mais j'ai fini par apprendre

à cuisiner, malgré les mauvaises habitudes alimentaires inculquées par mon père.

— Tu n'es pas ici pour me servir, répliqua Wynn, mâchoire crispée.

— Détends-toi, veux-tu ? Tout comme Ayla, tu as eu une mauvaise nuit. Pourquoi ne retournes-tu pas te coucher quelques heures ? Il s'agit seulement de ta première journée complète dans la peau d'un père. Tu dois te ménager.

— Très drôle !

— Je parle sérieusement, Wynn. Je suis là pour t'aider avec Ayla. Laisse-moi le faire.

— Je retournerais me coucher dans l'instant si tu avais envie de m'accompagner, répliqua-t-il, un sourire malicieux aux lèvres.

Il jouait avec elle. Tentait de la déstabiliser. Mais elle avait déjà décidé de l'attitude à adopter pour l'affronter. Si elle en était capable.

— Si tu ne veux pas dormir, je te nourrirai, rétorqua-t-elle d'un ton qu'elle voulait détaché. Iras-tu au bureau ?

— Je n'en ai pas la moindre envie.

— Entendu.

Elle trouva œufs et bacon dans le réfrigérateur et prépara rapidement le petit déjeuner.

En voyant Wynn prêt à s'endormir sur sa chaise, son cœur se serra. Elle ne voulait pas le voir vulnérable, ni admirer son dévouement envers sa nièce, ni avoir envie de lui.

Pourtant, tel était le cas…

Et ce n'était pas faire preuve de prétention que d'estimer que Wynn ressentait en partie des émotions similaires. Lorsqu'elle croisait son regard, elle y lisait un bouillonnement de désir. Difficile dans ces conditions de considérer que sa situation se résumait à un service temporaire rendu à un ami.

Il refusa de se séparer d'Ayla tandis qu'il mangeait.

Felicity sourit à la petite fille qui, elle, semblait en pleine forme.

— Tu vas devoir laisser ton papa reprendre un peu son souffle, murmura-t-elle. C'est un homme très important, tu sais. Et il approche de l'âge mûr, il a donc besoin de repos.

Les efforts de Wynn pour lui adresser un regard noir furent vains.

— Va te faire voir, dit-il en souriant.

Ils finirent de manger dans une ambiance plaisante puis Felicity se leva.

— Donne-moi Ayla et apporte le couffin dans ma chambre, proposa-t-elle. Quant à toi, fais ce qu'il te plaira. Tu peux dormir ou aller travailler, peu m'importe. Mais elle est à moi pour les huit prochaines heures.

— Tu ne serais pas un peu autoritaire, à tout hasard ?

— Comme si tu l'ignorais.

Elle rougit violemment. Autrefois, Wynn la taquinait, disant d'elle qu'elle aimait prendre le contrôle dans l'intimité. Il s'agissait d'une plaisanterie. Il lui avait appris tout ce qu'elle savait à propos du sexe. Ou peut-être avaient-ils appris ensemble.

— Je suis désolée. Mon commentaire était inapproprié.

— Bon sang, Fliss, marmonna-t-il en plongeant les mains dans ses cheveux, ce qui ne fit que lui donner un air encore plus ébouriffé et, par conséquent, plus sexy. Notre passé est un fait, tu n'as pas à essayer d'agir comme s'il n'avait pas existé.

— Mais je n'ai pas à aborder directement le sujet non plus. Nous nous connaissions peut-être autrefois, mais ce n'est plus le cas, à présent. Nous sommes des personnes différentes.

— Si tu le dis, répliqua-t-il d'un ton sarcastique.

— Je suis sérieuse. C'est à moi de travailler. Tu as dit que tu me faisais confiance. Alors tu peux partir.

Felicity avait eu raison sur un point : elle en savait bien peu sur la façon de prendre soin d'un tout-petit. Mais elle était capable d'apprendre.

Une fois qu'elle eut donné son biberon à Ayla et changé sa couche, l'endormir sur son épaule fut un jeu d'enfant. Elle l'allongea ensuite dans le couffin et quitta sa chambre sur la pointe des pieds.

Elle se hâta de téléphoner au magasin de puériculture. La femme qui répondit à son appel paraissait très jeune.

Wynn était-il sorti avec elle ? Elle se sermonna aussitôt. Elle devait arrêter de se montrer paranoïaque. Wynn et elle étaient séparés depuis quinze ans.

Après s'être présentée, elle transmit la liste par e-mail à la responsable. Celle-ci ajouta quelques suggestions avant de la questionner au sujet des couleurs, ce qui la désarçonna.

— Pouvez-vous déjà livrer les principaux équipements ? demanda-t-elle. Je vérifierai cette question avec M. Oliver et vous rappellerai au plus tôt.

Comme par magie, elle trouva Wynn quelques instants plus tard dans sa chambre, occupé à observer la fillette endormie.

En l'entendant entrer, il se tourna vers elle, un sourire ironique aux lèvres.

— Mais oui, bien sûr, murmura-t-il. *Maintenant* elle est d'accord pour dormir à poings fermés.

— La nuit dernière l'a probablement épuisée.

Ils regagnèrent le couloir et Felicity referma la porte doucement derrière elle.

— Pourquoi ne dors-tu pas ? s'enquit-elle.

— J'ai essayé. Mais en vain. Je vais donc me préparer et m'en aller d'ici quelques minutes. Quoi de neuf avec le magasin de puériculture ?

— Nous avons finalisé la liste mais il y a des questions au sujet des couleurs pour la chambre. De quoi as-tu envie ?

Wynn s'appuya contre le mur en se frottant le front.

— Shandy suivait toujours son propre chemin. Je n'opterai donc pas pour les choix traditionnels. Pourquoi ne pas choisir une décoration qui conviendrait aussi bien à une fille qu'à un garçon ? Des animaux de la forêt, peut-être.

— Compris, patron.

— Et ne m'oblige pas à te donner la fessée.

S'il comptait sur un moment de sexe avec elle pour trouver ensuite le sommeil, il faisait fausse route.

— J'ai du travail, répliqua-t-elle, ignorant ses paroles coquines. Ayla et moi te retrouverons au dîner.

En cours d'après-midi, Felicity réalisa combien son salaire serait mérité ! Prendre soin d'un bébé de dix mois était une tâche éreintante. Ayla ne marchait pas encore mais elle rampait à une vitesse impressionnante.

Trois jeunes hommes très professionnels vinrent bientôt livrer et installer de quoi équiper la chambre d'enfant.

En une heure, l'essentiel du matériel fut disponible.

Les décorations coordonnées au linge de lit attendraient le lendemain pour être installées.

Felicity s'assit dans le fauteuil à bascule et chanta une berceuse à Ayla qui s'endormit en un instant.

Lorsqu'elle la coucha dans son nouveau lit, la fillette lui sembla petite et sans défense. Quelle immense responsabilité Wynn avait endossée, songea-t-elle.

Elle actionna le babyphone et se sentit dès lors confiante pour circuler dans l'appartement. Elle trouva du fromage, des crackers et une pomme dans la cuisine et put enfin déjeuner sur le pouce.

Sachant qu'elle ne pouvait pas laisser la sieste durer plus de quarante-cinq minutes, elle se hâta ensuite de répondre à divers e-mails et textos en attente.

Son père accueillit avec perplexité la nouvelle de sa présence à New York auprès de Wynn, mais elle présenta cette décision sous un jour positif pour éviter qu'il s'inquiète.

Elle s'occupa ensuite de quelques détails concernant son appartement et le suivi de son courrier.

Une fois réglées les questions les plus urgentes, elle consulta sa montre et décida que la sieste d'Ayla avait assez duré. Par chance la petite fille était déjà éveillée et lui adressa un grand sourire quand elle la prit dans ses bras.

Le reste de l'après-midi passa à toute vitesse.

Felicity ne fut pas surprise de ne recevoir aucun appel de Wynn. Il était arrivé tard et sa journée avait dû s'en trouver d'autant plus chargée.

Les informations rassemblées dans le classeur de Shandy étaient très claires quant aux habitudes alimentaires du bébé. La gouvernante avait rempli les placards, et une chaise haute était à présent à disposition, Felicity avait donc à portée de main tout ce dont elle avait besoin.

Elle donna à Ayla deux cuillères pour l'occuper tandis qu'elle ouvrait un petit pot et coupait une banane en petits morceaux. Un regard jeté à sa montre lui apprit qu'elle ne pouvait patienter davantage. Wynn avait reconnu avoir peu de chance d'être rentré à 17 heures. Il était maintenant 17 h 30.

— Eh bien, ma jolie, ton papa fait de son mieux. Espérons qu'il sera de retour avant l'heure du coucher.

Il était presque 18 heures lorsque Wynn apparut enfin. Ses traits étaient marqués par la fatigue, mais quand il vit Felicity et Ayla dans la cuisine, un sourire illumina ses traits.

— Ce n'est que le premier jour et j'échoue déjà à atteindre mon objectif, fit-il remarquer, penaud.

Felicity dut lutter pour calmer l'affolement soudain de son pouls.

— C'est absurde. Nous venons à peine de terminer le repas. Ta fille est prête à passer du temps avec toi. Je vais vous laisser tous les deux.

— Tu ne restes pas ?

Elle eut un temps d'hésitation. Le terrain était glissant.

— Je croyais que tu voulais créer des liens avec elle le soir ? Je ne veux pas t'encombrer de ma présence.

Une foule d'expressions passa sur le visage de Wynn.

— Ne pars pas, s'il te plaît, Fliss. J'apprécierai un peu de compagnie. Ayla est très mignonne, mais elle ne répond pas quand on lui parle.

Felicity ne put s'empêcher de rire.

— Accorde-lui un peu de temps pour y arriver.

Elle s'installa sur l'une des chaises disposées autour

de la table et s'efforça de paraître aussi détendue que possible.

Wynn prit place près de la chaise haute et déposa un baiser sur la tête du bébé.

— Hey, ma belle. Comment s'est passée ta journée ?

Il retira sa veste, desserra sa cravate et sourit en voyant Ayla le regarder en babillant.

— Je ne suis pas impartial, mais elle est vraiment mignonne, non ?

— C'est vrai. C'est le plus beau bébé du monde.

— Le matériel est-il arrivé ?

— Oui. Tout est prêt. Ayla a même fait sa sieste dans le nouveau lit, n'est-ce pas, ma puce ?

Felicity se mordilla les lèvres. Elle se sentait ridiculement mal à l'aise.

— As-tu mangé ? demanda-t-elle soudain.

— Non. La journée a été cauchemardesque, au bureau. Il a suffi que je m'absente quelques jours pour que certains dossiers échappent à tout contrôle.

— Veux-tu que je commande de quoi dîner ?

— Ce serait génial. Partante pour une pizza ?

— Bien sûr !

Elle fouilla dans le tiroir où étaient rangés les menus, trouva son bonheur et gagna l'entrée pour téléphoner.

Lorsqu'elle retourna dans la cuisine, elle vit qu'Ayla commençait à devenir grognon.

— Veux-tu que je la prépare pour la nuit ? proposa-t-elle. Pour que tu puisses te changer et te servir un verre de vin ? La pizza ne sera pas livrée avant trois quarts d'heure.

— Je te remercie, mais je m'occuperai d'Ayla. Tu as

travaillé toute la journée. C'est peut-être toi qui as besoin d'un verre de vin.

Une fois qu'il eut quitté la pièce avec le bébé, Felicity sentit le découragement la gagner. Cet arrangement ne fonctionnerait jamais. N'aurait-il pas mieux valu que Wynn fasse appel à une inconnue, une professionnelle ? Une femme qui ne serait pas tentée de confondre passé et présent ?

Avait-il mentionné le fait qu'elle avait travaillé toute la journée pour lui rappeler que leur relation n'avait rien de personnel ?

Décidément, ces neuf mois allaient être bien longs à vivre…

- 5 -

Cette deuxième soirée à New York établit le schéma des journées suivantes.

La pizza ayant été livrée alors que Wynn était encore occupé avec Ayla, Felicity sentit tout courage l'abandonner. Elle emporta deux parts et un verre de vin dans sa chambre et ne réapparut pas avant le lendemain matin.

Par chance, Wynn et Ayla nouèrent immédiatement des liens. Il était fou d'elle et elle l'adorait.

S'il s'était agi d'une véritable famille, Felicity aurait pu être jalouse. Mais tout se déroulait comme prévu. Leur relation se renforçait chaque jour et Felicity se faisait discrète dès que Wynn se trouvait à l'appartement afin qu'il se familiarise avec les habitudes d'Ayla.

Durant deux semaines entières, l'organisation sembla fonctionner. Mais un vendredi soir, peu avant Thanksgiving, Wynn provoqua un face-à-face avec elle.

Alors qu'elle nettoyait le plan de travail après le dîner, s'apprêtant à s'éclipser dans sa chambre comme tous les soirs, Wynn arriva vers elle à grands pas.

— Nous devons parler, dit-il.

L'expression intense qu'elle lut dans son regard fit courir un frisson le long de son dos. Les yeux verts de Wynn semblaient flamber de mécontentement.

— Mais qu'as-tu donc en tête, bon sang ? s'exclama-t-il.

— Je te demande pardon ?

— Ne joue pas les imbéciles avec moi, Fliss. Jamais je n'ai été ainsi traité. J'ai l'impression d'être une maladie contagieuse sous mon propre toit !

— Je me suis comportée exactement comme tu me l'as demandé. Et Ayla t'adore. Alors quel est ton problème ?

Le regard de Wynn s'égara un instant sur ses lèvres.

— Tu sais très bien ce qu'est mon problème, répondit-il d'une voix rauque. Il n'y a rien de nouveau, Fliss.

Elle recula d'un pas.

— Ne fais pas ça, murmura-t-elle.

— Que veux-tu dire ?

— N'en fais pas une affaire personnelle.

— Ça a toujours été une affaire personnelle. Tu n'as même pas voulu t'occuper de moi sur ce vol Atlanta-Londres. Tu as échangé ta place pour m'éviter.

Felicity sentit une onde de chaleur lui monter aux joues.

— Je n'avais pas réalisé que tu l'avais remarqué, murmura-t-elle.

— Tu mens, Fliss. Je pouvais sentir ton regard sur moi.

Elle se mordilla nerveusement la lèvre.

— Eh bien, peut-être que je l'ai fait, c'est vrai, avoua-t-elle. La situation était embarrassante.

Il s'approcha d'un pas. Son regard se posa un instant sur sa poitrine avant de plonger dans ses yeux.

— Vraiment ? répliqua-t-il, moqueur. Ou était-ce parce que nous étions tous les deux bouleversés et… avec certaines questions en tête ?

— Veux-tu bien me laisser en paix ? Il n'y a aucune question à se poser. Le fait que nous ayons tous deux quitté Falcon's Notch n'est lié à aucun mystère. Tu m'as quittée et j'ai poursuivi mon existence.

— Je suis parti parce que tu ne voulais pas m'épouser.

— Bien sûr que je le voulais, Wynn, ne sois pas stupide ! Mais je souffrais physiquement et émotionnellement, et je ne savais comment agir. Je t'ai fait de la peine et tu es parti.

— Dis-moi la vérité. Savais-tu que tu étais enceinte ?

— Non. Je l'ignorais. Je te l'ai déjà dit. Pour quelle raison t'aurais-je menti ?

— Ta meilleure amie, Jordana, m'a soutenu que tu le savais. Mais que tu ne m'en avais pas parlé parce que tu n'étais pas certaine que je sois le père de l'enfant.

Felicity ne put s'empêcher d'éclater de rire.

— Tu plaisantes, n'est-ce pas ? Tout d'abord, Jordana n'était la meilleure amie de *personne*. Elle adorait colporter des ragots et créer des problèmes, et elle était folle amoureuse de toi. Ensuite, penses-tu sincèrement que j'avais des relations sexuelles avec un autre garçon ?

Un muscle se crispa le long de la mâchoire de Wynn.

— Non. Pas vraiment, avoua-t-il. Mais j'étais un gamin, et tu m'as repoussé. Qu'étais-je censé croire ?

— Écoute, Wynn. Je t'ai pardonné il y a déjà bien longtemps. Et je me suis pardonné à moi-même. Ce fut une période terrible et, en toute honnêteté, je souffre encore en y repensant. Mais nous avons tous deux appris de nos erreurs, avancé et construit des vies plutôt géniales. Même si tu as perdu Shandy, cette tragédie n'a pas eu que de tristes conséquences. Tu as une fille.

— Dois-je comprendre que prendre soin d'elle n'est qu'un geste humanitaire de ta part ?

Son expression était dure, impénétrable. Qu'attendait-il

d'elle ? Certainement pas qu'elle lui propose un nouveau départ. Il était trop tard. Un amour de jeunesse qui avait mal tourné ne se transformait pas en une histoire sérieuse quinze ans plus tard.

— Il s'agit d'un service, répondit-elle calmement. Un service que je suis ravie de te rendre en souvenir de Shandy. Tu as parlé d'une durée de neuf mois, et l'heure tourne. J'ai des amis et une carrière que j'aimerais retrouver dès que possible.

Elle courait le risque de pousser trop loin son avantage, mais si elle laissait apparaître la moindre faille dans son armure, Wynn pourrait l'amener à accepter une liaison avec lui. Il n'aurait pas de mal à y parvenir, d'ailleurs. Imaginer une intimité renouvelée entre eux suffisait à allumer un feu au creux de son ventre.

Mais Wynn n'était plus l'adolescent d'autrefois. Une relation avec cet homme complexe l'anéantirait probablement. C'était un danger qu'elle ne pouvait courir.

— Très bien, dit-il sèchement. Cache-toi dans ta chambre si tu en as envie. Mais ose prétendre que tu ne nous as pas imaginés tous les deux dans un lit.

— N'insiste pas, Wynn. Tu pourrais ne pas apprécier les conséquences.

Il leva un sourcil surpris.

— Est-ce une menace ? Bravo, Fliss ! Tu es devenue un sacré bout de femme ! Je t'accorderai l'espace qu'il te faut, mais n'attends pas de moi que je t'ignore. Cela n'arrivera pas.

Le samedi matin, Felicity trouva un message coincé sous sa porte.

Je reste ici aujourd'hui. Prends une journée de congé.

Bien que ce soit lâche, elle s'habilla et se faufila hors de l'appartement alors que Wynn se trouvait dans la chambre d'Ayla.

Après avoir hélé un taxi, elle s'installa sur la banquette arrière et regarda la ville défiler derrière la vitre. Comment ferait-elle pour résister à Wynn ?

Au moment où le véhicule passa devant le Rockefeller Center, elle vit que l'on installait un énorme sapin de Noël.

Songer à la période des fêtes lui noua l'estomac. Elle la passait rarement en compagnie de son père, retrouvant pour l'occasion un groupe d'amis.

Shandy ayant disparu, Wynn serait sans famille. Pourquoi n'avait-elle pas pensé plus tôt aux conséquences sur les festivités à venir ? S'occuper d'Ayla avait accaparé toute son attention et elle réalisait seulement maintenant qu'à moins de trouver une excuse pour partir, elle passerait le long week-end de Thanksgiving en compagnie de Wynn et du bébé. Il y aurait la parade et les films à la télévision, la dinde, les tourtes et toutes sortes de moments réconfortants.

Ce qui ne ferait que créer plus de tentations.

Elle se força à rester dehors jusqu'à la tombée de la nuit. Elle regarda les vitrines et fit quelques emplettes, mais la journée lui sembla bien fade. Ce qu'elle désirait vraiment était de se trouver à l'appartement avec Wynn...

Enfin, épuisée et frigorifiée, elle reprit le chemin du retour.

Dès qu'elle fut entrée, la voix de Wynn chantant une comptine lui parvint.

Elle se figea, les jambes tremblantes et les yeux humides. Si elle n'avait pas perdu son bébé tant d'années plus tôt,

Wynn et elle auraient sans doute une fille ou un garçon de quatorze ans…

Il valait incontestablement mieux qu'il n'en soit rien. Les mariages entre adolescents duraient rarement longtemps.

Même si elle avait accepté la demande en mariage spontanée de Wynn après sa fausse couche, il y avait de grandes chances qu'ils soient divorcés à ce jour.

Cette pensée la déprima.

Elle trouva Wynn et Ayla dans le salon. L'épais tapis était jonché d'une belle variété de jouets de bébé. Wynn était étendu sur le dos et s'amusait à faire rebondir Ayla sur son ventre. Il finit par remarquer sa présence.

— Je m'apprêtais à lancer une battue pour te retrouver, dit-il d'un ton léger. Tu t'es perdue ?

— Non.

Il remarqua les sacs qu'elle tenait et demanda :

— Tu as fait des achats ?

— Oui, quelques-uns.

Pourquoi ses pensées replongeaient-elles dans le passé dès que Wynn portait une tenue décontractée ? À cet instant il paraissait plus jeune, plus semblable au garçon d'autrefois. Elle avait eu un coup de cœur pour lui quand elle avait seize ans. Ils avaient commencé à sortir ensemble le jour de ses dix-sept ans. Et à dix-huit ans, elle savait qu'elle était amoureuse de lui.

N'avait-ce été qu'un amour de jeunesse ?

Elle ne le pensait pas. En raison de ce qu'ils avaient dû endurer à cause de leur enfance particulière, ils avaient mûri rapidement et avaient très vite su ce qu'ils voulaient faire de leur vie : voir le monde et être là l'un pour l'autre.

Wynn inclina la tête, se demandant peut-être pourquoi elle se tenait toujours figée, les bras chargés de paquets.

— As-tu faim ? s'enquit-il.

— Pas vraiment.

Pour s'abriter du vent à l'heure du déjeuner, elle s'était engouffrée dans son restaurant cubain préféré et avait commandé un copieux repas.

— Il reste des tas de sushis dans le frigo, dit-il. Si jamais tu as faim plus tard.

— D'accord. Merci. Si tu veux bien m'excuser, je vais aller me changer.

Il posa Ayla sur le sol et s'assit.

— Tout va bien, Fliss ?

Elle posa ses sacs sur la chaise la plus proche.

— As-tu réalisé que Thanksgiving a lieu cette semaine ? demanda-t-elle.

À en juger par son expression, il était clair que cette réalité lui avait totalement échappé. Ce n'était pas étonnant au vu des circonstances.

— Que fais-tu généralement pour l'occasion ? poursuivit-elle.

— Oh ! pas grand-chose. Je regarde le match de football américain à la télévision en buvant de la bière.

Elle fronça le nez.

— Ne crois-tu pas que tu devrais faire certains efforts, à présent que tu es père ? Les traditions sont importantes.

— Qu'essayes-tu de dire ? Je pensais que tu aurais envie de profiter de ce long week-end de congé.

— Eh bien… en temps ordinaire, je travaille, à cette époque de l'année. Mais étant donné que mon activité professionnelle est sur pause, je serais ravie d'aider à préparer un repas. Enfin, seulement si tu es d'accord, se hâta-t-elle d'ajouter.

Le regard de Wynn se fit plus doux et un sourire releva les coins de sa bouche.

— Excellente idée, Fliss. Un traiteur au coin de la rue vend des dindes rôties entières. Peut-être que toi et moi pourrions préparer les accompagnements.

— Oh ! parfait ! Imaginer m'attaquer à la cuisson d'une dinde farcie pour ma première tentative m'effrayait littéralement.

Il éclata de rire.

— Oui, moi aussi ! Mieux vaut éviter les intoxications alimentaires.

Voyant qu'elle reprenait ses sacs pour quitter la pièce, il ajouta :

— Buvons un verre et partageons un moment de détente une fois que j'aurai mis Ayla au lit, s'il te plaît.

Elle sentit son pouls s'accélérer et s'efforça de formuler sa réponse d'un ton prudent.

— Bien sûr, j'en serais heureuse.

Le sourire de Wynn vint réchauffer des endroits de son corps qui auraient dû être glacés. Ils ne sortaient pas ensemble, se dit-elle. Ils étaient à peine amis. Elle lui rendait un service par pure bonté. Ou, pour être plus honnête, parce qu'elle avait le sentiment de lui être redevable en raison du passé. Ils avaient tous deux souffert, mais elle n'avait pas perçu sa douleur. Et elle avait eu plus de chagrin encore lorsqu'il était parti loin d'elle.

Elle ne pouvait effacer le souvenir de cet adolescent ambitieux et déterminé qui avait fait d'elle un court moment le centre de son univers…

Elle s'éclipsa et une fois dans sa chambre étala ses

emplettes sur le lit. C'était samedi soir. Wynn et elle n'essayaient pas de s'impressionner mutuellement. Il était donc logique qu'elle opte pour une tenue confortable.

Dans une petite boutique vintage huppée, elle avait acheté une paire de jeans délavés. Elle trouva un vieux T-shirt Rolling Stones resté dans sa valise dont les motifs lui permettraient de se passer de soutien-gorge. La tenue parfaite pour un samedi soir à la maison. Elle laissa ses cheveux détachés à l'exception d'une mèche qu'elle fit retomber en tresse le long de sa joue.

Lorsqu'elle entra dans le salon, les rideaux étaient ouverts, laissant apparaître la vue spectaculaire des gratte-ciel illuminés dans la nuit. Dans la pièce, seules brillaient deux petites lampes et les flammes de la cheminée au gaz.

Wynn lui sourit quand elle s'installa sur le sofa, trop petit pour qu'il tente de l'y rejoindre. Il prit donc place sur le grand canapé.

L'ambiance était intime, plaisante. Mais le sentir si proche d'elle rendait Felicity nerveuse.

— Parle-moi un peu de l'adoption, dit-elle. J'imagine que les démarches se feront facilement ?

— C'est ce que semble penser mon avocat. Et ce d'autant plus que le testament de Shandy me désigne comme tuteur. Le certificat de naissance d'Ayla ne fait pas mention du nom d'un père. Je pense que ma sœur savait qui il était, mais elle a gardé le secret jusqu'à la fin. Ce devait être l'un de ces bons à rien qu'elle a malheureusement fréquentés avant d'arrêter la drogue. Elle a dû l'informer mais je n'imagine pas cet homme surgir brusquement, maintenant.

— J'appréciais beaucoup ta sœur. Je suis désolée que sa vie ait été si dure.

Il poussa un lourd soupir.

— Désolée. Mon intention n'était pas de gâcher l'ambiance.

— Il n'en est rien, dit-il, le regard pensif. Nous ne pouvons pas échapper au passé. Et certainement pas à nos familles.

En cet instant, Felicity vit combien Wynn Oliver était seul. Il avait réalisé ses rêves, mais à quel prix ? Peut-être voyait-il une planche de salut en Ayla.

Il lui servit un verre de chablis et le lui tendit. Leurs doigts se frôlèrent. Les doigts de Wynn étaient chauds, les siens glacés à cause de sa journée passée à l'extérieur.

— Assieds-toi plus près du feu, proposa-t-il. Tu dois te réchauffer.

Certaines parties de son corps étaient brûlantes, mais elle gagna malgré tout un petit fauteuil près de l'âtre.

— Sans vouloir tout remettre en question, que se passerait-il si le père d'Ayla apparaissait subitement et tentait de revendiquer ses droits parentaux ? s'enquit-elle. Le fait que tu sois père célibataire ne nuirait-il pas à ton dossier ?

Wynn s'assit près du foyer, face à elle, ses genoux touchant presque les siens. Il vida son verre d'un trait et la fixa.

— Me proposes-tu d'être mon épouse, Fliss ?

- 6 -

— Pourquoi agis-tu de la sorte ? s'exclama-t-elle. Aimes-tu me mettre dans l'embarras ?

— Non. Pas vraiment. Peut-être est-ce simplement que j'adore voir ta superbe peau virer au rose.

— Arrête, veux-tu ?

Elle avait bu son vin trop vite. À présent sa tête tournait.

— Je t'ai posé une question sérieuse, Wynn, mais tu ne rates aucune occasion de me mettre mal à l'aise.

Ses yeux paraissaient moins verts dans la faible clarté.

— Crois-moi, Fliss. Il n'y a rien qui me ferait plus plaisir que de te mettre *très* à l'aise…

Il traça un cercle du bout des doigts sur son genou.

— J'adore ce jean, ajouta-t-il. Tu sembles avoir de nouveau dix-huit ans.

Elle posa sa main sur la sienne dans l'idée de la repousser, mais quand elle sentit combien elle était brûlante, sa volonté s'évanouit. Elle noua ses doigts aux siens et un intense frisson la parcourut.

— Je ne suis plus une adolescente. Si tu cherches la fontaine de jouvence, passe ton chemin. Quelques rides et peut-être même un ou deux cheveux gris sont apparus depuis cette époque.

— Menteuse, dit-il en souriant.

— Je me suis demandé à quoi ressemblerait de t'embrasser de nouveau, murmura-t-elle, en frôlant le revers de sa main de son pouce. Mais je ne peux pas te solliciter pour voir. Ce ne serait pas juste sachant que je ne coucherai pas avec toi.

— Un vrai dilemme, c'est sûr, dit-il, d'une voix basse et rauque. Mais je peux m'en accommoder.

— Et si moi, j'en suis incapable ?

Sa question était sincère. Elle était pétrifiée de peur.

— En outre, je pense que nous livrer à certains petits jeux serait dangereux, ajouta-t-elle.

— Ne crois-tu pas que nous pourrions faire en sorte que tout soit léger et facile entre nous ?

Elle leva la main pour caresser son sourcil.

— Nous connaissant, non, pas le moins du monde, répondit-elle.

Il baissa la tête et ses épaules s'affaissèrent un instant. Puis il releva les yeux, et tant de douleur se peignait sur ses traits qu'elle en fut stupéfaite.

— Je suis désolé au sujet du bébé, Fliss. Tu souffrais affreusement, et il n'y avait rien que je puisse faire pour améliorer les choses. J'ai porté ce fardeau durant quinze ans.

— Tu es pardonné, dit-elle doucement. Rien de ce qui s'est passé n'était de ta faute. Les fausses couches n'ont rien d'inhabituel, nombre de couples y sont confrontés chaque jour.

— Alors pourquoi avoir eu l'impression que notre univers s'écroulait ?

Sans se quitter des yeux, tout naturellement, ils se penchèrent lentement l'un vers l'autre. Felicity sentit le souffle chaud de Wynn effleurer sa joue, et la senteur chaude et virile de son parfum lui fit presque tourner la tête.

Il accueillit son visage entre ses deux mains.

— J'aime te savoir sous mon toit, murmura-t-il. Dis-moi que ce n'est pas un fardeau pour toi. Dis-moi que je n'ai pas gâché ta vie.

Elle déglutit avec peine et tenta de reprendre son souffle.

— Ma vie va très bien, assura-t-elle.

— As-tu toujours envie de m'embrasser ?

— J'ai dit que je me *demandais* à quoi cela ressemblerait. Ce n'est absolument pas pareil.

— Tu coupes vraiment les cheveux en quatre, Fliss. Peut-être aurais-tu dû être avocate plutôt qu'hôtesse de l'air.

Elle laissa échapper un petit rire nerveux. L'envie de l'embrasser était trop violente. Bientôt, elle comprit qu'il ne prendrait aucune initiative. Il avait juré qu'il ne lui demanderait jamais plus sa main. Peut-être cette déclaration s'appliquait-elle à d'autres domaines ?

Elle releva le menton. Ferma les yeux pour vérifier son hypothèse. Mais au bout de dix secondes, rien ne se produisit. Elle rouvrit les yeux et le sourire sexy de Wynn lui fit battre le cœur follement.

— Pourquoi est-ce à moi de faire le premier pas ? murmura-t-elle.

— Tu sais très bien pourquoi, Fliss. Tu vis sous mon toit. Et tu me rends service. Il serait immoral que je prenne l'initiative.

— J'aime bien ce qui est immoral. Et je te promets que je te respecterai toujours demain matin.

Wynn rejeta la tête en arrière et partit d'un rire franc. Le son de sa voix était profond, magique. Elle se sentait comme envoûtée et n'en ressentait aucune gêne.

— Oh. Très bien, dans ce cas, marmonna-t-elle. Approche, veux-tu ?

— Je croyais que nous ne faisions que flirter. Es-tu sûre de toi, bébé ? Ou as-tu un peu trop bu ? Tu n'as jamais très bien tenu l'alcool.

— Tais-toi, Wynn. Je vais t'embrasser.

Lentement, comme si elle avait face à elle un animal sauvage susceptible de la mordre, elle noua les bras autour du cou de Wynn.

— Tu as les plus beaux yeux du monde. Je n'ai jamais rencontré cette couleur chez aucun autre homme.

— Et il y en a eu beaucoup ? s'enquit-il, visiblement peiné. Désolé. Ce n'est pas ce que je voulais dire.

Elle frotta son nez contre le sien avant de taquiner sa lèvre du bout de la langue.

— Tout va bien, Wynn, nous sommes adultes, toi et moi. Il y en a eu trois, je peux te l'avouer sans gêne.

— Fliss…

— Oui ?

Elle effleura la courbe de son oreille du bout de l'ongle.

— Fliss…, répéta-t-il, plus fort cette fois.

— Mmm ?

Elle était aux anges, ce petit jeu la ravissait.

— Fliss, vas-tu enfin m'embrasser ?

Elle s'écarta pour étudier son visage. La pointe de désespoir et de frustration perçant dans sa voix était des plus agréables.

— Y a-t-il un problème ? demanda-t-elle avec une innocence feinte.

— Ne me pousse pas trop loin, chérie. J'ai mes limites.

— Tu peux prendre le relais à ta guise. Je ne t'en empêche pas.

Il lui serra doucement les épaules, signant ainsi sa détermination.

— Embrasse-moi, Fliss. Ou file dans ta chambre.

— Oh ! jouons-nous au professeur et à l'élève, à présent ?

Le visage de Wynn se rembrunit. Des gouttes de sueur perlaient à son front.

— Bon sang, Fliss ! Ce n'est pas drôle. Embrasse-moi.

Elle se pencha plus près et pressa ses lèvres sur sa bouche avant d'y introduire sa langue.

Wynn poussa un grognement des plus sexy.

Felicity était électrisée. Des sentiments profondément enfouis remontaient brusquement à la surface dans une explosion de couleurs. C'était comme voir sa vie passée réapparaître devant ses yeux. Elle revit celle qu'elle avait été, ce qu'elle avait perdu et la façon dont elle avait repris vie comme un phénix renaissant de ses cendres.

L'étreinte de Wynn aurait dû lui sembler familière. Mais l'homme qu'il était devenu était entièrement neuf à ses yeux avec ses élans passionnés, cette confiance et cette absolue certitude quant à ses désirs.

Il prit le contrôle sur leur baiser en quelques secondes.

Elle glissa alors les doigts dans ses cheveux et son geste lui arracha un doux grognement. La réalité qu'elle avait tenté d'oublier lui revint à l'esprit. Auprès de Wynn, autrefois, elle s'était sentie… authentique. La version la plus juste d'elle-même.

À présent, ces sensations étaient de retour et son corps vibrait de désir. Elle voulait ce moment d'intimité mais aussi plus encore. Elle rêvait de passion dévorante.

Un petit bruit vint perturber l'onde de plaisir qui montait en elle. Un son léger, familier.

— Wynn, dit-elle tout bas.

Il lui mordilla la lèvre et elle se cambra tout en enfonçant les doigts dans le doux coton de sa chemise.

— Wynn, répéta-t-elle avec cette fois une légère pointe d'empressement dans la voix.

— Qu'y a-t-il ? demanda-t-il tout en caressant sa poitrine nue à travers son T-shirt.

— Je crois qu'Ayla est réveillée.

Il se figea dans l'instant. S'écarta d'elle tout en pressant son front contre le sien.

— Incroyable, marmonna-t-il. Quand les jeunes parents trouvent-ils un moment pour faire l'amour ?

— Tout d'abord, toi et moi n'étions pas en train de faire l'amour, dit-elle en se levant. Et ensuite, j'imagine qu'ils saisissent toutes les opportunités.

Les bruits s'échappant du babyphone s'amplifiaient.

— Je vais aller la chercher, dit-il en soupirant.

Une fois sur le seuil, il se tourna vers elle et son regard vert la foudroya.

— Ne file pas en douce, s'il te plaît.

— Je ne vais pas m'échapper, non, mais je te le dis les yeux dans les yeux, je vais retourner dans ma chambre. Ayla vient probablement de nous éviter de faire une bêtise. Je préfère faire machine arrière, Wynn. Et je te conseille de m'imiter. Tu es en deuil et ta vie est submergée par de nouvelles responsabilités. J'appartiens à ton passé. Aucune de ces raisons n'est valable pour entamer une relation physique.

Il lui jeta un regard noir.

— Comme il doit être agréable d'avoir les réponses à toutes les questions, rétorqua-t-il. J'imagine que c'est une déformation professionnelle.

Elle le fixa, les yeux écarquillés de surprise.

— Eh bien ! Tu n'es pas très aimable quand tu es contrarié.

— Tu ferais bien de t'y habituer.

Et, sur ces mots, il quitta la pièce.

Le dimanche matin, Felicity se prépara à sortir. Le soir précédent, après avoir laissé Wynn s'occuper du bébé, elle avait envoyé un texto groupé à cinq de ses collègues de travail vivant à New York. Elle avait proposé un brunch au Plaza, et trois de ses amis avaient confirmé leur disponibilité.

Cette fois-ci, elle n'essaya pas de se glisser discrètement hors de l'appartement. Elle alla retrouver Ayla et Wynn dans la chambre de ce dernier.

— Je sors, dit-elle.

L'expression qui se peignit sur les traits de Wynn était difficile à déchiffrer.

— Tu es ravissante. Tu vas te promener en ville ?

— Non. J'ai prévu un brunch avec des amis.

— Ah.

— Je serai probablement absente une grande partie de la journée. Je crois que nous irons ensuite au Metropolitan Museum.

Elle ignorait pourquoi elle se sentait coupable. Après tout le dimanche était son jour de congé. Et Ayla n'était pas sa fille.

— As-tu besoin de quoi que ce soit avant que je m'en aille ? s'enquit-elle.

— Non, je te remercie.

— Es-tu en colère contre moi ? ajouta-t-elle en se mordillant nerveusement la lèvre.

— Quelle différence cela ferait-il, si c'était le cas ?

— Eh bien, neuf mois est une durée un peu longue pour que nous coexistions dans un environnement hostile.

— « Hostile » est un mot bien fort, non ? fit-il remarquer en souriant.

— On dirait que nous sommes piégés dans une étrange situation où se mêlent questions pratiques et accès de nostalgie.

— Ce moment n'a pas à être étrange. Toi et moi sommes amis et l'un de nous aide l'autre, voilà tout.

— Ne fais pas de moi une sainte. Je te rappelle que tu me rémunères.

— Je te connais, Fliss. Je soupçonne que tu l'aurais fait gratuitement si je te l'avais demandé. Pas vrai ?

Sa question la prit au dépourvu mais elle y songea un instant.

— Tu as raison, avoua-t-elle. J'aime aider les gens.

— Je suis désolé si je t'ai fait te sentir mal à l'aise, hier soir.

— Ne sois pas stupide. Compte tenu des circonstances, je crois que nous pouvons dire qu'il s'agissait d'une envie partagée. Ce qui n'aurait pas été une décision intelligente.

— Tu sais, je paye des tonnes d'impôts mais, à l'intérieur, je suis toujours le même.

Était-ce vrai ? L'adolescent dont elle était tombée amoureuse se cachait-il toujours à l'intérieur de cet homme adulte si complexe et si sexy ?

— Je dois m'en aller, dit-elle après avoir consulté sa montre.

Wynn leva la petite main d'Ayla et l'agita en signe d'au revoir.

— Tu vas nous manquer.

Le cœur de Felicity se serra. Passer un dimanche

après-midi de détente avec Wynn et Ayla paraissait merveilleusement attrayant. Mais c'était précisément la raison pour laquelle elle sortait.

Éviter toute tentation était primordial, tout comme le fait de se rappeler que sa vie était seulement entre parenthèses.

Lorsqu'elle arriva au Plaza, Reagan, Paul et Rico l'accueillirent chaleureusement.

— J'ai entendu dire que tu ne voles plus ? dit Rico. Que se passe-t-il donc ?

— Je vous raconterai toute l'histoire durant le déjeuner, répondit-elle.

Au restaurant ils prirent place autour d'une table ravissante et profitèrent de l'excellence du repas et du service. Mais ce que Felicity appréciait encore davantage, c'était la présence de ses amis.

Ils avaient beau avoir des personnalités différentes, tous avaient sympathisé au moment de leur formation. Ils étaient la famille qu'elle s'était choisie.

Paul finit son cocktail et frappa son verre de sa cuillère.

— Assez de papotages. Felicity, dis-nous maintenant pour quelle raison tu nous as réunis aujourd'hui.

Felicity éclata de rire.

— Une femme ne peut-elle pas avoir tout simplement envie de revoir ses amis ?

Rico secoua la tête lentement.

— Tu oublies combien nous te connaissons bien, *chica*. Tu n'abandonnerais jamais ton travail sur un simple coup de tête.

Reagan acquiesça et Felicity les regarda en soupirant.

— C'est une longue histoire, murmura-t-elle.

— Dis-nous tout, dit Paul en lui tapotant la main. Nous avons tout notre temps.

Felicity leur raconta tout depuis le début, mais passa sous silence sa relation adolescente avec Wynn et les baisers plus récents qui l'avaient ébranlée au plus profond d'elle-même.

La mâchoire de son amie Reagan sembla se décrocher une fois qu'elle eut assemblé mentalement les pièces du puzzle.

— Attends un peu, dit cette dernière. Ce Wynn n'est-il pas ce gars du vol Atlanta-Londres ? Celui qui te rendait si nerveuse que tu m'as fait changer de place avec toi pour éviter d'avoir à lui parler ?

Trois paires d'yeux étaient à présent rivées sur elle. Elle ne put s'empêcher de rougir violemment.

— Oui, avoua-t-elle dans un murmure.

Paul secoua lentement la tête.

— Tu ferais mieux de quitter cet appartement dès que possible, ma belle. Je crois que Monsieur le Génie cherche une épouse pour devenir la mère de son bébé.

— Ou alors, renchérit Rico, notre ami Wynn est en quête d'un peu *d'action* en plus de ce service que tu lui rends.

Reagan, habituellement l'élément comique du groupe, était anormalement sérieuse.

— On dirait bien qu'il t'a brisé le cœur autrefois, fit-elle simplement remarquer. Si j'étais toi, je ne lui offrirais pas une occasion de recommencer.

- 7 -

Felicity passa une superbe journée en compagnie de ses amis. Le repas au Plaza fut suivi d'une visite au musée puis d'un dîner dans une pizzeria, le tout ponctué de discussions et de rires.

Pourtant, Wynn ne quitta pas son esprit durant tout ce temps. Elle pensait à son esprit si vif, ses yeux verts sexy et son irrésistible sourire. Le goût de ses lèvres. La puissance de son corps viril quand il la tenait contre lui.

Elle avançait en eaux très profondes.

En temps ordinaire, elle était fière de tenir ses promesses et de respecter ses engagements. Mais n'était-il pas possible qu'elle ait commis une terrible erreur en venant s'installer chez Wynn ?

Une fois qu'elle eut dit au revoir à ses amis et fut installée dans un taxi, la panique l'assaillit. Si elle voulait démissionner, il lui fallait agir immédiatement, avant de perdre tout courage. Ou de finir dans un lit avec Wynn.

Ayla dormait quand elle se glissa dans l'appartement. Wynn se trouvait dans le salon, affalé dans un fauteuil, son iPad en main.

Il leva les yeux et lui adressa un bref sourire.

— Bonne journée ? s'enquit-il.

— Excellente.

Elle jeta son sac à main sur un siège et se débarrassa rapidement de son manteau et de ses chaussures.

— Et ici, tout s'est bien passé ?

— Je ne sais pas trop, répondit-il, le front plissé. Ayla était grognon. Et elle a eu de la fièvre ce soir. J'aurai peut-être à la conduire chez le pédiatre demain matin.

— Oh !

Felicity sentit son cœur chavirer. Le moment était mal choisi pour évoquer sa démission.

— Ce pourrait être une poussée dentaire, dit-elle. Je lis tous les soirs des passages d'un livre sur les bébés et apparemment, il est fréquent que les tout-petits aient de la fièvre quand une dent s'apprête à percer.

Wynn se redressa et s'étira.

— Tu as acheté un livre que tu étudies chaque soir ?

— Oui. Pourquoi es-tu surpris ?

— Je ne le suis pas. Mais j'ai la preuve que j'ai choisi la personne idéale pour prendre soin d'Ayla.

— Les personnes capables de s'occuper d'enfants ne manquent pas, fit-elle remarquer, préparant le terrain pour le petit discours concernant sa démission qu'elle avait répété dans le taxi. Ce n'est pas tant une question de talent que de bon sens et de gentillesse.

— Peut-être, mais je te suis tout de même sacrément reconnaissant d'être disposée à aimer et protéger la fille de Shandy.

Elle soupira. Voilà qui n'était absolument pas juste. Si Wynn comptait ajouter Shandy à l'équation, comment réussirait-elle à s'en aller ?

— Au fait, j'ai vu la photo que tu as postée sur Instagram cet après-midi, poursuivit-il. Très sympa.

Le soudain changement de sujet la prit de court.

— De quelle photo parles-tu ?

— Celle où tu es entourée de deux gars super sexy qui te tiennent par la taille.

Elle saisit son téléphone, trouva le post en question et tenta de regarder la photo faite par le serveur avec les yeux de Wynn.

Paul et Rico, têtes posées sur son épaule, lui tenaient chacun un bras, prenaient la pose en en faisant des tonnes. Son amie Reagan, sourire aux lèvres, apparaissait sur la gauche du cliché, à côté du trio.

— Cette photo te pose problème ? demanda-t-elle, sentant la colère poindre.

— J'ignorais que ton groupe d'admirateurs était si vaste…

— Ce sont deux amis de longue date, Wynn. J'étais heureuse de les voir.

— Je n'en doute pas un instant, marmonna-t-il.

— Je te donne douze heures de mon temps chaque jour du lundi au vendredi. Mes week-ends, eux, m'appartiennent.

Elle se souvint alors du petit bémol qu'il avait apporté et précisa :

— À moins, bien sûr, que tu passes la nuit ailleurs que chez toi le vendredi soir.

Elle fit la moue pour s'assurer qu'il comprenne bien ce qu'elle en pensait.

— Tu sais, tu aurais pu rentrer plus tard, dit-il d'un ton sarcastique en arpentant nerveusement la pièce.

On aurait pu croire qu'il était jaloux. Ce qui n'aurait eu aucun sens. Sans les funérailles et la question du bébé, il n'aurait pas été amené à passer une minute avec elle.

Elle ouvrit la bouche mais avant qu'elle puisse répliquer, la sonnerie de son téléphone retentit.

— Je dois décrocher, dit-elle. C'est un appel de Floride. Il s'agit peut-être de mon père ou de mon oncle.

Dès qu'elle entendit les mots de son oncle, confus et précipités, le temps sembla s'arrêter.

Elle n'articula que quelques bribes de syllabes avant d'ajouter « Merci de m'avoir avertie ».

Au moment d'appuyer sur le bouton pour mettre fin à l'appel, une myriade d'émotions étranges s'emparèrent d'elle. Elle avait envie de pleurer mais se sentait paralysée.

Wynn approcha, visiblement inquiet.

— Qu'y a-t-il, Fliss ?

Elle le fixa un instant sans le voir.

— Mon père est mort, murmura-t-elle avant de fondre en larmes.

Wynn l'attira dans ses bras et la tint serrée contre lui. Il était comme un rempart contre une tempête ayant frappé sans prévenir. Elle s'abandonna à ses larmes pendant un long moment. Elle se sentait pareille à une petite fille perdue au milieu d'une effrayante forêt.

Wynn ne cessa de lui caresser le dos, en murmurant à son oreille des mots de réconfort. Puis, quand elle fut plus calme, il la laissa un instant pour aller chercher un gant de toilette humide pour son visage.

— Que lui est-il arrivé ? s'enquit-il.

— Mon oncle Danny vient de m'apprendre que mon père s'est effondré alors qu'ils pêchaient ensemble ce matin, répondit-elle en réprimant un sanglot. Les secours sont arrivés immédiatement, mais il était trop tard. Il a été victime d'une crise cardiaque selon eux.

— Je suis vraiment désolé, Fliss.

Sa compassion lui faisait si mal que ses sanglots reprirent de plus belle.

— Que dirais-tu d'aller enfiler ton pyjama et de venir dans ma chambre ? suggéra-t-il. Je me souviens de ce que j'ai ressenti le jour où j'ai reçu l'appel m'apprenant le décès de Shandy. Il ne faut pas que tu sois seule ce soir.

Elle leva les yeux vers lui, les lèvres tremblantes.

— Oh ! Wynn... Tu étais seul, ce jour-là ?

Il acquiesça d'un hochement de tête puis, voyant qu'elle ne bougeait pas, il lui prit la main et la guida doucement dans le couloir.

— Tu es en état de choc, bébé. Essaye de respirer profondément. Veux-tu boire un verre ? Une dose de scotch pourrait t'aider.

— Non, merci, murmura-t-elle. Je te rejoins dans une minute.

Elle se rendit dans sa chambre et referma la porte derrière elle.

Si elle avait été plus forte, elle aurait peut-être été capable de refuser sa proposition mais elle se sentait telle une étoile explosant en mille morceaux dans l'univers. La sensation était terrifiante. Elle était orpheline, désormais.

La douleur rendant ses gestes maladroits, elle se débarrassa difficilement de ses vêtements puis alla prendre une douche rapide.

Après s'être séchée, elle fouilla le contenu des tiroirs et trouva ce dont elle avait besoin, un confortable pyjama de flanelle ainsi que d'épaisses chaussettes.

Elle grimaça en apercevant son reflet dans le miroir. La question d'un rapprochement intime ne se poserait pas, ce soir. Elle était la femme la moins séduisante de la planète !

Une fois dans la chambre de Wynn, elle gagna le lit

king size et s'y roula en boule. Il ne faisait pas froid dans l'appartement mais elle tremblait comme une feuille.

Wynn sortit bientôt de sa salle de bains personnelle vêtu d'un pantalon de pyjama bleu marine et d'un T-shirt blanc. Ses cheveux étaient humides et ébouriffés.

Il éteignit le plafonnier, laissant allumée la lampe placée sur la table de chevet, se glissa sous les couvertures et l'attira contre lui.

— Viens plaquer ton dos contre ma poitrine, dit-il.

Elle ne pensa pas un seul instant à protester. Le corps de Wynn lui offrait chaleur, protection et la promesse qu'elle ne serait pas seule durant les heures à venir.

— Excuse-moi, murmura-t-elle. Je suis incapable d'arrêter de trembler.

Il lui frotta le bras. Son souffle balayait doucement sa nuque.

— Je pense vraiment qu'un peu de scotch te ferait du bien.

— D'accord.

Il revint quelques instants plus tard, un petit verre à la main.

Elle se redressa, affreusement embarrassée. Son corps était hors de contrôle, une sensation qu'elle détestait.

Wynn s'assit sur le bord du lit et l'aida à porter le verre à ses lèvres.

— Vide-le d'un seul coup si tu peux, lui conseilla-t-il.

Elle posa sa main sur la sienne et engloutit le liquide d'un trait. Le sentiment de brûlure qu'elle éprouva la fit presque s'étrangler.

— C'est abominable ! s'exclama-t-elle en toussant.

Wynn ne put se retenir de sourire.

— Pas exactement. Un whisky de vingt-cinq ans

d'âge provenant d'une distillerie écossaise centenaire mérite un peu de respect.

— Si tu le dis.

Il reposa le verre, s'installa sous les draps et la plaqua de nouveau contre lui.

Elle n'aimait pas le reconnaître, mais la chaleur de l'alcool qu'elle sentait se diffuser en elle lui fit du bien. Tout comme le contact du corps puissant de Wynn contre le sien. Elle ferma les yeux mais ne parvint pas à s'endormir.

— Tu ne dors toujours pas, on dirait, lui fit remarquer Wynn tout en caressant ses cheveux.

— Non, en effet.

— Tu sais, tu peux me parler, Fliss. Je t'écouterai. Et je n'essayerai pas de résoudre tous tes problèmes. J'ai entendu dire qu'il s'agit d'une tendance masculine qui rend les femmes folles.

Son commentaire cocasse lui arracha un petit rire, à sa grande surprise. L'idée que Wynn essayait d'évoluer était amusante. Mais bientôt la réalité la rattrapa et elle poussa un profond soupir.

— Nous ne nous voyions pas souvent, mon père et moi, mais je savais qu'il était là. Quelque part sur la planète. C'était mon père. Il m'a élevée tout seul. Je me sens si coupable.

Wynn noua un bras autour d'elle, juste sous sa poitrine.

— Pour ce qui est de la culpabilité, nous en sommes au même point, toi et moi, dit-il. De mon côté, je n'ai pas été capable de sauver ma sœur.

Felicity garda le silence plusieurs minutes, profitant de la sérénité offerte par cet étrange moment. Les jours qui suivraient seraient éprouvants, mais à cet instant précis, tout semblait aller pour le mieux.

— Merci, Wynn. Merci d'être là au bon moment. Cela signifie beaucoup pour moi.

Il déposa un doux baiser sur son épaule.

— Nous nous connaissons depuis longtemps, Fliss. Tu m'apportes ton aide avec Ayla, et je te soutiendrai dans cette épreuve. À présent, tu dois dormir. Ayla se réveillera à l'aube, que nous soyons prêts à nous occuper d'elle ou non.

Il y avait très longtemps qu'elle n'avait pas dormi avec un homme, véritablement *dormi*. Elle inspira profondément, savourant l'odeur de savon imprégnant la peau de Wynn, la sensation de son corps contre le sien… et s'endormit profondément.

Au milieu de la nuit, une envie pressante la réveilla. Lorsqu'elle tenta de quitter le lit, les bras de Wynn se serrèrent autour d'elle.

— Ne t'en va pas, marmonna-t-il dans un demi-sommeil.

— Je reviens dans un instant, murmura-t-elle.

À son retour, il semblait endormi. Elle s'étendit de nouveau à ses côtés et après qu'il eut poussé un grognement de satisfaction, il l'attira de nouveau tout près.

Sentir son érection se plaquer tout au bas de son dos lui arracha une petite exclamation de surprise.

Wynn tenait une femme dans ses bras. Sa réaction était naturelle, même dans le sommeil.

Mais elle, elle, ne dormait pas. Et elle avait envie de lui. Terriblement.

Peut-être était-ce l'expression d'une pulsion de vie

dans ces tristes circonstances, mais elle sentait le désir croître en elle au point de ne plus pouvoir tenir en place.

En plein jour, elle se serait peut-être raisonnée. Mais il faisait nuit noire et elle avait subi un énorme choc. Tout ce qu'elle désirait était de sombrer dans le doux oubli que lui offrirait un moment intime avec Wynn.

— Wynn, murmura-t-elle en embrassant sa joue. Tu dors ?

Un petit grognement s'éleva.

— Plus maintenant, marmonna-t-il.

— Fais-moi l'amour, demanda-t-elle dans un souffle.

À ces mots il se figea. Et à présent qu'il était pleinement éveillé, il ne devait pas ignorer que son corps était prêt à l'action.

Prudemment il roula sur le dos, s'assurant qu'aucun contact n'existe plus entre eux.

— Je ne pense pas que ce soit judicieux, Fliss. Tu n'as pas les idées claires.

Elle referma la main sur son sexe à travers le tissu de son pantalon.

— Je n'ai pas envie d'utiliser mon esprit, dit-elle. Je veux des sensations physiques, c'est tout.

Wynn saisit son poignet et éloigna sa main de son corps.

— Nous n'allons pas le faire, répondit-il à voix basse. Essaye de dormir.

— Je ne peux pas. De plus, tu savais probablement que ce moment arriverait lorsque tu m'as demandé de venir vivre avec toi.

— Mais pas cette nuit. Pas alors que tu es perdue et désorientée. Je ne profiterai pas de la situation, Fliss.

Il jura à voix basse, s'assit et alluma la lampe de chevet.

— Tu es blessée, effrayée. Il s'agit d'une pulsion de

ta part. Pas besoin d'un psy pour voir ce qui se passe. Utiliser le sexe pour oublier le monde est le meilleur moyen de courir au désastre.

— Peut-être si j'avais choisi n'importe quel homme dans un bar. Mais pas avec toi.

Wynn s'extirpa du lit d'un bond.

— Il faut que j'aille voir Ayla.

Il disparut si vite que c'en était comique.

Se montrait-elle injuste ? Wynn essayait d'être un héros, quelqu'un qui se comporte de façon droite et honnête. Et elle…

Il lui fallait absolument arranger les choses.

- 8 -

Felicity s'aventura sur la pointe des pieds dans le couloir pour gagner la chambre d'Ayla. S'immobilisant sur le seuil, elle vit Wynn toucher délicatement le front de l'enfant.

— Est-elle fiévreuse ? murmura-t-elle.

— Non. Elle dort bien. Sa peau est fraîche.

— Parfait.

Wynn quitta la pièce en faisant mine d'ignorer sa présence et se dirigea à grands pas vers sa chambre. Comptait-il lui fermer la porte au nez ?

Mais il n'en fit rien, se contentant de prendre son oreiller.

— Je vais dormir sur le canapé, dit-il. Le lit est à toi.

Le cœur de Felicity chavira à ces mots.

— C'est à cause de mon pyjama, c'est ça ? Tu ne ressens aucune excitation pour moi parce que j'ai l'air d'une clocharde mal fagotée.

— Mais de quoi parles-tu, bon sang ?

— Il est en flanelle, vieux et usé. Les hommes aiment la lingerie sexy.

Les joues de Wynn s'empourprèrent et le tissu à l'avant de son pantalon sembla se tendre.

— C'est faux, répondit-il. Les hommes préfèrent la peau nue. Toujours. Pourquoi crois-tu que je t'aie demandé de mettre un pyjama ? J'essaye de te réconforter, Fliss. Mais tu ne me facilites pas la tâche.

Elle traversa la pièce pour le rejoindre.

— Excuse-moi. Je n'aurais pas dû faire pression sur toi. J'ai mal choisi mon moment.

Des moments mal choisis, voilà une réalité qui semblait bien résumer l'histoire de leur relation !

— Je suis déçue, mais je comprends, ajouta-t-elle. Et, bien entendu, tu as parfaitement raison.

Il se tenait raide, l'oreiller plaqué contre lui à la manière d'un bouclier.

— Nous pouvons revenir sur cette conversation plus tard dans la semaine, dit-il. Si tu as toujours envie d'en parler. Mais pas ce soir.

Il quitta la pièce et referma la porte derrière lui. Un sentiment de malaise, auquel se mêlaient chagrin et incertitude, enfla en elle. Elle se précipita dans sa chambre et se jeta sur son lit. Dans un petit recoin de son âme, elle avait cru que Wynn avait toujours des sentiments pour elle. Pas suffisamment pour mener une vie de couple, mais au moins assez pour savourer une nuit de sexe en souvenir du bon vieux temps. Mais si tel était effectivement le cas, ses scrupules s'étaient révélés plus puissants encore.

Elle s'était ridiculisée. Wynn essayait juste d'être gentil.

Plus tôt il avait laissé entendre qu'ils pourraient avoir une liaison temporaire. Mais c'était avant qu'elle ait trempé de larmes sa chemise et se soit muée en pleurnicharde désemparée.

Elle tressaillit lorsque sa lampe s'alluma soudain tandis que quelqu'un écartait les draps.

— Oh ! pour l'amour du ciel, Fliss. Je sais que tu ne dors pas.

Wynn soupira et s'allongea en s'assurant de garder une saine distance entre eux.

— Nous sommes tous deux épuisés, dit-il. Ayla se réveillera dans quelques heures. Tu dois dormir.

Et à sa grande surprise, c'est ce qu'elle fit. Ce n'était pas aussi bon que lorsqu'il l'avait tenue contre lui, mais l'avoir dans son lit était déjà fabuleux.

Il avait le pouvoir de la faire se sentir moins seule.

Lorsqu'elle s'éveilla le lendemain matin, elle était seule, toutefois. Mais elle entendait la voix grave de Wynn et le gazouillis d'Ayla dans la cuisine.

Et c'est alors que la réalité la frappa. Wynn était censé être au bureau. Elle s'habilla en hâte, noua ses cheveux en queue-de-cheval et se rua vers la cuisine.

Wynn la regarda, l'air inquiet.

— Qu'y a-t-il ? L'appartement a pris feu ?

— Il est tard. Tu dois aller travailler. Et je sais que je vais te laisser dans le pétrin en allant en Floride pour les funérailles. Mais tu connais certainement quelqu'un capable de te prêter main-forte durant quelques jours, non ?

— Ce ne sera pas nécessaire. Je t'accompagne en Floride. Avec Ayla. Nous sommes ton groupe de soutien.

— Mais tu…

Il leva aussitôt une main pour l'interrompre.

— Fin de la discussion.

— Merci, Wynn, dit-elle en ravalant sa fierté. J'étais terrifiée à l'idée d'y aller seule.

— Je t'en prie.

Elle chatouilla la joue du bébé.

— Comment va-t-elle ? s'enquit-elle.

— Elle semble être redevenue elle-même. Lorsqu'elle

fera la sieste, tout à l'heure, je t'aiderai avec les détails concernant l'organisation des funérailles.

— Je dois rappeler oncle Danny, mais il semblerait qu'un groupe des amis de papa organise une sorte de cérémonie du souvenir. Ils doivent s'attendre à ce que je l'enterre à Falcon's Notch. Je n'aurai peut-être pas beaucoup à faire en Floride finalement, à part assister à la commémoration.

Wynn acquiesça d'un signe de tête.

— Nous nous adapterons à la situation, quelle qu'elle soit, dit-il. Prends donc ton petit déjeuner. Il y a des gaufres.

— Tu as préparé des gaufres ?

— Tu veux rire ? Elles sortent d'un paquet et tu dois les glisser dans le grille-pain.

Elle éclata de rire.

Une fois qu'elle eut rempli son assiette et sa tasse, elle se trouva de nouveau plus que consciente de la présence de Wynn. Il paraissait épuisé, mais sa bouche était toujours diaboliquement sensuelle et son corps musclé splendide…

Les souvenirs de leur sage nuit lui donnèrent le frisson. Il était démoralisant de reconnaître que Wynn avait agi en gentleman. S'ils avaient fait l'amour, elle l'aurait utilisé. Il n'aurait pas été choqué pour autant, mais cela n'aurait pas été correct.

Pourtant, son corps vibrait encore de ce désir inassouvi. Plus elle resterait à New York, plus il lui faudrait se montrer prudente. La nuit précédente aurait pu tout changer de manière radicale.

— Wynn, je…

Il leva les yeux de son assiette et la fixa d'un regard intense.

— Fliss, si c'est au sujet de cette nuit d'amour géniale que nous *n'avons pas* eue, oublie tout ça, veux-tu ? Tu n'allais pas bien. Nous sommes passés à autre chose, à présent.

Elle hocha lentement la tête, mais elle n'était pas convaincue. S'ils étaient effectivement passés à autre chose, pourquoi faisait-il tressauter nerveusement son genou sous la table, et continuait-il à la regarder dès qu'il pensait qu'elle ne s'en apercevait pas ?

Après le petit déjeuner, elle téléphona à son oncle qui lui donna les détails de la cérémonie. Son père ne voulant pas d'incinération, son corps reposait dans un funérarium local dans l'attente de son acheminement à Falcon's Notch.

— Je serai présente pour la commémoration, oncle Danny. Et je me chargerai de l'organisation du reste une fois sur place.

Tandis qu'Ayla dormait, elle alla retrouver Wynn dans son bureau pour l'informer des derniers développements.

— Plus j'y pense et plus je me dis que je devrais m'y rendre seule. Ayla a à peine eu le temps de s'habituer à son nouvel environnement affectif. Je ne vois pas comment tu pourrais la laisser avec quelqu'un d'autre aussi tôt.

— Je te l'ai dit, elle nous accompagnera. J'ai appelé mon assistante. Sa fille est chez elle pour les vacances. Missy se spécialise dans l'éducation des jeunes enfants, je l'ai déjà rencontrée. Elle est prête à voyager en avion avec nous et à prendre soin d'Ayla pour que toi et moi puissions nous consacrer à ce qu'il y a à faire.

— Mais c'est Thanksgiving !

— Nous la ramènerons chez elle pour midi, jeudi. Tout le monde est partant pour ce plan.

Felicity se mordilla la lèvre d'un air gêné.

— Ce moment délicat est mon problème, Wynn, pas le tien. Je ne vais pas m'effondrer. Tu peux rester ici et passer Thanksgiving avec Ayla. Je t'assure, tout va bien.

Wynn l'attira entre ses bras.

— Non, tout ne va pas bien, Fliss. Je veux être avec toi.

— Mais pourquoi ?

Sa joue reposait à l'endroit où résonnait le doux battement de son cœur.

— Parce que je me soucie de toi, répondit-il. Et parce que ta présence à l'enterrement de Shandy a fait toute la différence pour moi. Je ne pouvais pas croire que tu étais là. Tu as été comme un phare dans la nuit, ce jour-là.

Le baiser qu'ils échangèrent, d'abord tendre, se fit rapidement plus fiévreux. On était en pleine journée, tous deux étaient entièrement vêtus et personne ne parlait de sexe. Mais pourtant Felicity y pensait. Intensément.

Wynn la serra plus fort contre lui, le souffle court. Elle s'agrippa à ses épaules tandis que leur baiser redoublait d'ardeur. Pour la première fois, la peur l'étreignit. Elle redoutait ce que Wynn provoquait en elle. Elle se sentait jeune, fébrile, et impatiente de foncer tête baissée… vers les ennuis.

L'odeur de la peau de Wynn évoquait le sirop d'érable et les forêts de pin. Son corps massif la faisait se sentir si petite. Si protégée.

Elle avait été très longtemps seule. S'était occupée de subvenir à tous ses besoins seule. Avait construit sa vie seule.

Mais en cet instant, elle était tentée de laisser derrière elle ce cadre rassurant qu'elle avait tant peiné à construire. Parce qu'elle voulait Wynn.

— Je ne peux pas respirer, dit-elle doucement.

Il la laissa s'écarter… juste un peu.

— Désolé, marmonna-t-il. Tu me fais perdre la tête.

Elle lui caressa la lèvre du bout du doigt.

— Au risque de me faire rabrouer de nouveau, Wynn, il me faut te dire que je ne me sens ni triste ni au bord des larmes en cet instant. Je suis simplement…

Le regard de Wynn flamba à ces mots.

— Brûlante de désir ? conclut-il, un sourire en coin.

Elle sentit son visage s'empourprer.

— Ce… ce n'est pas ton cas ? demanda-t-elle d'une voix hésitante.

— Oh que si, bien sûr. À dire vrai, j'ai envie de toi depuis que tu as franchi le seuil de ma maison, à Falcon's Notch. Nous sommes peut-être des personnes différentes, à présent, mais nos corps se reconnaissent.

L'intensité qui perçait dans sa voix la fit frémir.

— C'est vrai, dit-elle simplement.

— Ayla pourrait nous interrompre, ajouta-t-il, une pointe d'ironie dans la voix.

— Dans ce cas je suppose que nous devrions arrêter de perdre du temps.

— Bon sang, tu as sacrément raison.

Il prit le babyphone dans une main, serra son poignet de l'autre et l'entraîna dans le couloir jusqu'à sa chambre, avant de refermer silencieusement la porte derrière eux. Après avoir posé l'appareil sur la commode, il riva son regard sur Felicity. Elle sentit un feu s'allumer au creux de son ventre. Wynn semblait si passionné, si impatient…

Elle s'éclaircit la voix.

— Pour que les choses soient claires, dit-elle, je

n'attends rien de plus qu'un moment ludique. Il me semble important de le préciser.

— C'est noté. Autre chose à dire ?

— Non.

Inexplicablement, elle était comme paralysée. Ce n'était pas qu'elle n'avait pas envie de Wynn. Elle brûlait de désir pour lui, au contraire, et ce désir menaçait de la submerger.

Wynn entreprit de déboutonner son chemisier si lentement qu'elle eut envie de repousser ses mains et de le faire elle-même. Mais elle se força à simplement le regarder.

Voir ses longs doigts bronzés si proches de sa peau lui coupait le souffle. Il la dénuda jusqu'à la taille puis fixa ses seins nus.

— Tu es parfaite, murmura-t-il d'une voix rauque.

Il effleura du doigt la pointe de son sein, déclenchant en elle une puissante onde de chaleur.

— Wynn…

— Oui ?

— Dépêche-toi. S'il te plaît. Je suis à l'agonie.

— L'attente fait partie du plaisir, non ?

Elle l'attira plus près.

— Pas aujourd'hui.

Lorsqu'elle l'embrassa fougueusement, il étouffa un juron et ils se déshabillèrent mutuellement avec frénésie.

Le premier regard posé sur le torse de Wynn l'étourdit un instant. Le garçon d'autrefois avait cédé la place à un homme doté d'un physique de rêve.

— J'avais oublié combien tu es superbe, fit-elle remarquer.

Wynn la fit basculer sur le lit et vint couvrir son

corps du sien. Un brasier semblait brûler au fond de son regard avide.

— Moi, je n'ai rien oublié, Fliss.

Il roula un instant sur le côté pour sortir un préservatif du tiroir de la table de chevet.

— J'aimerais faire durer le moment mais le temps semble compté, dit-il.

— Alors accélère le mouvement.

Il se glissa entre ses jambes, tout en se moquant gentiment d'elle.

— Compris, patronne.

Elle pensait qu'il la pénétrerait rapidement, mais il n'en fit rien. Il jouait avec ses émotions et son corps, multipliant les caresses exquises. Elle se cambra sous l'effet du plaisir.

— Qu'essayes-tu de faire ?

— Je veux nous rendre fous, murmura-t-il.

Si c'était le but qu'il poursuivait, il y réussissait à merveille ! Il l'anéantissait de désir. Quelques minutes avaient suffi pour qu'elle se retrouve gémissante et essoufflée, le suppliant de mettre fin à son insupportable attente. Chaque fois qu'elle le pensait prêt à entrer en elle, il hésitait et se lançait dans de nouvelles caresses, semait de nouveaux baisers sur sa peau.

Son visage était sérieux à présent, sa poitrine se soulevait au rythme de son souffle saccadé mais il gardait le contrôle.

— J'ai envie de toi, dit-elle, avide de le voir lui donner ce dont elle avait si désespérément besoin.

— Jusqu'à quel point ?

— Suffisamment pour t'implorer. S'il te plaît, monsieur Oliver. Je veux ta magnifique…

Il ne la laissa pas poursuivre. Plaquant sa bouche sur la sienne, il l'embrassa avec fougue. Au même moment, il la pénétra avec force, joignant son corps si puissamment, si parfaitement au sien qu'elle en eut les larmes aux yeux. Elle cligna des paupières pour les chasser et se concentrer entièrement sur son plaisir.

Le regard de Wynn se troubla.

— Fliss…

Leurs corps ne faisaient plus qu'un. À nouveau. Après quinze longues années.

Mais ce n'était qu'un moment de sexe, rien de plus.

Elle chassa cette pensée pour s'abandonner aux assauts enfiévrés de son corps. Le vertigineux et brûlant élan d'allégresse enfla en elle jusqu'au point ultime. Elle cria le nom de Wynn au moment où l'orgasme la terrassait avant de savourer un fabuleux moment d'apaisement et de sérénité.

- 9 -

Felicity se sentait comme hébétée. Elle flottait dans un brouillard d'incertitude. Elle s'était attendue à ce que le sexe avec Wynn soit ludique. Mais « ludique » était un mot bien trop faible pour décrire ce qui s'était passé dans ce lit.

C'était peut-être elle qui avait demandé, mais Wynn avait pris le contrôle et les avait tous deux envoyés dans une dimension totalement inédite. Celle du plaisir adulte. Fondé sur une relation appartenant au passé, mais entièrement ancré dans le moment.

À bout de souffle, elle se délecta de la sensation offerte par le corps puissant de Wynn pesant lourdement sur elle. Mais bientôt, inquiète de son immobilité, elle tapota son épaule bronzée du bout du doigt.

— Tu dors ? murmura-t-elle.

Après plusieurs secondes de silence, Wynn releva la tête, lui lança un regard ironique et embrassa le bout de son nez.

— Non, pas du tout.

Ses cheveux sombres étaient tout ébouriffés. Sa peau luisante de sueur.

— C'était phénoménal, dit-elle.

— Merci, répondit-il, un petit sourire aux lèvres.

— Et le mérite nous en revient *à tous les deux*, précisa-t-elle. Tu ne peux pas t'attribuer toutes les louanges.

Elle se sentait un peu mal à l'aise, à présent. Comment mettre fin à un tel moment ? Où étaient donc les bébés en pleurs, lorsqu'on avait besoin d'eux ?

Wynn s'assit et s'étira, visiblement très à l'aise avec sa nudité. Il lui tapota tendrement le bas du dos quand elle se retourna, les couvertures remontées jusqu'au menton.

— La récréation est finie, Fliss.

Elle poussa un profond soupir.

— Je sais. Nous avons tous deux mille choses à faire...

— Des regrets ?

— Non. Et toi ?

— Non plus. Je crois que cela devait arriver tôt ou tard. J'imagine que la question à présent est de savoir qu'en faire.

Lorsqu'il disparut dans la salle de bains, elle ramassa ses vêtements à la hâte et s'éclipsa. Elle ne se sentait pas capable de lui faire face. Pas pour l'instant. Pas alors qu'elle n'avait pas de réponse à sa question indirecte.

Après une douche rapide, elle enfila un pantalon noir et un chemisier de soie écarlate, une tenue qui renforçait sa confiance en elle. C'était ce dont elle avait besoin.

Lorsqu'elle s'aventura hors de sa chambre, elle entendit Wynn, dans la chambre d'Ayla. La petite fille s'était réveillée de sa sieste et semblait d'humeur joyeuse.

Songeant qu'elle pourrait se servir du bébé pour détendre l'atmosphère, elle s'arrêta sur le seuil et lança en souriant : – On dirait que vous vous amusez bien tous les deux !

Wynn jeta un regard par-dessus son épaule et sembla surpris.

— J'ignorais qu'il nous fallait nous mettre sur notre trente et un pour le déjeuner.

— Très drôle, répliqua-t-elle.

Wynn portait le même pantalon de pyjama et le même T-shirt que le soir précédent. Il devait avoir entendu Ayla s'agiter et n'avait pas eu le temps de s'habiller.

— Je dois m'absenter un moment, dit-elle. Peux-tu t'occuper d'elle ? Je n'en aurai pas pour plus de trois heures.

Il se rembrunit à ces mots.

— Tu vas retrouver d'autres amis ?

— Non. Je dois acheter une robe pour la cérémonie. Il fera chaud en Floride, et je n'ai aucune tenue qui convienne.

L'expression de Wynn se radoucit. Il jucha Ayla sur son épaule.

— J'ai une meilleure idée, dit-il. Je vais appeler mon amie Janeen. Elle dirige un rayon d'habillement au grand magasin Bloomingdale's. Je lui expliquerai ce dont nous avons besoin et elle fera envoyer une sélection de robes que tu pourras essayer ici. Puis nous renverrons ce que tu ne voudras pas.

Elle plissa le nez. Cette Janeen lui déplaisait déjà.

— Tu es sorti avec elle, n'est-ce pas ?

— Oui, il y a une éternité. Et elle est à présent l'heureuse épouse d'un capitaine de la police de New York.

— Et elle est disposée à envoyer des robes chez toi, juste comme ça ?

— Il me faudra lui laisser une caution mais la réponse est oui.

Elle maîtrisa son irritation. Wynn avait un passé. Tout comme elle. Et ils n'étaient pas en couple. Elle acquiesça d'un signe de tête.

— Dans ce cas, je te remercie, Wynn. Ce serait génial.

Il lui tendit le bébé.

— Si tu veux bien occuper ce petit bout, je vais appeler Janeen et organiser le voyage en jet. Ce sera bien plus confortable. Et rapide.

Tandis qu'il quittait la chambre d'Ayla, Felicity secoua la tête, perplexe. Comme le riche et charmant businessman semblait loin du garçon plein d'ambition et prêt à tout qu'elle avait connu à Falcon's Notch…

Que restait-il de l'ancien Wynn Oliver ? Avait-il dû gommer tous les aspects plus bruts de sa personnalité durant son ascension jusqu'aux sommets de la réussite ?

Les robes en provenance de Bloomingdale's furent livrées en milieu d'après-midi. Alors qu'Ayla faisait la sieste et que Wynn était enfermé dans son bureau, Felicity emporta les boîtes jusqu'à sa chambre.

Une fois en sous-vêtements, elle sortit la première robe et comprit qu'avoir laissé carte blanche à Wynn avait été une erreur.

Elle déballa les autres tenues. Toutes étaient des pièces de créateurs.

Le vertige s'empara d'elle une fois qu'elle eut jeté un regard à quelques-unes des étiquettes de prix. L'une d'elles affichait une somme équivalant à huit mois de remboursement de son crédit auto ! Quelle mouche avait donc piqué Wynn ?

Elle ne pouvait rien s'offrir sans pulvériser son budget. Mais elle essaya tout de même les robes.

Incroyable ! Il était stupéfiant de constater combien la haute couture était bénéfique à l'estime de soi.

Sa robe préférée était un fourreau noir sans bretelles, à la coupe simple, taillé dans une soie somptueuse. Ce fut la seule des tenues qu'elle ne rangea pas dans sa boîte d'origine. C'était exactement ce qu'elle voulait. Mais certainement pas ce qu'elle pouvait se permettre de s'offrir. Comment dire à Wynn que ses efforts pour se montrer serviable n'avaient pas porté leurs fruits ?

Après s'être rhabillée, elle se rendit dans la cuisine pour se servir une tasse de café puis regagna sa chambre pour préparer sa valise. Une nouvelle fois, elle passa en revue les vêtements qu'elle avait emportés à New York.

La seule robe noire du lot avait des manches longues, faisant d'elle une tenue totalement inadéquate si l'on considérait que la chaleur serait accablante en Floride. Il ne lui restait plus qu'à aller faire les boutiques ! Mais comment faire sans avoir à affronter Wynn ?

Elle avait presque terminé sa valise quand Wynn entra dans sa chambre.

— Alors, as-tu trouvé une robe à ton goût ?

— Je te remercie d'avoir organisé cet essayage, mais il me faudra trouver une tenue un peu moins…

Elle se tut, cherchant le mot juste.

— Un peu moins quoi ? demanda-t-il, le front soucieux.

— Un peu moins onéreuse, Wynn. Je ne peux m'offrir aucune de ces robes.

— Je l'achèterai pour toi.

— Non. Ce ne serait pas convenable. Si tu n'as pas besoin de moi d'ici le dîner, je vais faire rapidement les boutiques. Je connais un ou deux magasins où je trouverai certainement mon bonheur sans courir à la ruine.

Wynn saisit le fourreau de soie noire, l'unique tenue encore en vue.

— Celle-ci est belle, fit-il remarquer. Te va-t-elle ?

— À merveille, mais je suis sérieuse, Wynn. C'est hors budget pour moi. Tu dois avoir oublié de dire à ton ex-petite amie que je ne joue pas dans la même catégorie que toi.

— Que veux-tu dire, bon sang ?

— J'ai un bon travail et un bel appartement, mais toi, tu as brillamment réussi. Tu es riche et puissant. Nous n'évoluons plus dans les mêmes sphères, désormais. Quoi qu'il en soit, j'ai besoin d'une robe.

Il caressa la soie du fourreau noir.

— Garde celle-ci, dit-il. Si tu veux, je retirerai son prix de ton salaire sur la durée des neuf prochains mois.

Elle réfléchit un instant. Évidemment, vu sous cet angle… Cette proposition valait mieux que de laisser Wynn lui offrir cette robe. La somme était bien trop déraisonnable mais s'il la voyait dans cette sublime tenue, peut-être le souvenir de son affreux pyjama s'effacerait-il de son esprit…

— Entendu, répondit-elle. Je te remercie.

Il reposa la robe et s'approcha d'elle avec sur le visage une expression qui la fit vaciller. Une fois tout près, il glissa les doigts dans ses cheveux et guida sa bouche vers la sienne pour lui donner un ardent baiser.

Elle porta les mains à ses poignets et s'y agrippa tandis que la pièce semblait tournoyer autour d'elle. Wynn était si serein. Il était si sûr de lui, en l'embrassant… Et elle adora cette sensation. Elle lui rendit son baiser sans cacher son ardeur.

Ils s'entendaient à merveille physiquement, et étant donné qu'aucun d'eux n'était en couple, cette attirance renouvelée suivrait certainement un cours qu'ils connaissaient bien.

Mais elle n'était pas assez naïve pour envisager un avenir ensemble. Elle portait toujours un fardeau. Un secret qui pourrait amener Wynn à la considérer avec colère et dégoût.

Il s'agissait d'un secret ancien, qui n'avait plus d'importance. Un petit détail dont elle ne lui avait jamais parlé parce qu'elle en avait eu honte. Il n'avait pas compté jusqu'à ce moment. Ce moment où ils partageaient le même espace, la même attirance.

Wynn s'écarta et scruta son visage.

— Où étais-tu, Fliss ? J'ai eu le sentiment de te perdre.

Sa lèvre menaçait de trembler sous l'effet de son trouble.

— Désolée.

Elle déposa un doux baiser sur ses lèvres.

— Que sommes-nous en train de faire, Wynn ? À part créer des complications dans nos existences.

— Nous profitons de la vie ?

Son sourire en coin semblait dire qu'il ne prenait pas ce qui se passait entre eux trop au sérieux. C'était certainement là un point positif, non ?

Une fois encore, elle se demanda s'il lui faudrait ou non partir. Mais il lui semblait épouvantable d'accepter l'aide de Wynn pour les funérailles de son père puis d'abandonner son travail auprès d'Ayla.

Quels que soient les choix possibles, aucun ne semblait idéal.

— Je devrais finir de préparer mes affaires, dit-elle en s'écartant de lui. Des projets pour le dîner ?

Wynn la dévisagea comme s'il était capable de voir l'agitation de son esprit. Puis il poussa un soupir.

— J'ai en effet des projets, répondit-il. Missy gardera Ayla ce soir. Ce sera comme une répétition avant le voyage de demain. Toi et moi allons manger dehors. Nous avons besoin de faire une pause. Et il faut te remonter le moral.

— Ce n'est pas nécessaire, tu sais.

— Peut-être que non, en effet, dit-il en lui caressant la joue de son pouce. Mais j'ai envie d'emmener une splendide femme au restaurant.

Avant qu'elle puisse l'en empêcher, il observa de nouveau la robe noire.

— Porte celle-ci, veux-tu ? C'est un restaurant chic.

— Mais, Wynn…

Il était déjà reparti.

Felicity n'avait pas réalisé à quel point elle était stressée… à propos de tout. Mais une fois que Wynn et elle furent assis à la table pour deux parée d'une nappe de lin blanc et ornée d'un chandelier chargé de bougies étincelantes, elle sentit la détente la gagner.

Le restaurant était charmant. Le chauffeur de Wynn les avait conduits dans une petite rue près de Central Park jusqu'à un établissement dont la façade ne laissait rien deviner de la perle qui se cachait derrière ses murs.

À l'intérieur, chacune de la quinzaine de tables était abritée dans une sorte d'alcôve favorisant un repas en toute intimité.

— Waouh ! s'exclama-t-elle. C'est superbe !

— Content que cet endroit te plaise. Il n'est ouvert que depuis un mois. Et il devient très couru.

— Mais évidemment, tu es le genre d'homme capable d'obtenir une réservation de dernière minute dans un lieu aussi exclusif, n'est-ce pas ?

— Te plains-tu, Fliss ?

— Tout ceci est banal pour toi, n'est-ce pas ? Acheter sans se soucier du prix ? Les voitures de luxe, les restaurants chics, les jets privés ?

Le regard vert de Wynn se fit soudain glacial.

— J'ai travaillé sacrément dur pour en arriver où j'en suis aujourd'hui, répliqua-t-il sèchement. Je ne ressens nul besoin de m'excuser. Préférerais-tu que nous repartions ? Nous devrions être capables de trouver un fast-food facilement.

Felicity se sentit quelque peu minable à ces mots. Mais elle ne pouvait que constater combien Wynn avait changé. Même s'il avait bâti une superbe maison à Falcon's Notch – Dieu seul savait pourquoi ! –, sa place n'était plus là-bas. Le nouveau Wynn Oliver faisait bel et bien partie de l'élite new-yorkaise.

Et elle ne savait qu'en penser.

— Mon intention n'était pas de te critiquer, dit-elle prudemment. Je suis désolée. Je crois que j'ai simplement du mal à faire le lien entre l'adolescent que j'ai connu et… toi.

Son expression se radoucit. Il prit sa main entre les siennes.

— Je suis toujours moi, Fliss. Tu n'as pas à avoir peur. Je suis toujours celui que tu as connu au lycée, avec de plus beaux vêtements, c'est tout ! dit-il en riant.

Elle sourit, mais elle n'était pas convaincue. Wynn avait du style, de l'assurance. Il avait aujourd'hui cette confiance désinvolte propre aux personnes fortunées. Une forme d'arrogance ? C'était vrai, mais ce trait était déjà présent en lui autrefois. Ce qui était nouveau, c'était cette touche d'audace toute virile.

— Merci de m'avoir emmenée dans cet endroit fabuleux, Wynn.

Ils passèrent commande et goûtèrent le vin. Le service

était si impeccable que Felicity commença à avoir l'impression d'être dans un film.

Ce n'était pas la première fois qu'elle dînait dans un grand restaurant, mais ce moment intime auprès de Wynn surpassait tout ce qu'elle avait connu.

Elle prit une gorgée de vin français. Bien que n'étant pas connaisseuse, elle sut que la cuvée était exceptionnelle.

— Te plaît-il ? demanda Wynn.

— Il est délicieux.

Elle vida son premier verre et demanda à être resservie.

Au moment de verser le vin, Wynn lui lança un regard interrogateur.

— Pourquoi ai-je l'impression que tu essayes de trouver le courage de me parler ?

Elle déglutit avec peine. Ses joues étaient subitement devenues brûlantes. Voilà ce qui était à craindre lorsque l'on se trouvait en présence d'une personne vous connaissant si bien. Il était difficile de lui dissimuler quoi que ce soit.

Elle décida de se jeter à l'eau.

— Je me sens mal parce que tu as été adorable avec moi hier et aujourd'hui, mais il me faut être franche, Wynn. Je ne crois pas être capable de m'occuper d'Ayla durant une année. Ni même neuf mois.

— Quel est le problème ?

Peut-être devrait-elle tout dire et voir ce qui se passerait. Le léger étourdissement causé par le vin lui insuffla l'élan de courage nécessaire.

— Je ne veux pas tomber amoureuse de toi.

- 10 -

La bombe qu'elle venait de lâcher, sa vérité, ne provoqua tout d'abord… qu'un long moment de silence pesant.

Wynn sembla pâlir et ses longs doigts bronzés se mirent à tambouriner sur la table.

— Est-ce une possibilité ? demanda-t-il, mâchoire serrée.

— Eh bien, qu'en penses-tu ? rétorqua-t-elle, une note d'exaspération dans la voix. Je te rappelle que nous avons été ensemble, autrefois. Et, en outre, ignores-tu combien tu es séduisant ?

L'évidence sautait pourtant aux yeux. Avec son costume à la coupe impeccable et sa chemise d'un blanc immaculé, il avait tout pour déchaîner les envies les plus débridées. Le simple fait de le regarder suffisait à lui donner le vertige. Ajoutez à cela leur passé amoureux commun, et la situation se muait en un véritable champ de mines !

— Je croyais que nous étions amis, fit-il remarquer d'un ton étrangement solennel.

— Nous sommes amis, c'est vrai. Mais je vis dans ta maison, je t'embrasse et…

Sa voix s'éteignit. Elle était incapable de nommer ce qui s'était passé entre eux le matin même.

— Je croyais que tu *voulais* que nous couchions ensemble, Fliss.

— C'est le cas. Mais je pense avoir fait une erreur. Tu devrais trouver une autre nounou.

Il accusa le coup mais se reprit très vite.

— Tu étais d'accord, dit-il d'une voix dangereusement calme. Nous avons un contrat.

— Je n'ai jamais signé de contrat, et tu le sais. Ma seule faute est de ne pas avoir dit non tout de suite. Il s'agissait depuis le début d'une idée extravagante. Tu as besoin d'une professionnelle. D'une personne neutre.

Une fois le repas servi, le sujet fut mis de côté jusqu'au dessert, où Wynn ne tarda pas à reprendre la joute.

— Tu évoques le risque de tomber amoureuse parce que tu as envie de retrouver ta vie et ton *large* cercle d'amis ?

— Cherches-tu à te montrer insultant ?

— Sois honnête, Fliss. Si tu avais vu une photo me montrant avec deux femmes agrippées à mon bras, n'aurais-tu pas fait des suppositions, toi aussi ?

— Penses-tu sérieusement que je suis dans une sorte de ménage à trois ? rétorqua-t-elle sèchement.

— Qui sait ? Tu pourrais coucher avec n'importe qui que je n'en saurais rien.

— Et je n'aurais pas à te le dire ! Plus sérieusement, nous sommes devenus des étrangers l'un pour l'autre. Nous ne nous sommes croisés qu'une fois en quinze ans dans un avion avant de passer un moment ensemble lors de l'enterrement de ta sœur. Nous ne sommes même plus les mêmes qu'il y a quinze ans.

— Je n'en suis pas si certain. T'avoir entre mes bras, dans mon lit, m'a évoqué un sentiment familier. Tes baisers sont les mêmes qu'autrefois.

Elle ne sut que répondre. Il avait raison, et elle avait ressenti la même chose. Partager son intimité avait été exaltant et intimidant mais à un autre niveau, curieux paradoxe, elle s'était sentie à l'aise avec lui. Comme en terrain connu.

— Peut-être n'as-tu pas tort, avoua-t-elle à contrecœur. À propos du sexe. Mais le sexe complique tout.

Il laissa échapper un petit ricanement.

— Il y a toujours eu une alchimie spéciale entre nous dans ce domaine, Fliss. Pourquoi ne pouvons-nous pas simplement en profiter ? Tu ne vas pas tomber amoureuse de moi. Tu ne m'apprécies même pas réellement.

Elle le fixa, bouche bée, et sentit ses joues s'empourprer.

— Que veux-tu dire ?

Le sourire de Wynn se fit plus doux tandis qu'il engloutissait la dernière bouchée de sa forêt noire.

— Termine ton dessert, Fliss. Je veux dire que tu crois que j'ai vendu mon âme. Tu n'es pas du tout sûre qu'il est bien d'avoir tant d'argent. Je peux le lire dans ton regard. Tu préférerais mille fois que je sois directeur d'école.

— C'est ridicule, marmonna-t-elle.

— Vraiment ?

Pour sa malchance, il la connaissait trop bien. Tous deux étaient issus de familles pauvres. Voir de près l'univers de Wynn créait un malaise en elle, bien qu'elle ne sache pas réellement pourquoi.

— Nous nous éloignons du sujet, reprit-elle. Le fait est que j'ai besoin que tu cherches une autre nounou. Dès que possible.

— Je n'en ai aucune envie, décréta-t-il, très calme. Je t'ai, toi. Tu es honnête et fiable et tu aimes déjà Ayla.

— Je ne suis pas une cheffe scoute. Et je ne suis pas si honnête.

— Vraiment ?

Oh ! Seigneur ! À présent elle devait lui dire la vérité, non ?

Incapable d'avaler une autre bouchée, elle repoussa son assiette puis commença à tracer nerveusement des motifs invisibles avec sa fourchette sur la nappe… tout en évitant de plonger les yeux dans le regard de Wynn.

— Lorsque nous étions ensemble… au lycée…, dit-elle, gorge nouée, j'ignorais être enceinte, c'est la pure vérité.

— Mais ?

— J'avais envie de l'être. Parfois, lorsque tu n'avais pas les moyens d'acheter des préservatifs, nous prenions des risques et dans ces moments-là, j'espérais que le destin nous serait favorable. C'est idiot, je sais. Parce que nous voulions tous deux voir le monde. Mais j'avais aussi terriblement envie d'avoir un bébé avec toi.

Semblant soudain avoir de la peine à respirer, Wynn desserra légèrement sa cravate.

— Tu ne me l'as jamais dit, murmura-t-il.

— Je sais. Et lorsque ma grossesse a pris fin, j'ai pensé que l'univers me punissait d'avoir été si stupide. Par conséquent je suis désolée, Wynn. Désolée d'avoir menti par omission. Si je m'étais montrée sincère à propos de mes désirs, l'histoire aurait peut-être été différente.

Il secoua lentement la tête.

— Tu sais que ce n'est pas vrai, Fliss. Tu l'as dit toi-même. Les fausses couches sont un phénomène courant.

— Oui. Mais ce que je redoutais vraiment était de découvrir que tu ne voulais pas avoir de bébé avec moi.

Wynn la fixa sans un mot, impassible. Peut-être était-ce le signe de son indifférence ? Ou bien avait-elle fait naître une foule de pensées dans son esprit ?

Après avoir réglé l'addition, ils quittèrent le restaurant.

L'air était froid et humide et de petits éclats de grésil volaient tout autour d'eux. Tandis qu'ils attendaient leur voiture, Wynn retira sa veste pour en couvrir Felicity avant de lui entourer les épaules de son bras.

— Désolé, Fliss. Le chauffeur est bloqué par la circulation à quelques rues d'ici.

— Je vais bien, ne t'inquiète pas.

La vérité était qu'elle aurait pu rester là la nuit entière, près de son grand corps qui la protégeait des assauts répétés du vent.

Ils n'échangèrent pas un seul mot durant le trajet du retour. Elle aurait tout donné pour savoir à quoi il pensait.

Une fois qu'ils furent dans l'ascenseur de l'immeuble, elle s'efforça de garder les yeux rivés sur le sol. Mais quand elle releva brièvement la tête, elle saisit leur reflet à tous les deux dans la grande paroi de miroir. Près de Wynn, elle paraissait petite et vulnérable. La splendide robe noire accentuait encore leurs différences ; elle, blonde et si pâle, lui, avec sa masse de cheveux sombres et son air ténébreux.

Arrivés dans l'appartement, ils retrouvèrent Missy, une délicieuse jeune femme. Elle avait réussi à coucher Ayla sans le moindre problème.

Felicity retira ses escarpins à talons et déposa la veste de costume de Wynn sur le dossier d'une chaise tandis que celui-ci raccompagnait la baby-sitter au rez-de-chaussée auprès du chauffeur qui la reconduirait chez elle.

Il eût été simple pour Felicity de s'éclipser dans sa chambre, mais ayant besoin des détails concernant la journée du lendemain, elle patienta jusqu'au retour de Wynn.

Lorsqu'il revint, il lui adressa un regard curieux.

— Je n'imaginais pas que tu serais encore là à m'attendre, fit-il remarquer.

— Merci pour ce dîner. C'était fabuleux.

— Comme tu es polie. Est-ce tout ce que tu avais à me dire ?

— Je t'attendais parce que j'ignore quand nous partons demain.

Il retira sa cravate et s'affala dans un fauteuil.

— À midi. J'ai contacté ton oncle pour régler les détails du voyage et réservé des chambres d'hôtel. Voudras-tu bien préparer les affaires d'Ayla ? Je dois me rendre au bureau pour une courte réunion demain matin mais je serai de retour à temps.

— Bien sûr.

Il la fixa un instant et reprit :

— Nous n'allons pas régler tous nos problèmes en une soirée, Fliss. Mais je te promets de réfléchir à ce que tu m'as dit. Nous pourrions conclure un pacte pour les jours à venir et aborder de nouveau le sujet plus tard, qu'en dis-tu ?

Elle réfléchit à sa suggestion. Assister à la cérémonie dédiée à son père ne serait pas facile. Wynn avait probablement raison.

— Voilà qui me paraît juste, répondit-elle.

— Aimerais-tu un verre de vin avant d'aller te coucher ?

La voix grave de Wynn teintait les mots d'une indéniable sensualité. Ou peut-être était-ce sa propre libido suractivée qui se manifestait ? Quoi qu'il en soit, elle n'était pas disposée toutefois à se laisser entraîner dans un intermède intime de fin de soirée.

— Non, merci, répondit-elle. Nous nous verrons demain.

Alors qu'elle s'apprêtait à quitter la pièce, il la rejoignit et referma doucement les doigts sur son poignet pour la retenir. Ce contact l'électrisa plus qu'elle ne l'aurait souhaité.

— Encore un mot, Fliss.

Elle l'observa d'un air méfiant.

— Oui ?

— J'ai promis de penser à trouver quelqu'un pour te remplacer afin que tu puisses quitter New York, mais il me semble juste que tu réfléchisses et choisisses de rester.

— Rester ? répéta-t-elle machinalement.

— Oui. Je nous crois capables de faire fonctionner cet arrangement durant neuf mois.

Son calendrier était décidément clair. Elle détailla son visage ; ses lèvres viriles aux contours bien dessinés, sa mâchoire décidée ombrée d'une barbe naissante, son fascinant regard.

Il se trompait. Pour elle, rester sous son toit était inimaginable. Elle avait besoin de s'en aller. Elle *devait* s'en aller.

— Entendu, dit-elle. J'y réfléchirai.

Mais elle ne changerait pas d'avis. Les enjeux étaient trop élevés.

Une fois qu'ils furent à bord du jet, Felicity se mua en véritable boule de nerfs. Peut-être que la cérémonie en souvenir de son père ne serait pas un moment si terrible, après tout, songeait-elle, tentant de se rassurer. Elle n'aurait probablement qu'à se contenter d'assister à l'événement et laisser les amis de son père prendre tout en charge.

Mais il lui faudrait affronter le moment dans le

funérarium. Et organiser le dernier voyage de son père vers Falcon's Notch.

Elle soupira. N'ayant pas à s'occuper d'Ayla, dont Missy s'occupait à la perfection, elle avait beaucoup trop de temps libre pour penser…

Wynn, lui, travaillait sur son ordinateur.

Lorsqu'ils atterrirent sur la piste du petit aéroport proche de la ville où avaient vécu son oncle et son père, deux voitures, commandées par Wynn, les attendaient. Ils prirent place dans l'une tandis que l'autre emportait leurs bagages, et ils arrivèrent bientôt devant un hôtel appartenant à une chaîne haut de gamme.

— Je serais heureuse de garder Ayla dans ma chambre ce soir pour que vous puissiez vous reposer, proposa Missy à leur arrivée. Je sais que les enterrements sont des moments très stressants.

Felicity vit Wynn se figer un instant. Elle savait qu'il avait prévu de garder le bébé avec lui, Missy et elle partageant toutes deux une autre chambre.

Lorsque la baby-sitter partit vers l'entrée, Ayla dans les bras, Wynn se tourna vers Felicity.

— Je vais réserver une troisième chambre dans ce cas, dit-il.

— Ce serait mieux, en effet.

Un éclair traversa alors le regard de Wynn. Était-ce une lueur de déception ? Difficile à dire.

Une demi-heure plus tard, tout le monde était installé dans sa propre chambre. Missy ayant annoncé qu'elle préférait commander une pizza plutôt que dîner dehors, Wynn et Felicity se trouvaient libres de faire comme bon leur semblait.

Felicity se demandait ce qu'elle allait faire quand

on frappa à sa porte. C'était Wynn, charmant… et terriblement tentant.

— Qu'y a-t-il ? demanda-t-elle.

— Je me disais que tu voudrais peut-être repérer l'endroit où se tiendra la cérémonie demain et que nous pourrions ensuite trouver un restaurant pour dîner.

— Ce sera très différent du repas d'hier soir, le sais-tu ?

Ils séjournaient dans une petite ville semi-rurale où les touristes étaient rares.

— C'est bien compris, répondit-il en souriant. Mais j'ai mangé tellement de mauvaise nourriture durant mes études que je me sens capable d'affronter cette réalité.

— D'accord. Tu ne pourras pas dire que je ne t'ai pas prévenu.

Wynn adressa un texto à Missy pour s'assurer que tout allait bien avec Ayla puis, après avoir revêtu des tenues plus décontractées, ils se mirent en route.

— Que veux-tu faire ? Manger ou partir en reconnaissance ? demanda Wynn.

— Trouvons d'abord le lieu de la commémoration. J'ai les coordonnées sur mon téléphone.

Ils dénichèrent rapidement le site, un bâtiment bas entouré d'un minimum d'espaces verts et surmonté d'une croix blanche. Un ancien restaurant, selon toute vraisemblance. Ce n'était pas l'endroit qu'elle aurait choisi mais elle devait s'accommoder du choix de son oncle.

Au moment où ils en franchirent l'entrée, elle aperçut la petite pancarte indiquant « Cérémonie du souvenir – M. Vance, 15 heures. »

Soudain le décès de son père lui sembla trop réel.

Sans un mot, Wynn pressa sa main. Elle appréciait son

soutien mais l'inconfort la tenaillait. Il ne lui semblait pas correct de s'appuyer sur lui alors qu'elle prévoyait de les abandonner, Ayla et lui.

À l'arrière du bâtiment, ils trouvèrent une clairière. L'endroit, avec ses traces de feu de bois et ses bancs, était visiblement utilisé pour des rassemblements divers.

Elle fit la grimace.

— Je pense que ma robe noire sera beaucoup trop chic.

— Peut-être. Mais d'un autre côté tu seras sa plus proche parente dans cette assemblée, personne ne sera donc surpris que tu aies soigné ta tenue.

— J'imagine que tu as raison.

Son estomac émit alors un grondement sonore qui arracha un rire à Wynn.

— Je crois que dîner te ferait le plus grand bien, fit-il remarquer, moqueur.

Ils trouvèrent à quelques kilomètres un petit restaurant de fruits de mer. L'extérieur n'inspirait pas vraiment confiance mais il s'avéra que les plats étaient délicieux.

Ils avaient presque terminé leur repas lorsque Wynn reçut un texto. Il consulta sa montre.

— Missy promène Ayla sur le parking. Je dois rentrer pour pouvoir jouer avec elle avant qu'elle se couche.

— Bien sûr.

Un étrange sentiment l'assaillit. Missy les accompagnant, elle se sentait inutile.

— Que puis-je faire pour aider ce soir, concernant le bébé ? demanda-t-elle une fois qu'ils eurent repris la route.

— Merci pour ta proposition mais je crois que tout est sous contrôle.

Il lui jeta un bref coup d'œil et ajouta :

— Tu dois te détendre. La journée de demain sera difficile.

Il parlait d'expérience. Elle le savait.

De retour à l'hôtel, elle lui souhaita rapidement bonne nuit et se hâta de gagner sa chambre.

Une fois à l'intérieur, son angoisse à propos de la journée du lendemain la submergea d'un coup. Tout lui paraissait insurmontable. Et elle détestait sentir qu'elle avait envie de s'appuyer sur Wynn dans cette épreuve. Sachant qu'il ne ferait pas partie de sa vie longtemps, mieux valait pour elle qu'elle se ressaisisse et gère ses émotions toute seule.

Après un passage à la salle de bains, elle renonça à regarder un programme à la télévision et s'étendit, mal à l'aise, sur le lit. Elle était bien loin de trouver le sommeil.

Elle avait peur du lendemain…

Wynn lui manquait…

À minuit quinze, alors qu'elle n'avait toujours pas fermé l'œil, son téléphone vibra. C'était un texto de Wynn.

Je ne peux pas dormir…

Elle fixa le message. Que répondre ? Si elle ne réagissait pas, il supposerait qu'elle s'était endormie. Mais ce n'était pas le cas.

Un gouffre d'incertitude s'ouvrit sous ses pieds. Franchir cette ligne, c'était dire à Wynn qu'elle était disponible pour une liaison passagère. Y était-elle prête ? Sachant qu'elle prévoyait de partir loin de lui aussi tôt que possible ?

Sa chemise de nuit en soie était bien plus seyante que

son pyjama de flanelle. Et en cette soirée, Wynn n'aurait pas pour but de la réconforter. Ce serait une partie de sexe destinée à les satisfaire mutuellement.

Son pouls s'accéléra. La pointe de ses seins se tendit contre le tissu de sa nuisette.

Elle quitta le lit et alla ouvrir le verrou. Puis elle rédigea sa réponse et appuya sur la touche « Envoi ».

Ma porte est ouverte.

- 11 -

Wynn la rejoignit dans sa chambre simplement vêtu de son pantalon de pyjama.

Elle avait rapidement regagné son lit et se tenait adossée contre le montant, ses couvertures pudiquement rassemblées autour de la taille.

— Salut, dit Wynn en entrant.

— Salut.

— Tu permets ? demanda-t-il en indiquant l'autre côté du lit.

— Je t'en prie.

Une fois qu'il eut pris place près d'elle, elle se tourna vers lui.

— Pourquoi ne parviens-tu pas à dormir ?

— À ton avis ? répliqua-t-il, un brasier flambant au fond de son regard.

— À cause de moi ?

Il laissa échapper un rire sans joie.

— Oui. À cause de toi.

Il marqua une pause avant de reprendre :

— Puisque nous voulons nous montrer francs, je dois te parler.

— Je t'écoute, dit-elle, sur ses gardes.

— À l'époque du lycée, notre histoire s'est mal finie. Ce fut une terrible période de mon existence. Tu m'as fait souffrir, Fliss, et dans un certain sens je ne m'en suis jamais entièrement remis. J'avais déjà du mal à accorder ma confiance à cause de mes parents, et toi, la fille qui prétendait m'aimer plus que tout, tu m'as rejeté. J'ai été dévasté. Mes relations de couple n'ont pas été des réussites, alors j'essaye de me montrer honnête envers les femmes. Je leur explique que le sexe est tout ce que j'ai à leur offrir.

La poitrine de Felicity lui faisait mal. Des larmes lui brûlaient les yeux.

— Je vois…, murmura-t-elle.

— Je l'espère. Parce que je ne peux pas redevenir ce garçon de dix-huit ans avec le cœur sur la main que tu as connu. Quoi que tu décides à propos d'Ayla, ce qui est certain, c'est que j'ai envie de toi, Fliss. En permanence, chaque jour. Chaque nuit. Toutes les fois que tu le voudras, je vénérerai ton corps et te donnerai tout le plaisir dont je suis capable.

— Une proposition des plus intéressantes, fit-elle remarquer, la gorge serrée et le cœur battant plus vite soudain.

— Je suis sérieux. J'imagine que tu plaisantais en parlant de ta crainte de retomber amoureuse mais voilà le point essentiel me concernant : l'amour éternel, ce n'est pas pour moi.

Ces mots furent pour elle pareils à un uppercut.

— Et qu'en est-il d'Ayla ? s'enquit-elle.

— C'est différent. Complètement différent.

— D'accord.

— D'accord quoi ?

— J'accepte tes conditions. Je veux faire l'amour avec toi. Jusqu'au moment de mon départ.

— Mais tu avais promis de reconsidérer ta décision, répliqua-t-il, fronçant les sourcils.

— Et tu avais promis de chercher une autre nounou.

— Dans ce cas nous sommes dans une impasse, marmonna-t-il d'une voix bougonne.

Elle se glissa vers le centre du lit.

— Pas pour ce qui concerne le sexe…, précisa-t-elle.

Sa surprise passée, Wynn lui lança un regard brûlant et s'approcha d'elle.

— Dans ce cas, je m'en accommoderai, dit-il.

Il l'attira plus près, enfouissant les mains dans ses cheveux et l'embrassant avec fougue. Il n'y avait visiblement pas de lents préliminaires au programme. Son corps puissant était affamé, et son baiser signait son impatience.

Elle lui noua les bras autour du cou et sentit sa peau douce et chaude sous ses doigts.

— Je suis contente que tu n'aies pas réussi à trouver le sommeil, murmura-t-elle. Très contente.

— Moi aussi.

Il fit courir ses mains sur ses hanches et sa taille.

— J'adore cette nuisette mais je te propose de l'enlever.

Elle leva les bras et retint son souffle quand il fit passer le tissu soyeux par-dessus sa tête. Il fixa son corps nu durant de longues secondes.

— Qu'y a-t-il ? demanda-t-elle, se sentant plus exposée et vulnérable que jamais.

— Je ne peux pas l'expliquer, marmonna-t-il. Tu es la même tout en étant différente. Tes formes sont plus généreuses. Tu es encore plus féminine, plus attirante.

Son souffle s'accéléra lorsqu'il toucha délicatement

ses seins. Son corps réagissait à ses caresses, il lui était impossible de mentir.

Quand ce fut à son tour d'explorer le torse de Wynn, elle prit tout son temps pour le faire. Promener les mains de ses épaules à son abdomen musclé suffisait à lui couper le souffle. Le corps de Wynn était au summum de sa splendeur. Dur, tendu, incontestablement prêt pour elle.

Lorsqu'il l'étendit sur le lit, un petit sourire aux lèvres, elle réprima un cri de surprise. Ils partageaient de nouveau un moment d'intimité, ce n'était pas un rêve.

Mais l'amour éternel n'était pas pour Wynn.

Elle tenta de chasser cette pensée dérangeante. Ce n'était pas comme si elle avait envie de faire renaître leur relation passée. Mais malgré tout, un léger malaise subsistait.

Peut-être Wynn pensait-il qu'elle n'était pas sérieuse, mais elle l'était. Elle craignait de tomber de nouveau amoureuse de lui. Or elle ne pouvait tout simplement pas laisser une telle chose se produire.

Il glissa la main dans la poche de son pantalon et en sortit trois préservatifs qu'il jeta sur la table de chevet.

Elle écarquilla les yeux de surprise.

— *Trois* ?

Il eut un léger haussement d'épaules et lui lança un regard charmeur plein de défi.

— On ne sait jamais…

Elle ferma les yeux lorsqu'il se courba au-dessus d'elle et parcourut doucement de sa langue un sein, puis l'autre. Une vague brûlante déferla en elle.

Ses doigts se refermèrent sur les draps tandis qu'il descendait plus bas, pour venir l'embrasser de façon très intime. Son premier orgasme la foudroya au moment où elle criait son nom.

— Je ne fais que commencer, ma chérie.

Il entreprit de couvrir son corps de baisers pour revenir ensuite à ses lèvres.

— Ma douce Fliss, dit-il, avant de glisser sa langue dans sa bouche tandis que sa main se faufilait plus bas pour d'exquises caresses.

Le second orgasme ne tarda pas et fut meilleur encore.

Après s'être délectée du moment, elle prit à son tour le contrôle en refermant la main sur le tissu du pantalon de Wynn.

— Enlève ça, ordonna-t-elle, le souffle court.

— Avec joie.

Wynn se releva et se dévêtit. Il ne faisait aucun doute qu'il avait terriblement envie d'elle.

Lorsqu'il la rejoignit, elle le caressa intimement et savoura la vision qu'il offrait, le souffle court et les paupières mi-closes.

Il la laissa poursuivre le jeu lent de sa main tandis qu'elle l'embrassait avec ardeur.

— Bon sang, Fliss…, lâcha-t-il en grognant.

Comprenant que sa résistance atteignait sa limite, elle le laissa s'écarter et se munir d'un préservatif.

— Comment me veux-tu ? demanda-t-il.

La question la surprit. Elle s'était attendue à ce qu'il prenne une nouvelle fois le contrôle.

— Tu m'offres le choix ?

— Seulement si tu te décides dans les dix prochaines secondes, répondit-il.

— Moi sur toi, murmura-t-elle.

Les yeux de Wynn lui lancèrent un éclair enflammé.

— Entendu.

Il s'étendit sur le dos et referma les mains autour de la taille de Felicity tandis qu'elle s'installait à califourchon sur lui. Il ne la quitta pas des yeux lorsqu'il s'introduisit en elle d'une franche poussée. Elle eut un hoquet de surprise. Le plaisir était intense, presque plus qu'elle ne pouvait le supporter. Pourquoi avait-elle cru pouvoir gérer une telle situation ? Elle se sentait littéralement dépassée par l'intensité de tout ce qui se passait.

— Tu m'as manqué, murmura-t-elle. Chaque jour durant des mois et des mois.

La bouche de Wynn se pinça.

— Ne dis rien, répliqua-t-il sèchement. Je n'ai pas envie de le savoir.

Sa remarque la déstabilisa.

Soudain, Wynn roula sur le lit pour venir la placer sous lui. Son visage était tendu, son regard brûlant.

— Tu vas aller jusqu'au bout encore une fois pour moi, Fliss, dit-il avant de couvrir sa bouche de sa main. Mais je ne veux pas que tout le monde l'entende.

Ses paroles et son geste signèrent sa perte.

Tandis qu'après quelques vigoureux assauts il atteignait l'extase, elle connut au même instant son troisième orgasme. La sensation était tout simplement divine.

Ils s'assoupirent l'espace d'une heure, leurs deux corps enlacés et trempés de sueur. Lorsque Felicity s'éveilla, elle tenta d'imprimer dans sa mémoire la perfection du moment, puis, après avoir consulté l'heure, elle secoua Wynn.

— Tu devrais regagner ta chambre, chuchota-t-elle. Avant que quelqu'un nous voie.

— Je sais, marmonna-t-il d'une voix ensommeillée.

Il embrassa sa gorge, remonta jusqu'à ses lèvres, et tous ses gestes, qui dénotaient une émouvante tendresse, emplirent Felicity d'une douce allégresse.

Mais ce n'était qu'illusion. La tendresse, c'était ce que partageaient un homme et une femme unis par une relation vouée à durer pour toujours. Mais l'amour éternel, ainsi qu'il le lui avait dit, n'était pas fait pour Wynn Oliver.

Il se leva, se rhabilla et agita les deux autres préservatifs.

— Je me suis fait avoir, dit-il en riant, tout en usant d'un ton faussement contrarié.

Elle se leva, noua les bras autour de son cou et se délecta de la façon dont il la tint tout contre lui, sans chercher à cacher son désir manifeste.

— Bonne nuit, Wynn.

— Bonne nuit, Fliss.

Il déposa un baiser sur sa tempe et la relâcha.

Tandis qu'il marchait vers la porte, elle dut se faire violence pour ne pas le retenir. Elle n'était pas prête à le laisser partir.

Le mercredi matin fut difficile.

Wynn, Missy et le bébé vinrent prendre le petit déjeuner dans la chambre de Felicity à 8 h 30, et tous passèrent des instants agréables.

Puis arriva le moment où Felicity ne put plus reculer face à ses responsabilités.

Après que Missy fut partie coucher Ayla pour une sieste matinale, Wynn lui demanda si elle était prête à partir. Leur rendez-vous au funérarium approchait.

— Pas vraiment, avoua-t-elle. J'ai eu tendance par le passé à ne faire qu'un bref passage dans ce genre d'endroits.

— Est-ce la raison pour laquelle tu n'es pas venue me présenter tes condoléances au funérarium lors de l'enterrement de Shandy ?

Son regard n'était pas réprobateur, simplement curieux.

— Non, répondit-elle. C'était parce que je n'avais pas envie de te parler. Et encore moins avec toutes ces personnes autour qui pouvaient entendre.

— Ce sera différent. Mais je serai avec toi. Nous pouvons faire en sorte de ne pas nous attarder.

Ils arrivèrent quelques instants plus tard au funérarium.

— Je ne veux pas recommencer à pleurer, dit-elle tout en se tordant les mains alors qu'elle hésitait à quitter la voiture.

Wynn se pencha vers elle, lui caressa la joue de son pouce et l'embrassa.

— Tout va bien se passer. Je te le promets.

Le responsable du funérarium les conduisit dans la petite pièce où se trouvait le cercueil avant de les y laisser seuls.

Felicity agrippa la main de Wynn tandis qu'ils avançaient. Voir son père l'apaisa aussitôt.

— On dirait qu'il dort, dit-elle, soulagée.

— C'est vrai. Je suis désolé, Fliss. Il t'aimait énormément.

— Je crois qu'il a fait de son mieux. J'ai toujours su qu'il aurait pu m'envoyer vivre avec quelqu'un d'autre lorsque ma mère nous a abandonnés, mais il m'a gardée avec lui.

Ils ne restèrent pas longtemps. Cinq minutes tout au plus. Et ce fut un réel soulagement pour elle de regagner le hall. Tout ce qu'il restait à faire désormais était de s'occuper de l'organisation pour le transport du corps jusqu'à Falcon's Notch.

— Me laisseras-tu m'en charger ? demanda Wynn en lui prenant la main.

Elle leva les yeux vers lui et lut l'inquiétude qui brillait dans son regard.

— Merci, dit-elle. Ce serait d'une grande aide pour moi.

Tout fut bientôt réglé.

Une fois à l'extérieur, Felicity prit une grande bouffée d'air.

— C'était la partie la plus difficile, je crois, fit-elle remarquer. La cérémonie ne sera peut-être pas si terrible à vivre.

Wynn acquiesça d'un hochement de tête.

— Que dirais-tu d'aller déjeuner ? suggéra-t-il.

— Oui, ce serait bien.

Ils commandèrent des burgers et des frites au drive-in d'un fast-food tout proche puis gagnèrent la rive d'un lac charmant sur lequel voguaient quelques bateaux.

Installés dans la voiture aux vitres baissées, ils commencèrent à manger en silence.

Du coin de l'œil, Felicity observait Wynn. Avec sa chemise bleu marine de première qualité dont il avait relevé les manches, il ne laissait aucun doute quant au fait qu'il avait l'étoffe d'un chef. Ses larges épaules, son air d'autorité et l'attirance physique qu'il exerçait sur elle, tout cela faisait partie de qui il était.

— As-tu aimé l'armée ? demanda-t-elle soudain.

— Oui, j'en garde un excellent souvenir. J'y ai trouvé le cadre qui m'a manqué durant mon enfance. Dans la marine, je faisais partie d'un tout plus grand que moi.

Et il y avait une foule d'opportunités pour qui voulait s'en donner la peine. J'ai travaillé dur et ça a été payant.

— Penses-tu vouloir un jour d'autres enfants ?

Il leva un sourcil surpris.

— C'est une transition brutale, dis-moi, fit-il remarquer en riant.

— Désolée. Mes pensées partent un peu dans tous les sens aujourd'hui. Mais ma question reste valable.

— Je ne pense pas. Je vieillis et ma vie est bien remplie.

Un sentiment de déception noua l'estomac de Felicity. Pas d'enfant à lui ? Sa réponse signifiait qu'il parlait sérieusement quand il évoquait son aversion pour les relations longue durée.

Elle, elle voulait une famille. Jusqu'à présent, elle n'avait rencontré aucun homme qu'elle puisse imaginer dans la peau du père de ses futurs enfants. Mais peut-être existait-il quelque part.

— Ne devrions-nous pas rentrer ? demanda-t-elle.

— Tu as raison. J'ai dit à Missy que nous nous occuperions d'Ayla pour qu'elle puisse se reposer avant que nous repartions.

Les heures défilèrent à toute vitesse. Bientôt Felicity dut revêtir sa splendide robe noire. Elle se coiffa, se para de bijoux discrets et décida de se chausser de ballerines.

Dans le miroir elle nota la pâleur de son visage. Mais elle se sentait malgré tout apaisée. Quelle chance que son père ait eu des amis qui tenaient suffisamment à lui pour organiser une telle cérémonie. Peut-être son oncle lui présenterait-il quelques-uns d'entre eux.

Wynn et elle arrivèrent sur les lieux de la célébration en avance, mais nombre de personnes étaient déjà présentes. Son oncle Danny la serra contre lui, le visage baigné de larmes.

— Je suis désolé, Felicity. Je regrette de ne pas avoir pu en faire davantage.

— Tu étais là, près de lui. C'est ce qui compte.

Étrangement, son oncle ne l'encouragea pas à discuter avec les autres personnes présentes. Il la conduisit ainsi que Wynn au premier rang.

— Nous débuterons dans quelques minutes, dit-il.

La cérémonie dura un peu moins d'une heure. Six personnes prirent la parole pour dire combien le père de Felicity avait été un homme bon et serviable.

Puis, quand tout fut enfin terminé, oncle Danny présenta Wynn et Felicity aux autres personnes présentes. Elle serra des mains et murmura des remerciements émus.

Une femme resta à l'écart jusqu'à ce que la petite foule se disperse. Elle paraissait étrangement familière.

Elle s'approcha enfin, une curieuse expression sur le visage. Âgée d'une soixantaine d'années, elle avait les cheveux blonds décolorés et portait débardeur, pantalon cargo et tongs. Un tatouage ornait ses bras tannés par le soleil.

— Bonjour, Felicity, dit-elle, d'une voix timide. Je ne sais pas comment te le dire, mais je suis ta mère.

- 12 -

Felicity sentit son corps se glacer avant de devenir subitement brûlant.

— Pardon ? Vous devez faire erreur, dit-elle.

Son père avait-il trouvé une petite amie en Floride dont il ne lui avait jamais parlé ?

— Non, répondit la femme. Mais je veux bien croire que ce soit un choc.

— Vous vous trompez, assura Felicity d'une voix tendue. Ma mère est morte.

C'était ce qu'elle avait toujours supposé, bien qu'elle n'en ait jamais eu aucune preuve.

— Désolée de te décevoir mais je suis toujours bel et bien vivante.

— Ce n'est pas drôle, répliqua sèchement Felicity.

Elle avait désespérément envie de partir, mais la femme se montrait insistante.

— Mon nom est Iris Vance. J'ai été mariée à ton père, mais par la suite ton oncle Danny et moi sommes tombés amoureux. Nous savions tous les trois que personne à Falcon's Notch n'accepterait que j'aie été en couple avec un frère puis l'autre. Et un petit enfant comme toi aurait été terriblement perturbé.

— J'avais trois ans, dit Felicity, poings serrés.

Wynn entoura ses épaules d'un bras protecteur.

— Oui, je sais, répondit la femme, les yeux rougis. J'ai

été une très mauvaise mère, mais je t'ai toujours aimée. Quand ton père est venu s'installer ici il y a quelques années, Danny, lui et moi avons noué de puissants liens d'amitié. Savoir que ton père m'avait pardonné m'a beaucoup aidée.

Elle s'interrompit et esquissa un rapide sourire avant d'ajouter :

— Peut-être qu'un jour tu pourras le faire, toi aussi.

— Vous allez devoir nous excuser, madame Vance. Felicity et moi devons repartir, intervint Wynn.

— Oh. Bien entendu, mais je…

Il l'interrompit en lui lançant un regard noir.

— Ce sera tout, madame. Au revoir.

Felicity se sentit flotter soudain dans un brouillard d'incompréhension et de douleur. Elle avait enduré toutes ces années d'absence, et durant tout ce temps sa mère était en vie. Et son père le savait. Apparemment depuis toujours.

Une fois qu'ils eurent regagné la voiture, Wynn actionna l'air conditionné.

— Respire à fond, Fliss. Tout ira bien.

— Tu n'en sais rien. Je pourrais me transformer en folle furieuse. Tu as bien raison de ne pas vouloir accorder ta confiance à la légère. Visiblement, tout le monde ment.

Wynn ne releva pas. Peut-être savait-il intuitivement qu'elle n'était pas en mesure d'avoir une conversation rationnelle en cet instant.

Une fois qu'ils furent arrivés à l'hôtel, elle s'engouffra dans la bâtisse sans prendre la peine de l'attendre.

Elle trouva Ayla et Missy dans la chambre de cette dernière, prit la petite fille dans ses bras et la câlina tendrement, tout en tentant d'oublier le trou béant dans sa poitrine. Au fil des ans, elle avait imaginé un millier de raisons pour lesquelles sa mère aurait pu les abandonner, son père et elle.

Jamais l'hypothèse selon laquelle elle serait partie vivre avec son beau-frère n'avait effleuré son esprit. Et son père le savait… Depuis toujours.

Le pire était qu'elle ne pouvait même pas exiger une explication de sa part, maintenant.

Une fois qu'il les eut rejointes, Wynn tendit à Missy les clés de la voiture afin qu'elle s'accorde un moment de détente. Dès qu'elle fut partie, il rejoignit Felicity et Ayla et les entoura toutes deux de ses bras.

— Parle-moi, Fliss. Ne te mure pas dans le silence.

Elle ferma les yeux et poussa un long soupir.

— Je n'ai rien à dire. Si tu veux bien, je vais aller dans ma chambre, prendre une douche et me coucher.

— Mais il n'est pas encore 18 heures.

— Peu importe, dit-elle d'une voix blanche. À quelle heure partons-nous pour l'aéroport, demain matin ?

— 8 heures.

— Je serai prête.

Felicity vécut le trajet du retour vers New York dans une brume mentale. Elle garda Wynn à distance, jouant avec Ayla et discutant avec Missy pour éviter de lui parler.

Que faire, à présent ? Rester avec Wynn à New York et s'occuper d'Ayla ? Regagner son appartement à Knoxville et retrouver son emploi d'hôtesse de l'air ?

Ou bien s'installer dans un autre État, trouver un nouveau travail, prendre un nouveau départ ?

Savoir que sa mère était vivante la minait. Durant

toutes ces années, la petite fille qu'elle était avait eu envie d'être normale, d'avoir une maman comme ses amis.

Pendant ce temps-là, Iris Vance, après avoir rompu ses vœux, avait cherché son propre bonheur aux dépens de son époux et de sa fille. Un tel cynisme lui était incompréhensible.

Enfin la silhouette de la statue de la Liberté se dessina devant leurs yeux et la ville apparut dans toute sa grâce et sa puissance.

Comme promis, Wynn rendit Missy à sa famille pour midi le jour de Thanksgiving. Felicity, Ayla et lui retournèrent à l'appartement peu après.

Le chauffeur de Wynn déposa leurs bagages dans le vestibule, accepta un généreux pourboire pour marquer la période festive et les laissa seuls.

Le silence qui se fit ensuite menaça un instant de les engloutir.

Wynn poussa un profond soupir.

— J'aimerais t'emmener dîner quelque part ce soir mais il n'y a personne à qui je peux demander de garder Ayla le jour de Thanksgiving.

Felicity parvint à faire naître un sourire sur ses lèvres.

— Ne t'inquiète pas. Je n'ai pas vraiment faim.

— Je peux nous faire livrer une pizza tout de suite puis commander de la dinde et des accompagnements pour plus tard, suggéra-t-il. Qu'en dis-tu ?

— Ce serait parfait.

Elle était touchée par le mal qu'il se donnait pour tenter de la soutenir, mais en vérité, quelle importance cela avait-il ? Il n'était pas son mari. Pourtant, malgré l'issue attendue, elle avait envie de profiter de ce moment avec lui.

La journée passa lentement. Contrairement à son habitude, Ayla se montra irritable, peut-être parce qu'elle percevait la tension entre les deux adultes. Felicity resta dans sa chambre tout l'après-midi jusqu'à ce qu'elle entende les voix de Wynn et de sa fille s'élever après la sieste de l'enfant.

Ils décidèrent alors d'attendre qu'Ayla soit couchée pour la nuit pour faire livrer le repas de fête.

Wynn proposa également qu'ils s'habillent élégamment pour le dîner. Felicity opta pour un tailleur noir avec une jupe crayon et un haut de soie doré sans manches. Elle se maquilla avec soin et laissa ses cheveux tomber en une cascade de boucles sur ses épaules.

Le reflet du miroir lui renvoyait l'image d'une femme semblant maîtresse d'elle-même, mais la réalité était tout autre. Elle avait terriblement envie de tout oublier en s'abandonnant au plaisir des étreintes de Wynn.

Tout serait peut-être plus compliqué, au bout du compte, mais elle était lasse de lutter contre ses sentiments.

Ils dînèrent dans la salle à manger. Le menu était délicieux et elle se doutait qu'il avait dû être fort coûteux. Tout ce qui touchait au mode de vie de Wynn était grandiose, luxueux. Il ne lésinait jamais sur les dépenses.

Par accord tacite, ils évitèrent d'évoquer leur voyage en Floride. Wynn lui parla d'une nouvelle idée sur laquelle il travaillait et elle lui confia qu'elle avait songé à postuler pour devenir formatrice au sein de sa compagnie aérienne. Ils échangèrent sur d'autres sujets neutres de manière courtoise.

Aucune tension ne se fit ressentir jusqu'au moment où ils gagnèrent le salon, une fois leur repas fini, avec une bouteille de champagne. L'heure n'était pas vraiment à la fête mais Wynn remplit malgré tout deux flûtes.

Felicity trempa les lèvres dans le liquide pétillant.

— Waouh, il est délicieux.

— Heureux qu'il te plaise.

Il s'assit près d'elle et leva son verre en lui souriant.

— À un avenir plus joyeux.

Elle trinqua et vida, un peu trop vite, la moitié de son verre.

Une douce chaleur baignant la pièce, elle retira sa veste. Sentant un rire monter en elle en songeant que son haut doré était coordonné avec la couleur du champagne, elle comprit qu'il lui fallait prendre garde à ne pas boire inconsidérément. Elle posa son verre sur la table basse.

Wynn, qui avait lui aussi quitté sa veste, venait de desserrer sa cravate. Il avait adopté une pose pleine de nonchalance dans son fauteuil, et la façon dont il laissait pendre négligemment sa flûte au bout de ses doigts complétait l'impression générale de virilité sophistiquée qui se dégageait de lui. Il était sexy en diable…

Elle chassa les images qui lui venaient à l'esprit et dit :

— Je sais que tu ne seras peut-être pas d'accord mais je prévois d'aller à Falcon's Notch samedi en huit pour enterrer mon père. J'irai seule. Je partirai dans la matinée et serai de retour le dimanche soir.

Comme il s'apprêtait à protester, elle leva une main devant elle.

— Je ne veux rien entendre, Wynn. Ayla est craquante mais elle complique toute organisation. Ce sera une modeste cérémonie privée. Inutile d'en faire toute une histoire.

Wynn lui lança un regard soupçonneux.

— Est-ce si important pour toi de prouver que tu n'as besoin de personne ? s'enquit-il.

— Nous ne sommes pas un couple. Je suis pleinement maîtresse de mes responsabilités.

— Et si nous partageons un lit ce soir… cette semaine… qu'en sera-t-il ?

— Ce ne sera que du sexe, répondit-elle d'un ton volontairement désinvolte. Tu as été clair sur ce point et j'apprécie grandement ton honnêteté.

L'expression irritée qui s'était peinte sur son visage en disait long sur ce qu'il ressentait. Il était homme à apprécier de tout contrôler. Ce qu'elle avait dit le dérangeait.

— Le voyage sera éreintant, Fliss. Tu pourrais aimer avoir un ami à tes côtés. Je demanderais à Missy de rester ici avec Ayla.

— Merci, Wynn, mais tout ira bien pour moi.

— J'aimerais pouvoir être l'homme dont tu as besoin, Fliss. Un homme prêt à s'engager pour toujours. Mais je ne le suis pas. Pour une dizaine de raisons différentes. Cependant ce n'est pas le moment pour toi de prendre des décisions hâtives. Tu as des émotions puissantes à gérer.

Elle leva un sourcil surpris.

— Tu n'es pas mon psy, le sais-tu ?

Il se redressa pour se pencher vers elle.

— Non, en effet, riposta-t-il, mâchoire serrée. Mais pour l'amour du ciel. Tu viens tout juste de découvrir que ta mère n'est pas morte… et que tes parents et ton oncle t'ont menti. Que vas-tu faire à ce sujet ?

— Rien.

Elle eut un léger haussement d'épaules.

— Ou peut-être vais-je m'inspirer de ton exemple, ajouta-t-elle.

— Que veux-tu dire ?

— Lorsque nous avons rompu, il y a quinze ans, tu t'es enfui de Falcon's Notch et tu t'es réinventé en devenant un magnat des affaires. Regarde-toi. Personne, à New York, n'imagine que tu étais ce gamin qui venait à l'école avec des vêtements sales parce que ses parents ne se donnaient pas la peine d'aller à la laverie.

— Et donc ? demanda-t-il d'un ton sec.

— En quoi serais-je différente si j'ignorais tout simplement ce que j'ai découvert en Floride ?

Ses yeux verts semblèrent lui lancer des éclairs.

— Ta mère *n'est pas morte*, Fliss. Tu as la possibilité de réparer la situation, de nouer une relation avec elle.

— Peut-être, seulement je ne le veux pas, assura-t-elle, très calme.

Wynn laissa retomber sa tête et se massa les tempes.

— Très bien, dit-il. Empoissonne ton existence avec de la rancœur et de la colère. Pourquoi devrais-je m'en soucier, après tout ?

— Je n'ai pas besoin de tes grandes envolées lyriques, Wynn. Tout ce que je veux, c'est ton corps. De préférence nu, bien que tu aies vraiment une allure folle, dans ce costume.

Il semblait éberlué par ses propos et elle se délecta de constater qu'elle avait réussi à l'ébranler.

— Fliss, je…

Elle le fusilla du regard.

— Si tu oses me dire que nous ne pouvons pas faire l'amour parce que je ne vais pas bien, je risque de te frapper.

Il esquissa un sourire ironique.

— Voilà qui semble intéressant…, murmura-t-il. Serais-je attaché, dans ce scénario ?

— Dans tes rêves !

Elle étouffa un rire et ajouta :

— Pour le dire clairement, je suis prête à me glisser sous les draps. Avec toi.

Elle se leva pour se placer face à lui, ses jambes venant encadrer les siennes.

— Est-ce un problème ? s'enquit-elle.

Il redevint subitement sérieux.

— Non. Mais qui a réellement besoin d'un lit ?

Lentement, il posa les mains sur ses cuisses, juste au-dessus de ses genoux, et fit remonter sa fine jupe de crêpe. Il put bientôt découvrir son tanga noir… et le fait qu'elle était quasiment nue jusqu'à la taille.

— Bon sang, murmura-t-il.

Il l'amena à s'asseoir sur lui, glissa sa main sur sa nuque et l'attira à lui pour l'embrasser avec une infinie douceur.

Elle laissa échapper un petit gémissement et se pencha plus près. Le corps de Wynn était si chaud, la sensation si merveilleuse… L'idée d'utiliser le sexe pour tout oublier se dissolvait peu à peu dans l'intensité du moment. Son désir prenait vie et il était plus féroce qu'elle ne l'aurait cru.

— Je ne veux pas jouer la prudence, ce soir, dit-elle. Montre-moi ton côté sauvage. Amène-nous tous deux jusqu'à nos limites.

Wynn cessa de respirer et ses joues s'empourprèrent.

— Prends garde à ce que tu demandes, Fliss.

Il trouva l'unique bouton de son haut, le défit et fit passer le vêtement par-dessus sa tête. Elle se releva pour qu'il puisse lui retirer sa jupe et s'installa de nouveau sur ses genoux, les bras noués à son cou. Elle était tremblante, ivre de désir, presque suppliante.

Tandis qu'elle couvrait son visage de baisers, il referma avec force ses mains sur ses hanches.

— Ne me fais pas attendre, gémit-elle.

Il enroula un bras autour de sa taille et l'attira contre son torse.

— Tu me fais perdre la tête, dit-il d'une voix rauque. J'ignore par quel mystère.

Elle laissa échapper un rire tout en enfouissant une main dans son épaisse chevelure.

— C'est parce que je te connais très bien, répondit-elle. Et que tu me connais très bien aussi. C'est dangereux, mais délicieux.

Wynn la fixa un instant. C'était comme si ses paroles avaient touché un point sensible en lui. Peut-être n'aurait-elle pas dû se montrer si franche.

Mais ils n'avaient rien à se cacher l'un à l'autre.

Pour elle, sous ses dehors de milliardaire, Wynn était toujours l'homme ordinaire qui, un jour, s'était étendu nu avec elle dans une forêt de pins et lui avait fait l'amour sous la pleine lune.

Ce genre de souvenir collait à la peau d'une personne, peu importaient les sommes amassées à la banque.

Tous deux avaient réussi, mais ils ne pourraient jamais échapper à leur passé, même s'ils le voulaient.

Il l'amena à se remettre debout.

— Je suis prêt, cette fois-ci, dit-il en sortant une protection de la poche de son pantalon.

Elle sourit.

— J'adore ton efficacité.

Il se dévêtit rapidement et elle ne perdit rien du spectacle.

Moins il était vêtu, plus elle se sentait à son aise, elle qui était uniquement vêtue de ses sous-vêtements.

Enfin, son grand et beau corps musclé fut entièrement nu.

La nervosité de Felicity se réveilla. La splendeur de Wynn était impressionnante. Le garçon avec qui elle s'était retrouvée dans les bois était moins intimidant.

Il pencha la tête et scruta son visage.

— Qu'y a-t-il, Fliss ? As-tu changé d'avis ?

— Absolument pas.

Elle déglutit avec peine.

— Je me sens nerveuse.

Wynn la souleva de terre.

— Noue tes jambes autour de ma taille. Qu'y a-t-il, bébé ? Pourquoi être nerveuse ?

— Je ne veux pas retourner dans le passé. Mais c'était plus facile avec l'ancien toi.

— Plus facile ?

— Je savais ce que tu avais en tête. Ce que tu voulais.

— Je suis le même, Fliss, je te le jure.

— Non, Wynn. Je ne le crois pas. Mais tout va bien. Je t'aime bien malgré tout.

Il laissa échapper un petit rire tandis qu'il l'emportait plus loin dans la pièce.

— Ton esprit est un véritable labyrinthe, Fliss. J'espère que nous en trouverons la sortie.

— Où allons-nous ? Je croyais que tu étais pressé.

— Oh ! mais je le suis. Mais tu as demandé une étreinte sauvage et audacieuse. Mon but est de satisfaire tes envies.

— Wynn !

Elle ne put retenir une petite exclamation de surprise lorsqu'il la reposa au sol pour l'amener à se pencher en avant au-dessus du bras du canapé. Avant qu'elle ait pu dire un mot, il avait lié ses poignets au-dessus de sa tête avec sa cravate.

Il poussa un grognement satisfait.

— Bon sang. Tu es superbe.

Il se plaça alors fermement derrière elle et glissa les mains sous son corps courbé pour venir caresser la pointe de ses seins à travers le fin tissu de son soutien-gorge.

— C'est bien ce que tu as demandé, ma douce, non ? Approcher du bord du précipice ?

Dans cette position, elle ne pouvait ni le voir ni le toucher. Elle sentait juste qu'il la dominait de tout son corps. Il pressa sa main fermement au creux de son dos.

— Alors, te sens-tu perdre pied ? s'enquit-il.

Elle hocha la tête, le cœur battant plus vite soudain. Elle savait qu'il la taquinait, mais le jeu fonctionnait à merveille.

— Je suis plus que prête. Ma limite est proche.

— Un peu de patience, murmura-t-il. Nous la franchirons ensemble, c'est promis.

- 13 -

Felicity songea un instant aux cours de self-défense qu'elle avait suivis durant sa formation d'hôtesse de l'air. Elle était capable de faire tomber un homme adulte si nécessaire. Si elle prenait Wynn par surprise, elle pourrait le projeter au sol en crochetant son pied autour de sa jambe. Voilà qui pourrait être amusant.

Mais… elle n'en avait nulle envie. Elle était dans une posture de soumission, plaquée contre les considérables attributs de Wynn, bloquée par son poids, et quand il dégagea ses cheveux pour embrasser sa nuque, un violent frisson se propagea le long de son corps.

Il poursuivit sa douce torture en parcourant de la langue sa peau brûlante. Il la caressa longuement, faisant courir ses mains à l'arrière de ses cuisses.

— Wynn ? Veux-tu bien m'aider à me relever, maintenant ? J'ai envie de te toucher.

— Tu as demandé de l'audace, Fliss. L'as-tu oublié ?

— Je pense que je pourrais me contenter d'une position classique dans un bon lit douillet, répliqua-t-elle, faisant mine de protester.

— Non, je ne crois pas, chérie, dit-il en étouffant un rire léger. La ligne est franchie. Il n'y a pas de retour possible.

Son souffle se bloqua dans sa gorge quand elle sentit

qu'il faisait glisser son tanga le long de ses jambes. Quand elle fut nue, il appliqua sa paume au creux de ses cuisses.

— Tu es prête pour moi, n'est-ce pas, ma douce ? s'enquit-il avant de glisser un doigt en elle.

Elle retint un hoquet de surprise et tenta de calmer sa respiration.

— Ne me pousse pas trop loin, l'implora-t-elle. Pas tout de suite. Pas avant que tu sois en moi.

— Tu n'es pas en mesure d'exiger quoi que ce soit. Quand un homme et une femme flirtent avec les limites, tout peut arriver.

Doucement, il caressa le point le plus intime de son être, lui arrachant un gémissement exquis.

Wynn l'emmenait toujours plus près du plaisir ultime. Et il en était parfaitement conscient.

— S'il te plaît, le supplia-t-elle. Laisse-moi me relever ou…

Il s'accroupit près d'elle, les yeux brillants.

— Ou quoi, Fliss ?

Elle se sentit désarmée lorsqu'il l'embrassa. Ses lèvres étaient fermes et chaudes, sa langue conquérante.

— J'ai envie de toi, dit-elle. Maintenant.

— Prépare-toi à quelque chose d'intense. C'est moi qui dirige, ce soir.

Il reprit sa position initiale et elle l'entendit déchirer l'emballage d'un préservatif.

— Wynn…

Elle sentit à cet instant son sexe la pénétrer lentement, et quand elle se redressa sur ses coudes, la sensation n'en fut que plus délicieuse. Le moment, intense, leur arracha un grognement à tous les deux.

— Je t'en prie, ne t'arrête pas, dit-elle, conquise, tandis qu'il se mouvait en elle.

Il se pencha plus près en laissant échapper un rire rauque.

— Je ferai de mon mieux, bébé.

Tout en lenteur, il continua de lui faire l'amour. Qui pouvait dire ce qu'il en était de ses sentiments ? Son corps, lui, en tout cas, se donnait tout entier.

À cet instant, elle sut qu'elle était perdue. Parce qu'elle était amoureuse de lui. C'était douloureux. Comme une ancienne blessure n'ayant jamais guéri.

Elle avait avancé dans la vie, trouvé un sens à son existence, une joie de vivre.

Mais rien n'avait jamais été aussi bon que ce qu'elle partageait en cet instant avec Wynn.

Ce dernier enroula ses cheveux autour de sa main.

— Dis-moi que tu as envie de moi, exigea-t-il. Maintenant.

— J'ai envie de toi.

Il accéléra le rythme de ses assauts. S'agrippant à ses hanches, il donna libre cours à ses dernières poussées puis laissa échapper un cri rauque signant le moment de sa libération.

Elle le rejoignit au même instant. Son orgasme fut puissant et elle crut que les ondes du plaisir ne cesseraient jamais de déferler en elle.

Après un long moment, ils reprirent contact avec la réalité.

Wynn marmonna quelques paroles inintelligibles avant de se pencher pour détacher ses poignets. Puis il l'aida à se remettre sur pied.

Elle vacilla et il ne put s'empêcher de rire.

Il l'embrassa sur le front.

— Tu as vraiment les meilleures idées qui soient, Fliss.

Elle trouva ses vêtements et les plaqua contre elle à la manière d'un bouclier.

— Bonne nuit, Wynn.

— C'est tout ? demanda-t-il, les sourcils froncés. Juste « bonne nuit » ?

S'attendait-il à une évaluation de sa performance ? Elle s'approcha de lui d'un air détaché et déposa un baiser sur sa joue.

— Je resterai jusqu'au jour de l'an. Ainsi tu devrais avoir le temps de trouver ma remplaçante.

Un air de mécontentement se peignit sur les traits de Wynn.

— Explique-moi de nouveau pourquoi tu es résolue à partir ?

— C'est simple. Je ne rajeunis pas, vois-tu. Je veux avoir un jour un mari, une maison et une famille bien à moi. J'ai besoin de retrouver mon travail et ma vraie vie.

Il lui jeta un regard sombre.

— Et as-tu déjà un candidat en tête pour mener avec toi cette existence de conte de fées ?

— J'en ai plusieurs. Des collègues. Des passagers. J'ai la chance de rencontrer beaucoup de monde.

— Je vois, dit-il, affichant une expression parfaitement neutre.

— J'ai réalisé que je me montrais injuste envers toi. La période est épouvantable pour chercher une nouvelle nounou en raison des fêtes. Je resterai donc jusqu'au 1er janvier. Je ne changerai pas d'avis. Dès qu'arrivera janvier, je serai de retour à mon poste.

— Et toi et moi, jusque-là ? Ces moments de sexe que nous partageons ?

Si elle refusait toute intimité entre eux, il pourrait finir par deviner qu'elle était amoureuse de lui, elle essaya donc de prendre la question avec légèreté.

— Je ne vois aucun problème, répondit-elle. Nous apprécions d'être ensemble et nous sommes compatibles au lit.

— On dirait que tu as tout réglé, répliqua-t-il sèchement.

— Ne cherche pas la bagarre, Wynn. Profitons du moment.

— Il semblerait que je n'aie pas le choix. Je ne peux pas t'enchaîner ici. Si tu veux partir, je trouverai une solution.

— Merci, répondit-elle alors que son cœur volait en éclats. Tout ira bien pour Ayla et toi, j'en suis certaine.

Quelques jours plus tard, Felicity se trouvait au cimetière de Falcon's Notch, les yeux rivés sur le cercueil de son père descendant dans sa tombe. Les larmes avaient cessé de couler. À présent elle se sentait comme anesthésiée.

Quelque part au fond d'elle, un mélange de ressentiment et de fureur pour son père flambait, mais comme il semblait bien peu respectueux d'éprouver de la colère à l'encontre d'un homme qui ne pouvait plus se défendre, elle avait choisi d'enfouir ses émotions et de se concentrer sur les questions pratiques.

Wynn, quant à lui, avait insisté pour l'accompagner. Mais elle avait fermement refusé. C'était une chose de partager son lit chaque nuit, mais elle ne pouvait pas le laisser prendre le contrôle de sa vie.

Après le court service funèbre, elle regagna en voiture son appartement de Knoxville.

Elle parcourut chaque pièce, tentant d'imaginer le moment où elle se réinstallerait ici, au mois de janvier. L'endroit était agréable mais elle n'y était pas attachée. Il ne servait à vrai dire qu'à l'héberger ponctuellement. Seuls comptaient réellement pour elle ses souvenirs et ses amis, et bientôt son travail l'amènerait à parcourir de nouveau le monde.

Lorsqu'elle se coucha ce soir-là, elle tenta de ne pas songer à Wynn. L'imaginer à New York avec Ayla la torturait. Tous deux représentaient tant à ses yeux. Mais elle avait à former sa propre famille.

Il était clair désormais que Wynn compterait toujours pour elle. Même si elle parvenait à trouver un compagnon susceptible de lui apporter ce qu'elle désirait, parviendrait-elle à surmonter le fait d'avoir aimé Wynn… deux fois ?

Le vol qui la ramena à New York se passa sans encombre.

Une fois que le taxi l'eut déposée devant l'immeuble de Wynn et qu'elle eut regagné l'appartement, elle fut surprise de trouver Missy.

La jeune femme l'accueillit avec un sourire.

— Bonjour, madame Vance. Votre voyage s'est-il bien passé ?

— Très bien, merci.

Missy et Ayla étaient occupées à jouer sur le plaid, dans le salon. Felicity prit Ayla dans ses bras et la câlina tendrement.

— M. Oliver est sorti ? s'enquit-elle.

— Oui, il sera de retour à 22 heures.

Elle tenta de remettre de l'ordre dans ses pensées.

— Je peux m'occuper d'Ayla à présent, proposa-t-elle. Tu vas pouvoir rentrer chez toi.

— Je vous remercie, mais ce ne sera pas nécessaire. M. Oliver m'a dit que vous aviez eu un week-end difficile, et il ne voulait pas que vous rentriez et que vous ayez à vous occuper d'Ayla. Pourquoi ne vous détendez-vous pas ? Je resterai jusqu'à son retour.

Felicity hocha la tête, se sentant étrangement contrariée. Elle comptait cesser prochainement de travailler pour Wynn. Alors pourquoi lui importait-il que Missy la remplace ? Peut-être parce qu'elle avait commencé à considérer Ayla comme son propre enfant…

À contrecœur, elle reposa la petite fille par terre près de ses jouets.

Missy gérant la situation, Felicity ressortit et se rendit quelques rues plus loin dans le petit restaurant qui était devenu son favori. Il servait une authentique cuisine italienne et en cette soirée elle avait grandement besoin du réconfort que ses délicieux plats lui apporteraient.

Assise à table, elle se demanda ce qui se passerait si elle avouait ses sentiments à Wynn. Si elle évoquait la possibilité qu'ils tentent de nouveau leur chance ensemble.

Il lui avait dit qu'il n'était pas intéressé par une relation permanente avec une femme. Était-ce la vérité ? Ou tentait-il, comme elle, de se protéger ? Si elle lui disait qu'elle était en train de tomber de nouveau amoureuse de lui, cela ferait-il une différence ? Il était possible qu'un homme change d'avis, non ?

Tout au fond d'elle, elle savait qu'elle risquait d'avoir le cœur brisé. Pourtant, l'idée selon laquelle ils étaient de la même trempe et faits l'un pour l'autre ne la quittait pas.

Sur le chemin du retour, elle s'abrita un instant du vent glacé dans l'alcôve placée à l'entrée d'une boutique de vêtements chics, fermée en ce dimanche soir.

Un couple, de l'autre côté de la rue, attira son attention. La femme était une rousse sculpturale. L'homme lui paraissait très familier… Wynn.

Alors qu'elle les observait, la femme se mit sur la pointe des pieds et embrassa Wynn sur la bouche. Ce dernier écourta cet instant, recula d'un pas en riant et retira les mains de la femme de ses épaules.

Felicity sentit une onde de malaise la parcourir.

Elle savait que Wynn avait d'autres relations, mais elle avait tout fait pour se persuader du contraire. Comment avait-elle pu être aussi stupide ?

Wynn héla un taxi, s'assura que la femme s'y installait puis se dirigea à grands pas vers son immeuble.

Felicity prit son temps pour rentrer.

Lorsqu'elle arriva à l'appartement, Missy était partie et Wynn enfilait son pyjama à Ayla. Elle resta un instant silencieuse sur le seuil de la chambre de la petite fille. Puis Wynn se retourna et sourit en l'apercevant.

— Ah, te voici ! Missy m'a dit que tu étais sortie dîner.

— Oui. J'étais affamée. Je n'avais rien mangé depuis ce matin.

Leur conversation prosaïque masquait une foule d'émotions. Il lui avait manqué dès l'instant où elle était partie. Après avoir partagé son lit chaque nuit durant plus d'une semaine, comme il lui avait semblé étrange de dormir seule, la nuit précédente.

Il finit de fermer le pyjama du bébé et souleva l'enfant dans ses bras.

— Nous sommes ravis que tu sois de retour, pas vrai, petit bout ?

Il chatouilla la joue de l'enfant qui éclata de rire.

Felicity sentit son cœur chavirer. Devant ses yeux se trouvait tout ce qu'elle désirait. Si la vie en avait voulu autrement lorsqu'ils étaient adolescents, ils auraient pu être un couple. Des parents. Vivre ensemble.

Elle s'éclaircit la voix. Le temps des secrets et des mensonges était révolu. L'heure était à la franchise.

— Je t'ai vu, dit-elle. En rentrant. Tu étais avec une femme.

Aussitôt, Wynn se tendit.

— Oui. Gretchen et moi avons dîné ensemble. Je lui devais une explication.

— À quel propos ?

— J'ai mis fin à notre histoire de manière plutôt abrupte quand Shandy est morte. Ce soir, je lui ai expliqué que mon existence prenait une autre direction. Ayla est dans ma vie, à présent. Elle a compris.

Felicity avait des doutes. Aucune femme ayant eu une liaison avec Wynn Oliver ne céderait la place si facilement. Même au profit d'un enfant.

— Tant mieux pour toi, dit-elle d'un ton évasif.

Le regard de Wynn se fit plus perçant.

— Es-tu jalouse, Fliss ?

La nervosité la dévorait, mais elle fit lentement non de la tête.

— Je n'en ai nullement le droit, précisa-t-elle. Ta vie t'appartient.

— Même après nos récentes… frasques ?

Elle sentit ses joues s'empourprer à ces mots.

— Nous étions d'accord sur le fait que ce n'était que pour s'amuser un peu, répondit-elle.

— Ah.

Ils se rendirent au salon et jouèrent un instant avec Ayla. C'était devenu une forme de rituel, quelques moments de normalité dans l'univers d'incertitude marquant leur relation fondée sur le sexe.

Comme à son habitude, Felicity resta en retrait durant la soirée. Wynn était le père de l'enfant, et elle, une simple baby-sitter.

Lorsque Ayla devint grognon, Wynn se leva pour l'emmener dans sa chambre. Il lança à Felicity un regard lourd de sens avant de quitter la pièce.

— Ne t'enfuis pas, dit-il. J'ai à te parler.

Après qu'il fut parti, Felicity se leva et arpenta la pièce. Elle était terrifiée à l'idée de révéler que ses sentiments pour Wynn allaient au-delà d'une simple attirance physique. Quand elle avait dix-huit ans, elle l'avait aimé. À présent qu'elle se retrouvait à vivre si près de lui, elle comprenait qu'aucun autre homme ne serait jamais à sa hauteur.

Découvrir que Wynn était sorti dîner avec cette Gretchen l'avait en outre profondément déstabilisée. Elle s'était rappelé que Wynn avait de nombreuses femmes dans sa vie. Comment trouver le courage de lui avouer ses sentiments ?

Elle aimait partager son lit. Seulement elle en voulait davantage. Elle voulait une réelle intimité. Le genre de relation dans laquelle deux personnes affrontent le monde ensemble, liées par l'amour. Un couple partageant rêves et craintes. Et oui, une incroyable alchimie sexuelle.

Lorsque Wynn revint, elle ne savait pas davantage

comment gérer cette question. Elle renonça finalement à se jeter à l'eau, estimant qu'elle avait besoin de plus de temps pour juger s'il était sage de se montrer honnête quant à ses sentiments.

Il se laissa tomber dans un fauteuil et poussa un soupir.

— Penses-tu que sa mère lui manque ? demanda-t-il.

— Sans doute, mais j'ignore ce que ressent un enfant aussi petit. Tu lui donnes amour et stabilité. C'est beaucoup, Wynn. Cette petite fille a de la chance.

— Peut-être…

Il sembla se faire violence pour chasser ses inquiétudes.

— J'ai une proposition à te faire, dit-il soudain, le regard pétillant.

— J'ai peur d'en entendre davantage.

Wynn partit d'un rire franc avant de poursuivre :

— Jeudi prochain, l'un des partenaires d'affaires de ma société organise une fête de Noël dans un entrepôt rénové du quartier de Tribeca. Tenue de soirée exigée, ce sera très glamour. Nous avons vécu des moments difficiles dernièrement. Que dirais-tu de te défouler un peu et de prendre du bon temps ?

Imaginer sortir avec Wynn lui remonta aussitôt le moral.

— Je pourrais me laisser tenter, répondit-elle. Mais j'aurais besoin d'un après-midi pour aller m'acheter une robe.

— Aucun problème. Et si tu en as envie, nous pourrions organiser un petit défilé de mode privé.

— Sommes-nous en train de parler de sexe ?

Il jeta un regard en direction du sofa, un sourire malicieux aux lèvres.

— Je ne pense pratiquement qu'à ça depuis que tu m'as laissé t'attacher, murmura-t-il.

— Je ne t'ai pas *laissé faire* quoi que ce soit, répliqua-t-elle en riant.

Il devint soudain sérieux.

— Je tiens à être clair, Fliss. Posséder ton corps m'intéresse mais ce que je ressens va bien au-delà. Et, pour être honnête, je ne suis pas certain d'en être réjoui. J'ai envie de te protéger. C'est un sentiment que je n'éprouve jamais avec les autres femmes.

- 14 -

Felicity ne répondit pas tout de suite. Le terrain était glissant.

— Je n'ai pas besoin que tu me dorlotes, Wynn. Je veux juste vivre l'instant présent.

Il cligna des yeux et se frotta nerveusement le visage.

— Tu n'aides pas celui qui veut prendre soin de toi, Fliss.

Elle le rejoignit et se pelotonna sur ses genoux, tête posée sur son épaule.

— Je ne me plains pas, dit-elle. J'aime la façon dont tu me fais chavirer et tout oublier.

Wynn tressaillit lorsqu'elle déboutonna les premiers boutons de sa chemise pour savourer la chaleur de sa peau.

— L'évitement est-il une façon saine d'agir ? demanda-t-il, gorge nouée.

— Je me moque totalement de cette question.

Elle sema des baisers dans son cou.

— Fais-moi l'amour, Wynn.

— Felicity, je…

Elle plaqua la main sur sa bouche pour le faire taire.

— Moins de paroles et plus d'action, s'il te plaît.

— Tu souffres, Fliss.

— Non. Pas du tout.

— Bébé, ça se lit sur ton visage. Tu ne peux pas faire comme si l'enterrement de ton père n'avait pas eu lieu. Ou comme si tu n'avais pas découvert la vérité à propos de ta mère.

Lentement, elle se laissa glisser de ses genoux pour se retrouver sur ses pieds.

— Ne dis plus rien. J'ai envie de faire l'amour avec toi, Wynn. Mais tu as clairement indiqué que nous ne sommes pas un couple. Donc je n'ai pas besoin de savoir ce que tu penses du gâchis qu'est ma famille. Ce n'est qu'un château de cartes bâti sur des mensonges.

— Ils n'ont pas cherché à te blesser intentionnellement.

— Et c'est censé me faire me sentir mieux ?

Personne dans sa vie ne l'avait suffisamment aimée pour être honnête avec elle. Ses parents avaient mis au point un mensonge au sujet de la disparition de sa mère.

Quant à Wynn, il avait été trop fier pour lui dire qu'elle l'avait blessé quand elle avait refusé sa demande en mariage formulée sur un coup de tête, quinze ans auparavant. Elle était passée de l'enfance à l'âge adulte absolument seule. Et à moins qu'elle ne quitte New York et trouve un nouvel amour pour effacer Wynn Oliver de sa mémoire, elle le serait toujours.

Ce n'était pas ce qu'elle désirait. Mais comment avouer la vérité à Wynn ? Comment pouvait-elle parler d'amour en sachant ce qu'il éprouvait à propos de l'avenir ?

— Je suis désolée, dit-elle en se forçant à sourire. Je me sens un peu fragile, c'est vrai. Mais rien à voir avec toi et moi. Je réussirai à faire face. Comme je l'ai toujours fait.

Il se leva à son tour et serra ses mains dans les siennes.

— Tu n'as pas à être forte et courageuse en permanence. Je suis ton ami. Ton ami de longue date. Tu n'es pas seule.

C'était comme s'il avait lu dans ses pensées. Le problème, toutefois, était qu'il parvenait à une conclusion différente. Il pensait qu'elle se satisferait de la part de lui qu'il avait à lui offrir. Or il n'en était rien. Lorsqu'ils avaient dix-huit ans, ils avaient été si profondément liés qu'ils n'avaient fait presque plus qu'un.

Les rires, les pleurs, les émotions, les sensations d'alors lui manquaient terriblement. Elle voulait les retrouver. Mais elle ne lui montrerait pas combien sa gentillesse lui faisait mal. Que pouvait-elle représenter au regard de l'amour qu'ils avaient connu autrefois ?

Elle ne voulait pas de sa pitié. Avouer ce qu'elle éprouvait et découvrir qu'il ne partageait pas les mêmes sentiments serait pire que d'être seule.

— Je suis sensible à tes inquiétudes, Wynn, mais je vais bien, crois-moi. Pouvons-nous aller nous coucher, à présent ?

Il la souleva entre ses bras et la porta jusqu'à sa chambre où ils se déshabillèrent mutuellement en silence.

Elle n'avait plus rien à dire. Wynn ne voulait pas de son amour. Et la douleur était intense.

Elle fit courir ses mains sur son corps nu, essayant de graver chaque instant, chaque sensation dans son esprit pour les longues nuits d'hiver qui l'attendaient. Ces nuits où elle serait à bord de vols vers des destinations lointaines et où il se trouverait à New York avec Ayla.

Quand elle referma les doigts sur son sexe, il frissonna, ferma les yeux et ne put réprimer un grognement de satisfaction toute virile.

Elle sourit. Elle adorait lui donner du plaisir mais elle n'avait rien de spécial. Toute autre femme pourrait prendre sa place.

Se forçant à repousser ces pensées avec vigueur, elle gagna le lit et quand il vint l'y rejoindre, elle poussa un soupir de contentement. C'était comme si, grâce à la présence de Wynn, chaque pièce de son univers s'agençait pour former un tout harmonieux. Des mots d'amour lui brûlaient les lèvres mais elle réduisit au silence la jeune fille ridiculement naïve qui vivait encore au fond d'elle.

Wynn écarta les cheveux égarés sur son visage avant d'effleurer sa joue, son cou puis la pointe de chacun de ses seins. Le désir bouillait en elle, la submergeant peu à peu, telle une vague puissance.

Tandis qu'il mettait un préservatif, elle se demanda combien de fois elle serait capable de faire l'amour avec lui tout en gardant ses secrets.

Peut-être décela-t-il son inhabituelle passivité. Comment aurait-il pu en être autrement ? Alors qu'ils savouraient généralement des moments de passion enfiévrée, il ne lui proposait en cette soirée qu'une tendresse qui lui paraissait tout bonnement terrifiante.

Elle ne voulait pas qu'il en soit ainsi. Mais quand elle tentait de résister et de lui faire perdre tout contrôle, il parvenait à avoir le dessus sur elle.

Il lui offrit le plus délicieux des orgasmes grâce au jeu expert de ses doigts, puis il s'empara vigoureusement de son corps alors que les vagues du plaisir ondulaient encore en elle.

Mais il n'était pas aussi maître de lui qu'il le prétendait. Bientôt l'extase le terrassa à son tour et il s'effondra sur elle.

Elle sentit son cœur se briser. Il était impossible qu'elle reste près de lui jusqu'au mois de janvier. Comment pourrait-elle supporter cette relation bancale ?

De longues minutes s'écoulèrent. Lorsque enfin Wynn libéra son corps de son poids, elle se leva en prenant soin de lui tourner le dos.

— Bonne nuit, murmura-t-elle.

— Où vas-tu ?

Lorsqu'elle jeta un regard par-dessus son épaule, elle vit sur ses traits une expression de colère et de stupéfaction mêlées.

— J'ai besoin d'être seule.

Elle ramassa ses vêtements, quitta la pièce et referma la porte derrière elle.

Felicity sentit qu'un froid s'était installé entre Wynn et elle, après cette nuit. Chacun dormait dans sa chambre et leurs conversations se limitaient à des échanges polis concernant Ayla. Wynn, toutefois, n'avait pas oublié qu'il lui fallait une robe. Un soir il l'incita à sortir à son retour du bureau.

— Va trouver une tenue sublime. Je veux rendre tous les invités jaloux.

— Nous y allons malgré tout ? demanda-t-elle, stupéfaite.

— Oui, bien sûr.

— Mais je croyais que nous étions fâchés.

— C'est toi qui as changé, Fliss, dit-il, avec un petit sourire en coin. Je suis disponible pour toi mais je ne ferai pas l'amour à une femme qui s'implique à moitié. Pas même si cette splendide et désirable personne n'est autre que toi.

La culpabilité la frappa soudain. Que voulait-il dire exactement ?

— Je n'en aurai pas pour longtemps, se contenta-t-elle de répondre.

— Prends tout le temps dont tu as besoin.

Lorsque arriva le jeudi après-midi, Felicity avait les nerfs à vif. Elle s'apprêtait à se rendre à une fabuleuse soirée mondaine au bras d'un homme tout aussi séduisant que dangereux.

Wynn sortait de sa chambre juste au moment où elle quittait la sienne. Un feu sembla brusquement s'allumer au fond de ses yeux.

— Waouh ! s'exclama-t-il.

— Est-ce trop ?

Sa robe, descendant sous le genou, était d'un éclatant satin rouge, dépourvue de bretelles et cintrée à la taille. Elle avait opté pour des talons aiguilles argentés, et une étole de fausse fourrure couvrait ses épaules.

Wynn secoua la tête lentement.

— On aurait une version blonde et plus sexy de Jackie Kennedy.

Felicity lui sourit.

— Tout d'abord il n'y a pas plus sexy qu'elle et ensuite ton compliment me semble un peu trop élogieux pour être crédible.

Il l'attira contre lui.

— Dans ce cas je me contenterai de te dire que tu es sublime, murmura-t-il en l'embrassant langoureusement.

— Au fait. L'amie de Missy qui vient garder Ayla ce soir est en route. Elle ne devrait plus tarder.

Wynn sembla ne pas l'entendre. Son regard était fixé sur sa bouche. Le feu du désir couvait au fond de ses yeux.

Elle posa une main sur sa joue douce et chaude.

— Vous êtes magnifique dans ce smoking, monsieur Oliver. Qui aurait pu imaginer, au temps du lycée, que nous sortirions tous deux un soir en ville dans des tenues aussi glamour ?

— J'étais trop ignorant à l'époque pour imaginer qu'une soirée telle que celle-là pouvait exister. Mais ce n'est plus le cas désormais. Pouvons-nous conclure une trêve, Fliss ?

— Oui, bien sûr, répondit-elle en poussant un soupir. Toutes mes excuses pour m'être montrée aussi pénible.

— Le jeu en valait la chandelle, rétorqua-t-il avec un clin d'œil.

Elle lui pinça doucement le bras en riant.

— Une dernière retouche maquillage et je te rejoins.

Une demi-heure plus tard la voiture avec chauffeur était en route pour la soirée.

Felicity était silencieuse, les doigts serrés sur sa petite pochette de satin rouge.

— Tout va bien ? demanda Wynn en touchant son poignet.

— Parfaitement.

Ces fêtes de fin d'année pourraient être les meilleures de sa vie. Ou les pires. Cela restait à voir.

Subitement, une pensée frappa son esprit.

— Où passes-tu Noël habituellement ? s'enquit-elle. Ici ou à Falcon's Notch ?

— Ici, en règle générale.

— Alors pourquoi avoir bâti cette somptueuse demeure au Tennessee ?

— Je voulais prouver que j'avais fait quelque chose de ma vie, répondit-il, un sourire empreint d'autodérision aux lèvres. J'espérais que tout le monde dans cette petite ville friande de ragots verrait ma maison extravagante et regretterait peut-être de s'être moqué de moi et de ma famille.

— Oh ! Wynn…, murmura-t-elle, le cœur serré.

— Ce n'est pas important. Ce n'est qu'une maison vide.

Elle prit sa main dans la sienne.

— Tu as fait la preuve de ta réussite il y a déjà bien longtemps, dit-elle. Tu as utilisé ton cerveau et ta volonté de fer pour atteindre les sommets. Tu peux en être fier.

La voiture s'arrêta et il lâcha sa main au prétexte de pouvoir ouvrir la portière. Mais elle se demanda si ses paroles l'avaient dérangé.

La fête battait son plein lorsqu'ils arrivèrent dans la salle. Felicity n'était pas de nature timide, mais voir autant de monde était quelque peu déconcertant.

Elle se cramponna à la main de Wynn tandis qu'ils avançaient en fendant la foule.

Il semblait connaître tout le monde. Des hommes lui serrèrent la main. Quelques-uns le gratifièrent de franches accolades. Mais ce furent les femmes qui retinrent l'attention de Felicity. La façon dont elles le regardaient avec dépit et jalousie.

Combien de célibataires séduisantes y avait-il, à Manhattan ? Avec combien de ces femmes Wynn était-il sorti ?

Elle n'était pas certaine de vouloir le savoir.

Ils choisirent quelques canapés et trouvèrent un endroit où s'installer près des immenses baies vitrées. La vue sur la ville illuminée était spectaculaire.

Wynn prit sa minuscule pochette et la glissa dans sa poche.

— Veux-tu du vin ? demanda-t-il.

Elle s'accrocha à lui.

— Ne me laisse pas, je t'en prie, murmura-t-elle sur le ton de la plaisanterie. Je risque de ne jamais te retrouver.

— Comme tu voudras, répondit-il avec aux lèvres un sourire si lumineux que son cœur s'emballa.

Ils dégustèrent ensuite leurs amuse-bouche en silence. Tout était délicieux. Sans doute l'œuvre d'un chef de renom.

Soudain quelqu'un commença à dégager l'espace face au petit orchestre qui jouait des morceaux entraînants depuis le début de la soirée. Une piste de danse apparut et un murmure d'enthousiasme balaya l'assemblée.

Le chanteur saisit le micro et lança la soirée dansante.

Wynn caressa la joue de Felicity du revers des doigts.

— Et si nous dansions, Fliss ?

Son regard était incroyablement doux et envoûtant.

— Avec plaisir.

Il s'agissait d'une fort mauvaise idée, mais qu'aurait-elle pu répondre d'autre ? Elle mourait d'envie de danser avec lui.

Wynn lui prit la main. En l'espace de quelques secondes, ils se retrouvèrent enlacés au milieu de la piste.

Les airs étaient lents, à présent. Les chansons s'enchaînèrent jusqu'à ce que l'une d'elles retienne l'attention de Felicity, *Je suis à toi.*

C'était si vrai, songea-t-elle, un petit pincement au cœur. Elle appartenait à Wynn d'une façon qui ne pouvait s'expliquer. Il ne voulait pas d'elle pour toujours mais c'était sans importance. Elle était sienne.

Elle se ressaisit brusquement. Le moment était mal choisi pour se soucier de l'avenir. Elle se contenterait de savourer chaque seconde passée avec Wynn.

Lorsqu'elle noua les bras autour de son cou et posa la joue contre son épaule, elle le sentit tressaillir, l'espace d'un instant, puis la serrer plus fort contre lui.

Ils laissèrent leurs corps onduler au rythme de la musique sans se soucier des autres danseurs. Elle se délectait de la présence enveloppante de Wynn. Le contact familier de sa peau, son corps puissant et chaud, son parfum aux touches si délicieusement masculines.

Ils étaient si proches qu'il ne pouvait lui cacher combien son corps était appelé par le sien. Le désir fit s'accélérer son pouls.

— Je t'aime…, lâcha-t-elle dans un souffle, sachant qu'il ne pouvait l'entendre.

Une vive douleur étreignait sa poitrine. Comment pouvait-il ne pas éprouver les mêmes sentiments ? Il la tenait si tendrement. Ne croyait-il pas qu'ils étaient capables de faire de nouveau le chemin vers un amour sincère ? Ou, mieux encore, de tracer une voie toute neuve ensemble ?

Que Wynn Oliver et Felicity Vance forment un couple était tout ce qu'il y avait de plus sensé. Ils étaient les deux parties d'un même tout. Faits de la même étoffe originaire d'une minuscule communauté vivant au cœur des montagnes, des racines qui continuaient d'exercer une forte influence sur eux.

Les doigts de Wynn caressèrent tendrement sa nuque.

— Bon sang, j'ai envie de toi, gronda-t-il tout près de son oreille.

Elle s'écarta et leva les yeux vers lui.

— Combien de temps devons-nous encore rester ?

Cette danse était merveilleuse, tellement envoûtante… Le souvenir du bal du lycée lui revint alors à l'esprit.

Comme ils n'avaient pas eu les moyens de s'offrir des tickets, Wynn l'avait entraînée dans les bois où ils avaient dansé langoureusement au son d'une minichaîne avant de se livrer à d'autres plaisirs.

Une couleur rosée teintait à présent les joues de Wynn, son regard semblait un peu perdu et son souffle s'était accéléré.

— J'ai rencontré tous ceux qu'il me fallait voir ce soir, dit-il d'une voix rauque en scrutant intensément son visage.

Il l'embrassa avec ardeur, sans se soucier de la foule qui les entourait, puis ajouta, les yeux brillants :

— Encore deux chansons et nous partons.

Elle hocha lentement la tête. Le regard de Wynn était empli de frustration mais ses gestes restaient délicieusement tendres. Il ressentait quelque chose pour elle. Mais était-ce suffisant pour le faire changer d'avis à propos du couple et des relations amoureuses ?

Elle sentait son corps vibrer d'excitation. Sa patience était à bout.

— Partons d'ici, dit-elle soudain.

— Pourquoi ?

Elle détailla son visage, tout au regret qu'il ne puisse déchiffrer ses pensées intimes. Elle n'avait pas le courage de lui livrer l'entière vérité. Elle opta donc pour la seule réponse qu'il pourrait accepter.

— Parce que j'ai envie de toi. Maintenant.

- 15 -

Le corps de Wynn se raidit à ces mots. Son souffle sembla se bloquer dans sa gorge.

— Entendu, murmura-t-il.

Sans rien ajouter, il prit sa main et la conduisit à travers la foule. La fête battant son plein, personne ne prêta attention à l'homme à la carrure imposante et à la jeune femme blonde qui se frayaient un chemin vers la sortie.

Quand ils eurent regagné le hall d'entrée, Wynn la plaqua contre le mur et l'embrassa fougueusement, les laissant tous deux tremblants et essoufflés.

— La route est longue jusqu'à ton appartement, fit-elle remarquer.

Attendre lui semblait impossible.

Wynn lança des regards frénétiques autour d'eux.

— J'ai une idée.

Il l'attira jusqu'à l'ascenseur et enfonça le bouton d'appel.

Une fois dans la cabine, ils quittèrent le quatrième étage pour gagner, au sous-sol, un immense espace vide et sombre. Quand ils y pénétrèrent, le bruit de leurs pas résonna de manière sinistre.

Felicity serra plus fort la main de Wynn.

— Cet endroit est un peu effrayant, murmura-t-elle.

— Je promets de te protéger, petite fille.

Elle lui lança un regard malicieux.

— Pourquoi ai-je l'impression d'entendre le grand

méchant loup essayant de m'amadouer pour m'entraîner vers ma perte ?

Wynn s'arrêta net et plaqua la main de Felicity contre sa poitrine, juste au niveau de son cœur qui battait à coups sourds, comme le sien.

— Si tu cours un danger, sache que je suis là, tout près.

— Est-ce censé me faire me sentir mieux ? répliqua-t-elle d'un ton moqueur.

Il entoura son visage de ses mains.

— Nous prenons un risque, c'est vrai. Si tu préfères, je peux appeler mon chauffeur et nous retournons à l'appartement.

Elle frémit violemment. La tentation était trop puissante.

— Je n'ai jamais peur quand je suis avec toi, assura-t-elle.

— Très bien.

Les paumes de Wynn glissèrent vers ses seins dont il caressa les pointes à travers le tissu de sa robe, le souffle court. Il semblait aux abois.

Il la conduisit aussi loin que possible de l'ascenseur. Les lieux étaient plutôt délabrés ; seuls subsistaient quelques murs, dans un piètre état. Les ombres baignant l'espace désert seraient parfaites pour dissimuler leurs activités clandestines.

Wynn la plaqua soudain contre une poutrelle d'acier et glissa les mains sous sa jupe.

— Bon sang, Fliss. Ta peau est si douce.

Son souffle était brûlant, le métal glacé contre son dos. Il fit remonter ses larges mains jusqu'au haut de ses cuisses et trouva ses sous-vêtements de soie. Un cri de surprise s'échappa des lèvres de Felicity lorsqu'il les déchira en deux.

— Comment ferai-je pour rentrer ? s'exclama-t-elle, se sentant rougir des pieds à la tête.

Wynn lui sourit d'un air canaille.

— Nous pourrons toujours nous amuser en chemin, qu'en dis-tu ?

S'emparant avidement de sa bouche, il ne lui laissa pas le temps de répondre.

Elle fit alors glisser la fermeture de son pantalon et plongea la main dans son boxer-short.

— Au risque de paraître superficielle, j'aime ton corps. En particulier cette partie…

Lorsqu'elle serra les doigts plus fermement sur son sexe tendu, il trembla et jura avant de repousser sa main.

— Je suis à fleur de peau, Fliss. Pas de préliminaires, ce soir.

— Et moi, je ne m'allongerai pas sur ce sol crasseux, Monsieur le Grand Ponte. Pas même pour toi.

— Tu me sous-estimes, chérie.

Il la souleva.

— Mets les bras autour de mon cou, ordonna-t-il.

Un souffle d'air froid glissa subitement sur la peau de Felicity que sa jupe relevée dévoilait. Et lorsque Wynn l'embrassa de nouveau, elle n'eut plus qu'une pensée en tête : le sentir en elle. Elle noua fermement les jambes autour de sa taille et s'agrippa à lui tandis que leurs langues se mêlaient en un baiser qui semblait ne jamais devoir finir.

— Comment vas-tu me faire l'amour ? demanda-t-elle après avoir détaché ses lèvres des siennes.

— Peut-être serai-je doux et tendre.

Elle laissa échapper un petit rire.

— Dans un entrepôt désert par une froide nuit de

décembre ? Non, je ne crois pas. Tu vas probablement te comporter en bête sauvage parce que tu meurs de désir pour moi.

Elle dénoua sa cravate et la jeta par terre avant de s'attaquer aux boutons de sa chemise.

— As-tu des protections avec toi, beau gosse ?

— Et si je te disais que ce n'est pas le cas ?

Le cœur de Felicity chavira à ces mots.

— Tu es sérieux ?

— Non, je plaisante. J'ai des préservatifs. Dans ma poche.

— Oh. Eh bien, c'est une excellente nouvelle.

Il saisit le lobe de son oreille entre ses dents.

— J'ai envie de toi depuis des heures, Fliss. Mon corps est si tendu que j'ai l'impression d'être en pierre.

Il s'immobilisa, portant toujours son poids tout en la pressant contre le pilier, et plongea ses yeux au plus profond des siens.

— Je ne vais pas te ménager, ma chérie. Je vais prendre possession de ton corps et te faire oublier jusqu'à ton prénom. Et quand tu atteindras le septième ciel, je continuerai encore plus fort jusqu'à ce que tu me supplies d'arrêter.

Elle le regarda, bouche bée.

Il lui adressa un sourire en coin et elle admira, sous la faible lumière, le contour noble de son nez droit et le dessin élégant de ses lèvres veloutées.

— Tu vas devoir m'aider, poursuivit-il. Cherche dans ma poche droite. Je ne veux pas te lâcher.

Elle se contorsionna tout en s'accrochant à son cou d'une main.

— Je l'ai ! lança-t-elle d'un ton triomphant.

— Et maintenant tu vas devoir me le mettre.

— Et comment ? Je ne suis pas contorsionniste !

— Nous n'avons pas le choix. Autrement il me faudra te reposer par terre et, au cas où tu ne l'aurais pas remarqué, tes deux chaussures sont tombées.

— Entendu, je pense pouvoir y arriver.

— Je ne te lâcherai pas, promis. Nous y parviendrons. Je crois en nous, ajouta-t-il en souriant.

Ces derniers mots furent comme un coup de poignard. Non, il ne croyait pas en eux. Vraiment pas. Mais ce n'était pas le moment d'en discuter.

Il l'aida à glisser plus bas sur son corps. Une fois qu'elle eut mis la protection en place, elle s'émerveilla de le voir assez fort pour la soulever de nouveau.

— Prête ?

Une vive douleur traversa sa poitrine mais elle se voyait incapable d'aller contre le désir qu'elle éprouvait pour lui.

— Oui, je suis prête, murmura-t-elle.

Et quand Wynn la pénétra d'une franche poussée, elle laissa échapper un cri et sentit une joie incandescente irradier en elle. Son corps ne faisait plus qu'un avec celui de Wynn, et la sensation était incroyable.

Dans cette position elle dépendait entièrement des mouvements de Wynn. Heureusement il contrôlait la situation. Entièrement.

— Est-ce que je te fais mal ? demanda-t-il d'une voix rauque.

— Non.

Déjà elle sentait l'orgasme approcher, près de l'engloutir tout entière.

Les mains puissantes de Wynn se refermèrent au bas de son dos et la soulevèrent avec une force presque brutale.

Et lorsqu'il la fit de nouveau brusquement glisser sur son sexe, un grognement de plaisir s'échappa de leurs lèvres.

— J'adore ça, chuchota-t-il, son souffle chaud venant caresser son oreille. Tu es parfaite, j'ai l'impression que c'est trop fort, que je vais littéralement voler en éclats.

Il l'embrassa avec ardeur, lui coupant presque entièrement le souffle.

— Tu es pleine d'esprit et tu as un corps de rêve, c'est la combinaison fatale.

— Et toi tu as les idées les plus immorales. Jamais je n'aurais imaginé Wynn Oliver se livrer à des ébats torrides dans un entrepôt. Mais j'adore.

— Je ne peux me lasser de toi, Fliss.

Elle eut le sentiment qu'il n'avait pas eu l'intention de prononcer ces mots qui le rendaient vulnérable. Ou peut-être pas. Elle n'avait jamais été femme à se servir du sexe comme d'une arme.

Elle l'embrassa lentement et, sans l'avertir, il la serra plus fort, renforçant le contact avec le point le plus sensible de son être. Des points lumineux se mirent à danser devant ses yeux. Son orgasme fut intense et sembla se prolonger une éternité.

Elle sentait encore ses vagues déferler en elle lorsque Wynn cria son nom tout en livrant son dernier assaut. Il lui sembla que tous deux avaient perdu tout sens de la réalité mais il ne la lâcha pas, même au moment ultime. Il pouvait à peine reprendre son souffle, mais ses bras supportaient toujours son poids.

— Waouh ! s'exclama-t-elle, tout en posant la joue contre le torse de Wynn. Es-tu assez riche pour acheter cet endroit ? Je crois que je commence à l'aimer.

Wynn enfouit son visage au creux de son cou, essoufflé, et se mit à rire.

— Je comprends, ma belle. Mais deux grands lits très confortables nous attendent chez moi et j'ai dit à la baby-sitter que nous ne rentrerions pas trop tard.

Felicity se rappela alors que ses pieds étaient toujours nus. Wynn y songea également et la porta jusqu'à une chaise poussiéreuse abandonnée un peu plus loin. Quelques instants plus tard, il revint avec ses talons aiguilles et… ses sous-vêtements.

— Je me suis dit qu'il valait mieux ne laisser aucune preuve derrière nous.

— Sage décision, monsieur Oliver, fit-elle remarquer en dissimulant un sourire.

Il glissa ses sous-vêtements dans sa poche et s'accroupit pour mettre ses chaussures à ses pieds. Une onde de désir la traversa soudain. Que se passerait-il à leur retour à l'appartement ? En avaient-ils fini pour la nuit ? Ou n'était-ce qu'un début ?

Il l'aida à se relever et elle fit de son mieux pour lisser le tissu de sa robe. Wynn lui rendit la minuscule pochette qu'il avait gardée dans sa poche.

Elle sortit un petit miroir et fit la grimace en apercevant son reflet. Elle arrangea aussi bien que possible son maquillage et sa coiffure.

— C'est bon, dit-elle une fois qu'elle eut terminé. Je ne peux pas faire mieux.

Wynn la fixa à travers la semi-obscurité. Il ne souriait plus.

— Tu es superbe, Fliss. Nous devons partir. J'ai déjà appelé mon chauffeur.

Ils quittèrent le bâtiment en silence après avoir récupéré

l'étole de Felicity au vestiaire. Le froid était mordant et Wynn l'aida à s'installer rapidement dans la voiture. Il s'assit tout près d'elle et réchauffa ses mains entre les siennes.

Elle posa la tête contre son épaule et regarda d'un air rêveur les lumières de la ville.

Wynn ne disait rien. À quoi pouvait-il penser ? Que se passerait-il si elle faisait le premier pas et lui avouait ses sentiments ? Il s'était montré un amant attentif, à la fois tendre et dominateur tout en étant profondément respectueux. Se pouvait-il qu'il ait des sentiments pour elle mais qu'il ait peur de baisser la garde ? Comment briser ce mur invisible ?

- 16 -

Une fois de retour à l'appartement, Wynn se chargea de raccompagner la baby-sitter jusqu'à la voiture de son chauffeur tandis que Felicity retirait ses chaussures et se pelotonnait près du feu. Il finit par la rejoindre en laissant échapper un bâillement.

— Tu n'avais pas à m'attendre, tu sais, dit-il.

— J'étais encore dans l'excitation de cette fête.

— Cette fête ?

— Tu vois très bien ce que je veux dire, rétorqua-t-elle en rougissant.

— Je ne voulais pas faire de suppositions. Nous n'avons pas passé toutes nos nuits ensemble, après tout.

Elle se mit à réfléchir à toute vitesse. Devrait-elle passer la nuit avec lui ? Ou continuer à s'éloigner ? Si elle y allait progressivement, il ne devinerait peut-être pas ce qu'elle ressentait.

Mais elle était trop faible et égoïste pour agir de la sorte. Ce qu'elle voulait, *celui* qu'elle voulait, c'était Wynn.

Avant qu'elle ait pu prononcer le moindre mot supplémentaire, il traversa la pièce et ouvrit l'un des tiroirs d'un petit bureau.

— Avant tout, sache que j'ai pris une initiative que tu pourrais ne pas apprécier.

— Oh. Et laquelle ?

Il se retourna, une feuille de papier à la main.

— J'ai demandé à l'un de mes employés de trouver les coordonnées de ta mère, répondit-il. Voici son adresse et son numéro de téléphone mobile. Je me suis dit que tu aurais envie de lui téléphoner, à un moment donné.

Elle sentit son sang se figer dans ses veines.

— Tu as gaspillé ton temps, Wynn. Elle vit avec mon oncle, je connais son adresse.

— Mais tu n'avais pas son numéro de téléphone.

Elle se leva, soudain gelée malgré la proximité du feu. Pourquoi avait-il fait ça ? Elle ne lui avait rien demandé ! Ce qu'elle voulait, elle, c'était oublier sa mère et tous ces mensonges.

— Maintenant que ton père est décédé, tu es seule au monde, Fliss. Je connais ce sentiment et il fait mal.

Seule au monde ? Son estomac se noua. *Et qu'en est-il de la place qu'Ayla et toi avez dans ma vie ?* faillit-elle répliquer. Elle était certaine qu'il n'avait pas voulu être cruel, mais elle avait l'impression d'avoir reçu une gifle.

— Cette femme n'est rien à mes yeux, décréta-t-elle.

C'était faux. Elle voulait n'afficher qu'indifférence à propos d'Iris Vance, mais ce n'était pas si facile.

— Il s'agit de ta mère. De ta chair et de ton sang.

Felicity prit le papier, le plia et le jeta sur sa pochette posée sur le canapé.

— Très bien, j'ai son numéro. Es-tu satisfait ?

Cette confrontation était particulièrement contrariante à vivre après tout ce qui s'était passé entre eux plus tôt dans la soirée. Ils étaient passés d'une fête aux accents romantiques et d'une étreinte scandaleuse aux dures et froides réalités de l'existence.

Wynn se frotta nerveusement le front.

— Je n'ai pas envie de me battre avec toi, Fliss, mais

je dois quitter la ville demain matin, et je veux que tu réfléchisses à ta mère et à Noël.

— Tu t'en vas ? dit-elle, sentant soudain un gouffre s'ouvrir au fond d'elle.

— Je dois aller à Los Angeles pour une réunion. Je serai de retour en milieu de semaine. Nous pourrons parler de Noël à ce moment-là.

Elle releva le menton d'un air de défi.

— Qu'y a-t-il à en dire ? répliqua-t-elle.

— Tu as parlé de le fêter à Falcon's Notch. Ce n'était pas une mauvaise idée. Nous pourrions y inviter ta mère et ton oncle.

Elle le regarda, bouche bée.

— Non, Wynn. Je ne veux voir ni Iris Vance ni mon oncle. Penses-tu que je peux simplement ignorer un mensonge qui a duré presque toute ma vie ? Cela m'est impossible.

Elle détestait la façon dont il la regardait. Comme si elle se montrait excessive et insensée.

— Il est tard, dit-il. Allons nous coucher. Tout nous apparaîtra plus clairement demain matin. Il en est toujours ainsi.

Elle croisa les bras et lutta contre les larmes.

— Ce n'est pas tout à fait vrai, fit-elle remarquer. Parfois, tout est pire. Et puis, tu vas t'en aller.

— Je reviens très bientôt, dit-il, renfermant les mains sur ses épaules avant de prendre ses lèvres pour un long baiser.

» Tu vas me manquer, ajouta-t-il.

Comme il serait facile de se laisser aller à la douceur de cette étreinte, de le rejoindre dans son lit… Mais la situation ne ferait que s'en trouver plus compliquée. Elle rassembla donc ses forces pour ne pas céder à la tentation.

— Je me suis beaucoup amusée, ce soir, Wynn. Merci de m'avoir amenée à cette fête. Mais je suis très fatiguée et je crois que je dormirai mieux seule.

Il la transperça du regard et elle vit sa mâchoire se crisper.

— Es-tu fâchée contre moi ?

— Non, mais je ne peux pas dire que je suis *heureuse.* Pars donc pour ton voyage d'affaires. Nous parlerons à ton retour.

— Et tu réfléchiras à Noël durant mon absence ? Tu téléphoneras à ta mère ?

Cette idée l'horrifiait littéralement. Elle n'eut pas, toutefois, la force de discuter et décida de mentir.

— Bien sûr. Si cela te fait tant plaisir.

— Parfait. Tu ne le regretteras pas.

Quel homme arrogant et exaspérant ! Que pouvait-il bien en savoir ?

— Bon voyage, dit-elle en rassemblant ses affaires.

Il la suivit jusqu'à la porte de sa chambre.

— Nous trouverons une solution, Fliss. Ne te tracasse pas.

L'air préoccupé qu'elle vit sur ses traits lui donna envie de crier. Elle n'avait que faire de sa compassion ! Elle voulait son amour.

— Bonne nuit, dit-elle avant de se glisser dans sa chambre et d'en verrouiller la porte.

Le premier jour d'absence de Wynn sembla durer une éternité. Ayla était aussi joyeuse qu'à son habitude, mais Felicity souffrait de le savoir loin d'elle.

Le deuxième jour, elle fit appel à son chauffeur pour les conduire, Ayla et elle, de boutique en boutique. Elle trouva des cadeaux de Noël pour ses amis et choisit pour Ayla une poupée et un adorable manteau de laine rouge. Le cas de Wynn fut plus ardu. Ils étaient amis… et amants, mais Wynn pouvait s'offrir tout ce qu'il voulait. Elle finit par dénicher dans une petite galerie chic le cadeau parfait : une peinture à l'huile représentant les Smoky Mountains dans un dégradé presque mystique de teintes bleues, grises et mauves. Malgré sa beauté, l'œuvre provoqua un sentiment de tristesse chez elle.

Wynn et elle partageaient l'héritage lié à leur enfance passée en ces lieux, mais c'était à peu près tout. Il refusait l'idée de vivre l'intimité d'une relation au long cours. Rien de ce qu'elle pourrait faire ou dire ne le ferait changer d'avis.

Au troisième jour d'absence de Wynn, elle reçut un texto de Derek, un collègue steward basé à Dallas. Il faisait une escale de vingt-quatre heures à New York et avait envie de la voir. Il avait une grande nouvelle à annoncer.

Le temps étant toujours à la douceur, elle lui proposa une promenade dans Central Park.

Elle installa une Ayla bien emmitouflée dans sa poussette de luxe et, après avoir enfilé un jean élégant, un pull fin en cachemire et une paire de baskets, elle alla retrouver son ami près d'un célèbre pont. Il l'accueillit avec un éclatant sourire et la serra affectueusement contre lui.

— Tu es radieuse, Felicity. Et cette petite fille est magnifique ! Des collègues m'ont un peu parlé de tes nouvelles fonctions de baby-sitter. Raconte-moi.

Tandis qu'ils marchaient, elle lui traça les grands traits de son changement de vie sans entrer dans les détails.

La conversation avec Derek lui fit un bien fou, et l'après-midi, paisible, lui apporta un grand réconfort. Ayla, de son côté, appréciait la promenade et toutes les distractions offertes par le parc réjouissaient sa curiosité.

Après avoir partagé des hot-dogs avec Derek sur un banc, elle demanda à son ami quelle était donc la grande nouvelle qu'il voulait lui annoncer.

— Je suis fiancé ! répondit-il en affichant un lumineux sourire.

— Vraiment ?

— Elle s'appelle Naomi et nous avons fait connaissance dans une clinique de Londres. Elle assistait un médecin que j'ai dû consulter pour une crise d'allergie sévère lors d'une escale. C'est elle qui m'a soignée.

— Waouh ! On dirait un scénario de film.

— Je sais ! Et nous nous marions au printemps prochain. J'adorerais que tu fasses sa connaissance.

— Avec plaisir. On reste en contact pour trouver une date dès que possible.

Ayla s'était endormie, le moment était venu de rentrer.

Derek la raccompagna, et lorsqu'ils arrivèrent devant l'immeuble de Wynn, il leva un sourcil surpris.

— Ce doit être hors de prix, ici, fit-il remarquer.

— Wynn a très bien réussi. Surtout si l'on songe à la façon dont nous avons débuté dans l'existence.

Derek la fixa un instant.

— Attends une seconde… Ce Wynn, pour lequel tu travailles, c'est le garçon qui t'a brisé le cœur au lycée ?

— Oui. Je lui rends un service. C'est un peu compliqué.

— Bon sang ! s'exclama-t-il soudain après avoir consulté

sa montre. Je dois filer. Mais il faudra absolument que tu me racontes le reste de cette histoire, Felicity.

— Oh ! tu sais, il n'y a rien de spécial à en dire, répondit-elle d'un ton qui se voulait léger.

Il l'embrassa sur la bouche et la serra contre lui. Elle n'était pas gênée par l'exubérance de ses démonstrations affectives. Ainsi était Derek.

Elle l'embrassa à son tour, mais sur la joue cette fois-ci.

— Prends soin de toi, dit-elle.

Alors qu'il disait au revoir à Ayla, une voix grave et légèrement pincée résonna derrière eux.

— Je vous dérange ?

Felicity fit brusquement volte-face.

— Wynn. Tu es rentré ? dit-elle, la gorge nouée.

— Effectivement. Et à qui ai-je l'honneur ? J'ai l'impression que ma fille connaît déjà ce monsieur.

Felicity s'empressa de faire les présentations et Derek serra la main de Wynn.

— Ravi de faire votre connaissance, monsieur Oliver. Je regrette de devoir m'enfuir mais j'ai un vol à prendre. Je te tiens au courant, Felicity, ajouta-t-il en lui souriant.

Une fois qu'il eut disparu au coin de la rue, Wynn se pencha pour prendre Ayla dans ses bras.

— Vous avez eu une journée bien chargée, toutes les deux.

Le ton étrange de sa voix n'échappa pas à Felicity.

— Derek faisait une courte escale, expliqua-t-elle. Nous avons échangé les dernières nouvelles.

Elle se sentait coupable sans réelle raison, ce qui la déstabilisait et la mettait sur la défensive.

— Comment s'est passé ton déplacement ? demanda-t-elle.

— Il n'y a rien de spécial à en dire.

Une fois qu'ils eurent regagné l'appartement, Wynn s'occupa d'enlever le manteau d'Ayla tandis que Felicity rangeait la poussette.

— J'avais prévu de commander une pizza, mais si tu veux un repas plus consistant, je peux faire livrer des plats chinois, par exemple, proposa-t-elle.

Wynn ne répondit pas.

Elle le suivit tandis qu'il emmenait Ayla dans le salon et l'installait devant une pile de jouets.

— Derek est-il dans la course pour tes grands projets d'avenir ? s'enquit-il d'un ton cassant.

— Derek est un ami. Je le connais depuis une éternité.

— Je n'en doute pas. Quand je t'ai demandé si tu songeais à quelqu'un pour te marier et fonder une famille, tu as répondu que tu avais l'embarras du choix. Et tu as fait référence à des *collègues*, en particulier.

Un frisson nerveux la traversa, mais elle se reprit bien vite. Wynn n'avait aucune raison de la traiter ainsi. Il ne voulait pas d'elle dans sa vie, et il était hors de question qu'il lui fasse la moindre réflexion sur sa vie amoureuse.

— Derek s'est récemment fiancé, dit-elle. Il voulait me l'apprendre en personne.

Elle sentait qu'elle perdait Wynn petit à petit. C'était donc maintenant ou jamais. Elle le fixa en prenant une profonde inspiration. Sa fierté ne comptait plus.

— Derek n'a toujours été qu'un ami pour moi. Mais toi, je t'aime, Wynn.

Il pâlit à ces mots.

— Ne dis pas cela, Fliss.

— Il le faut. C'est la vérité.

— La période de Noël te rend sentimentale, voilà tout.

— Ne sois pas ridicule ! Je suis amoureuse de toi.

Peut-être que d'une certaine façon je n'ai jamais cessé de t'aimer. Mais c'est différent, cette fois-ci. Je ne suis plus une gamine.

— Nous nous entendons bien au lit. Ce n'est pas de l'amour.

Elle accusa le coup. Ces mots insensibles lacéraient littéralement son âme.

— Tu ne peux pas me dire ce que je ressens, Wynn. Je t'aime. À une certaine époque, tu m'aimais, toi aussi. Je te supplie de nous offrir une seconde chance.

— Non.

— De quoi as-tu peur ?

— De rien, répondit-il, le regard vide. J'ai passé des années à apprendre à survivre et à évoluer seul. C'est tout ce que je sais faire, désormais. Et j'aime qu'il en soit ainsi. Je ne peux pas être l'homme que tu vois en rêve. Ce n'est pas moi.

Elle sentit les larmes lui piquer les yeux.

— Mais lorsque tu me fais l'amour, tu sembles si sincère, murmura-t-elle.

Un muscle se crispa le long de la mâchoire de Wynn.

— Les femmes sont douées pour se faire des films, dit-il dans un haussement d'épaules fataliste. Tu m'as dit vouloir quitter New York. Alors pars. Je crois que ce sera mieux pour nous deux, à ce stade.

— Et qui s'occupera d'Ayla ?

— Je trouverai quelqu'un.

Son expression était lointaine, dure. Implacable.

— Tu m'as dit n'avoir confiance qu'en moi, lui fit-elle remarquer.

— Eh bien, je me suis trompé.

Son air détaché lui déchira le cœur.

— As-tu téléphoné à ta mère ? s'enquit-il.

— Non.

— Alors que tu m'avais dit que tu le ferais ?

Son expression s'assombrit et il ajouta :

— Pars, Felicity. Mets fin à nos souffrances. S'il n'y a pas de vol ce soir, tu peux réserver une chambre d'hôtel près de l'aéroport. Je te ferai expédier tout ce que tu ne peux pas emporter avec toi.

Elle ne sut que dire ou faire. Tout avait volé en éclats si rapidement…

— Je crois que tu réagis de façon excessive, dit-elle tout bas. Tu renonces à nous et j'ignore pourquoi.

Il s'agissait d'une ultime tentative pour renouer le dialogue. Mais le bref sourire qu'il lui adressa n'en était pas véritablement un.

— Il n'y a pas de « nous », Felicity. Je ne cesse de te le répéter depuis le début. Nous nous sommes bien amusés au lit mais c'est fini entre nous, à présent. Fais tes bagages. Retourne à ton ancienne vie. Tu m'as dit dès le départ que c'était ce que tu voulais. Rien n'a changé.

Douze heures plus tard, Felicity était à l'aéroport, assise face à sa porte d'embarquement, groggy et désespérée. En ce matin d'hiver, le ciel était gris et morose. Le temps avait brusquement changé durant la nuit et la météo ressemblait à présent à celle d'un mois de décembre.

Jamais elle n'aurait dû se rendre à l'enterrement de Shandy. Ni accepter la proposition de Wynn.

Si elle n'avait pas fait ces deux choix, elle aurait toujours son travail, ses amis, la stabilité de son existence.

Et son cœur ne serait pas en miettes.

Wynn donna un peu de compote de pêches à Ayla en tentant de sourire. Sa fille. Sa précieuse petite fille. Mais malgré ses efforts il ne pouvait ignorer le trou béant qui occupait désormais la place de son cœur dans sa poitrine.

Pour la deuxième fois de sa vie, il avait commis une impardonnable erreur. La première avait été de laisser derrière lui Felicity et Falcon's Notch alors qu'il était encore adolescent. La seconde, de permettre à ses peurs de le dévorer et de prendre le contrôle. Ce qui l'avait amené à traiter la femme qu'il aimait avec un froid mépris.

Avait-il réellement cru qu'il pourrait l'envoyer loin de lui et ne rien ressentir ?

Il aimait Felicity Vance. Profondément. Irrémédiablement. Peut-être l'avait-il toujours aimée. Pour quelle autre raison aurait-il échafaudé un plan pour l'avoir sous son toit ? Pour quelle raison lui aurait-il fait l'amour avec tant de passion, d'émotion ?

Alors qu'il fixait, le regard vide, le petit poste de télévision au son coupé posé sur le comptoir de la cuisine, un bandeau au bas de l'écran capta son attention.

Un jet à destination de Knoxville fait une embardée sur une piste gelée de l'aéroport de La Guardia.

Une vague de nausée l'assaillit dans l'instant.

Felicity retournait à Knoxville. Et il l'avait envoyée à l'aéroport pour rentrer chez elle.

Tandis que la panique enflait en lui, il passa en revue les possibilités. Elle avait peut-être pris un vol la veille au soir et non le matin même. Mais quoi qu'il en soit, elle avait bien dû partir de La Guardia et non d'un autre aéroport de New York.

La présentatrice annonça des victimes possibles et donna un numéro à appeler pour tout renseignement.

Wynn saisit son téléphone.

Il lui fallut une heure pour trouver une baby-sitter disponible pour garder Ayla, découvrir avec terreur que le nom de Felicity figurait bel et bien sur la liste des passagers, se rendre à l'aéroport et approcher le plus possible des pistes.

Un essaim de représentants des forces de l'ordre avait envahi la vaste zone, délimitée par un ruban jaune.

Un agent de la police de New York lui fit signe de partir.

— Désolé, monsieur. La présence de civils est interdite. Vous trouverez un numéro d'informations sur le site web de l'aéroport.

Wynn tremblait de rage. Il se sentait totalement impuissant. Fliss était quelque part, sur cette scène d'accident. Il était prêt à tout pour la rejoindre.

Par chance, son esprit rendu confus par la terreur s'éclaircit et il se souvint qu'il avait des amis haut placés dans l'administration de l'aviation civile. Dès son premier appel il obtint les autorisations nécessaires pour pénétrer sur le site.

La piste, couverte de véhicules d'urgence, offrait une vision de cauchemar. Toute son attention se fixa sur l'avion endommagé qui penchait piteusement sur un flanc.

Fort d'une détermination farouche, il partit en petites foulées en direction de l'appareil accidenté sous l'éclat aveuglant des gyrophares. Le jet avait une taille modeste. Combien y avait-il de personnes à son bord ?

Une épaisse fumée s'échappait de l'un de ses moteurs et les toboggans d'évacuation avaient été déployés. Les pompiers recouvraient l'appareil de mousse et des blessés étaient soignés sur place.

Où se trouvait Felicity dans tout ce chaos cauchemardesque ?

Elle n'avait répondu à aucun de ses textos.

Wynn sentit le désespoir l'engloutir. Comment pourrait-il la retrouver ?

- 17 -

Wynn jeta un regard à sa montre. Quarante-cinq minutes s'étaient écoulées depuis son arrivée dans la zone protégée.

Fliss était seule dans cet enfer. Et il lui avait dit que leur relation n'était qu'une histoire de sexe. Son cœur se serra douloureusement. Bon sang, où était-elle ?

Enfin, il l'aperçut. Assise par terre. Enveloppée dans une couverture de survie, tête baissée.

Il s'approcha prudemment et s'accroupit face à elle.

— Fliss, dit-il à voix basse.

Elle ne bougea pas.

— Fliss, répéta-t-il en touchant cette fois son genou.

Elle portait un pantalon noir, un col roulé rose et des bottines de cuir. Mais pas de manteau.

— Fliss. C'est moi. Wynn. Parle-moi, chérie. Tout va bien. Je reste avec toi.

Elle leva vers lui des yeux rendus presque vitreux par le choc. Ses lèvres étaient bleues. Une petite trace de sang sur sa joue l'inquiéta aussitôt.

— Je n'ai pas mes affaires, dit-elle, semblant complètement désorientée. Ils ne nous ont pas laissés prendre nos valises et nos sacs à main.

Brusquement, des larmes brouillèrent son regard.

— Je n'ai pas mon permis de conduire et mes cartes de crédit. Je n'ai rien, murmura-t-elle.

Wynn prit son visage entre ses mains. La voir ainsi l'anéantissait littéralement.

— C'est faux, dit-il d'un ton bourru. Tu m'as, moi.

Chaque mot glacial et brutal qu'il lui avait jeté au visage résonnait dans son esprit et ce souvenir, insupportable, lui nouait la gorge.

Il se releva et demanda à une secouriste si Felicity avait vu un médecin.

— Oui, monsieur. Pas de blessures. Mais elle est en état de choc.

— Puis-je repartir avec elle ?

Un agent de police, qui était à quelques pas, s'approcha.

— Voulez-vous partir avec cet homme, madame ? s'enquit-il.

Felicity leva les yeux vers l'agent. Elle scruta son visage puis celui de Wynn.

Wynn sentit son cœur battre sourdement dans sa poitrine. L'angoisse se mit à pulser dans ses veines. Que ferait-il si elle refusait qu'il l'emmène ? Il ne pouvait tout de même pas la kidnapper !

Après ce qui lui sembla une éternité elle prit enfin la parole.

— Oui, dit-elle. J'aimerais rentrer chez moi.

Elle n'était absolument pas en mesure de marcher jusqu'à l'endroit où Wynn s'était garé.

— Je vais te porter, dit-il tout en l'aidant à se relever.

Elle le fixa longuement.

— Non, je marcherai.

Avant qu'il puisse prononcer le moindre mot, elle tourna les talons et commença à avancer à pas lourds en direction de la silhouette lointaine du terminal, sa couverture flottant sur ses épaules.

— Tu ne peux pas, dit-il en lui saisissant le coude. Tu sors d'un crash aérien. Le choc altère tes capacités de jugement.

Il enleva la couverture de survie et la remplaça par son épais manteau. Puis il tenta de la soulever dans ses bras.

Elle le repoussa vivement, et il lut un éclair de lucidité dans son regard.

— Je vais marcher, répéta-t-elle.

Ils partirent côte à côte, Felicity titubant et refusant qu'il pose la main sur elle.

Une fois qu'ils furent arrivés à la voiture, il l'aida à s'installer puis prit place derrière le volant. Lorsqu'ils se furent engagés sur la route, Felicity se tordit les mains, l'air gêné.

— J'aimerais t'emprunter une carte de crédit, s'il te plaît. Le temps que je puisse régler la question de mes cartes auprès de la banque, précisa-t-elle d'une voix blanche. Et j'aimerais que tu me déposes au Wellstar Hotel. C'est l'endroit le plus proche et le moins cher.

Wynn maîtrisa son agacement et dit d'une voix douce :

— Ne sois pas stupide, voyons. Tu rentres à la maison avec moi.

Comme ils venaient de s'arrêter à un feu rouge, elle saisit l'occasion pour ouvrir la portière.

— Non, merci, dit-elle avant de sortir du véhicule.

Et sur ces mots, elle disparut dans la foule traversant le carrefour.

Wynn resta figé, incrédule. Le feu passa au vert et une symphonie de coups de klaxon s'éleva derrière lui. Il redémarra en tentant de ne pas perdre Felicity de vue. Dès qu'il put se garer, il bondit hors du véhicule et courut dans sa direction en criant.

— Arrête-toi, Fliss. Je t'en prie !

Il était fou d'inquiétude. Et si elle souffrait d'un traumatisme crânien ? Il réussit à la rattraper près du pâté de maisons suivant.

— Tu peux prendre ma carte de crédit, si tu veux, dit-il, haletant. Mais laisse-moi t'accompagner jusqu'à ta chambre d'hôtel.

Elle vacillait sur ses jambes et son visage était d'une pâleur alarmante.

— D'accord, murmura-t-elle.

Il la conduisit jusqu'à l'hôtel et une fois qu'une chambre lui fut attribuée, il téléphona à son médecin personnel afin de lui demander de venir l'examiner.

Elle ne voulait pas voir de docteur mais il ne lui laissa pas le choix. Il patienta durant un moment qui lui sembla ne jamais devoir finir. Lorsque le médecin le rejoignit dans le couloir, il lui adressa un petit sourire en coin.

— J'aime bien votre amie, dit-il. Elle va se remettre mais j'ai laissé pour elle un sédatif léger. Elle pourrait avoir des cauchemars, vous comprenez.

— Merci, répondit Wynn. J'apprécie que vous soyez venu.

Une fois l'homme parti, il frappa un coup discret à la porte et entra. Felicity était assise au bord du lit, l'air perdue.

Il ne savait que faire. Son cœur était brisé en mille morceaux et il souffrait le martyre.

Il avait commis un énorme gâchis et il n'était pas certain de pouvoir le réparer. Peut-être était-il trop tard.

— Fliss. Le docteur dit que tu vas bien mais que tu devrais prendre ces cachets pour pouvoir te reposer ce soir.

Elle tourna son visage vers lui, le regard vide.

— Il n'est pas encore l'heure de se coucher. Mais je n'oublierai pas.

— Chérie…

Il s'agenouilla près du lit et prit sa main.

— Je ne pensais pas ce que j'ai dit hier. J'avais peur, peur de ne jamais pouvoir être l'homme que tu mérites. Je ne pouvais pas supporter l'idée que nous nous donnions une seconde chance et que je gâche tout. J'ai agi de manière insensée. Dieu sait que je ne suis pas digne de ton pardon mais, je t'en prie, accorde-le-moi.

— Tu ne m'aimes pas.

La douleur qu'il lut dans ses yeux déchira son âme. Il déglutit avec peine.

— Si. Si, je t'aime Fliss. Suffisamment pour dix vies entières, mais je pensais qu'il valait mieux te laisser trouver quelqu'un d'autre. Quelqu'un de moins égoïste que moi. De moins ambitieux. De moins froid.

Elle haussa légèrement les épaules.

— Tu cherches des excuses, Wynn. Mais quelle importance ? Nous n'aurions jamais été plus que ce que nous avons été durant le mois écoulé. Des amants temporaires. Et à présent encore moins que cela.

— Fliss, je…

— Qui s'occupe d'Ayla ?

— Mon assistante, la mère de Missy.

Elle retira sa main de la sienne et noua ses bras autour d'elle.

— Tu devrais retourner auprès de ta fille. C'était très gentil de ta part de t'inquiéter de mon état, mais je vais bien.

Non, clairement, elle n'allait pas bien.

Il baissa la tête, au comble de la confusion. Comment faire pour qu'elle l'entende ?

— Felicity, dit-il tout bas. Je t'aime.

— Ne fais pas ça, murmura-t-elle d'une voix éraillée. Je t'interdis de prononcer ces mots.

— C'est la vérité, pourtant.

Il secoua la tête lentement et reprit :

— Je n'en avais pas pris conscience avant ton départ. Comment peut-on être aussi stupide ? J'imagine que j'étais dans le déni. Je paniquais, Fliss. J'étais terrifié en songeant que tu repartirais. Tu m'avais dit que c'était ce que tu voulais. Il m'était plus facile de prétendre que j'étais indifférent que d'imaginer ma vie une nouvelle fois sans toi.

— Tu me désirais, voilà tout.

— Oui. Mais j'éprouvais tellement plus de sentiments encore. Tu as apporté la joie dans mon existence, Fliss. Et tu lui as donné du sens.

Elle secoua la tête.

— C'est ce qu'a fait ta fille et non moi. Elle est la seule que tu es décidé à aimer pour toujours. Je ne figure pas sur la liste. Tu me l'as très clairement fait savoir.

— Bon sang, Fliss, lorsque j'ai vu cette information à la télévision, mon cœur a cessé de battre. Je n'ai jamais eu aussi peur de ma vie.

— Tu es lavé de toute culpabilité. Je t'en prie va-t'en. J'aimerais me reposer, à présent.

— Laisse-moi rester, demanda-t-il d'une voix rauque. Laisse-moi te tenir contre moi. C'est tout ce que je demande. J'ai besoin de savoir que tu es vivante. Peut-être que dans une centaine d'années je serai en mesure d'oublier l'image de l'avion accidenté… de cette fumée…

Sa voix s'éteignit. La nausée s'était emparée de lui.

Felicity se leva et s'approcha de la fenêtre.

— Tu n'as pas causé cet accident, Wynn. Ce n'était rien de plus qu'une coïncidence. Je vais bien. Tu te sens coupable et c'est cette impression qui te fait dire des choses que tu ne penses pas.

Il se leva d'un bond et traversa la pièce pour la rejoindre.

— Je t'aime ! s'exclama-t-il. Pourquoi ne peux-tu pas me croire ?

Le regard de Felicity était empreint d'une grande tristesse et elle semblait aussi fragile qu'une figurine de verre filé.

— Tu as pitié de moi, Wynn. C'est tout à fait différent.

Il lutta pour parler malgré la douleur qui étreignait sa gorge nouée.

— Je t'aime. Je t'aimais comme aime un adolescent stupide, et désormais je t'aime comme un homme aime une femme. Tu es mienne, Fliss. Même si tu pars loin de moi, tu resteras mienne.

Le corps de Felicity fut alors pris de tremblements et des larmes se mirent à rouler le long de ses joues. Elle était si pâle qu'il craignit qu'elle ne s'évanouisse.

— Non, lâcha-t-elle dans un murmure.

— Je t'en prie, assieds-toi, chérie. S'il te plaît.

Cette fois-ci, elle se laissa faire quand il prit son bras. Elle s'arrêta au centre de la pièce et lui fit face.

— Ne prononce pas ces paroles si elles sont fausses. Je ne pourrais pas le supporter, Wynn.

Il entoura son visage de ses mains et sema de doux baisers sur ses lèvres.

— Je t'aime, Felicity Vance. Pour le meilleur et pour le pire. C'est la pure vérité. Je suis terriblement désolé de t'avoir blessée.

Elle s'effondra contre lui comme si sa farouche volonté de le repousser s'était subitement évaporée. Ils s'agrippèrent l'un à l'autre.

— Je t'aime, Felicity, chuchota-t-il en caressant ses cheveux. Je le répéterai autant que nécessaire.

— D'accord.

— D'accord ? C'est tout ? demanda-t-il avec un petit sourire triste.

— Je t'aime, moi aussi, dit-elle enfin dans un soupir.

Il frissonna violemment tant le soulagement était puissant puis il la souleva et la porta jusqu'au lit.

— Repose-toi un peu, dit-il. Ensuite je te ramènerai à la maison.

Quand il s'étendit près d'elle après l'avoir allongée sur le lit, elle toucha sa joue tendrement.

— Il y a des années, tu as juré que tu ne me demanderais plus jamais ma main, je serai donc celle qui posera la question. Accepterais-tu de m'épouser, Wynn ? Puis-je adopter Ayla avec toi ?

Parler lui était impossible. Il hocha simplement la tête avant d'enfouir son visage contre sa poitrine.

Felicity plongea une main dans ses cheveux.

— Tout ira bien pour nous cette fois-ci, murmura-t-elle. Pas vrai ?

Il la serra avec force, sentant sous ses doigts les courbes ensorcelantes de cette femme dont l'âme et le corps avaient ravi son cœur.

— Tout ira fabuleusement bien, Felicity Vance. Attends un peu et tu verras.

25 décembre

Wynn câlinait Ayla, vêtue d'une robe de velours vert sombre ornée d'un motif de renne, tout en observant sa femme à l'autre bout de la pièce. Une semaine plus tôt, Felicity et lui s'étaient mariés dans une petite chapelle intime de New York. L'adoption d'Ayla prendrait encore un peu de temps mais la procédure suivait son cours.

Deux jours plus tôt, tous trois s'étaient rendus dans la maison de Falcon's Notch pour y passer les fêtes de Noël. Wynn n'avait pas eu à insister, Felicity avait décidé seule d'inviter sa mère et son oncle pour un court séjour.

Le repas de Noël avait été simple, ce qui était au mieux compte tenu des circonstances. La famille de Felicity paraissait impressionnée par la splendeur de la maison et pas tout à fait à son aise malgré les efforts de Wynn pour les faire se sentir comme chez eux.

Felicity et lui avaient échangé des présents le soir précédent près du feu. Malheureusement ils avaient manqué de temps pour acheter et décorer un sapin. L'année prochaine, s'était-il promis.

La magnifique peinture des Smoky Mountains que lui avait offerte Felicity trouverait sa place chez lui, dans son bureau, afin qu'il puisse l'admirer fréquemment et se remémorer les leçons que lui avait enseignées cet endroit.

Il avait choisi pour elle un collier orné d'un diamant, coordonné à sa bague de fiançailles. Avant leur mariage, elle avait martelé qu'elle n'avait pas besoin de bague mais il s'était montré inflexible.

Désormais quand il la voyait, ainsi que les alliances à leurs doigts, son cœur s'emplissait de fierté et d'une extraordinaire sérénité.

Felicity se leva, Ayla dans les bras, et vint le rejoindre avec aux lèvres un sourire qui fit bondir son cœur de joie. Iris et l'oncle de Felicity repartaient le matin même. Wynn aurait le reste de la semaine et le début de la nouvelle année pour faire l'amour à son épouse et transformer cette semaine de vacances en un moment romantique qu'ils n'oublieraient jamais.

— Ont-ils aimé la surprise ? demanda-t-il en posant une main sur sa joue.

Oncle Danny, tout comme Iris, étaient des amateurs de base-ball. Wynn et Felicity leur avaient offert des tickets pour l'entraînement de printemps ainsi qu'un séjour dans un hôtel de luxe pour l'occasion.

Felicity sourit.

— Ils sont ravis. Mais je crois qu'ils sont mal à l'aise de ne nous avoir rien offert. J'ai essayé de leur dire que leur visite était un cadeau suffisant pour nous.

Il regarda son visage un long moment.

— Et tu es sûre que tout cela te convient ?

— Pas entièrement, mais j'apprends à accepter. Je ressens tant d'amour et de bonheur qu'il serait mesquin de ne pas partager tout ce que j'éprouve.

Il l'attira contre lui et rit lorsque, comme on pouvait s'y attendre, Ayla agrippa une boucle des cheveux de Felicity.

— Je t'aime, madame Oliver. Ni toi ni moi ne fuirons plus jamais l'autre.

Felicity posa la joue contre son cœur et poussa un doux soupir.

— Je sais qu'Ayla est à nous, mais j'aimerais avoir au moins un autre enfant.

Saisi de surprise, il s'écarta un instant pour la dévisager.

— Tu n'es pas…

Elle éclata d'un rire cristallin.

— Enceinte ? Non. Pas encore. Mais j'aimerais essayer.

Les doigts tremblants, il lui caressa tendrement la joue.

— Oui. Moi aussi. Mais pas trop tôt. J'ai besoin de temps pour gâter ma nouvelle épouse.

— Ça vaut pour toi aussi, Wynn. Tu n'es plus seul. Ayla et moi allons te rendre fou en te couvrant de baisers et en te faisant de gros câlins, pas vrai, ma puce ?

Ayla laissa échapper quelques bulles, un signe qu'ils prirent pour un acquiescement de sa part.

Wynn jeta un regard par-dessus la tête de Felicity en direction de la fenêtre derrière laquelle se découpait une vue spectaculaire sur les sommets les plus élevés des Great Smoky Mountains.

Il avait bouclé la boucle dans cet endroit où il avait connu douleur et joie. Felicity et lui n'oublieraient jamais leur passé, les bons comme les mauvais moments. Mais à partir de maintenant, ils s'appuieraient sur l'amour qui avait survécu entre eux au fil de toutes ces années.

Il s'agissait du plus beau Noël qu'il ait jamais connu, et ce n'était qu'un début…

NANCY ROBARDS THOMPSON

Le retour de Jude

Traduction française de
MADELEINE POULAIN

PASSIONS

HARLEQUIN

Titre original :
THE COWBOY WHO GOT AWAY

- 1 -

— C'est une catastrophe, se lamenta la future mariée. Je ne comprends pas comment tu peux rester aussi calme, Juliette. Tout est de ta faute !

Juliette Lowell se mordit la lèvre, résistant difficilement à la tentation de répliquer. La « mariée infernale » dont elle s'occupait ce jour-là était visiblement incapable de prendre le moindre recul sur la situation. Partout dans le monde, des enfants mouraient de faim, des guerres éclataient, des espèces animales disparaissaient…

Mais qu'arrivait-il donc à Tabatha Jones ? Un réel désastre : les escarpins lavande faits sur mesure pour ses demoiselles d'honneur étaient plus clairs que leurs robes !

— Tu *dois* trouver une solution, reprit la charmante future.

Sa voix commençait à grimper dans les aigus et une larme avait coulé le long de sa joue, laissant une trace dans son maquillage soigné. Elle paraissait au bord de l'hyperventilation.

— Je me marie dans un mois, Juliette. C'est inacceptable. Je veux savoir immédiatement ce que tu comptes faire pour réparer les dégâts.

— Tout va bien se passer, Tabatha. Inspire profondément.

— Ne t'avise pas de me dire comment je dois respirer, gronda la jeune femme.

Juliette haussa une épaule et s'abstint de répondre. Plus elle en disait, plus sa cliente semblait s'énerver.

Lorsque Tabatha l'avait appelée un peu plus tôt, elle lui avait proposé de la rejoindre à la Grange Campbell, l'ancienne ferme reconvertie en salle des fêtes haut de gamme où aurait lieu son mariage. Elle avait donc pu jauger la couleur des fameuses chaussures dans le lieu et la lumière où elles seraient portées le jour de la cérémonie. Se plaçant sous le vaste puits de lumière qui éclairait la grange, Juliette sortit les chaussures de leur boîte pour la énième fois. Elle les tint contre l'une des robes mauves et plissa les yeux pour mieux comparer les nuances.

— Ce n'est vraiment pas si différent, tu sais, dit-elle d'un ton encourageant. De toute manière, les robes sont longues et personne ne regardera les pieds de tes demoiselles d'honneur. Tout le monde sera concentré sur leurs jolis visages souriants.

Tabatha émit un son guttural que Juliette n'avait jamais entendu chez un être humain. Elle faillit reculer d'un pas, craignant que sa cliente ne fonce sur elle à la manière d'un sanglier déchaîné. La mère de Tabatha la regarda d'un air apeuré et passa un bras autour de ses épaules que la jeune femme repoussa dédaigneusement.

— J'ai fait faire ces chaussures spécialement en Italie, est-ce que tu t'en rends compte ?

— Je le sais, Tabatha. Je t'avais dit que les couleurs pouvaient varier en fonction du tissu. Cela dit, elles sont presque exactement pareilles, regarde…

— Elles ne sont pas *assez* pareilles ! Débrouille-toi pour régler ça avant le mariage.

Sur ces mots, elle jeta un escarpin aux pieds de Juliette

et sortit en trombe de la grange. Sa mère lui jeta un coup d'œil désolé et trotta à la suite de sa fille.

Seigneur Jésus, pensa Juliette en secouant la tête.

En temps normal, elle aurait couru derrière Tabatha et se serait mise en quatre pour la satisfaire. Elle détestait l'idée de déplaire aux autres. Avec ses clientes surtout, elle faisait des merveilles pour réaliser leurs mariages de rêve et se comportait avec une patience angélique, mais aujourd'hui, elle se sentait fatiguée.

Tabatha avait clairement dépassé les bornes. Bien sûr, elle ferait son travail et enverrait les chaussures chez Nora, son amie cordonnière, mais ce serait de mauvaise grâce.

— Je t'avais pourtant prévenue, Tabatha, marmonna-t-elle pour elle-même en rangeant les objets du débat dans leur boîte. Ces escarpins sont aussi jolis que des chaussures en soie violette peuvent l'être. Je ne sais pas à quoi tu t'attendais. À t'entendre, on croirait plutôt qu'ils ont été teints en vert kaki.

— Qu'est-ce que Tabatha peut bien avoir contre les chaussures vert kaki ?

La voix masculine, grave et familière la fit frissonner des pieds à la tête. Elle avait reconnu Jude Campbell avant même de se retourner. Inspirant à fond, elle tenta d'ignorer les sensations que sa présence avait toujours éveillées en elle et se retourna lentement pour lui faire face.

Jude se tenait sur le seuil de l'ancienne grange. Juliette faillit courir vers lui pour le prendre dans ses bras. L'instant d'après, son euphorie disparut face au souvenir du vide qui s'était créé entre eux depuis leur rupture, toutes ces années d'éloignement et de solitude.

— Le problème, c'est que Tabatha a quelque chose

contre les chaussures lavande – *ces* chaussures lavande, pour être exacte.

— Tabatha serait-elle par hasard cette charmante conductrice qui a fait voler le gravier en sortant de la ferme il y a deux minutes ? J'ai rarement vu un dérapage aussi spectaculaire.

— De mieux en mieux, soupira Juliette. J'espère au moins qu'elle a attendu sa mère avant de partir.

Jude lui décocha alors ce sourire tranquille et éclatant dont il avait le secret, illuminant ses yeux bruns. Il n'avait pas changé d'un pouce. Depuis ses boucles châtain clair jusqu'à ses bottes de cow-boy élimées en passant par ses épaules larges et musclées, il était toujours le même.

Juliette sentit son cœur louper un battement. Ses défenses menaçaient déjà de s'écrouler, mais elle savait qu'elle ne devait pas se laisser aller. Elle s'était promis de ne pas répéter les erreurs du passé. Jude Campbell, avec son sourire charmeur et ses bras musclés, constituait très certainement une erreur du passé.

— Qu'est-ce que tu fais ici ?

— Pourquoi, Juju ? Tu n'es pas contente de me voir ?

— Ne m'appelle pas comme ça, gronda-t-elle.

Entendre le surnom qu'il lui avait donné pendant des années fit éclore une curieuse sensation de chaleur au creux de son ventre, quelque chose d'interdit et d'excitant à la fois. Elle le maudit intérieurement dans toutes les langues qu'elle connaissait. Comment, après tout ce temps, parvenait-il à lui faire cet effet ? Comment pouvait-elle ressentir cela pour lui après tout ce qu'il lui avait fait – ce qu'il *leur* avait fait ?

— Tu n'avais pas l'air mécontente de me voir lorsque

je suis rentré pour le mariage de Chelsea et d'Ethan. Qu'est-ce qui a changé ?

La vie a changé, songea Juliette.

Jude était rentré trois mois auparavant à Celebration pour assister au mariage de son frère avec Chelsea, la meilleure amie de Juliette. Elle avait passé très peu de temps avec lui pendant la journée. Entre l'organisation du mariage, les invités à gérer et les divers événements du jour, Juliette n'avait pas eu une minute à elle.

Pourtant, force lui était de reconnaître que ces quelques instants avaient suffi à faire fondre une partie de sa froideur envers Jude.

Elle s'était empressée de remiser ses sentiments au fond du placard. Il ne s'agissait pas de déni, mais plutôt d'un instinct de survie qu'elle savait fondé sur la réalité. Jude était resté dix ans loin de Celebration et la dernière fois il n'y avait passé que vingt-quatre heures à peine. Il aurait très bien pu rester dix années de plus avant de revenir.

— Quand tu es « rentré » ? finit-elle par répondre en insistant sur ce dernier mot. Tu es passé tellement vite que je me suis demandé si c'était bien toi.

— Je compte rester plus longtemps cette fois.

Incapable de s'en empêcher, Juliette leva les yeux vers lui. Avec son mètre quatre-vingts, Jude n'était pas beaucoup plus grand qu'elle, mais sa taille dépassait déjà celle de la plupart des autres champions de rodéo. Ses yeux brun foncé et son sourire la désarmaient toujours autant.

Quelque part en elle, la petite Juliette de dix-huit ans lui soufflait qu'elle aurait bien aimé l'embrasser pour lui dire bonjour, mais elle avait dix ans de plus et elle savait à quoi s'en tenir. Jude Campbell faisait cet effet à toutes les femmes normalement constituées. Il n'y avait plus rien de spécial entre eux et elle allait tâcher de s'en souvenir.

— Il me semblait avoir lu quelque part que tu ne comptais pas revenir pour la réunion des anciens élèves, reprit-elle d'un ton faussement désinvolte.

— Comme tu le vois, mes plans ont changé. Est-il trop tard pour modifier ma réponse ?

— Aucune idée, fit-elle en haussant une épaule. Il faudra que tu appelles Marilyn Harding. C'est elle qui préside le comité d'organisation.

Juliette maudit encore une fois Tabatha sans qui elle ne se serait pas trouvée à la ferme Campbell au moment même où son ex-petit ami y était entré. La grange appartenait à Lucy, la sœur de Jude, qui l'avait transformée en une luxueuse salle de mariages après en avoir hérité à la mort de ses parents. En tant qu'organisatrice de mariages, Juliette proposait souvent le lieu à ses clients et Lucy avait fini par lui laisser une clé pour faire ses visites en toute tranquillité. Elle n'avait pas besoin d'être sur place à chaque fois et de subir les sautes d'humeur des « mariées infernales » de Juliette.

Ces derniers temps, elle avait l'impression que toutes ses clientes devenaient infernales – ou était-ce sa patience qui s'épuisait ? Elle avait du mal à comprendre ce qu'il se passait dans sa tête. De toute manière, avec Jude planté devant elle, aucune pensée cohérente ne parvenait à son esprit.

— Je croyais que la reine de promotion jouait un rôle dans l'organisation de la soirée, commenta Jude.

— D'après toi, la reine organise et le roi décide de venir à la dernière minute après avoir refusé l'invitation ? Où est la logique là-dedans, Jude ?

— Entre toi et moi, Juju, les choses n'ont jamais été logiques.

Juliette sentit sa gorge se nouer et décida de revenir en terrain neutre.

— Si tu venais pour voir Lucy, elle n'est pas là. Zane et elle ont pris une journée de congé.

— Non, je lui ai déjà parlé tout à l'heure. Je suis entré parce que j'ai aperçu ta voiture garée dehors.

— Combien de temps penses-tu rester ?

— Je ne sais pas encore, répondit Jude en haussant une épaule. Trois semaines, un mois, peut-être plus.

Une foule de questions lui vinrent aux lèvres. Pourquoi Jude, couronné champion mondial de rodéo l'année précédente, prenait-il des vacances ? La saison professionnelle courait jusqu'au début du mois de novembre. On n'était que début octobre, et Jude aurait dû se trouver en plein entraînement.

Elle se retint de lui poser la moindre question. S'il avait encore été dans la course, Jude ne serait certainement pas venu à Celebration. Juliette sentit qu'il valait mieux garder son étonnement pour elle et demanda plutôt :

— Où vas-tu dormir ?

— Je m'installe dans le chalet au sud de la propriété de mes parents – enfin, de la mienne, corrigea-t-il aussitôt.

Jude, son frère et sa sœur avaient récemment hérité des quarante hectares de propriété qui appartenaient à la famille Campbell depuis des générations. Ils s'étaient partagé le terrain en trois portions égales, et Ethan et Lucy avaient déjà installé leurs entreprises respectives chacun de leur côté.

— Cela doit faire un moment que tu n'y as pas mis

les pieds, remarqua Juliette. Y a-t-il de l'électricité, au moins ?

— Je n'en ai aucune idée, mais ne t'inquiète pas. Je suis sûr que je serai très bien. Au pire des cas, je pourrai toujours dormir chez Lucy.

— Je ne te proposais pas de rester chez moi, rétorqua-t-elle d'un ton bien plus défensif qu'elle ne l'aurait voulu.

— Ah non ? C'est dommage. Entre Zane et ma sœur d'un côté, et Chelsea et Ethan de l'autre, je risque de tenir la chandelle. Tu étais mon dernier espoir, ajouta-t-il avec un petit clin d'œil.

— Eh bien, j'ai deux mots à te dire : l'hôtel de Celebration. Ils auront sûrement de la place. Mais attends une minute, ajouta-t-elle après réflexion. Tu me dis que tu ne sais pas s'il y a de l'électricité dans la cabane, ce qui signifie que…

— Je n'y suis pas encore allé, compléta-t-il avec un sourire. Je viens d'arriver en ville, j'ai vu ta voiture et je me suis arrêté en chemin.

Jude avait voulu la voir, *elle*, en premier. Il était venu lui parler avant même de saluer sa famille et de s'installer.

Juliette leva les yeux. L'espace d'un instant, une seconde de trop, son regard se perdit dans le sien.

— C'est bon de te revoir, Juju. Est-ce que tu es libre ? On pourrait aller boire un verre quelque part ?

Oh que oui…

Elle secoua la tête avec fermeté.

— Jude, il est 11 heures du matin. Ne viens pas me raconter qu'il est forcément l'heure de l'apéritif quelque part dans le monde. Si je me mets à boire maintenant, je ne ferai plus rien d'utile aujourd'hui.

— Tu as raison. Un café, alors ?

Jude avait souvent entendu dire que lorsque l'on partait de chez soi, on ne pouvait jamais vraiment y revenir. Ceux qui professaient ce dicton n'avaient apparemment jamais mis les pieds au Redbird Diner.

L'endroit n'avait pas changé d'un iota depuis sa dernière venue. Les tables en Formica, le bar peint en gris et rouge et les photos des plats sur les murs étaient toujours là. Sur chaque table, un jukebox attendait que les dîneurs choisissent une chanson pour la modique somme de dix centimes. Le prix n'avait pas augmenté depuis la première fois que Jude avait mis les pieds dans ce restaurant.

Pour le moment, un vieux morceau de Johnny Cash passait sur les haut-parleurs. Un jeune serveur que Jude ne connaissait pas nettoyait les tables. Les odeurs délicieuses en provenance de la cuisine firent gronder son estomac et il se souvint que dans sa hâte d'arriver à Celebration, il ne s'était pas arrêté une seule fois sur la route.

L'atmosphère chaleureuse du *diner* lui prodiguait un immense réconfort. Il n'y avait pas remis les pieds depuis bien longtemps. Excepté son bref passage pour le mariage d'Ethan, la dernière fois qu'il était venu à Celebration remontait à neuf ans au moins. Le jour de l'enterrement de sa mère…

Son père était parti le premier, tué sur le coup dans un accident de voiture qu'il avait lui-même causé. Jude ne s'était pas déplacé pour son enterrement. Sa mère était restée handicapée suite à l'accident et avait fini par succomber à ses blessures dix mois plus tard.

Tout cela à cause de cet ivrogne…

Jude secoua la tête, agacé. Pourquoi repensait-il à son père maintenant ? De toute façon, ils ne s'étaient jamais entendus. Il avait dû quitter la maison après leur dernière dispute. Son père lui avait décoché un coup de poing, le premier, et il avait fait ses valises aussitôt. S'il n'avait pas appelé la police, c'était uniquement parce que sa mère l'avait supplié de ne pas le faire.

Jude avait eu sa part de responsabilité dans la dispute, mais il ne s'était pas laissé la moindre chance de se réconcilier avec son père. Il ne l'avait jamais revu.

Malgré tous ses regrets, il savait bien que ressasser le passé n'y changerait rien. Il s'efforça donc de chasser ses souvenirs et, posant une main dans le dos de Juliette, la guida vers un box tout au fond de la salle – celui-là même où ils avaient passé des heures innombrables après les cours au lycée.

Il avait l'impression de remonter le temps. Si le *diner* restait le même qu'autrefois, Juliette avait encore moins changé. Elle était peut-être même encore plus belle que dans sa mémoire. Son teint mat paraissait toujours légèrement hâlé par le soleil. Ses longs cheveux noirs soyeux lui donnaient envie de tendre la main pour les caresser, et ses yeux…

D'un bleu ciel pur, ce regard posé sur lui le captivait. Il ne parvenait pas à se détourner de son visage. Oui, décidément, elle avait quelque chose de plus assuré, une confiance en elle qui l'embellissait encore davantage. Il ne put s'empêcher de sourire à cette idée.

— Qu'est-ce qu'il y a ? demanda aussitôt Juliette, qui avait pris un menu sans l'ouvrir.

Il secoua la tête.

— Non, certainement pas rien, insista-t-elle en fronçant les sourcils.

Comme autrefois, Juliette ne lâchait rien. L'idée qu'elle était toujours aussi têtue lui réchauffa le cœur.

— Je me disais juste que c'était bon de te revoir.

— Pour moi aussi.

Elle avait parlé d'un ton plus timide qu'à son habitude. Jude non plus ne se sentait pas complètement à l'aise, à la fois heureux et troublé par ce retour dans le passé.

Comment avaient-ils pu rester si longtemps sans se revoir ? Juliette et lui avaient tous les deux souffert, blessés dans leur fierté adolescente, puis la vie les avait emportés sur des chemins divergents. Il aurait voulu lui demander de tout lui raconter. Il voulait connaître tous les petits événements de son existence, tout ce qu'il avait manqué. Pour ce qu'il en savait, Juliette voyait peut-être quelqu'un…

Il n'avait pas eu le temps de lui poser ce genre de questions la dernière fois qu'il l'avait vue. Malgré tout, ces quelques heures avec elle avaient suffi à lui faire comprendre qu'ils partageaient encore quelque chose de fort, une attirance indéniable. C'était l'une des raisons pour lesquelles Jude avait décidé de rentrer à Celebration après avoir compris qu'il serait incapable de participer aux championnats du monde de rodéo.

Quelques semaines auparavant, pendant un entraînement, il avait reçu un coup violent et son dos restait en piteux état. La douleur le réveillait parfois la nuit et s'étendait à chaque articulation de son corps. Pour autant, il ne voulait pas en parler à Juliette. Il était trop jeune pour radoter sur ses rhumatismes.

— Raconte-moi tout, lui ordonna-t-elle.

Son regard bleu s'illuminait, et Jude en perdit l'usage de la parole.

— Tout ? finit-il par répondre. Ça fait beaucoup, tu ne crois pas ?

— Commence par le début.

Le début ? Quand elle avait refusé sa demande en mariage, puis qu'elle avait juré de ne plus jamais lui parler en le voyant fiancé à quelqu'un d'autre ? Elle avait bien tenu sa promesse jusqu'au mariage d'Ethan, et voilà qu'ils se retrouvaient, comme s'ils n'avaient jamais été séparés.

Au moins, elle acceptait de lui parler.

— Puisque tu veux tout savoir, j'en déduis que tu as beaucoup de temps à me consacrer. L'après-midi entier peut-être ? insinua-t-il avec son plus beau sourire.

— Ça reste à voir, rétorqua Juliette du tac au tac. Je ne sais pas encore si tu as des choses intéressantes à dire.

De toutes les choses qu'il aimait chez elle, sa repartie était probablement l'une des plus importantes. Il était pourtant sorti avec des femmes complètement différentes ces dix dernières années, des femmes qui préféraient le laisser prendre les commandes, mais Juliette avait toujours montré une personnalité bien affirmée. Il avait presque oublié à quel point il trouvait cela attirant.

— Commence par m'expliquer ce que tu fais ici, reprit-elle. La saison n'est pas encore terminée. Ne devrais-tu pas être sur le dos d'un taureau en ce moment ?

— L'une des raisons de mon retour concerne le terrain de mes parents, ou plutôt le mien. Quelqu'un m'a fait une offre.

— Une offre ? répéta-t-elle en fronçant les sourcils. Ne me dis pas que tu souhaites vendre ta part du ranch Campbell ?

Il s'apprêtait à répondre lorsque Dottie Wilde fit irruption devant leur table, son carnet de commandes à la main et un immense sourire aux lèvres. Dottie travaillait au Redbird Diner depuis si longtemps qu'elle faisait partie du décor.

— Je n'en crois pas mes yeux ! s'exclama Dottie. Jude Campbell est de retour parmi nous. C'est bien toi, mon grand ?

— Eh oui, madame Wilde, répondit-il en lui faisant un petit clin d'œil.

Dottie se pencha pour le serrer dans ses bras.

— Quand es-tu arrivé ?

— Il y a une heure à peine.

— Oh là là, fit-elle en posant une main sur son cœur. Dire que tu m'as rendu visite en premier !

— Plutôt en deuxième, répondit Jude en coulant un regard vers Juliette.

— Bien sûr, où avais-je la tête ? C'est bien naturel que tu sois allé voir ton amoureuse. Je suis tellement contente que vous soyez de nouveau ensemble, comme au bon vieux temps. Vous me feriez presque rajeunir.

Jude se tourna vers Juliette, mais elle évita son regard et sourit poliment à Dottie avant de se plonger dans le menu. Ce geste le ramena aussitôt à la réalité. Certes, elle avait accepté de prendre un café avec lui, mais cela ne signifiait pas que tout allait redevenir comme avant. Un fossé de plusieurs années les séparait.

De l'autre côté de la table, Dottie les contemplait d'un air extatique, chassant de temps à autre une larme sur sa joue.

— Non mais, regardez-moi un peu, fit-elle en secouant la tête. Je suis trop vieille pour ce genre d'émotions. Dites-moi un peu ce qui vous ferait plaisir, c'est la maison qui paie aujourd'hui. Ce n'est pas tous les jours qu'un champion mondial de rodéo vient nous rendre visite. Tu sais, tu es un peu notre héros local, ajouta-t-elle avec un clin d'œil.

Ils commandèrent deux cafés et une part de la célèbre tarte aux myrtilles du Redbird. Une fois que Dottie se fut éloignée, Juliette lui décocha un petit sourire sarcastique.

— Eh bien, monsieur le cow-boy, on dirait que cela paye d'être un *héros local*. Dottie ne m'a jamais offert le moindre café depuis des années que je viens ici.

— Je ne m'y attendais pas non plus, fit-il en haussant une épaule. Je lui laisserai un gros pourboire.

Cette histoire de « héros local » le mettait incroyablement mal à l'aise, d'autant plus qu'il était loin de se sentir comme tel. Il avait peut-être remporté le titre mondial l'année précédente, mais la saison actuelle l'avait mis en grande difficulté. Il maintenait à peine la tête hors de l'eau et passait d'une blessure à une autre.

À vingt-huit ans, Jude était l'un des membres les plus âgés de la compétition. Il avait travaillé dur pour arriver à ce niveau. Cette année pourtant, ses réflexes n'étaient plus aussi vifs qu'auparavant. Certains commentateurs prétendaient qu'il avait perdu la flamme. Lui sentait, tout simplement, que son corps ne tenait plus la cadence.

Toutes ces blessures avaient fini par le mettre hors jeu pour le reste de la saison. Il était rentré à Celebration pour mettre de l'ordre dans ses pensées. Il ne savait pas encore s'il voulait tenter de se remettre en selle ou s'il devait arrêter le rodéo avant que son corps ne souffre de séquelles permanentes, comme les médecins le lui conseillaient.

Son agent prétendait que les médecins étaient obligés de se montrer prudents, afin d'éviter des conséquences légales s'il arrivait quelque chose aux sportifs qu'ils suivaient. Il lui avait répété encore et encore la liste de tous les champions qui étaient remontés sur les taureaux après une blessure.

Lorsque Jude lui avait fait part de son hésitation, il lui avait rappelé que l'horloge tournait, que son âge et ses blessures ne lui permettraient plus de concourir très longtemps. Il lui conseillait d'en profiter tant que le soleil brillait encore. Jude avait compris le sens à peine voilé de ses paroles : le soleil n'avait pas beaucoup brillé cette saison.

Le carillon de la porte se mit à tintinnabuler. Trois jeunes filles, visiblement lycéennes, entrèrent et s'installèrent dans le box voisin du leur. Celle qui était assise dans son champ de vision lui sourit et Jude lui répondit par politesse.

— Tu n'as pas réellement l'intention de vendre ta part du ranch, rassure-moi ? demanda alors Juliette.

— Je ne sais pas encore si je vais vendre, répondit-il en soupirant. Je suis justement venu pour essayer de voir ce que je pouvais faire.

Des trois frères et sœur Campbell, Jude était le seul qui ne vivait pas dans sa partie de la propriété. La parcelle d'Ethan était la plus petite. Elle contenait cependant les écuries qui lui permettaient de gérer son élevage de chevaux. Quelques décennies auparavant, le ranch Campbell avait été l'élevage le plus célèbre de la région, mais l'alcoolisme de Donovan Campbell avait fini par ruiner toute l'entreprise.

Jude avait bien cru qu'il arriverait la même chose à son frère. Ethan avait connu une période sombre après la mort de leurs parents et l'échec de son premier mariage, mais il avait réussi à s'en sortir et le « Ranch des Trois C » devenait un peu plus lucratif chaque jour.

Quant à Lucy, qui avait passé beaucoup de temps chez leurs grands-parents étant petite, elle avait hérité la parcelle où se trouvait leur ancienne ferme. Elle avait toujours adoré leur maison et y avait aussitôt emménagé. Ensuite, elle s'était occupée de rénover la grange et en avait fait la salle de réception la plus courue du sud des États-Unis.

Jude avait reçu la part de terrain située tout au sud de la propriété. Elle comportait surtout de vastes pâturages, mais aussi deux petites habitations, une maison d'été au bord du lac et un bungalow. Ce dernier avait été loué pendant des années par la mère de Zane.

Son loyer avait permis d'entretenir le terrain et d'alléger le poids des taxes foncières, mais à présent que Dorothy Phillips était décédée, plus personne n'occupait le bungalow. La propriété risquait de devenir un gouffre financier. Jude aurait préféré garder l'héritage de sa famille, mais il devait faire face à l'inévitable. Son compte en banque s'amenuisait lentement mais sûrement. S'il avait une chance de vendre le terrain, il serait obligé de la saisir.

— Excusez-moi, lança alors une voix haut perchée. Est-ce que vous êtes Jude Campbell ?

Jude s'arracha à ses pensées et leva la tête. La jeune fille qui lui avait souri plus tôt se trouvait juste devant leur table. Il lança un regard désolé à Juliette, espérant qu'elle ne lui en voudrait pas trop.

— En effet, c'est moi.

— Je suis super fan de vous ! s'exclama la lycéenne

en sautillant sur place. D'ailleurs, vous voyez, je viens d'acheter un T-shirt « Tout ou Rien ».

Jude jeta un coup d'œil à sa tenue et sourit poliment. Les T-shirts « Tout ou Rien » fabriqués par la marque qui le sponsorisait, Copenhagen Sports, étaient sortis l'année précédente après une chevauchée particulièrement mémorable. Jude avait réussi à tenir dix secondes sur le taureau. Ensuite, non content de l'avoir éjecté, l'animal l'avait poursuivi tout autour de la piste et avait déchiré son T-shirt avec ses cornes avant qu'il parvienne à lui échapper.

Cette chevauchée avait été la meilleure de sa carrière. Pourtant, le public n'avait retenu que la fin. La vidéo avait tellement tourné sur les réseaux sociaux que son sponsor avait décidé de créer une ligne de T-shirts floqués de l'image de Jude en train de courir torse nu.

Depuis quelques mois pourtant, les ventes baissaient, la faute au déclin notable de sa carrière autant qu'à l'attention limitée du public. Son agent tentait désespérément de renégocier les termes du contrat publicitaire. Le seul point sur lequel Jude refusait de transiger, malgré les exhortations de Copenhagen, était l'obligation de la marque de reverser dix pour cent des bénéfices à une association qui accompagnait les adolescents à risque aux États-Unis.

De toute manière, dix pour cent de zéro feraient toujours zéro, songea-t-il avec amertume. Il n'aimait pas particulièrement ces T-shirts, mais ils lui avaient au moins permis de soutenir une cause qui lui tenait à cœur.

— Vous pourriez me le dédicacer, s'il vous plaît ? pépia l'adolescente. Je m'appelle Shari – S, H, A, R, I.

— Bien sûr.

Elle lui tendit un marqueur noir qu'elle venait de sortir de son sac. En la voyant de plus près, Jude se demanda si elle n'avait pas utilisé le feutre pour se maquiller les yeux. Ses cheveux blonds étaient relevés en queue-de-cheval et elle portait des créoles en toc qui lui arrivaient presque aux épaules. Décidément, Shari était très, *très* jeune.

— Juste ici, s'il vous plaît, déclara-t-elle en tapotant son T-shirt au niveau de la poitrine.

Jude écarquilla les yeux. Ce genre de proposition lui arrivait souvent au cours de ses tournées promotionnelles. Tout cela faisait partie de son personnage, les clins d'œil, les signatures de décolletés, mais jamais de la vie il n'aurait accepté de la part d'une fille aussi jeune. Il se sentait incroyablement mal à l'aise.

Il recula légèrement sur la banquette pour mettre de la distance entre la jeune femme et lui.

— Je vais plutôt signer là, déclara-t-il en désignant la manche de son T-shirt.

L'air déçu, la jeune fille lui présenta son poignet. Il griffonna sa signature et ajouta d'un ton professionnel :

— Merci beaucoup pour ton soutien, Shari.

À son grand soulagement, elle se contenta d'un signe de tête avant de regagner sa table.

— Je suis vraiment désolé que tu aies dû voir ça, dit-il en se tournant de nouveau vers Juliette.

— Les aléas du métier, n'est-ce pas ?

— Quelque chose dans ce genre.

Pendant qu'il discutait avec Shari, Juliette avait posé trois pièces de dix centimes sur la table. Jude fouilla ses poches et en ajouta deux autres à la pile. Juliette fit glisser les pièces dans le juke-box de leur table et appuya sur plusieurs boutons. Elle avait choisi *To the Moon and Back*, du chanteur de country Luke Bryan. Jude avait le CD dans sa voiture.

— Si tu veux réellement vendre, pourquoi n'as-tu pas fait appel à une agence ? demanda-t-elle tout à trac.

— Je suis déjà passé par une agence immobilière, mais ils m'ont dit que l'acheteur avait des questions précises à me poser. Il fallait que je revienne voir la propriété. De toute façon, j'avais besoin de parler avec Ethan face à face.

— C'est probablement une bonne idée, acquiesça Juliette. Il risque de ne pas très bien prendre la nouvelle.

Même après toutes ces années, elle comprenait toujours aussi bien les dynamiques de sa famille. Jude était impressionné. Il s'apprêtait à le lui dire lorsque la porte d'entrée s'ouvrit de nouveau, laissant passage à son ancien ami de lycée Tony Darcy, qui tenait deux jeunes enfants par la main.

— Salut, Tony, l'interpella-t-il. Comment vas-tu ?

— Campbell ? Incroyable ! Qu'est-ce que tu fais ici ?

Ils échangèrent une vigoureuse poignée de main et Tony salua Juliette d'un sourire. Il lui raconta qu'il avait suivi sa carrière avec intérêt. De son côté, il enseignait les mathématiques au lycée de Celebration et avait épousé Janet, sa petite amie de lycée. Ils avaient déjà deux enfants et attendaient le troisième d'un jour à l'autre.

— Je suis content de t'avoir croisé aujourd'hui, poursuivit Tony. Avec le bébé en route, Janet et moi ne pourrons probablement pas venir à la soirée des anciens élèves. J'imagine que c'est pour cela que tu es rentré, n'est-ce pas ? Combien de temps penses-tu rester ?

— Je ne sais pas encore, répondit Jude en haussant une épaule. Plusieurs choses sont… disons, en suspens.

— Je vois. En tout cas, si tu restes un petit bout de temps, j'aurai peut-être une mission pour toi. Accepterais-tu de venir parler de ta carrière au club de rodéo du lycée ? Je suis le parrain du club et à mon avis, ils adoreraient te rencontrer. Tu es une sorte de légende par ici. Enfin, ne prends pas la grosse tête, ajouta-t-il en riant.

— Bien sûr, ce serait avec plaisir. Je dois juste vérifier mon agenda. Laisse-moi ton numéro et je t'appellerai, d'accord ?

Tony et lui échangèrent leurs numéros. Pendant ce temps, Dottie avait apporté les deux cafés et la tarte pour Juliette et lui ainsi que la commande à emporter de Tony.

— N'oublie pas de me passer un coup de fil. Sinon, c'est moi qui viendrai te chercher, le menaça-t-il gaiement avant de sortir du restaurant.

— Ce bon vieux Tony, commenta Juliette avec un sourire amusé. Tu te souviens de l'été où nous avions fait un feu de camp au bord du lac ? Tony et Isaac avaient décidé de prendre un bain de minuit pour faire les malins, quelqu'un avait voulu cacher leurs vêtements…

— Qui s'étaient retrouvés, Dieu sait comment, dans le barbecue, compléta Jude.

— Pour finir, nous avions dû leur fabriquer des caleçons avec des cartons de bière et des morceaux de ficelle histoire qu'ils ne se fassent pas arrêter sur le chemin du retour, reprit-elle en riant. Passer une nuit au poste ne leur aurait peut-être pas fait de mal.

Juliette secoua la tête et eut un sourire rêveur.

— Non mais, écoute-moi un peu. On dirait une grand-mère. N'empêche, nous avons passé de bons moments.

Elle prit une gorgée de café et Jude attaqua la tarte aux myrtilles du bout de sa fourchette.

— Et cet arbre qu'on avait planté près de la cabane, tu t'en souviens ? demanda Juliette. Est-ce qu'il est toujours là ?

— Je n'en ai pas la moindre idée. Et si on allait voir ensemble ?

- 2 -

Juliette savait qu'elle aurait dû refuser. Échanger des anecdotes autour d'un café était une chose, retourner sur les lieux où Jude et elle avaient construit tous leurs souvenirs ensemble en était une autre.

Elle se trouvait néanmoins dans sa voiture, assise à la place passager, celle qui avait été la sienne pendant toutes ses années de lycée. Jude avait depuis longtemps troqué son pick-up Ford délabré pour un 4x4 plus neuf et bien plus cher. Pourtant, si elle fermait les yeux, Juliette avait presque l'impression de remonter le temps.

Raison de plus pour garder les yeux ouverts et la tête froide, se morigéna-t-elle.

Elle savait qu'elle ne devait pas se laisser emporter. D'ailleurs, si elle avait été tentée de succomber au charme de Jude, l'épisode avec Shari quelques minutes plus tôt lui suffirait de rappel à l'ordre. Voir cette gamine tourner autour de Jude lui avait fait l'effet d'une douche froide.

Cela dit, elle reconnaissait qu'il avait géré la situation du mieux qu'il pouvait. Elle ne lui en voulait pas. Tout le monde tournait autour de lui et tout lui était dû, les attentions des femmes comme les parts de tarte offertes par Dottie.

Voilà à quoi ressemblait la vie d'un champion de rodéo célibataire. Jude était indissociable de ses groupies, et elle ferait mieux de se le rappeler la prochaine fois qu'elle sentirait ses défenses faiblir.

Tandis qu'il tournait le volant pour s'engager dans le chemin de terre qui menait au lac, elle l'observa du coin de l'œil et comprit où était le problème. Elle n'avait qu'à passer cinq minutes avec Jude pour que tous les sentiments d'autrefois reviennent la submerger. Elle avait l'impression de redevenir une adolescente, si amoureuse qu'elle ne pouvait distinguer la limite entre ses désirs et les siens, entre son existence et la sienne.

De toute manière, à l'époque, cette limite n'avait jamais existé.

Elle n'était plus amoureuse de lui aujourd'hui. En revanche, cette attirance explosive qui avait nourri leur relation était toujours là. L'électricité entre eux était presque palpable. Si elle tendait la main pour le toucher, elle était sûre qu'il y aurait des étincelles. Voilà pourquoi elle devait tout faire pour garder au maximum ses distances.

Le 4x4 rebondissait à présent sur les nombreuses bosses du chemin. Autour d'eux, l'herbe étalait son tapis d'un vert tendre, parsemé de quelques rochers et de pins qui s'élançaient vers le ciel. Jude ralentit progressivement et s'arrêta devant l'énorme chêne centenaire où ils avaient autrefois gravé leurs initiales.

La cabane au bord du lac se trouvait à quelques pas devant eux. Juliette fut assaillie par une myriade de souvenirs, les interminables nuits d'été dans le chalet, leurs escapades loin du monde extérieur et de tout ce qui n'était pas eux deux. Rien ne les occupait davantage à l'époque que de passer leurs journées à se sauter dessus.

Cela dit, même beaucoup plus jeunes et innocents, ils avaient toujours partagé une complicité très forte. Jude et elle avaient fait d'innombrables promenades à cheval ensemble lorsqu'ils étaient enfants. Il lui avait appris comment gagner une course de barils, tandis qu'elle lui avait montré les bonnes manières apprises à la maison.

Elle avait pleuré sur son épaule lorsque son père était décédé et Jude lui avait demandé des conseils pour améliorer sa relation avec le sien. Ils avaient toujours été là l'un pour l'autre. D'ailleurs, Juliette n'aurait pas su dire à quel moment leur relation était devenue officielle. Tout s'était fait de manière naturelle, simple, évidente.

Jude et Juliette, Juliette et Jude. *Juju*.

Depuis le début, ils s'étaient appelés l'un et l'autre par ce surnom, l'un des petits mots sucrés qu'ils échangeaient à longueur de journée. Les autres s'en servaient même pour les désigner en tant que couple. Leur histoire avait été un paradis sans nuage…

Du moins, jusqu'à ce qu'elle ne le soit plus et qu'ils passent dix ans sans échanger le moindre mot.

— Tout semble en bon état, remarqua alors Jude en promenant un regard circulaire à travers le pare-brise. Ethan a fait du bon travail.

Juliette retira sa ceinture et se tourna pour lui faire face. Elle mourait d'envie de se glisser contre lui, de poser la tête sur son épaule familière et rassurante, mais elle savait qu'elle devait résister au danger.

— Ethan ? finit-elle par demander. Tu n'as engagé personne pour entretenir le terrain ?

— Si, bien sûr. Je paie une entreprise de jardinage tous les mois, mais Ethan a voulu s'assurer que tout soit propre avant mon arrivée. Tu sais comment il est.

Juliette se mordit la lèvre, regrettant la manière dont elle avait posé la question. Cet endroit n'était pas chez elle. Les arrangements de Jude et d'Ethan ne la regardaient pas, et d'ailleurs, elle n'avait pas remis les pieds ici depuis la nuit où Jude et elle s'étaient séparés.

Lorsqu'elle était venue le trouver dans la cabane ce soir-là, elle ne s'imaginait pas encore que tout son monde allait s'écrouler – ou bien le pressentait-elle déjà ? Au fond, seule une rupture définitive aurait pu la décider à partir.

Juliette secoua la tête, refusant de se laisser entraîner sur la pente des regrets. Elle tenta un trait d'humour dans l'espoir d'alléger ses propres pensées.

— Tu as eu raison de faire venir quelqu'un régulièrement. Imagine ce qui aurait pu se passer, s'exclama-t-elle d'un ton dramatique. De jeunes voyous auraient pu venir faire la fête, voire prendre des bains de minuit dans le lac.

— Exactement. Vu comment certains ont tourné, ces jeunes voyous me remercieront plus tard, répondit-il en lui jetant un coup d'œil significatif.

— Je ne te le fais pas dire, rétorqua-t-elle en haussant les sourcils dans sa direction.

Ils sortirent de la voiture et traversèrent la pelouse en direction du lac.

— Mon Dieu ! s'exclama soudain Juliette. Regarde, Jude.

Elle s'arrêta net et désigna un grand arbre à quelques pas de l'endroit où ils se trouvaient.

— Ne me dis pas que c'est l'arbre que nous avons planté !

— C'est le seul qui a l'air jeune entre la cabane et le bord du lac, répondit Jude avec un sourire. Non seulement il a poussé, mais on dirait qu'il est en pleine forme.

— Je n'y crois pas, souffla Juliette avec un sourire extatique. Regarde comme il est beau.

Jude la contempla comme si elle était tombée du ciel.

— Tu vois, il y a au moins une chose que nous avons faite correctement. Je suis sûr que c'est un signe.

— Un signe de quoi, au juste ?

— Un signe que l'avenir nous réserve de belles choses.

Juliette aurait voulu trouver une autre plaisanterie, mais elle ne parvenait pas à prendre ces mots à la légère. Elle ne savait tout simplement pas quoi dire. Heureusement, Jude la dispensa de trouver une réponse en poursuivant son chemin vers le lac.

Une brise tiède faisait voleter ses cheveux et créait de minuscules rides à la surface de l'eau. C'était une journée parfaite pour profiter du parc. Au bord de l'embarcadère, là où l'herbe laissait la place à une zone terreuse en pente douce, les feuilles des bouleaux bruissaient doucement comme pour lui souhaiter la bienvenue.

Juliette observa le gazon fraîchement tondu, les roseaux bien taillés sur la berge du lac. Ethan avait décidément fait du bon travail. Elle s'apprêtait à en faire la remarque lorsqu'un long serpent noir surgit des arbres à quelques pas d'eux.

Juliette poussa un cri et agrippa le bras de Jude par réflexe. Aussitôt qu'elle eut repris ses esprits et inspiré une bouffée de son parfum délicieux, elle s'écarta de lui.

— Désolée, marmonna-t-elle en grimaçant.

— Pas de problème, répondit Jude avec un sourire. Je sais à quel point tu détestes les serpents, mais je te promets que celui-ci est parfaitement inoffensif, contrairement à d'autres bestioles dans ce lac. Je n'arrive pas à croire que nous allions nous y baigner sans même un maillot de bain.

— Et en pleine nuit, ajouta-t-elle en secouant la tête. Nous n'étions pas très malins.

Elle faillit lui faire remarquer qu'ils n'avaient pas fait que se baigner dans le lac, mais le regard de Jude lui confirma qu'elle n'avait pas besoin de le dire. Son sourire entendu était un parfait miroir du sien. En bon gentleman qu'il était, il s'abstint de tout commentaire, et la partie adolescente d'elle-même s'en trouva presque déçue.

— Il faut que je vérifie deux ou trois choses pendant que nous sommes là, reprit Jude. L'acheteur potentiel du ranch est passé lui aussi par une agence immobilière, et d'après ces agents, le niveau du lac a tellement baissé qu'il sera bientôt à sec. Il me semble que ce n'est pas le cas du tout.

Juliette jeta un coup d'œil à la surface de l'eau et fronça les sourcils. Le lac avait l'air en parfait état.

— D'autre part, poursuivit Jude, est-ce que tu te souviens que mon père voulait construire une cabane de jardin pour ranger les tondeuses et les outils ? Eh bien, toujours d'après eux, les fondations de la cabane posent un problème. Ils prétendent que le bâtiment non terminé gâche le paysage.

Juliette suivit Jude jusqu'à l'endroit où se trouvaient les fameuses fondations.

— Franchement, Jude, la dalle de béton se voit à peine. On dirait bien qu'ils essaient de t'arnaquer.

— C'est la loi du commerce, fit-il en haussant une épaule.

— Justement, sais-tu qui est l'acheteur ? Dans quelle branche travaille-t-il et pourquoi est-il intéressé par le ranch ? Je ne sais pas si tu es au courant, mais Zane a vendu sa propriété aux Fermes Bridgemont lorsque

Dorothy est tombée malade. Ils convoitaient son ranch depuis longtemps et le prix était tout sauf juste, mais Zane avait besoin d'argent pour payer les factures de l'hôpital.

Juliette soupira en pensant à l'histoire de Zane Phillips. Il avait connu des moments difficiles, mais à présent qu'il était fiancé à Lucy et qu'ils attendaient leur premier bébé, tout semblait lui sourire. Leur couple aurait presque suffi à donner de l'espoir à Juliette concernant Jude et elle.

Malgré tout, elle était bien consciente que leurs situations n'avaient rien à voir. Lucy et Zane avaient fait les choses dans le bon ordre. D'abord amis de longue date, ils avaient pris le temps de se connaître à fond avant de se risquer à transformer leur amitié en quelque chose de plus profond.

Certes, Jude et elle aussi se connaissaient par cœur, mais de l'eau avait coulé sous les ponts depuis leur séparation – peut-être trop. Que se passerait-il s'ils décidaient d'aller au-delà des conversations polies ? S'ils creusaient davantage ce qui leur était arrivé, s'ils se posaient les questions douloureuses qui restaient en suspens depuis dix ans ? Juliette avait bien trop peur pour le faire.

Chassant ces pensées importunes, elle rejoignit Jude sur la dalle de béton et l'inspecta à son tour. Les années et la nature avaient fait leur œuvre. Quelques fissures et des herbes folles s'étaient installées, mais rien d'anormal après tout ce temps.

— Bon, commenta Jude. Ce n'est pas idéal, mais retirer cette dalle ne leur coûtera certainement pas vingt mille dollars.

— Vingt mille dollars ? s'étrangla-t-elle. Tu plaisantes, j'espère !

— Ils essayent de baisser le prix par tous les moyens.

D'après eux, le lac était presque à sec et la propriété ne pouvait plus être considérée comme ayant une vue sur l'eau, ce qui aurait diminué sa valeur. Ils ont dû croire que je ne viendrais pas vérifier.

— C'est ridicule, Jude. Qui sont ces acheteurs ?

— À vrai dire, je n'en sais rien. Mon agence a communiqué avec la leur. Je n'ai pas eu de contacts directs avec eux, et je n'ai pas encore eu le temps de chercher à en savoir plus. Je voulais d'abord vérifier s'ils disaient la vérité.

Juliette hocha la tête, soulagée d'entendre que Jude n'était pas complètement décidé à faire affaire avec ces gens. L'idée de le voir se débarrasser du ranch l'attristait incroyablement. Bien sûr, c'était une pensée égoïste puisque Jude n'avait pas besoin du terrain et qu'il devait toujours payer les impôts, mais elle avait l'impression de voir s'envoler ce qui restait de leur histoire. Aussi peu réaliste que ce fût, cet endroit resterait toujours *leur* endroit à ses yeux.

— Attends une minute, dit Jude en extirpant son téléphone de sa poche. Je dois avoir un nom dans le dernier e-mail de mon agence… Ah, voilà, je l'ai retrouvé.

Il lui tendit son portable, ses doigts effleurant les siens au passage, et Juliette dut faire un effort de concentration pour lire le message à l'écran :

> Salut, mon chat. Je te joins l'offre d'achat pour ta propriété de Celebration. Appelle-moi si tu as des questions, ou même si tu n'as aucune question d'ailleurs. Bisous, Afton

— « Bisous » ? répéta Juliette sans pouvoir s'en empêcher. Depuis quand les agents immobiliers signent-ils leurs e-mails par « bisous » ?

— Oh ! c'est juste Afton, répondit Jude comme si cela expliquait tout.

— On dirait qu'Afton t'aime bien, en tout cas. Je ne suis même pas sûre que ce soit autorisé. Est-ce qu'il n'y a pas une sorte de loi éthique, comme pour les médecins qui n'ont pas le droit de sortir avec leurs patients ?

— Afton et moi ne sortons pas ensemble.

— Ah bon ? On dirait qu'elle pense autrement, *mon chat*.

Jude éclata de rire. Elle se sentit réconfortée par ce son familier, même si ses joues rougissaient de honte.

— Incroyable, finit-il par répondre. Tu es jalouse.

— Pas du tout. Pourquoi est-ce que je serais jalouse ?

— Parce que tu es toujours follement amoureuse de moi, bien sûr, rétorqua-t-il avec un grand sourire.

Juliette savait qu'il plaisantait, mais elle ne se faisait pas confiance. Chaque mot qu'elle disait semblait aggraver son cas. Au lieu de répondre, elle se concentra donc sur l'e-mail et demanda :

— Est-ce que je peux ouvrir la pièce jointe ?

— Bien sûr, vas-y.

Elle hésita un instant, secoua la tête.

— Je me pose quand même une question, Jude. Est-ce que *Madame Bisous* est ton agente ou celle des acheteurs ? Elle n'a pas l'air de défendre tes intérêts.

— Pourquoi cela ?

— Elle aurait dû te prévenir de ne pas céder à leurs… leurs balivernes, lança-t-elle avec emphase.

Jude lui sourit comme s'il la trouvait adorable.

— Afton est une vieille amie. Elle sait que je suis conscient de leurs balivernes, comme tu dis, et que je n'étais pas complètement décidé à vendre. Elle m'a simplement transmis l'offre parce que c'est son métier.

— Donc, elle te connaît bien, remarqua Juliette avec une pointe d'aigreur. Est-ce que c'est une ancienne petite amie ?

— Tu es décidément jalouse.

— Laisse tomber, fit-elle en lui rendant son téléphone. Faisons comme si je n'avais rien demandé.

— Tu n'as pas regardé la pièce jointe.

— Je te laisse faire les honneurs. Dieu sait quelles surprises *Madame Bisous* nous réserve encore.

Jude parut sur le point de dire quelque chose, mais il se ravisa et zooma sur l'écran de son portable.

— Voilà, j'ai trouvé le nom de l'acheteur. Il s'agit d'une certaine « Entreprise commanditaire M.A.G. ». Est-ce que ça te dit quelque chose ?

Juliette fouilla sa mémoire, secoua la tête.

— Essaie de faire une recherche Google.

Jude pianota sur son téléphone et fronça les sourcils.

— Apparemment, M.A.G. est l'entreprise mère de « Metro Arrow Homes ». Je ne connais pas non plus. Et toi ?

— Houla, ce n'est pas bon du tout, répondit Juliette qui avait aussitôt reconnu le nom. Metro Arrow est un promoteur immobilier, Jude. Ils construisent des lotissements.

— Ils ne pourraient rien faire ici, de toute manière. La zone n'est pas constructible.

— Ils ont forcément un moyen de passer outre. J'aimerais bien croire qu'un promoteur immobilier souhaite transformer ton terrain en une réserve naturelle, mais c'est peu probable.

Jude fit défiler l'écran de son téléphone, l'air de plus en plus mécontent au fur et à mesure qu'il lisait.

— Non, ça ne va pas du tout. Entre ça et la manière dont ils essaient de me faire baisser le prix… Je crois que cette affaire n'aura pas lieu.

Ils restèrent silencieux un moment, observant l'atterrissage d'un couple de canards sur le lac.

— Je pense que tu prends la bonne décision, finit par dire Juliette. À en juger par ce qu'ils ont voulu te faire croire à propos du lac, ces gens sont tout sauf honnêtes.

— Exactement. Je déteste ce genre de tricheurs.

Ils reprirent lentement le chemin de la voiture. Pour s'empêcher de penser à la vente du terrain, Juliette se concentra sur la beauté de la nature autour d'elle. Près de la cabane, le vieux chêne qui leur avait tant de fois offert son ombre semblait plus vigoureux que jamais. Elle avait l'impression de retrouver un vieil ami.

Si elle fermait les yeux, elle pouvait presque revenir des années en arrière, une époque où seul l'amour de Jude comptait pour elle et où leur seule préoccupation était de ne pas se faire attraper par le shérif lorsqu'ils faisaient des feux de camp pour se réchauffer en automne.

— Est-ce que tu vois quelqu'un ? demanda soudain Jude.

La brusquerie de la question la fit sursauter. Il s'agissait pourtant d'une demande normale entre deux amis qui se retrouvaient après des années. Elle s'était attendue à ce qu'ils échangent d'autres nouvelles avant celle-ci, mais Jude avait toujours été du genre à aller droit au but.

— Ça dépend, finit-elle par répondre en haussant un sourcil amusé. Qui tient à le savoir ?

— *Je* veux le savoir, Jules.

— Là maintenant, je te vois, toi, en train de marcher à côté de moi. C'est tout.

— J'en déduis que la réponse est non.

— Et toi, alors ? rétorqua-t-elle en posant les mains sur ses hanches. As-tu quelqu'un dans ta vie, ou juste des épisodes du samedi soir ?

Elle avait tenté de paraître drôle, mais elle se rendait compte que sa voix sonnait trop tendue.

— Je n'ai pas de petite amie en ce moment. Quant aux épisodes du samedi soir… Qu'est-ce que tu entends par là ?

Juliette haussa une épaule.

— Tu sais bien. Des coups d'un soir, une Afton différente tous les week-ends, ce genre de choses.

— J'ai des tournois la plupart des samedis soir. Au moment où j'en ressors, après m'être fait poursuivre, voire charger ou piétiner par un taureau, je suis rarement en forme pour faire quoi que ce soit d'autre qu'aller me coucher – seul.

Juliette ne put s'empêcher de sourire.

— C'est bon à savoir – enfin, pas l'histoire des taureaux qui te piétinent, ajouta-t-elle en grimaçant. J'ai toujours eu du mal avec cette partie de ton métier. D'ailleurs, maintenant que j'y pense, tu n'as toujours pas répondu à ma question. Qu'est-ce que tu fais ici à deux semaines des championnats du monde ? Que se passe-t-il, Jude ?

Sans répondre, il se raidit et croisa les bras sur sa poitrine. Juliette savait qu'elle ne devait pas rompre le silence. Si elle disait quelque chose, il risquait de sauter sur l'occasion pour changer de sujet.

— J'ai eu quelques problèmes, finit-il par répondre. Je me suis fait éjecter un peu trop violemment pendant quelques chevauchées et j'ai été obligé de renoncer aux suivantes.

— Je suis vraiment désolée. Est-ce que tu vas bien ?

Il détourna le regard et se mit à dessiner des cercles dans le sable du bout de sa chaussure.

— J'ai eu deux commotions qui mettent du temps à guérir. J'ai dû déclarer forfait pour plusieurs compétitions, et maintenant, je n'ai pas assez de points pour me présenter aux mondiaux. Tu imagines un peu ? Je suis le champion du monde et je ne peux même pas aller défendre mon titre.

Il eut un rire sec et sans joie. Juliette soupira, résistant à la tentation de le prendre dans ses bras.

— Tu as pris la bonne décision, Jude. Ta santé est plus importante qu'une compétition.

Il se tourna pour lui faire face, le visage défait.

— Il ne s'agit pas seulement d'une compétition, Jules. C'est mon gagne-pain, ma passion, toute ma vie.

— Je le sais bien, mais si les médecins t'ont déconseillé de participer à ces chevauchées, c'est pour une bonne raison. La prochaine blessure aurait pu être…

Elle frissonna, incapable de prononcer le mot. *Fatale*. Son cœur se brisait rien qu'à y penser. Jude haussa une épaule, visiblement en désaccord avec elle. Ils avaient eu ce genre de conversation des centaines de fois au lycée.

Pendant leurs années de séparation, Juliette avait réussi à ne pas trop penser aux risques qu'il encourait tous les jours. Elle avait suivi sa carrière de loin grâce à Internet. Pourtant, elle ne parvenait jamais à regarder la moindre vidéo. Elle n'arrivait même pas à imaginer les moments où il était à deux doigts de se faire lacérer par un taureau furieux.

Jude et elle s'étaient toujours disputés à propos des risques de son métier. Puisqu'ils ne seraient jamais d'accord, rien ne servait de continuer la discussion. Mieux valait changer de sujet.

Son regard croisa le sien, semblant lui demander une trêve. Elle ne pouvait qu'être d'accord. En revoyant Jude après tout ce temps, une dispute était la dernière chose qu'elle souhaitait.

Elle se demanda une nouvelle fois ce qu'il comptait faire de son séjour à Celebration. Maintenant que la vente était annulée, resterait-il longtemps ? Aurait-il du temps pour la voir ? Peut-être ce moment serait-il le seul qu'ils pourraient partager. En tout cas, ils l'avaient et c'était tout ce qui comptait pour l'instant.

Lorsqu'ils atteignirent la voiture, Jude ouvrit le coffre et se mit à replier la plage arrière.

— Qu'est-ce que tu fabriques ?

— Il faut bien que je sorte ma valise, lui lança-t-il par-dessus son épaule.

Juliette sourit, plus heureuse qu'elle ne l'aurait voulu. Jude n'avait même pas pris le temps de poser ses affaires avant de venir la voir.

Pendant qu'il sortait ses affaires du coffre, elle se dirigea vers le vieux chêne près de la cabane. Elle trouva rapidement l'endroit où ils avaient gravé leurs noms. Les mots étaient toujours là, ancrés dans l'écorce, usés par le temps et noircis comme une ancienne cicatrice.

— Tu te souviens de ça ? lança-t-elle à Jude en traçant les lignes du bout des doigts.

Il la rejoignit, vint se placer derrière elle et laissa tomber ses sacs dans l'herbe.

— Jude et Juliette pour toujours, lut-il d'une voix rauque. Et nous voilà encore aujourd'hui.

Il tendit le bras et se mit à caresser les mots à son tour, puis sa main s'immobilisa et recouvrit la sienne.

— Jude…

L'émotion l'empêcha de continuer. La chaleur du corps de Jude dans son dos, presque contre elle, lui ôtait toute pensée cohérente. Elle ferma les yeux et resta parfaitement immobile, consciente que si elle se retournait, ses lèvres se trouveraient dangereusement près des siennes.

Elle mourait d'envie de l'embrasser. Elle voulait goûter à nouveau ses lèvres, savoir si elles aussi restaient exactement comme dans son souvenir.

— Je m'étais souvenu du petit arbre que nous avions planté, mais je ne pensais plus à celui-ci, dit Jude. Je ne sais pas comment j'ai fait pour l'oublier.

Juliette haussa une épaule. Sans qu'elle comprenne comment, le geste sembla la rapprocher encore de lui. Le parfum familier de Jude l'enveloppa alors, un mélange de cuir, de citron et d'herbe fraîchement coupée. Comment se pouvait-il que son odeur soit restée exactement la même ?

Incapable de s'en empêcher, elle inspira profondément et tourna la tête vers lui. Un frisson parcourut son dos et elle dut s'appuyer contre son torse.

— Jules… Je suis content que tu ne m'aies pas oublié.

Si elle ne s'écartait pas dès maintenant, elle savait qu'elle allait faire quelque chose qu'elle regretterait ensuite…

Ou pas, murmura une petite voix dans un coin de sa tête.

— C'est difficile de t'oublier, Jude.

Juliette ferma les yeux. Se retrouver ici, là où tout avait

commencé, était presque irréel. Elle avait l'impression que la vie leur donnait une deuxième chance.

Plus d'une fois, lorsqu'elle avait embrassé d'autres hommes, l'image de Jude s'était imposée à son esprit. Le retour à la réalité lorsqu'elle se rendait compte qu'elle se trouvait dans les bras d'un autre n'en était que plus difficile. Elle revivait toujours le souvenir de ses baisers, à la fois distant et familier mais jamais oublié.

Jude la fit pivoter doucement et l'attira contre lui. Légères et douces, ses lèvres se posèrent sur les siennes.

Juliette poussa un soupir de bien-être et encadra son visage de ses mains. Ils s'embrassèrent d'abord avec lenteur, tendrement, mais leur baiser s'enflamma aussitôt et Jude prit possession de ses lèvres avec une ardeur passionnée.

Ses bras se refermèrent autour de sa taille et il la serra davantage contre lui. S'accrochant à lui comme si sa vie en dépendait, Juliette entrouvrit les lèvres et oublia le reste de l'univers. Elle sentait un goût de myrtilles sur le bout de sa langue, de cannelle aussi, et ce goût si particulier qui était le sien et qui lui avait tant manqué.

Sa bouche dévorait la sienne avec tant de fureur, tant de sentiments inexprimés qu'elle se demanda comment elle avait pu craindre d'autres femmes dans sa vie quelques secondes auparavant. Le réconfort de leur passé ensemble et la promesse de l'avenir semblaient se rencontrer pour faire de ce baiser un instant parfait.

Toutes les émotions qui l'avaient envahie depuis l'instant où elle avait aperçu Jude sur le seuil de la grange montaient en elle, de plus en plus puissantes, menaçant de la submerger. Elle n'aurait su dire combien de temps s'était écoulé lorsqu'ils reprirent enfin leur souffle.

Même dans ses plus beaux souvenirs, ils ne s'étaient jamais embrassés de cette manière – tout simplement parce qu'ils n'étaient plus des adolescents aujourd'hui. Ils ne devaient plus se cacher pour partager un baiser volé. Jude était pleinement avec elle, la tenant dans ses bras comme si toutes ces années n'avaient pas la moindre importance.

Le front posé contre le sien, ses lèvres à peine éloignées des siennes, il murmura :

— Il y a tellement de choses que nous avons laissées en suspens, Jules. Qu'allons-nous faire de tout cela ?

Juliette revint brusquement à la réalité. De nouveau, elle se demanda comment les choses avaient pu tourner aussi mal. Ils avaient été tout l'un pour l'autre avant cette rupture qui avait paru absolument définitive.

Malgré tout, deux heures à peine après s'être retrouvés, ils retombaient dans les bras l'un de l'autre.

Au fond, Juliette savait déjà où elle en était et ce qu'elle voulait, mais qui pouvait dire combien de temps Jude allait rester cette fois ? Ils avaient besoin d'une discussion sérieuse. Certes, ce baiser les avait transportés au paradis, mais ce n'était pas une raison pour se voiler la face.

Le passé n'avait pas disparu. Aussi nécessaire que cela puisse être, elle ne savait pas encore si elle était prête à remuer la partie la plus douloureuse de sa vie.

- 3 -

Juliette se sentait désorientée. Après cette parenthèse merveilleuse avec Jude, cet instant hors du temps, se retrouver chez elle lui paraissait presque anormal.

Jude l'avait déposée à la Grange Campbell pour qu'elle puisse récupérer sa voiture. Elle aurait voulu lui dire au revoir convenablement, mais elle s'était aussitôt aperçue que le pick-up de Zane était garé devant la maison de Lucy. Cela signifiait qu'ils étaient rentrés de leur escapade.

Si Lucy l'avait vue sortir de la voiture de Jude, elle aurait forcément eu droit à des questions auxquelles elle n'avait pas la moindre réponse pour le moment. Pour ne rien arranger, un coup d'œil au rétroviseur interne lui avait révélé des cheveux ébouriffés, des lèvres gonflées et du maquillage qui ne se trouvait pas exactement là où elle l'avait appliqué avant de sortir de chez elle ce matin-là.

Il s'agissait sans aucun doute d'un visage post-baiser. Connaissant Lucy, elle n'aurait pas manqué de le deviner et de faire tous les commentaires possibles.

Juliette avait donc récupéré son sac à main, posé un rapide baiser sur les lèvres de Jude et foncé jusqu'à sa voiture avant que l'inévitable question ne se pose.

Et maintenant ?

Avant de sortir du parking, elle avait eu le temps de jeter un dernier coup d'œil dans sa direction. Jude avait l'air déconcerté. Il lui avait fait signe qu'il l'appellerait, haussant les sourcils comme pour lui demander une confirmation, mais elle s'était contentée d'agiter la main avant d'appuyer sur l'accélérateur.

Elle ne savait tout simplement pas ce qu'elle aurait dû lui répondre. Était-ce une bonne idée de prendre ce risque ? Sa raison lui criait de ne pas s'autoriser à espérer, mais son cœur ne semblait pas comprendre le message. Elle savait pourtant ce qui l'attendait : du chagrin, encore.

Comme si tout cela ne suffisait pas, Juliette s'aperçut en arrivant devant chez elle qu'elle n'allait pas être aussi tranquille qu'elle l'avait espéré. La voiture de sa mère *et* celle de Chelsea l'attendaient dans son allée.

Comme une adolescente prise en faute, elle fut obligée de se garer sur le trottoir et d'essuyer à la va-vite les traces de mascara qui s'étalaient sous ses yeux. Elle avait l'impression de revenir à l'époque où elle devait rentrer discrètement après une soirée passée au ranch.

Elle redoutait l'instant où elle devrait faire face à sa mère, qui n'avait jamais apprécié Jude. D'ailleurs, elle avait tout fait pour les séparer à l'époque, jetant toutes les embûches possibles sur leur chemin.

Quel besoin sa mère avait-elle eu de venir chez elle précisément aujourd'hui ? Certes, elle n'attendait jamais d'invitation pour débarquer quand bon lui semblait, mais il y avait toujours une raison. Juliette tourna la clé dans la serrure en se demandant ce qui avait bien pu pousser Guenièvre à descendre de sa tour dorée.

Aussitôt la porte entrouverte, elle entendit Franklin, son corgi, pousser un jappement de bienvenue. Le petit chien déboula depuis le salon et fonça vers elle, ses pattes glissant sur le parquet. Juliette se pencha aussitôt pour le caresser.

— Tu fais un drôle de chien de garde, Franklin, lui dit-elle d'un ton faussement contrarié. Tu es censé empêcher les gens d'entrer, pas les inviter à l'intérieur.

En guise de réponse, le chien roula sur le dos pour se faire gratter le ventre.

— Tu es un cas désespéré. Heureusement que tu es le plus mignon des chiens.

Juliette se redressa et lança à la cantonade :

— Ho là ! Il y a quelqu'un ?

— Juliette chérie, nous sommes dans la cuisine, répondit sa mère. Viens donc nous rejoindre.

Juliette fut tentée de la remercier pour son invitation à entrer dans sa propre cuisine, mais elle n'était pas d'humeur à se disputer. Elle aurait aimé se plonger dans un bain chaud et rejouer mille fois les images de son après-midi avec Jude.

Au lieu de cela, elle devait supporter Guenièvre, tranquillement installée dans la cuisine avec une tasse de thé comme si elle se trouvait chez elle. Une bonne douzaine d'échantillons de tissu s'étalaient sur la table.

En face de sa mère, son amie Chelsea, décoratrice d'intérieur de son métier, tenait les échantillons deux par deux pour en comparer les couleurs. Lorsque Guenièvre hochait la tête, elle les posait sur une pile à sa gauche ; si c'était non, ils repartaient au milieu de la table.

— Ah, te voilà ! s'exclama sa mère lorsqu'elle l'aperçut sur le seuil. J'ai désespérément besoin de ton avis. Comme tu vois, Chelsea est un amour. Elle m'aide à choisir les tissus du salon pour la nouvelle maison. Lorsqu'elle m'a dit qu'elle était libre cet après-midi, j'ai essayé de t'appeler, mais tu n'as pas répondu. Où étais-tu passée ?

Le regard de Chelsea rencontra le sien et ses yeux

s'écarquillèrent comme si elle avait lu dans son esprit. Son amie lui décocha un petit sourire en coin, et elle tenta de lui faire passer un message par télépathie, quelque chose comme « Je te raconterai plus tard ».

Elle devait absolument éviter de se trahir tant que sa mère était là. De manière générale, Guenièvre n'était pas excessivement perspicace, mais ce n'aurait pas été la première fois qu'elle la surprenait.

— J'avais rendez-vous avec une cliente à la Grange Campbell, répondit-elle honnêtement.

— Tu es allée à un rendez-vous habillée de cette façon ? Ce n'est pas une tenue très professionnelle, chérie.

Juliette inspira à fond et s'obligea à sourire.

— Nous sommes samedi, maman. C'est l'un des très rares week-ends où je n'ai pas de mariage. J'étais censée rester à la maison, mais cette cliente m'a appelée en urgence.

— Tu devrais faire plus attention à ton apparence la prochaine fois. Au fait, as-tu entendu dire que Jude Campbell était de retour en ville ?

Juliette sentit ses joues s'échauffer et faillit laisser échapper un juron. Elle n'était pas du genre à se trouver facilement gênée, encore moins à rougir comme une écolière amoureuse. Tout le monde allait voir clair dans son jeu si elle ne faisait pas plus attention.

— Ah bon ? répondit-elle de sa voix la plus nonchalante. Quand est-il arrivé ?

Chelsea lui lança un regard entendu. Manifestement, elle savait à quoi s'en tenir sur son innocence.

— Je ne sais pas exactement, répondit Guenièvre d'un ton dédaigneux. D'ailleurs, je ne m'en soucie guère. Tu sais qu'il n'a jamais fait partie de mes favoris. Chelsea, est-ce que tu connais ce Jude Campbell ?

— Voyons, maman, intervint Juliette. Tu sais bien que Chelsea est mariée au frère de Jude.

— Ah oui, c'est vrai. Je suis bête. En revanche, Chelsea, je suis sûre que tu ne savais pas que Jude a essayé de convaincre ma Juliette de laisser tomber sa bourse d'études.

— Maman, s'il te plaît. Ne déterrons pas ce sujet maintenant.

D'ailleurs, si on pouvait ne jamais le déterrer…

— Mais les choses ne se sont pas passées comme ça, poursuivit Guenièvre en l'ignorant royalement. Ma fille était bien trop intelligente pour se laisser faire.

— Eh bien, commenta Chelsea en haussant un sourcil.

Son accent britannique d'une parfaite élégance masquait l'ironie du ton, mais Juliette ne l'en détecta pas moins.

— Jude est plutôt beau garçon, poursuivit Chelsea. Tu as été courageuse, Jules.

Courageuse… Ou stupide ?

Non, bien sûr, songea Juliette en secouant la tête. Leur relation n'aurait jamais fonctionné si elle avait renoncé à ses études pour lui. Tout arrivait pour une bonne raison.

— Il aurait voulu que Juliette l'accompagne sur la route, qu'elle vienne avec lui à toutes ces courses de taureaux, continua Guenièvre en fronçant le nez d'un air dégoûté. Ma fille méritait bien mieux. Cela dit, je n'applique pas le même commentaire à toute la famille, ajouta-t-elle pour Chelsea. Ethan est quelqu'un de très bien. Je suis contente qu'il se présente aux élections municipales.

Le maire actuel de Celebration, Ed Rosen, prenait sa

retraite après vingt ans de bons et loyaux services. Ethan était le favori pour le remplacer.

— Ethan aura mon vote, tu peux en être certaine. Pour ce qui est de son frère…

Guenièvre secoua la tête avec dédain. Juliette lui décocha un regard qu'elle espérait éloquent et dit :

— Maman, si tu pouvais éviter de…

— Savez-vous que Jude est le champion du monde en titre ? l'interrompit alors Chelsea.

— Ah bon, vraiment ?

— Eh oui. Les champions gagnent même pas mal d'argent, à ce qu'il paraît.

— Tant mieux pour lui, rétorqua Guenièvre d'un air peu impressionné. Je ne savais pas qu'on pouvait devenir riche en combattant des taureaux. Pauvres bêtes.

— Il s'agit de rodéo, maman, pas de corrida. Les animaux ne sont pas blessés.

Sa mère leva les yeux au ciel.

— Quand bien même. Tout cela me paraît très peu civilisé. J'imagine que Jude est revenu pour assister à votre réunion d'anciens élèves ?

— Je n'en ai pas la moindre idée.

Pour le coup, Juliette ne mentait pas. Elle ne savait pas si Jude prendrait le temps d'appeler Marilyn Harding pour lui demander de l'ajouter à la liste des participants.

— Es-tu venue jusqu'ici pour me rebattre les oreilles avec Jude Campbell, maman ?

— Non, pas vraiment.

Guenièvre poussa un profond soupir, signe habituel que Juliette devait lui demander ce qui n'allait pas. Elle fut presque soulagée de la diversion. Certes, elle ne souhaitait pas que sa mère aille mal, mais parler d'autre chose que Jude ne serait pas une mauvaise idée.

— Est-ce que tout va bien, maman ?

— Oui, oui. Tout va bien. Enfin…

Un deuxième soupir mélancolique se fit entendre.

— Je ne suis pas sûre que tout aille bien, à vrai dire. Howard est d'une humeur bizarre ces derniers temps. Il n'arrête pas de me disputer à propos de mes dépenses pour la maison. Il savait pourtant dans quoi il mettait les pieds en m'épousant, non ?

Juliette s'abstint soigneusement de répondre.

— Je dépense beaucoup d'argent, ce n'est un secret pour personne, poursuivit Guenièvre. J'aime les jolies choses. Après cinq ans de mariage, ce n'est pas juste de changer les règles du jeu. J'ai peur qu'il réduise drastiquement le budget que j'avais prévu pour les rénovations. C'est la seule chose dont nous parlons lorsqu'il est à la maison, et ces derniers temps, il n'y est pas souvent.

Juliette prit une tasse dans le placard et se servit du thé à son tour.

— Est-ce que tu lui en as parlé ?

— Tu ne m'écoutes vraiment pas, Juliette, s'indigna sa mère. Je viens de te dire qu'il n'était jamais à la maison.

— Bien sûr que je t'écoute. La prochaine fois qu'il sera là, tu devrais tout simplement en discuter avec lui, lui montrer que c'est important pour toi. La communication est la clé de toute relation qui fonctionne.

Howard Albright était le cinquième mari de sa mère. Excepté son mariage avec le père de Juliette, c'était la première fois que Guenièvre restait aussi longtemps avec quelqu'un. Howard était réellement quelqu'un de bien. Juliette avait beau aimer sa mère, elle savait que

Guenièvre était insupportable par moments. Le pauvre faisait probablement ce qu'il pouvait.

— La communication, c'est très bien, reprit Guenièvre en jouant avec un morceau de tissu posé devant elle. J'ai simplement peur que cette conversation ne se transforme en une énième dispute sur l'argent.

— Howard a toujours été un bon mari, maman. Je connais peu de personnes aussi généreuses que lui. Si tu as l'impression que quelque chose a changé, il faut lui en parler. Il y a forcément des raisons que tu ignores.

Guenièvre se mit à fixer le diamant qui ornait sa main gauche parfaitement manucurée. De toute évidence, quelque chose d'autre la tourmentait. Juliette garda le silence pour ne pas la brusquer. Après quelques instants, sa mère finit par avouer d'une petite voix :

— Je crois que… J'ai peur que l'histoire de Jerry se reproduise.

Jerry avait été le deuxième mari de sa mère. Lorsque son infidélité avait éclaté au grand jour, tout le monde avait été surpris. Guenièvre avait un peu plus de quarante ans à l'époque. Elle avait une silhouette sportive que bien des jeunes femmes lui enviaient, ses cheveux châtain clair coupés en un carré élégant lui allaient bien et son maquillage discret mais efficace faisait ressortir ses yeux bleu clair.

En bref, elle était exactement la femme-trophée – mais correspondant à son âge – dont Jerry avait toujours rêvé.

Des nuages avaient commencé à apparaître lorsque Jerry, toujours préoccupé par l'opinion de ses amis aussi arriérés que lui, avait décidé que sa femme ne devait pas travailler. Il l'avait donc convaincue de vendre son magasin d'antiquités.

À partir de là, leur relation n'avait fait que se dégrader. Jerry avait commencé à « travailler » de plus en plus tard au garage dont il était propriétaire, puis à trouver des excuses pour passer de longs week-ends loin de Celebration. Juliette comprenait donc pourquoi sa mère s'inquiétait du changement dans les habitudes de son mari actuel.

Cela dit, elle avait du mal à croire ce bon vieux Howard capable d'une liaison. Tout le monde savait à quel point il adorait Guenièvre.

— J'ai décidé de le faire suivre par un détective privé, déclara sa mère d'un ton ferme.

Juliette jeta un coup d'œil à Chelsea, qui s'était absorbée dans le tri de ses échantillons de tissu et s'abstenait soigneusement de lever la tête. Elle aurait voulu lui dire de ne pas se cacher ainsi. Après tout, si sa mère se sentait libre d'étaler ses affaires de famille devant une inconnue, c'était son problème.

— Maman, ne fais surtout rien avant d'avoir pu discuter avec Howard. Imagine ce que tu ressentirais si tu apprenais que quelque chose n'allait pas depuis des semaines et qu'il ne t'avait rien dit. Pour ma part, je croirai que mon beau-père est quelqu'un de bien tant que je n'aurai pas la preuve solide du contraire.

— D'où l'intérêt d'engager un détective privé.

— Tu découvriras probablement que tu n'en as absolument pas besoin, contra Juliette. Je comprends que tu aies peur après ce qu'il s'est passé avec Jerry, mais Howard n'a rien de commun avec lui. Parle-lui avant de tirer des conclusions.

Guenièvre ouvrit la bouche pour répliquer, mais son téléphone posé sur la table se mit à sonner. Elle le saisit brusquement et appuya plusieurs fois sur l'écran avant de parvenir à décrocher.

— Howard, où es-tu ? Je me faisais tellement de souci que j'ai dû descendre chez Juliette pour me calmer.

Le téléphone plaqué contre l'oreille, elle sortit de la cuisine et se dirigea vers le salon. Chelsea se redressa comme pour écouter attentivement. Lorsqu'il fut évident que Guenièvre était hors de portée et plongée dans une conversation animée avec Howard, elle se tourna vers Juliette et dit, le regard pétillant :

— Il paraît que tu as passé l'après-midi en bonne compagnie.

Juliette porta involontairement une main à ses lèvres.

— Qui t'a raconté ça ?

— Ethan était en ville cet après-midi et quelqu'un, je ne sais plus qui, lui a dit qu'il t'avait aperçue au Redbird avec Jude. C'est vrai ?

— Peut-être, marmonna Juliette en songeant que les nouvelles voyageaient bien trop vite.

Chelsea éclata de rire.

— Soit tu y étais, soit tu n'y étais pas, rétorqua-t-elle. Il n'y a pas de « peut-être ».

— Très bien, Maître Yoda. Je plaide coupable.

— On dit aussi que vous êtes partis ensemble…

— En effet, nous sommes sortis par la même porte, la seule qui permet aux gens d'entrer et de sortir du Redbird Diner depuis toujours. Je ne vois pas ce qu'il y a de scandaleux là-dedans.

— C'est toi qui parles de scandale, commenta Chelsea. D'après mon humble avis, tu protestes un peu trop pour être honnête. Que se passe-t-il entre Jude et toi ?

— Il ne se passe rien du tout.

Les joues brûlantes, elle se leva sous le prétexte de mettre sa tasse dans le lave-vaisselle. Elle aperçut du coin de l'œil Chelsea qui haussait les épaules.

— Si tu le dis, répondit cette dernière d'un air peu convaincu. Ce ne serait pas la fin du monde si c'était le cas, au contraire. J'adorerais t'avoir comme belle-sœur.

La simple idée d'un mariage avec Jude suffit à faire battre son cœur plus vite. Elle inspira à fond, tentant de calmer la cascade d'émotions qui déferlait sur elle. Elle savait bien qu'elle ne devait pas céder à ses sentiments.

Jude était la seule personne au monde capable de lui briser le cœur. Il l'avait déjà fait, et selon toute logique, il risquait de le faire à nouveau. Dix ans de séparation n'étaient pas rien. Il avait très bien vécu sans elle pendant tout ce temps, et il repartirait probablement d'ici à quelques semaines. Le bon sens lui disait que l'erreur qu'ils avaient commise aujourd'hui ne devait pas se reproduire.

— Au fait, reprit soudain Chelsea, est-ce que je t'ai dit que ma sœur arrive dans quelques jours ? Sa ligne de vêtements, Tori Ashford Designs, se développe très bien et elle aimerait ajouter une collection de robes de mariée. Elle m'a demandé si elle pouvait en discuter avec toi. En tant qu'experte du mariage, tu auras sûrement de bonnes idées.

Juliette poussa un soupir de soulagement. Décidément, Chelsea était la meilleure amie dont on pouvait rêver. Elle finirait probablement par lui raconter tout ce qu'il s'était passé avec Jude, mais c'était encore trop tôt et Chelsea avait compris qu'il valait mieux changer de sujet.

— Bien sûr, j'adorerais revoir Tori. Tu peux lui dire que je serai ravie d'échanger avec elle.

Son téléphone se mit alors à vibrer et Juliette tendit la

main vers son sac pour voir qui lui avait écrit. Il s'agissait de Marcy Johnson, qui organisait la fameuse soirée des anciens élèves avec Marilyn Harding.

Juliette connaissait les deux femmes depuis le lycée. Elles avaient même fait partie de l'équipe des pom-pom girls ensemble, mais à présent, elles ne se parlaient que rarement. Marcy était divorcée et ne manquait pas de partager ses opinions virulentes au sujet du mariage chaque fois qu'elles se voyaient.

Elle ouvrit le message, soupira devant sa longueur et lut :

Dis donc, tu sors à nouveau avec Jude Campbell ? Tout le monde vous a vus ensemble au Redbird ! Maintenant qu'il est là, Marilyn et moi avons de nouvelles idées pour la soirée. Je te raconterai tout à la réunion de demain. Tu seras là, n'est-ce pas ? On se retrouve au lycée à six heures moins le quart. Tu verras, je suis sûre que tu vas adorer – et il faut absolument que tu amènes Jude. Tu crois qu'il pourrait signer un autographe pour mon fils ? Il s'appelle Todd. Je t'en devrai une belle si tu arrives à le convaincre. À demain !

- 4 -

— Merci de m'avoir invité aujourd'hui, lança Jude aux adolescents qui l'écoutaient.

Les jeunes du club de rodéo étaient le meilleur public qu'il ait jamais rencontré. Il parlait avec eux depuis bientôt trois heures, et malgré ses tentatives discrètes pour mettre un terme aux échanges, des questions enthousiastes fusaient encore.

— J'ai beaucoup aimé discuter avec vous, finit-il par dire, mais je dois filer à la bibliothèque pour une autre réunion. Mes anciennes camarades de classe vont tenter de me faire participer à leur soirée. Il faut que j'aille m'assurer que personne ne me désigne volontaire pour quoi que ce soit, si vous voyez ce que je veux dire.

Une salve de rires lui répondit. Installés sur la pelouse qui s'étendait entre le gymnase et la bibliothèque, les jeunes semblaient parfaitement détendus. L'après-midi était belle pour un début d'automne. Jude avait donc préféré organiser cette rencontre informelle dehors, songeant que les lycéens apprécieraient un peu d'air frais après une journée enfermés en classe.

Il aperçut soudain Juliette qui, venant de sortir de sa voiture, se dirigeait vers l'entrée de la bibliothèque.

Heureusement, il avait eu la présence d'esprit d'enregistrer son propre numéro dans le téléphone de Juliette avant de la ramener à la grange la veille. Elle lui avait envoyé un message quelques heures plus tard pour lui transmettre la demande de Marcy Johnson.

Il avait aussitôt répondu présent, d'autant plus que la réunion des anciens élèves suivait de près sa rencontre avec les lycéens. Il s'était cependant abstenu de lui demander quand il pourrait la revoir seul à seule. Juliette avait paru nerveuse lorsqu'ils s'étaient séparés la veille, et il ne voulait pour rien au monde la brusquer. Il savait qu'elle reviendrait vers lui quand elle serait prête.

L'une des adolescentes leva alors la main, rougissant lorsque Jude l'invita à prendre la parole.

— Est-ce que vous avez une cavalière pour la soirée des anciens élèves ?

Jude sourit, ne pouvant s'empêcher de jeter un coup d'œil au loin en direction de Juliette.

— Oui, je crois bien que j'en ai une.

— Qui est-ce ? demanda la jeune fille, l'air déçu.

— Je n'ai pas le droit de le dire pour l'instant, puisque je ne l'ai pas encore invitée.

— Si elle vous dit non, est-ce que je pourrai y aller avec vous ?

— Tu es bien trop jolie pour danser avec un vieux singe comme moi, rétorqua-t-il avec un grand sourire. De toute manière, je suis sûr que des dizaines de garçons t'ont déjà demandé d'y aller avec eux.

— Pas du tout, fit-elle en secouant la tête. Personne ne m'a invitée.

— C'est vrai ? s'exclama alors un jeune homme dégingandé. Je croyais que tu y allais avec Victor, mais si ce n'est pas le cas… Est-ce que tu accepterais d'être ma cavalière ?

— D'accord, répondit l'adolescente dont le regard s'était aussitôt illuminé.

Sans bien savoir comment, Jude sentit le regard de Juliette posé sur lui. Il se retourna et leurs yeux se rencontrèrent. Elle s'apprêtait visiblement à entrer dans la bibliothèque, la main posée sur la poignée de la porte. Il leva la sienne pour lui faire signe et Juliette lui répondit d'un sourire gêné avant de se faufiler à l'intérieur.

— Je vais devoir y aller, dit-il en se tournant de nouveau vers les jeunes.

Les adolescents s'étaient séparés en petits groupes et ne prêtaient plus guère attention à lui. Certains discutaient entre eux, d'autres avaient le nez plongé dans leur téléphone et les deux jeunes qui avaient décidé d'aller à la soirée ensemble étaient très occupés à échanger leurs numéros.

Jude avait accompli sa mission. À présent, il était temps pour lui d'inviter sa propre cavalière.

La bibliothèque lui parut plus petite que dans son souvenir. Avec ses hautes étagères et ses tables de bois sombre, la pièce lui avait toujours semblé froide et peu accueillante. Il se souvenait surtout d'y avoir passé de nombreux examens et quelques heures de retenue fort désagréables.

Jude n'avait jamais appartenu à la catégorie des élèves studieux. Après des années de mauvaises notes et d'un comportement rien moins qu'orageux, il avait fini par être diagnostiqué comme dyslexique.

Il s'était senti soulagé de pouvoir mettre un mot sur ses difficultés, de comprendre enfin pourquoi des choses qui semblaient évidentes pour les autres ne l'avaient jamais été pour lui. Le diagnostic n'avait cependant rien changé aux yeux de son père. Dyslexie ou pas, il avait continué à le traiter d'imbécile à la moindre occasion.

Jude avait mis des années à reprendre confiance en lui. Après un certain temps passé loin de Celebration, il avait fini par comprendre que même s'il n'était pas fait pour un parcours académique, il avait du bon sens et n'était pas plus bête que les autres.

Son courage et son travail acharné lui avaient permis de devenir l'un des meilleurs sportifs de sa génération. Il ne se sentait pas prêt à arrêter sa carrière sans atteindre le sommet une nouvelle fois – pis encore, sans même essayer.

Jude fit un pas en avant et le brouhaha des conversations s'arrêta net. Quelqu'un siffla, puis une salve d'applaudissements retentit. Tous les regards convergeaient dans sa direction. Il jeta un coup d'œil par-dessus son épaule, se demandant si une célébrité nationale était par hasard entrée sur ses talons.

— Le voilà enfin, s'exclama Marilyn Harding avec enthousiasme. Notre champion du monde est parmi nous.

Jude l'avait reconnue sans peine. Elle n'avait pas changé d'un iota depuis le lycée, toujours la pom-pom girl typique qu'on voyait dans les films.

Il sourit et agita la main pour faire taire les applaudissements. L'accueil de ses anciens camarades de classe le gênait terriblement. Il avait pourtant l'habitude d'être adulé de la sorte, mais ici à Celebration, avec des gens qu'il connaissait, cet enthousiasme lui semblait encore moins justifié que d'habitude.

— J'ai bien cru que George Clooney était entré derrière moi, dit-il lorsque le vacarme se fut calmé. Je ne mérite certainement pas autant d'applaudissements, mais merci.

Il parcourut la salle du regard et trouva rapidement Juliette parmi la vingtaine de personnes présentes. Elle était assise entre deux filles de leur promotion dont le nom lui échappait. Devant elle qui connaissait toute la vérité, qui savait pourquoi il était rentré à Celebration, il se sentait encore plus honteux et indigne de l'accueil de ses anciens amis.

Absorbé comme il l'était, il ne vit pas Marilyn s'approcher de lui et sursauta lorsqu'elle lui tapota le bras.

— Merci beaucoup d'être venu aujourd'hui, Jude. Je suis contente que Juliette et toi ayez pris le temps de vous joindre à nous. Cela me fait plaisir de voir à quel point vous êtes enthousiastes à l'idée de la soirée.

Enthousiastes, vraiment ? se demanda Jude. Si Juliette l'était, il parviendrait peut-être à trouver un intérêt à tous ces préparatifs, mais autrement…

— Tu vas voir, nous avons plein de belles choses prévues. J'ai hâte d'entendre ton avis et celui de Juliette puisque vous êtes tous les deux particulièrement concernés par certains événements. Installe-toi, je t'en prie.

Jude prit place sur la chaise que lui désignait Marilyn, à côté de celle où elle venait elle-même de s'asseoir.

— Puisque nos roi et reine de promotion seront tous les deux présents, poursuivit Marilyn avec un sourire entendu, nous avons décidé de changer le thème de la soirée. Elle s'appellera désormais « Souffle du passé ». Vous savez déjà que certaines activités de notre réunion seront couplées à celles de la journée des anciens élèves de l'année dernière, mais il y aura aussi des événements rien que pour nous, la promotion de 2007. Qu'en pensez-vous ?

Une nouvelle salve d'applaudissements retentit. Marcy, qui était assise près de Juliette, dit alors :

— Le match de football des anciens élèves aura lieu vendredi après-midi et le bal samedi soir. Nous avons ajouté notre petite touche personnelle à tout cela. D'abord, nous aurons une voiture dans la parade de vendredi soir. Le comité lycéen a élu Jude et Juliette comme capitaines du défilé.

Tout le monde poussa des exclamations enthousiastes, ce qui acheva de mettre Jude mal à l'aise. Un bref regard vers Juliette lui apprit qu'elle ressentait la même chose que lui.

— Pas de panique, les enfants, plaisanta Marilyn. Il s'agit simplement de parader dans une décapotable et de faire signe à vos admirateurs.

— Le timing fonctionnera à merveille, reprit Marcy d'un ton pragmatique. Le match a lieu quelques heures avant le début de la parade, ce qui nous permettra d'organiser le barbecue comme nous l'avions prévu. Jude et Juliette, puisque vous étiez le roi et la reine des anciens élèves de notre promotion, le lycée aimerait que vous rejoigniez les élus de l'année dernière pour couronner ceux de cette année. Est-ce que vous seriez d'accord ?

— Passons maintenant aux dernières nouvelles, intervint Marilyn avant même qu'ils aient eu le temps d'ouvrir la bouche. Comme vous le savez déjà, la tradition veut que la promotion qui fête ses dix ans offre un cadeau au lycée. Marcy et moi en avons discuté avec l'administration.

Marcy hocha la tête et poursuivit :

— Le club de rodéo souhaiterait organiser une compétition ici l'année prochaine, mais il leur manque de l'argent. En l'honneur de notre camarade le plus distingué, ajouta-t-elle avec un clin d'œil en direction de Jude, nous avons décidé d'organiser une levée de fonds. Nous espérons récolter au moins mille dollars. Tout le monde y trouvera son compte, puisque l'événement fera parler de Celebration dans toute la région. Qu'est-ce que vous en dites ?

Des murmures d'approbation se firent entendre.

— Nous pourrions chercher des donations individuelles, reprit Marilyn, mais nous pensons organiser plutôt une soirée spéciale, en faisant payer l'entrée bien sûr.

Un silence dubitatif suivit sa proposition, et Jude aurait juré avoir entendu quelqu'un grogner derrière lui.

— Ne faites pas cette tête, reprit Marilyn d'un ton quelque peu implorant. Ce sera super, je vous le promets. Nous avons eu l'idée de recréer le concours de talents de notre dernière année de lycée. Tous ceux qui avaient participé à l'époque pourront ressortir leurs plus beaux costumes et rejouer leurs numéros. Jude, Juliette, ça vous dirait de chanter de nouveau votre chanson ensemble ?

Jude se tourna vers Juliette, qui semblait tout aussi mortifiée que lui. Jamais une idée ne lui avait paru si mauvaise. Pourquoi des gens voudraient-ils payer pour voir des adultes se rendre ridicules ?

Maintenant qu'il y pensait, il comprenait le côté comique de l'affaire. Lui aussi aurait pu payer pour voir ses anciens camarades de classe sur scène, mais cela ne rendait pas l'idée plus attrayante à ses yeux. Il chantait déjà comme une casserole à l'époque du lycée et sa voix ne s'était certainement pas améliorée depuis.

— Zut, je ne me souviens plus quelle chanson c'était, marmonna Marcy en claquant des doigts. Je l'ai sur le bout de la langue, mais… Ah ! j'y suis. *Don't Go Breaking My Heart*, de Kiki Dee et Elton John. Vous étiez tellement mignons sur scène, vous vous en souvenez ? Il me semble même que vous aviez gagné le premier prix.

Jude se souvenait parfaitement bien de ce moment, tellement niais que tout le monde les avait trouvés adorables. Son regard croisa celui de Juliette. Elle lui sourit, visiblement attendrie par ce souvenir elle aussi.

Peut-être leur chanson n'avait-elle pas été si mauvaise que cela. De là à récidiver, il y avait un grand pas qu'il ne se sentait pas prêt à franchir. Chanter devant toutes leurs connaissances… Juliette ne pouvait tout de même pas en avoir envie, si ?

— Vous n'êtes pas obligés de me donner une réponse maintenant, dit Marcy d'un ton qui sous-entendait le contraire. Je suis simplement certaine que ce genre de soirée attirerait du monde, et puis, c'est pour la bonne cause. Réfléchissez-y. D'ailleurs, cela vaut aussi pour les autres, reprit-elle à la cantonade. Je vais mettre un formulaire sur le site des anciens élèves et vous pourrez vous inscrire directement en ligne. N'hésitez pas, ça va être génial !

— Je vous promets que je ferai un don de cinq cents dollars si mon frère se met à chanter.

Jude fit volte-face vers l'endroit d'où provenait la voix d'Ethan. Posté sur le seuil de la bibliothèque, son sac de voyage dans une main et l'autre posée sur la hanche, son frère arborait un sourire moqueur qui lui promettait au moins une semaine de railleries.

— Marcy, prends des notes, s'exclama Marilyn. Ethan Campbell est prêt à verser cinq cents dollars. C'est déjà la moitié de notre objectif.

Tandis que Marilyn établissait une liste des tâches restantes et des volontaires, Ethan rejoignit Jude et le serra brièvement dans ses bras.

— Bienvenue à la maison, petit frère. J'ai entendu dire que tu étais rentré depuis hier. Comme tu n'as pas daigné venir me voir, je me suis dit que j'allais te poursuivre jusqu'ici.

— J'allais passer dès ce soir, répondit Jude, mal à l'aise. Je me suis installé dans la cabane.

En vérité, il avait préféré faire davantage de recherches sur la valeur réelle de la propriété avant de voir son frère. Il était bien sûr hors de question pour lui de vendre sa partie du ranch aux escrocs de chez M.A.G. En revanche, il songeait de plus en plus à mettre la propriété en vente chez un agent immobilier. Sa situation financière ne pouvait continuer à se dégrader indéfiniment.

Il savait cependant que malgré cette raison implacable Ethan risquait de ne pas apprécier sa décision. Son frère était fier d'avoir réussi à garder le domaine familial intact. Jude pensait en discuter avec lui, mais pas jusqu'à aller contre sa volonté si l'idée lui déplaisait réellement.

— Je suis désolé d'interrompre votre réunion, lança Ethan à la cantonade. Je me demandais simplement si vous accepteriez de disposer quelques tables pour les candidats à l'élection municipale pendant le barbecue. Puisque les élections auront lieu deux semaines plus tard, ce serait une bonne occasion pour tout le monde de rencontrer les candidats et d'échanger avec eux de manière informelle. Qu'est-ce que vous en dites ? Il se trouve justement que j'ai quelques brochures avec moi.

Plusieurs mains se tendirent, et Ethan se mit à distribuer badges et brochures avec un grand sourire. Jude apprenait seulement maintenant que son frère se présentait aux élections. Cela dit, il n'était pas le moins du monde surpris. Il le croyait tout à fait capable de gagner et de faire du bon travail en tant que maire.

Les gens de Celebration avaient toujours apprécié Ethan. Déjà adolescent, il avait été l'image même du fils modèle et de l'étudiant travailleur. Après l'accident de leurs parents, c'était lui qui avait repris les rênes du ranch et servi de tuteur à Lucy. Il était devenu un véritable pilier de la communauté – bref, tout ce que Jude lui-même ne serait jamais.

Chassant ces pensées mélancoliques, Jude se tourna de nouveau vers Marilyn et Marcy. Les deux amies conversaient à voix basse d'un air comploteur. À en juger par leur mine réjouie, elles n'avaient pas l'intention de jeter Ethan dehors.

— Ethan, nous venons d'avoir une idée, claironna Marilyn. Accepterais-tu de jouer le rôle du présentateur pour notre concours de talents ?

— Volontiers, répondit-il aussitôt. Je serai aux premières loges pour entendre la douce voix de mon frère. Je rappelle à toutes fins utiles que ma donation n'est valable que si Jude et Juliette chantent ensemble, et cela doit être exactement la même chanson qu'à l'époque.

— Merci beaucoup, marmonna Jude.

— Avec plaisir, petit frère.

Certaines choses ne changeaient jamais. Ethan et lui avaient grandi, mais son frère adorerait toujours le persécuter.

— C'est une offre très généreuse, déclara Marilyn. Jude, Juliette, avez-vous pris une décision ? Êtes-vous prêts à récolter cinq cents dollars pour le club de rodéo ?

Sans attendre leur réponse, Marcy se mit à frétiller sur sa chaise d'un air surexcité.

— Oh là là, ça va être génial. J'ai tellement hâte d'y être ! Est-ce que tout le monde a hâte aussi ?

Juliette fut surprise du manque d'enthousiasme général. Les autres se sentaient-ils aussi gênés qu'elle ? Ils n'étaient pourtant pas pris au piège, eux.

Elle prit une grande inspiration et se força à sourire. Après tout, Marcy avait beau être agaçante, elle n'en faisait pas moins une faveur à toute la promotion en mettant autant de temps et d'énergie dans l'organisation des festivités. Juliette reconnaissait volontiers qu'elle n'en aurait pas fait la moitié si elle avait été à sa place.

— Alors, Juliette ? insista Marcy en la voyant sourire. Est-ce que tu acceptes ?

Elle fut incapable de répondre tant elle se sentait piégée. Jusqu'alors, elle s'était pourtant réjouie de cette réunion. Elle avait même soigneusement évité de réserver des mariages pendant les trois jours du week-end, songeant qu'elle serait ainsi plus disponible pour donner un coup de main et profiter de la fête.

Elle voulait bien aider de toutes les manières possibles, mais monter sur scène et chanter ? Non, vraiment. Elle ne s'en sentait pas capable.

Sa voix médiocre et son trac légendaire n'étaient pas seuls en cause. Elle ne pouvait tout simplement pas chanter une chanson d'amour avec son ex-petit ami, celui qui lui avait brisé le cœur pour le restant de ses jours.

Marilyn et Marcy étaient-elles à ce point insensibles ? Se pouvait-il que, naïves et absorbées par leur enthousiasme, elles ne se rendent pas compte de l'énormité de ce qu'elles lui demandaient ? Juliette penchait pour un mélange des deux.

— Juliette, tu ne voudrais quand même pas nous priver de cinq cents dollars, la pressa Marcy.

Sa bienveillance fondit comme neige au soleil, remplacée par une furieuse envie de lui décocher un coup de poing. Tout le monde avait les yeux rivés sur elle.

— Je pourrais peut-être faire un don généreux à la place, suggéra-t-elle. Tu sais, je suis une très mauvaise chanteuse. Le public donnera probablement davantage si vous leur promettez que je ne chanterai pas.

— Allez, Juliette, sois sympa. Je suis sûre que tu en es capable. Après tout, vous aviez gagné le concours.

Oui, ils avaient gagné à l'époque parce que tout le monde les trouvait adorables. Les gens avaient toujours soutenu leur relation, et personne ne doutait qu'ils seraient mariés lors de l'anniversaire des dix ans de la promotion.

Rien de tout cela ne s'était réalisé. Pire, Juliette ne pouvait affirmer qu'elle était passée à autre chose et que sa vie actuelle lui convenait. Les dix dernières années l'avaient vue s'accrocher de plus en plus à un travail qui ne lui plaisait pas. Quant à ses relations amoureuses, elle n'était jamais restée avec quelqu'un plus de cinq ou six mois, prétendant que son travail lui prenait trop de temps.

Marcy la fixait toujours, attendant une réponse. Elle détestait se sentir manipulée de la sorte.

— Je crois que nous allons passer notre tour, dit alors Jude.

Infiniment soulagée, elle lui lança un regard plein de reconnaissance. Elle l'aurait volontiers serré dans ses bras s'il avait été assis à côté d'elle.

— D'accord, murmura Marcy d'un air dépité.

— Pour tous ceux qui *sont* motivés, reprit Marilyn avec aigreur, le concours aura lieu dans le gymnase. Vous pouvez vous entraîner sur la scène quand vous le souhaitez. Une fois que vous serez inscrits, Marcy et moi vous communiquerons l'horaire de la répétition générale.

Consciente de les avoir déçues, Juliette faillit revenir sur sa décision, mais elle réussit à tenir sa langue. Elle refusait de faire quelque chose qui la mettait mal à l'aise simplement pour faire plaisir aux autres.

Le reste de la conversation lui parvint comme dans un brouillard, dont seuls émergeaient quelques mots : « barbecue », « match », « bal à la Grange Campbell »...

Comment ça, « bal à la Grange Campbell » ?

Juliette avait complètement oublié où devait se tenir leur soirée dansante. Il n'y aurait donc pas de mariage à la grange le week-end prochain, pas d'obligation professionnelle qu'elle pourrait inventer pour se sortir de ce guêpier. Elle était définitivement coincée.

— J'ai encore besoin de quelques volontaires pour décorer la grange, poursuivit Marilyn. Marcy a un formulaire sur lequel vous pouvez vous inscrire. D'après Lucy, il n'y a aucun événement à la grange le jour précédent. Je me disais que nous pourrions nous réunir là-bas entre le match et la parade vendredi après-midi. De cette manière, tout serait déjà prêt la veille de la soirée.

Stacy Edwards leva la main.

— Est-ce qu'on ne pourrait pas demander un coup de main aux élèves du comité lycéen ?

— Les étudiants ne viendront pas à notre soirée, répondit Marilyn en secouant la tête. Ils organisent leur propre bal dans le gymnase.

Il y eut encore quelques questions, puis Marilyn

clôtura la séance. Juliette se sentait encore coupable d'avoir refusé de chanter. Bien décidée à faire quelque chose, elle s'approcha donc de Marcy et s'inscrivit au comité de décoration.

— Je suis désolée pour le concours de talents, Marcy.

— Aucun problème, répondit-elle d'un ton glacial.

Résignée, Juliette fit volte-face pour sortir et tomba nez à nez avec Jude.

— C'est ici qu'il faut s'inscrire pour la décoration ? demanda-t-il candidement.

Le visage de Marcy s'illumina et Juliette crut qu'elle allait se mettre à faire la roue, comme à l'époque des pom-pom girls.

— Jude, je suis tellement contente que tu veuilles nous aider, roucoula Marcy. Es-tu sûr d'avoir le temps ? Je ne voudrais pas te retenir si tu as d'autres choses à faire. Après tout, c'est déjà génial que tu sois là.

Abasourdie, Juliette se retint à grand-peine d'écarquiller les yeux. Elle avait rarement vu une illustration aussi flagrante de l'expression « deux poids, deux mesures ». Marcy regardait Jude comme si elle avait deux petits cœurs à la place des yeux.

— Ça va être super, j'en suis sûre. Oh ! et Jude… Est-ce que j'ose te demander une petite faveur ?

Juliette décida qu'il était temps pour elle de s'en aller. Elle plongea une main dans son sac, trouva rapidement ses clés de voiture et se dirigea vers la porte. Alors qu'elle s'apprêtait à sortir, elle entendit encore la voix de Marcy qui demandait :

— Est-ce que tu pourrais signer un autographe pour mon fils, s'il te plaît ? Il s'appelle Todd. Il t'adore, et ça lui ferait plaisir d'avoir un petit mot de ta part.

Sa demande était innocente, voire mignonne, songea Juliette. Le petit Todd serait probablement ravi de recevoir un autographe de son héros.

Jude, le héros des petits garçons… Qui aurait pu le croire ?

Elle s'installa au volant et boucla sa ceinture, mais trop de pensées tournaient dans sa tête. Quel était son problème au juste ? Elle ne reprochait pas à Jude l'accueil chaleureux qu'il recevait, pas plus que l'attention féminine omniprésente partout où il passait. Il avait toujours eu ce côté charmeur et Juliette savait qu'il ne le faisait pas exprès.

Dans ce cas, pourquoi se sentait-elle aussi mal à l'aise ? Pourquoi le retour de Jude faisait-il réapparaître toutes ses insécurités ? La réponse était là, bouleversante d'évidence.

Elle tenait toujours à lui.

Juliette sentit sa gorge se serrer. Si elle continuait à croiser Jude partout, elle n'était pas sûre de pouvoir garder le contrôle de ses émotions. Sa capacité à la faire tomber sous son charme n'avait pas diminué. Dix ans plus tard, elle ne s'était toujours pas remise de leur rupture.

Heureusement pour elle, en l'absence de Jude, elle réussissait à ne pas penser à lui la plupart du temps. Elle était passée maîtresse dans l'art de se mentir à elle-même les quelques fois où elle avait entendu parler de lui.

Elle s'était dit que sa tristesse n'était qu'un reste de colère, qu'il ne méritait pas ses pensées, qu'elle était passée à autre chose – mais rien de tout cela n'était vrai. Elle avait choisi dix ans plus tôt de mettre son couple de côté pour se concentrer sur une carrière qui ne la satisfaisait même pas.

À vingt-huit ans, déçue par la vie, elle luttait désespérément contre les sentiments que Jude faisait remonter à la surface.

Soudain, quelqu'un donna un coup léger contre sa portière qui la fit sursauter. Juliette essuya rapidement une larme de frustration et se tourna pour voir de qui il s'agissait. Jude, évidemment.

Il se pencha vers elle et fit un mouvement de manivelle avec la main. Amusée malgré elle, Juliette baissa la vitre de sa portière.

— Je ne sais pas si tu es au courant, mais la plupart des voitures ont des vitres électriques depuis un bon moment. Pas besoin de…

Elle imita son geste à travers la vitre ouverte. Aussitôt, Jude captura sa main.

Ils restèrent un long moment ainsi sans parler. Seuls leur parvenaient les sons étouffés du parking, les conversations des autres, les crissements des pneus. Jude fit un mouvement et ses doigts s'entrelacèrent aux siens.

— Jude… Je ne peux pas.

— Est-ce qu'on peut au moins en discuter ? Je comprendrai si tu ne veux plus me voir après ça, mais il faut qu'on en parle, Jules.

Incapable de penser clairement, elle retira sa main et recula sur son siège.

— Nous avons déjà discuté, Jude. Regarde où cela nous a menés.

— Et alors ? Est-ce que c'était si terrible ? De mon côté, ça m'a juste rappelé à quel point tu me manquais.

Non, ce n'était pas si terrible. C'était génial.

— Écoute, tu n'es là que pour quelques jours et…

— Deux semaines, contra-t-il.

— D'accord, deux semaines. Et après ? Je ne suis pas comme toi, Jude. Je n'ai pas un interrupteur magique pour allumer et éteindre les sentiments sur commande.

— Qui a dit que j'en avais un ?

— Personne, mais tu pars quand même. Je ne veux pas d'une aventure sans lendemain, et encore moins avec toi. Les choses sont trop compliquées entre nous.

— Il faut que nous en parlions à tête reposée, insista-t-il. Ce qui s'est passé hier n'était pas une erreur à mes yeux, mais si je t'ai fait de la peine, je le regrette. C'est la dernière chose que je souhaiterais.

Juliette secoua la tête, consciente que Jude n'était pas responsable de l'épisode de la veille. Elle aurait dû faire plus attention. En fait, elle n'aurait même pas dû aller au ranch, où l'attendaient tous ces souvenirs qui avaient mis son cœur à vif. Elle était certaine désormais qu'elle ne pouvait pas se faire confiance lorsqu'il s'agissait de Jude.

— Je crois qu'on devrait recommencer à zéro, Jules. Aller dîner ensemble, prendre le temps de refaire connaissance, sans se précipiter. Qu'est-ce que tu en dis ?

Elle secoua la tête sans le regarder.

— Réfléchis-y, s'il te plaît. Je t'attendrai demain soir à 7 heures au café Saint-Germain. Si tu ne viens pas, je te promets que je ne t'embêterai plus jamais.

- 5 -

Le lendemain soir, Jude arriva au café Saint-Germain avec dix minutes d'avance. Une serveuse l'accueillit et lui proposa aussitôt une table. Il ne s'était pas senti aussi nerveux depuis les derniers championnats du monde, et encore. Il aurait de loin préféré affronter un taureau en colère ce soir-là.

D'habitude, il ne prêtait que peu d'attention à ses vêtements, mais il s'était changé trois fois avant de sortir. Son jean habituel lui avait paru trop commun et le costume qu'il avait essayé ensuite trop formel. Il avait finalement opté pour un compromis, un pantalon de toile élégant et un polo blanc. Il s'était même offert une nouvelle coupe de cheveux.

À contrecœur, il avait laissé au placard son chapeau de cow-boy, mais il s'était tout de même permis de garder ses santiags en leur donnant un bon coup de cirage. De l'extérieur, tout semblait parfait. Il aurait voulu pouvoir dire la même chose de son état d'esprit. Assis là à attendre Juliette, il avait l'impression de revivre les quelques secondes précédant un rodéo, juste avant d'entrer sur la piste.

L'image était d'autant plus adaptée lorsqu'il pensait à ce qui l'attendait avec Juliette. Cette soirée pouvait être le début d'une belle aventure, mais à l'inverse, si elle ne venait pas, il devrait gérer la déception et la tristesse qui s'ensuivraient. Il saurait en tout cas sur quel pied danser. Ce soir, il allait découvrir si leur relation avait encore une chance de fonctionner ou s'il devait passer à autre chose.

Il était grand temps pour lui de commencer une nouvelle étape de sa vie. Juliette en ferait-elle partie ou non ? Pour l'instant, il n'avait pas la réponse.

Pour la énième fois, Jude vérifia l'heure sur son téléphone. 18 h 59. Il prit une gorgée du verre d'eau que le serveur avait déjà rempli deux fois. Dans l'espoir que Juliette viendrait, il avait décidé de l'attendre pour commander quelque chose à boire.

Le restaurant bruissait d'une tranquille activité. L'endroit n'était pas bondé, mais des clients entraient régulièrement, et il était déçu à chaque fois de voir qu'il ne s'agissait pas d'elle. Il aurait pu lire ses e-mails sur son portable, mais il risquait d'y trouver des nouvelles de son agent ou un autre message trop familier d'Afton.

Il n'avait pas envie de se laisser distraire par tout cela. Ce soir, il ne voulait penser qu'à Juliette.

Au moment même où il avait eu cette pensée, la porte s'ouvrit de nouveau et elle entra enfin.

Il la vit échanger quelques mots avec la serveuse de l'accueil qui la guida vers la table qu'il avait choisie, dans un coin assez éloigné de l'entrée pour pouvoir discuter en toute quiétude. Juliette remercia la jeune femme et s'avança lentement vers lui.

Fasciné, il admira la séduction naturelle et simple de sa tenue, une robe bleue et des chaussures à talons fins. Ses cheveux bruns tombaient librement sur ses épaules. Venait-elle d'un rendez-vous professionnel ou avait-elle choisi cette tenue pour lui ? Peu lui importait tant qu'elle était là, tant qu'elle lui souriait en approchant de sa table.

— Je suis content que tu sois venue, dit-il en la serrant dans ses bras.

Elle lui retourna brièvement son étreinte, mais il s'interdit d'y voir la moindre interprétation. Sa nervosité n'avait pas disparu avec l'arrivée de Juliette. Bien sûr, il était soulagé qu'elle soit là, mais il se sentait toujours aussi tendu.

— Il fallait que je vienne, répondit-elle avec un petit sourire. Nous avons toute une stratégie à discuter. Comment allons-nous convaincre ton frère de verser cinq cents dollars à l'association, même sans nous mettre à chanter sur scène ?

— Je suis tellement soulagé que tu ne veuilles pas le faire non plus, répondit-il en tirant une chaise pour qu'elle s'asseye. J'étais déjà mauvais il y a dix ans. La seule différence aurait été que, cette fois, les gens auraient su à quoi s'attendre et seraient venus avec des tomates pourries à nous lancer.

Juliette éclata de rire et il s'installa en face d'elle, retrouvant aussitôt la complicité, le bien-être qu'il avait toujours ressentis en sa présence.

— En parlant d'Ethan, où en est la vente de ta propriété ? Est-ce que tu lui en as parlé ?

— Pas encore. Comme tu l'as entendu hier, nous n'avons pas eu l'occasion de nous voir.

Juliette lui décocha un coup de coude.

— Dans ce cas, que fais-tu avec moi ce soir ? C'est avec lui que tu devrais être.

— Ne t'en fais pas, Jules. Je sais où sont mes priorités.

Elle parut secouée par sa réponse et, évitant son regard, se mit à balayer des miettes inexistantes sur la nappe. Le serveur arriva alors pour leur présenter les spécialités. Jude commanda une bière pour lui et un verre de chardonnay pour Juliette. Une fois le serveur parti, il étudia rapidement le menu avant de reprendre le fil de la conversation.

— Ce qui est certain, c'est que je ne vendrai pas à M.A.G. Lucy et Ethan ne m'auraient plus jamais adressé la parole si ma propriété était passée dans les mains d'un promoteur immobilier. Cela dit, mon frère risque de ne pas sauter de joie non plus si je la mets en vente.

— Alors, c'est décidé ? demanda Juliette en refermant son menu. Tu vas vraiment chercher un acheteur ?

— Je ne suis pas encore sûr, répondit-il en haussant une épaule. En revanche, je suis certain que je n'ai fait que parler de moi chaque fois que nous nous sommes vus. Pourquoi changes-tu de sujet chaque fois que je te pose des questions ?

— Tu sais que je n'aime pas parler de moi.

— Peut-être, mais ça ne t'empêche pas de cuisiner les autres, rétorqua-t-il avec un grand sourire. Ce n'est pas juste et je dois protester. Maintenant, raconte-moi tout.

— Tout ? Ça fait beaucoup, tu ne crois pas ?

Ils éclatèrent de rire dans un bel ensemble, amusés de l'imitation presque parfaite de Juliette. Le serveur revint alors prendre leurs commandes. Juliette choisit le saumon grillé et il se souvint qu'elle avait toujours apprécié ce plat.

— Plus d'excuses, maintenant, ordonna-t-il. Je veux tout savoir.

— Tu me connais, Jude. Je n'ai pas changé. Je suis exactement ce que tu vois en face de toi.

J'aime beaucoup ce que je vois en face de moi…

— Qu'est-ce que tu as fait pendant toutes ces années ?

Commence dès le début. Cela dit, tu peux sauter le passage où tu as rencontré tous ces beaux Européens à l'université.

— Je n'en ai pas rencontré beaucoup.

— Vraiment ? Chelsea n'a pas essayé de te caser avec un de ses amis riches ?

Chelsea, la belle-sœur de Jude, venait de Londres où Juliette et elle étaient devenues amies. Elle était venue la voir ensuite à Celebration et y avait rencontré Ethan. Jude savait qu'elle avait des origines nobles et que son frère était le Premier ministre actuel du Royaume-Uni, mais excepté son accent raffiné, il n'aurait jamais pu deviner ses origines.

— Oublie cette histoire, reprit-il. Les garçons ne m'intéressent pas, mais quelque chose d'autre m'intrigue. Pourquoi es-tu revenue à Celebration après avoir connu la belle vie londonienne ?

— Ne sous-estime pas ta ville natale, Campbell. Celebration est un endroit plutôt sympathique. La preuve, tout le monde finit par y revenir un jour ou l'autre.

— Comme moi, lui fit-il remarquer.

— Vraiment ? Es-tu de retour pour de bon ?

— Je ne sais pas combien de temps je vais rester, Jules, mais je suis là en ce moment.

Son regard rencontra le sien et quelque chose de sensuel passa entre eux, une onde de choc qui le laissa sans voix. Il s'était pourtant promis qu'ils se verraient seulement en amis ce soir. Luttant contre ses sensations les plus primitives, il s'efforça de ramener la conversation en terrain neutre.

— Il paraît que ton entreprise se porte très bien.

Comment as-tu décidé de te lancer dans l'organisation de mariages ?

Juliette écarquilla les yeux.

— Je rêve ou tu m'as espionnée ?

— Lucy m'a tenu au courant de temps en temps. Tu sais qu'elle a toujours voulu que nous nous remettions ensemble, alors elle s'est fait un plaisir de me raconter ta vie.

Juliette fit la grimace.

— Je passe beaucoup de temps avec Lucy, mais elle s'est bien gardée de m'en dire autant sur ton compte.

— Il faut bien qu'une sœur serve à quelque chose, rétorqua-t-il avec un petit clin d'œil.

Il s'interrompit et tendit la main pour balayer une mèche rebelle du visage de Juliette.

— Quoi qu'il en soit, reprit-il, je suis certain qu'elle ne m'a pas tout raconté. Je veux *tout* savoir, Jules.

Son regard reflétait une telle vulnérabilité que Jude sentit son cœur se serrer. Comme par hasard, ce fut l'instant précis que choisit le serveur pour apporter leurs plats, gâchant leur moment – ou sauvant la situation. Jude penchait pour un mélange des deux.

Lorsqu'ils eurent pris chacun une bouchée de leur plat, Jude posa sa fourchette et demanda :

— Tu t'apprêtais à me dire comment tu t'es retrouvée de nouveau à Celebration.

— À vrai dire, ce n'était pas tout à fait prévu. J'étais simplement rentrée pour le mariage de ma mère – le cinquième, je veux dire.

Jude écarquilla les yeux. Visiblement, il avait loupé quelques épisodes de la vie amoureuse rocambolesque de Guenièvre.

— À mon avis, Howard est vraiment quelqu'un de bien, reprit Juliette avec une moue songeuse. C'est peut-être la seule relation de ma mère qui finira par durer.

— Dans ce cas, je suis content pour elle. Qu'est-il arrivé aux maris numéro deux, trois et quatre ?

— Houla, fit Juliette avec un petit sourire. J'espère que tu n'as rien d'autre de prévu ce soir.

— Je suis tout à toi.

— Dans ce cas…

Elle prit une grande gorgée de vin comme pour se donner du courage.

— Le mari numéro deux s'appelait Jerry. Tout le monde le trouvait sympathique jusqu'à ce qu'il persuade ma mère de vendre son magasin.

— Tu plaisantes ! s'exclama Jude qui n'en croyait pas ses oreilles. Guenièvre sans la Petite Boutique des Fouineurs… Je n'arrive même pas à l'imaginer. Ce magasin était toute sa vie.

— Eh oui, mais Jerry le macho ne voulait pas d'une femme qui travaillait. Il n'était heureux que lorsqu'elle restait à la maison et s'occupait de lui. Six mois après avoir vendu la boutique, ma mère a découvert que Jerry la trompait avec son assistante au bureau.

— Quel crétin…

— Oh ! mais attends ! Jerry n'était pas le pire. Je vais te raconter l'histoire du mari numéro trois, mais d'abord, essaie de deviner comment il s'appelait.

— Aucune idée, fit Jude en fronçant les sourcils.

— *Lance*, répondit-elle avec une lueur d'amusement dans le regard. Imagine-toi un peu, Guenièvre a cru qu'elle avait enfin trouvé son Lancelot.

Jude éclata de rire.

— C'est incroyable, quand même. Que s'est-il passé avec celui-ci ?

— Eh bien... Pour commencer, Lance avait quinze ans de moins que ma mère.

— Bien joué, Guenièvre.

— Pas si bien que ça, finalement, répondit Juliette en secouant la tête. Lance portait très mal son prénom de chevalier servant. Il est parti au bout de quelques mois avec tout l'argent de la vente du magasin. Jerry était peut-être un imbécile machiste, mais au moins, il avait laissé ma mère garder ses économies.

Juliette lui parla ensuite du quatrième mari de Guenièvre, un manipulateur qui avait fini par la harceler.

— Ma mère a été obligée de demander une mesure d'éloignement à la police. Au bout d'un moment, il a fini par comprendre et elle a obtenu le divorce. Je me demande si elle a vu Howard comme un pansement après tout ce qu'elle avait vécu. Au moins, il prend soin d'elle et il l'aime sincèrement. J'espère que les choses fonctionneront mieux cette fois.

— Je l'espère pour elle aussi. L'amour devrait être quelque chose qui se construit ensemble. Si l'un des deux a l'impression de céder une partie de sa personnalité, ce n'est pas juste, tu ne crois pas ?

Juliette haussa une épaule et s'empressa de changer de sujet. Ils discutèrent un moment de son entreprise et elle répondit volontiers à ses questions, lui racontant par exemple le mariage le plus extravagant qu'elle avait organisé, avec un budget total de deux cent cinquante mille dollars et un orchestre symphonique au grand complet.

Jude ne put s'empêcher de ressentir une pointe de fierté

lorsqu'elle lui apprit que plusieurs de « ses » mariages avaient été couverts par la presse nationale.

— Je voyageais beaucoup et dans des endroits magnifiques, mais au bout d'un moment, j'ai eu envie de poser mes valises. J'ai un chien maintenant – est-ce que je te l'ai déjà montré ?

Son regard brillait d'une joie qu'il n'avait pas remarquée lorsqu'elle lui parlait de son travail.

— Non, mais Lucy m'en a parlé. Un corgi, c'est juste ?

— Si tu te souviens de son nom, tu gagnes un point bonus.

— Franklin.

Juliette en resta bouche bée. Elle croisa les bras sur sa poitrine et lui décocha un regard mi-fâché, mi-impressionné.

— Ce n'est pas juste, Campbell. Tu as clairement un avantage sur moi. D'ailleurs, je me demande pourquoi tu m'as laissée déblatérer toute la soirée si tu savais déjà tout.

Juliette souriait, mais il espérait qu'elle ne le trouvait pas bizarre d'avoir retenu toutes ces choses sur elle. Lucy adorait raconter la vie des gens, et quand il s'agissait de Juliette, il n'avait aucune envie de l'en empêcher.

Le serveur réapparut alors pour leur demander s'ils voulaient des desserts. Juliette et lui refusèrent poliment. Il paya la note et sortit avec elle sur le parking, remarquant son silence, ses manières soudain plus timides que pendant le repas.

— Juliette, tout va bien ?

— Très bien, répondit-elle avec un sourire trop enjoué. Merci pour le dîner, j'ai beaucoup apprécié. Ma voiture est juste là.

Elle désigna du doigt sa petite Prius garée à quelques

dizaines de mètres. Il la raccompagna jusqu'à la portière, se rappelant sa promesse de ne pas l'embrasser pour lui dire au revoir, même s'il en mourait d'envie.

— J'ai passé une très bonne soirée, Jules. Est-ce qu'on pourrait se revoir bientôt ?

Juliette gardait les yeux baissés, cherchant ses clés de voiture au fond de son sac un peu plus longtemps que nécessaire. Elle finit par relever la tête au bout d'une bonne minute. Lorsque son regard croisa le sien, il y lut tant d'incertitude et de détresse qu'il en fut bouleversé.

— Qu'est-ce qu'on est en train de faire, Jude ? Je ne comprends pas ce que tu veux de moi – de nous.

Il se passa une main dans les cheveux, incapable de répondre à une question qu'il s'était posée plusieurs fois depuis la veille. Il espérait que la réponse lui parviendrait dans les prochains jours. D'abord, il devait passer du temps avec Juliette, comprendre s'ils étaient sur la même longueur d'onde et…

— J'ai mis très longtemps à me remettre de notre rupture, Jude, murmura-t-elle. Je ne voulais pas te le dire parce que c'est mon problème et non le tien, mais voilà, je l'ai fait. Je vais très bien maintenant.

— Vraiment, Juliette ? As-tu réellement tourné la page ?

Elle resta silencieuse un instant, le regard perdu.

— Tu m'as vraiment brisé le cœur, tu sais.

— C'est tout de même toi qui as refusé ma demande en mariage, protesta-t-il.

— Peut-être, mais tu es revenu pour Noël trois mois plus tard fiancé à quelqu'un d'autre.

— Au cas où tu ne l'aurais pas remarqué, je n'ai pas épousé la personne en question.

— Ce Noël-là, je suis rentrée et j'étais prête à tout laisser tomber pour toi. Je voulais quitter l'université, l'Écosse, ma vie en Europe, tout – et puis je t'ai vu avec elle. Tu avais tellement bien tourné la page que j'ai eu l'impression de ne jamais avoir compté pour toi.

Jude eut l'impression d'avoir reçu un coup dans le plexus.

— Tu… Quoi ? balbutia-t-il, incapable de mettre de l'ordre dans ses idées. Tu n'es même pas rentrée pour Noël cette année-là, ni les suivantes si ma mémoire est bonne.

— Non seulement je suis rentrée, mais j'avais l'intention de ne pas repartir jusqu'à ce que ma mère me dise que tu étais fiancé. Évidemment, je ne l'ai pas crue. J'ai foncé jusque chez toi pour que tu me dises qu'il s'agissait d'un malentendu. Je t'ai aperçu en ville quelques minutes plus tard, avec elle, en train de l'embrasser. Ma mère m'a aidée à changer mon billet de retour et je suis rentrée en Écosse le lendemain. Je ne pouvais pas supporter le risque de te voir avec quelqu'un d'autre.

Jude resta un bon moment incapable de parler.

— Juliette, je… je suis désolé, finit-il par dire. Cette fille avec qui tu m'as vu était une erreur, une tentative de t'oublier alors que je n'étais pas prêt. Mes parents ne l'ont même pas rencontrée. Quand je suis rentré à Celebration cet hiver-là, j'ai appelé ma mère pour savoir si je pouvais venir à la maison, mais elle m'a dit que la dispute avec mon père était trop récente et qu'il ne voulait pas me voir. C'était Noël et mon propre père refusait que je rentre chez moi. Enfin, c'est du passé maintenant. Tout ça n'a plus d'importance.

Un long silence s'installa entre eux. Jude avait la

gorge nouée d'émotion, et ce fut d'une voix étranglée qu'il reprit :

— Tu sais, je me suis demandé plusieurs fois si les choses n'étaient pas mieux ainsi. Peut-être que nous n'étions pas prêts l'un pour l'autre. Nous nous aimions, bien sûr, et je ne suis pas en train de dire que j'étais heureux de rompre avec toi, mais… Tu ne serais pas la personne que tu es aujourd'hui si tu n'étais pas partie étudier en Europe, et de mon côté, j'ai pu évacuer mon énervement continuel grâce au rodéo. Nous avions besoin de faire nos expériences.

Juliette croisa les bras sur sa poitrine et s'adossa contre la portière de sa voiture. Au bout d'une minute, elle releva la tête et lui demanda :

— Et maintenant ? Où en sommes-nous ?

— Je veux simplement passer du temps avec toi, Jules. Est-ce qu'on doit vraiment mettre une étiquette là-dessus ?

— Tes fans vont finir par le faire d'eux-mêmes s'ils te voient en public avec ton ex-petite amie.

— En public ? demanda-t-il en haussant un sourcil. Est-ce que tu veux déjà en parler aux gens ?

— Ce n'est pas ce que j'ai dit. Seulement, je veux savoir où tu en es par rapport à moi, si nous sommes sur la même longueur d'onde ou pas.

— Je comprends. Et si on essayait de continuer à passer du temps ensemble, tout simplement ?

— D'accord, mais pas de sexe, répondit-elle un peu trop rapidement à son goût.

— C'est promis. Même si tu me supplies, il ne se passera rien. Enfin… Il ne faudrait pas le demander trop de fois, ne put-il s'empêcher d'ajouter.

Elle lui répondit d'un sourire timide.

— Je veux que tu puisses te sentir en confiance avec moi, Jules. Il ne se passera rien que tu ne veuilles pas à cent pour cent. Nous pouvons continuer à nous voir tranquillement, prendre le temps de comprendre où nous en sommes. Est-ce que ça te convient ?

Elle l'observa un long moment, sondant son regard comme pour y chercher des réponses. Enfin, elle poussa un soupir et hocha la tête.

— Est-ce qu'on pourrait déjeuner ensemble demain ?

— Je ne peux pas demain, répondit-il avec regret. J'ai rendez-vous avec mon agent et mon sponsor à Dallas. Tu pourrais m'accompagner, si tu veux.

— Je travaille demain, Jude. Je dois voir une cliente potentielle pour discuter de son projet.

— Bien sûr, je comprends. Tiens-moi au courant si ton agenda se libère.

— Est-ce que ton rendez-vous de demain concerne la prochaine saison ?

— Exactement. Nous devons rediscuter des conditions financières avec Copenhagen.

— As-tu déjà pris une décision au sujet de la saison prochaine ?

— Pas vraiment. J'espère que cette réunion m'aidera à y voir plus clair. D'après mon comptable, une bonne saison de plus me permettrait de ne pas devoir vendre la propriété.

— Je vois, mais… est-ce vraiment la seule solution ?

Jude hésita, conscient qu'il ne lui disait pas le fond du problème. Bien sûr, il pouvait décider d'arrêter la compétition, mais il devrait trouver un autre projet de vie et il n'avait aucune idée de ce qu'il souhaitait faire. Il avait toujours su que ce jour finirait par arriver. Seulement, jusqu'à ces dernières semaines, il pensait avoir quelques années devant lui pour y réfléchir.

— Il y a toujours d'autres solutions, finit-il par répondre. Le personnage du sportif sexy et écervelé ne me plaît plus depuis longtemps. Je commence à me lasser de prétendre que je suis quelqu'un d'autre, si tu vois ce que je veux dire.

— Je vois très bien, répondit précipitamment Juliette. Moi aussi, je me sens prête pour un changement.

— Viens sur les routes avec moi, lâcha-t-il avant d'avoir eu le temps de réfléchir.

Juliette sourit et leva les yeux au ciel.

— Je suis sérieux, Jules. Nous pourrions voyager ensemble pendant une année ou deux, le temps de savoir ce que nous voulons faire ensuite.

— Je sais que tu ne peux pas être sérieux, pour la simple et bonne raison que tu sais à quel point je déteste te voir concourir. L'avis des médecins sur ta santé n'arrange pas les choses. Je ne pourrais jamais regarder une de tes chevauchées en sachant à quel point tu mets ta vie en danger – mais tu le disais pour rire, n'est-ce pas ?

Et s'il avait été sérieux, après tout ?

Juliette se posa la question pour la énième fois en s'arrêtant à un feu rouge. Bien sûr, Jude avait simplement voulu plaisanter. Il ne pouvait tout de même pas croire qu'elle mettrait toute sa vie de côté pour le suivre.

Craignant d'entendre une réponse qui lui aurait fait peur, elle avait décidé d'en rire et s'était rapidement éclipsée après l'avoir embrassé sur la joue. Ce qui l'effrayait le plus venait pourtant d'elle-même. Au fond, elle savait qu'elle aurait adoré son idée.

Tout plaquer pour partir ensemble à l'aventure, rien que Jude et elle, mais sans le rodéo… Juliette en rêvait. Malgré tout, elle n'avait plus dix-huit ans. Elle savait que tous ses problèmes et la frustration qu'elle ressentait envers son travail l'attendraient dès son retour.

Pourquoi l'amour devait-il toujours s'acheter à un prix si élevé ? Elle l'avait constaté avec sa mère et sa ribambelle de mariages, ressenti avec Jude des années auparavant. À présent, le seul homme qu'elle avait aimé était de retour dans sa vie et elle sentait toutes ses alarmes s'activer. Si elle ne faisait pas attention, Jude allait encore lui briser le cœur.

Juliette soupira en voyant qu'il n'était que 9 heures du soir. Elle se sentait trop nerveuse et trop pleine d'énergie pour rentrer chez elle. Constatant que le feu était encore rouge, elle sortit son téléphone de son sac et envoya rapidement un message à Chelsea.

Encore réveillée ? Je sors d'un dîner avec Jude et j'ai besoin d'une bonne discussion entre filles.

Ouiii ! Viens à la maison ! J'ai une surprise pour toi !

Entre l'explosion de voyelles, les points d'exclamation et les nombreuses émoticônes accompagnant le message, incluant des fleurs, des cœurs et tout une suite de légumes, Juliette soupçonna que son amie avait bu quelques verres de vin. Elle sourit en se demandant dans quel état elle allait la retrouver.

L'automobiliste qui se trouvait derrière elle klaxonna alors avec vigueur. Le feu devait être passé au vert depuis un moment. Juliette reposa son téléphone sur le siège passager, fit un signe d'excuse dans le rétroviseur et démarra.

Dix minutes plus tard, elle se gara devant la maison de Chelsea. Son amie avait laissé les lumières du porche allumées à son intention. Elle coupa le moteur, monta rapidement les marches du perron et frappa à la porte.

Chelsea l'accueillit avec un grand sourire et une flûte de champagne dans chaque main.

— Je suis trop contente que tu sois venue, déclara-t-elle en lui tendant l'un des deux verres. Regarde qui est là aujourd'hui ! C'est elle, la surprise.

Juliette suivit Chelsea dans le salon et découvrit que la surprise n'était autre que sa sœur, Tori Ashford Alden. Gracieusement perchée sur l'accoudoir du canapé, mince comme une brindille, Tori représentait la Londonienne élégante par excellence.

Ses cheveux blonds coupés en un carré dernier cri illuminaient son visage. Elle portait une robe qui lui allait merveilleusement bien, courte et moulante, assortie d'une paire de bottines noires que Juliette aurait rêvé d'avoir dans son dressing. L'ensemble provenait certainement de sa collection de vêtements.

Juliette s'avança pour lui faire la bise sur les deux joues, une habitude européenne qu'elle reprenait chaque fois qu'elle voyait Tori.

— Jules, tes oreilles ont dû siffler tout à l'heure, claironna Chelsea. Tori et moi parlions justement de toi quand tu m'as écrit. Je lui ai promis que tu lui raconterais tout sur l'industrie du mariage aux États-Unis.

Juliette répondit d'un sourire quelque peu contraint. Elle était heureuse de voir Tori, mais elle avait espéré pouvoir discuter avec Chelsea de la situation avec Jude.

Son amie avait toujours été la voix de la raison pour elle. Déjà à l'université, c'était elle qui l'aidait à débrouiller ses émotions et à prendre du recul.

Chelsea lui aurait probablement dit qu'elle prenait trop de risques en continuant à voir Jude. Il se trouvait à la croisée des chemins, en plein doute quant à sa carrière, insatisfait et cherchant quelque chose de familier à quoi il pourrait se raccrocher… Jusqu'à ce qu'il trouve sa voie et qu'il n'ait plus besoin d'elle.

Cela dit, ce n'était peut-être pas une si bonne idée de parler à Chelsea ce soir, avec ou sans Tori. Juliette avait aperçu la voiture d'Ethan dans l'allée en arrivant. Il devait donc être quelque part dans la maison et elle ne voulait pas parler de Jude en présence de son frère. De toute façon, elle avait besoin de réfléchir à tête reposée avant de demander conseil à qui que ce soit.

La conversation et le champagne allaient bon train lorsque quelqu'un frappa à la porte d'entrée. Chelsea jeta un coup d'œil à son portable et fronça les sourcils.

— Il est presque 10 heures du soir. Qui aurait l'idée de venir à une heure pareille ?

Elle alla ouvrir la porte, et Juliette reconnut aussitôt la voix de Jude.

— Je suis désolé de débarquer aussi tard. Est-ce qu'Ethan est encore réveillé ?

— Je pense que oui. En attendant, viens prendre un verre avec nous.

Chelsea revint en sautillant dans le salon, bras dessus bras dessous avec Jude.

— Hé, Juliette ! l'interpella-t-elle avec un grand sourire. Regarde un peu qui j'ai trouvé dehors.

- 6 -

— Je rêve, ou tu as commencé à me suivre ?

Juliette haussait les sourcils avec cet air effronté que Jude avait toujours adoré. Affrontant son regard, il rétorqua :

— Tu sais bien que je te suivrais partout. La question est plutôt de savoir si *toi*, tu me suivrais.

Elle rougit légèrement et Jude espéra qu'elle avait en tête leur dernière conversation. Du coin de l'œil, il vit Chelsea et sa sœur échanger un regard intrigué.

— J'ai comme l'impression d'être tombée en plein milieu d'une conversation qui ne me regarde pas, remarqua Tori.

Son bras fin comme une allumette s'étendait le long du dossier du canapé. Entre ses doigts se balançait dangereusement une coupe de champagne, qui semblait attendre le moindre faux mouvement pour tomber au sol.

Jude reporta son attention sur Juliette, se demandant si elle avait réfléchi à sa proposition de l'accompagner en tournée. Était-elle venue pour en discuter avec les filles ? Si elle acceptait, la tâche ardue et pénible de recommencer les tournois lui semblerait tellement plus légère…

— Je ne veux pas vous interrompre, finit-il par dire. Je vais aller trouver Ethan.

— Je crois qu'il bricole dans la cabane de jardin,

répondit Chelsea. Est-ce que tu veux quelque chose à boire ?

Elle s'apprêtait à se lever, mais il l'arrêta d'un geste.

— Ne te dérange pas, je vais me servir.

Si sa belle-sœur n'avait pas trop changé la disposition des tiroirs, Jude savait où trouver une bouteille de bière et un décapsuleur. Il avait grandi dans cette maison. S'y retrouver après tant d'années, maintenant qu'elle appartenait à Ethan et à Chelsea, lui paraissait presque irréel. Tout était à la fois semblable et complètement différent.

Comme avec Juliette, songea-t-il en ouvrant le réfrigérateur.

Elle était toujours là, chez lui, assise dans le salon – mais ils n'étaient pas ensemble. Pas cette fois.

Jude sortit par la porte de la cuisine et la referma précautionneusement derrière lui. Autrefois, sa mère avait passé des heures à râler lorsque son frère, sa sœur ou lui claquaient la porte trop fort. Son cœur se serra à l'idée d'avoir gardé le réflexe de son enfance.

Ce foyer était le seul qu'il avait connu avant de partir sur les routes dix ans auparavant. Il en était de même pour Ethan, et il savait qu'il aurait du mal à lui parler de son projet de vendre sa part du terrain. Il allait pourtant falloir prendre les mesures qui s'imposaient. Les taxes de propriété arrivaient à échéance le 1er novembre, et il lui faudrait racler le fond de sa bourse pour pouvoir les payer.

Depuis sa victoire aux championnats du monde, il avait pourtant bien gagné sa vie, mais après avoir renoncé à plusieurs chevauchées et payé ses nombreuses factures médicales, ses économies avaient drastiquement fondu. Il ne pouvait tout simplement pas garder sa part de la propriété.

S'il réussissait à la vendre, il aurait enfin de quoi recommencer à zéro. Commencer un nouveau chapitre était tout ce qu'il souhaitait à présent.

Depuis l'arrière de la maison, Jude aperçut les lumières allumées dans la cabane de jardin. Il descendit rapidement les marches du porche et remarqua au passage qu'elles avaient été repeintes récemment. Ethan s'était toujours bien occupé de la maison. Si lui-même devait abandonner sa part du ranch, il était certain que son frère prendrait soin de leur héritage.

Il entendit des bruits de ferraille lorsqu'il s'approcha de la cabane. Ouvrant précautionneusement la porte, il demanda :

— Besoin d'aide par ici ?

Ethan laissa tomber la pelle qu'il tenait à la main et marmonna un juron.

— Ça ne va pas la tête ? On n'entre pas comme ça sans prévenir ! Tu as eu de la chance que je ne t'assomme pas par réflexe avec cette pelle.

— Désolé, je ne savais pas comment m'annoncer autrement. Qu'est-ce que tu fais encore dehors à cette heure-ci ?

— J'avais besoin de récupérer quelques outils pour les apporter aux écuries demain matin. Je me suis dit que j'allais prendre mon temps, histoire de laisser Chelsea et Tori discuter tranquillement.

— Juliette est là aussi.

— Oh ! je ne savais pas. Est-ce qu'elle est arrivée avec toi ?

Jude secoua la tête.

— Je croyais que vous deviez dîner ensemble ce soir, remarqua son frère en fronçant les sourcils.

— C'était le cas, mais nous sommes repartis chacun de notre côté. Nous avons fini par atterrir au même endroit.

Ethan tendit la main pour attraper sa bouteille de bière sans alcool, posée sur la table de jardin au fond de la cabane. Jude savait qu'il n'avait pas bu la moindre goutte depuis sa victoire contre l'alcoolisme. Après avoir pris quelques gorgées, son frère reposa la bouteille et demanda :

— Alors, comment ça se passe pour vous deux ?

— Il n'y a pas vraiment de *nous deux*, fit Jude en haussant une épaule. C'est encore trop tôt.

— Vraiment ? J'aurais plutôt dit le contraire après vous avoir vus l'autre soir à la réunion. Vous n'étiez même pas assis l'un à côté de l'autre, mais on aurait cru que rien n'avait changé entre vous. Et puis, maintenant que le comité s'est mis en tête de vous faire chanter ensemble...

Jude l'arrêta d'un geste de la main.

— Juliette et moi avons décidé de ne pas le faire. D'ailleurs, qu'est-ce qui t'a pris de leur offrir cinq cents dollars avec une pareille condition ?

— Je plaide coupable, rétorqua Ethan en riant. Que veux-tu, je ne suis qu'un fervent admirateur de l'art musical.

Une bonne dizaine de répliques traversèrent l'esprit de Jude, mais il les ravala aussitôt. Il n'avait pas envie de se disputer avec son frère ce soir-là.

— Es-tu venu jusqu'ici pour me passer un savon à propos de cette histoire ? reprit Ethan. J'essayais simplement de t'aider avec Juliette.

Un souvenir émergea alors des profondeurs de sa mémoire. C'était le soir du bal de promotion. Jude s'apprêtait à sortir de la maison lorsque Ethan lui avait glissé une poignée de préservatifs dans la main, lui recommandant d'un ton paternel de bien s'amuser et de faire attention.

Il n'avait pas eu le cœur de dire à ce grand frère protecteur, qui jouait pour lui le rôle d'un père inexistant, qu'il n'était plus vierge depuis bien longtemps et que Juliette et lui n'avaient pas attendu la soirée de fin d'année pour profiter de leur jeunesse. Il aurait eu l'impression de le décevoir comme c'était le cas à présent avec la vente de sa propriété.

Ethan lui tendit la pelle qu'il avait laissée tomber plus tôt.

— Puisque tu as perdu ta langue, aide-moi à apporter tout ça sous le porche de derrière. On pourra s'asseoir ensuite pour terminer nos bières.

Jude acquiesça, soulagé. Il aurait moins de mal à annoncer la nouvelle à son frère au clair de lune. Ici, sous les néons impitoyables de la cabane, il avait l'impression de se trouver pris au piège.

Ethan et lui prirent chacun un outil à la main, puis son frère éteignit la lumière et referma la porte de la cabane derrière eux. La nuit était fraîche et une légère humidité dans l'air annonçait l'automne tout proche. Après avoir posé les pelles et autres râteaux, ils s'installèrent sous le porche et prirent quelques gorgées de bière en silence.

Ethan n'ayant jamais été très bavard, Jude savait qu'il allait devoir commencer la conversation. Autrement, ils pouvaient aussi bien passer la moitié de la nuit sans dire un mot. Il but encore une gorgée pour se donner du courage et se jeta à l'eau.

— As-tu déjà pensé à agrandir le Ranch des Trois C ?

— Bien sûr, l'agrandissement fait partie de ma projection sur cinq ans. Pourquoi cette question ?

— J'ai l'intention de vendre ma partie du terrain et je voulais te la proposer en premier.

Ethan resta un long moment sans répondre, assis sur sa marche avec les bras autour des genoux, le regard perdu dans le vide. Jude savait qu'il aurait besoin de digérer ce qu'il venait de dire. Lorsqu'il était confronté à une difficulté, son frère parlait encore moins que d'habitude.

Enfin, Ethan se redressa légèrement et répondit d'un ton agacé :

— Je ne suis pas en mesure d'acheter ton terrain à sa valeur réelle et je ne voudrais pas non plus que tu me le vendes à moins. Je ne comprends pas, Jude. Es-tu à ce point détaché de la famille que tu souhaites vendre ta part de la propriété ? Je sais que papa et toi avez eu des moments difficiles, mais il n'est plus là maintenant. J'ose espérer que tu ne gardes pas de rancœur envers un homme mort.

— C'est facile de juger lorsque l'on n'essaie même pas de se mettre à la place des autres.

Ethan poussa un grognement dubitatif. Agacé à son tour, Jude se leva et fit face à son frère.

— Écoute, je ne te dois pas d'explications. Je t'en parle par politesse et pour que tu saches que tu as le droit de refuser la vente si…

— Tu devrais savoir que je ne suis pas riche, l'interrompit Ethan. Si tu avais pris la peine de me demander des nouvelles, tu saurais que j'ai investi tout ce que j'avais pour remettre le ranch sur les rails. Tu ne peux pas débarquer et me demander de te signer un chèque.

— Et toi, si tu prenais la peine de me demander des

nouvelles, tu saurais que je ne prends pas cette décision pour t'embêter ou par esprit de revanche. J'ai mes raisons, Ethan. Penses-tu vraiment que je me réjouis de me séparer d'une partie de mon héritage familial ? Eh bien non, figure-toi. Vendre ce terrain me brise le cœur.

— Assieds-toi, marmonna Ethan en secouant la tête.

Jude poussa un soupir excédé, mais reprit sa place sur les marches du porche.

— Tu as raison, reprit son frère. J'aurais dû te poser davantage de questions. Pourquoi as-tu décidé de vendre ta propriété ?

Ethan regardait toujours droit devant lui, fixant un point invisible dans le noir. Jude songea qu'il lui serait plus facile de tout lui raconter ainsi. Avouer que sa vie était en train de s'effondrer était déjà assez difficile sans devoir affronter en plus le regard de son frère, son grand frère qui faisait toujours tout à la perfection.

Parfait, Ethan ? Vraiment ? lui souffla une petite voix.

Son frère avait connu son lot de périodes sombres. Outre son addiction à l'alcool et son divorce, il avait choisi la parcelle la plus « compliquée » du ranch, celle qui nécessitait le plus de travail pour devenir rentable. Il avait fini par s'en sortir grâce à une détermination sans faille.

Pour la première fois, Jude comprit que s'il cessait de le jalouser, il aurait probablement bien des choses à apprendre d'Ethan. Il prit une grande inspiration et lui raconta tout – ses blessures, les tournois loupés, la débâcle de sa carrière.

— Je pourrai peut-être m'en tirer sans vendre le terrain si je fais une bonne saison de plus, conclut-il. J'ai de quoi payer les impôts jusqu'à l'année prochaine, mais ensuite, ce sera terminé. J'espérais pouvoir concourir encore deux ans avant cette fichue blessure. Maintenant, j'ai vingt-huit ans et j'arrive au bout de ma vie professionnelle.

— Il va pourtant bien falloir que tu fasses quelque chose.

— Je suis au courant, rétorqua Jude avec aigreur.

Ethan leva une main en signe d'apaisement.

— As-tu déjà des idées ?

— J'en ai quelques-unes, mais je dois d'abord régler certaines choses avant d'en parler. J'ai rendez-vous demain avec mon agent et mon sponsor. Après cette réunion, je déciderai si je continue la compétition pour une saison supplémentaire ou non.

— Tu sais, il n'y a pas de mal à demander de l'aide, répondit Ethan d'un ton plus doux.

Jude hocha la tête. Il était d'accord en théorie, mais il détestait l'idée d'être redevable à qui que ce soit, encore moins à un membre de sa famille. Son père lui avait appris la leçon à ses dépens. S'il avait avancé cet argument auprès d'Ethan, celui-ci aurait probablement répondu qu'il pourrait toujours compter sur sa famille.

Jude savait depuis longtemps qu'il ne devait compter sur personne d'autre que lui-même.

Le jour suivant, Tori devait rejoindre Juliette à son bureau. Elles avaient parlé boutique durant toute la soirée. Tori lui avait posé mille questions sur le marché du mariage, puis elle lui avait demandé si elle pouvait passer une journée au travail avec elle.

Juliette avait accepté sans la moindre hésitation, se demandant toutefois ce qu'elle pourrait bien apprendre à une styliste connue dans le monde entier. La journée ne manquerait pas d'être agréable quoi qu'il arrivât. Elle connaissait Tori depuis qu'elle avait partagé une chambre avec Chelsea à St Andrews, et passer du temps avec elle lui ferait plaisir.

En attendant l'arrivée de Tori, Juliette posa ses affaires et se mit à faire du rangement dans sa boutique, située dans la rue commerçante de Celebration. Elle avait songé à déménager dans un endroit plus vaste lorsque son entreprise avait commencé à prospérer. De grands bureaux à Dallas auraient probablement été plus pratiques, mais elle adorait se trouver au cœur de sa ville natale et faire partie de l'association des commerçants.

Sa petite boutique était chère à son cœur. Avec son parquet massif, ses murs de brique peints en blanc et ses vitrines faisant entrer à flots la lumière du jour, elle avait une énergie positive que Juliette ressentait dès qu'elle mettait le pied à l'intérieur.

Les accessoires de mariage disposés un peu partout créaient une atmosphère de conte de fées : une ou deux robes, des voiles que Juliette avait cousus elle-même, sans compter les chemins de table, les flûtes à champagne et les décorations florales qui s'étalaient sous des guirlandes de minuscules lumières blanches.

Cinq ans de travail avaient été nécessaires pour composer cette ambiance magique qui plaisait tant à ses clients.

Tout en rangeant les six paires de chaussures des demoiselles d'honneur de Tabatha Jones, d'un violet parfaitement assorti à leurs robes désormais, Juliette se demanda comment les crises de nerfs de ses mariées les plus pénibles n'avaient pas fini par déteindre sur le lieu. Certes, toutes ses clientes n'étaient pas aussi infernales, mais la plupart se transformaient en monstres à trois têtes à l'approche de leur grand jour.

Elle consulta rapidement son agenda et chercha un moment pour présenter à Tabatha le miracle des chaussures. Finalement, elle n'avait pas eu trop de mal à parvenir au bon résultat. Son amie Nora avait encore fait des merveilles.

Juliette soupira, consciente qu'elle aurait dû refuser de s'occuper du problème puisque Tabatha n'avait pas écouté ses conseils, mais elle n'avait jamais réussi à dire « non » de toute sa vie. Ce que d'autres percevaient comme de la gentillesse était en réalité un fardeau à porter.

Elle se demanda ce qu'il se passerait si elle arrivait au rendez-vous avec son amie, imaginant la tête que ferait Tabatha lorsque Tori Ashford Alden, l'une des plus grandes couturières au monde, lui remettrait ses horribles escarpins violets. Elle riait encore lorsqu'elle se saisit d'un plumeau spécial pour épousseter les deux mannequins qui se trouvaient à gauche de son bureau.

Ces deux-là portaient des robes que Juliette avait créées, ou presque. Elle avait dessiné les patrons et cousu les robes à partir de modèles dessinés par Dorothy Phillips. Lorsque la mère de Zane était décédée quelques mois auparavant, la ville de Celebration avait tenu à lui rendre hommage en organisant une cérémonie. Les robes avaient été exposées en son souvenir.

Juliette avait toujours aimé coudre, et donner vie aux créations de Dorothy l'avait particulièrement touchée. La robe de cocktail bleue paraissait particulièrement jolie ce matin-là. Elle l'examina sous toutes les coutures, se demandant si elle n'allait pas la porter pour le bal des anciens élèves. Elle l'avait cousue selon ses propres mesures. Après tout, pourquoi s'en priver ?

Après un dernier coup d'œil attentif, Juliette ramassa son matériel de nettoyage et l'emporta dans l'arrière-boutique. Un coup de sonnette retentit juste au moment où elle posait le tout sur une étagère. Elle revint rapidement dans le magasin, s'attendant à y trouver Tori.

Son cœur loupa un battement lorsqu'elle vit Jude sur le pas de la porte.

— Bonjour, dit-il en lui tendant l'un des deux cafés qu'il tenait à la main. Je me suis dit que tu aurais peut-être besoin de carburant ce matin. Tu étais toujours chez Ethan et Chelsea quand je suis parti hier soir.

— Merci beaucoup. C'est gentil de ta part, répondit-elle en acceptant la tasse avec gratitude. Quand es-tu rentré hier ? Tu n'es pas venu nous dire au revoir.

— Il devait être onze heures et demie, peut-être un peu plus tard. J'ai fait le tour du porche sans repasser dans la maison. Vu l'état de mes chaussures, je me suis dit que le parquet n'allait pas apprécier, et Chelsea encore moins.

— As-tu pu discuter avec ton frère ?

— Oui, répondit-il laconiquement.

— Et alors ?

Jude haussa une épaule.

— Et alors, rien de particulier. C'était à peu près comme je me l'imaginais.

— Me voilà bien avancée. Est-ce qu'Ethan compte acheter le terrain lui-même ?

— Non, je ne crois pas. Il dit que ses finances actuelles ne le lui permettraient pas.

Jude se mit à fixer la tasse entre ses mains, l'air gêné.

— Mon frère a dit quelque chose d'assez lucide. Ce

n'était pas très juste de ma part de débarquer avec mes grandes phrases sans lui laisser le temps de réfléchir, de revoir ses plans s'il le peut. Je vais devoir prendre du recul sur la situation. Ethan a raison, je ne peux pas vendre mon héritage à quelqu'un sans être certain que cette personne va le respecter.

Jude se tut et haussa de nouveau une épaule. Ne sachant que répondre, Juliette décida qu'il valait mieux changer de sujet.

— Je croyais que tu avais une réunion à Dallas aujourd'hui.

— C'est le cas, répondit-il avec un petit sourire. J'ai simplement vu ta voiture en passant et je me suis dit que j'allais venir te dire bonjour.

— C'est la deuxième fois que tu me sers cette excuse, Jude Campbell.

— Et alors ? Est-ce qu'elle fonctionne ?

— Je n'en suis pas sûre. Tu devrais peut-être passer devant chez moi ce soir, histoire de voir si ma voiture est là. Je pourrais nous cuisiner quelque chose.

Juliette ne s'était pas laissé le temps de réfléchir. Cette proposition était peut-être une mauvaise idée, mais elle n'avait pas eu un seul moment de paix depuis leur conversation de la veille. Elle avait donc décidé d'écouter son instinct.

Au moment même où Jude allait répondre, la clochette posée sur l'encadrement de la porte retentit de nouveau. Lucy et Tori entrèrent ensemble.

— Bonjour, vous deux, lança Tori avec un petit sourire.

Juliette n'eut aucun mal à voir qu'elle regardait Jude sous toutes les coutures, appréciant visiblement le spectacle. Elle-même le trouvait particulièrement séduisant ce matin-là. Il portait un jean juste assez moulant pour mettre ses fesses musclées en valeur, et son pull-over de laine bleue soulignait ses épaules larges et son ventre parfaitement plat.

Lorsqu'ils s'étaient embrassés au bord du lac, Juliette en avait profité pour explorer son corps et n'avait pas été déçue de ce qu'elle avait trouvé. Elle y repensait une bonne dizaine de fois par jour. De toute évidence, sa visiteuse avait le même genre de pensées qu'elle en ce moment, mais Juliette savait qu'elle n'irait pas plus loin qu'un flirt innocent. Tori n'ignorait pas ce que Jude et elle avaient partagé.

— Bonjour, mesdames, fit Jude en se dirigeant vers la porte. J'étais sur le point de m'en aller. Passez une bonne journée toutes les trois. À ce soir, ajouta-t-il en se tournant vers Juliette.

Comment trois petits mots pouvaient-ils contenir tant de séduction ? Juliette n'aurait su le dire, mais le regard que Jude lui adressa avant de sortir était plein de promesses. Son corps tout entier brûlait d'un désir qu'elle ne cherchait même plus à contrôler. Elle savait que ce n'était pas raisonnable, mais elle avait soudain envie de faire des choses dangereuses et excitantes.

Tori s'éclipsa dans la salle de bains sous prétexte de rectifier son maquillage. Aussitôt, Lucy en profita pour demander :

— Qu'est-ce qu'il se passe entre Jude et toi ?

— Rien, pourquoi ?

Son amie lui décocha un regard sceptique.

— Y a-t-il une chance que vous vous remettiez ensemble ?

— Je ne savais pas que j'allais subir un interrogatoire ce matin, protesta-t-elle.

L'air pensif, Lucy posa une main sur son ventre bombé.

— Tu sais à quel point j'aimerais que tu deviennes ma belle-sœur, mais Juliette… Fais attention à toi.

Juliette fronça les sourcils, surprise par cette mise en garde. Lucy était plutôt connue comme l'éternelle romantique qui prenait plaisir à jouer les marieuses.

— Ne fais pas cette tête, Jules. J'essaie simplement de te dire que… Enfin, j'ai l'impression que l'avenir te réserve de grandes choses.

— Qu'est-ce que tu racontes, Lucy ? Tu sais quelque chose que j'ignore. Allez, crache le morceau.

Lucy écarquilla les yeux et prit son air le plus innocent.

— Mais non, pas du tout.

— Bien sûr que si.

— Très bien, capitula son amie en soupirant. Puisque tu insistes, j'ai une question à te poser. Est-ce que tu pourrais envisager de me vendre ton entreprise ?

Cette fois, Juliette resta sans voix. Pas une fois elle n'avait pensé à cette éventualité. Pourtant, même à première vue, l'idée semblait logique. Lucy avait fait des merveilles avec la Grange Campbell. Depuis qu'elle avait ouvert la salle de mariages, Juliette y avait envoyé presque tous ses clients.

— Tu disais l'autre jour que tu avais envie de changement, reprit Lucy. Si je rachète ton entreprise, je pourrai la faire fusionner avec la mienne et organiser des mariages de A à Z dans la grange. Qu'est-ce que tu en dis ?

— Je… Je ne sais pas, murmura Juliette. Je vais y réfléchir. J'ai envie de changement, c'est vrai, mais je n'ai pas la moindre idée de ce que je voudrais faire d'autre.

Lucy émit un petit ricanement.

— Mon frère et toi êtes décidément faits l'un pour l'autre.

— Je te demande pardon ?

— Tu sais très bien ce que je veux dire. Vous ne vous êtes peut-être pas vus pendant des années, mais vous allez toujours aussi bien ensemble. J'espère seulement que vous finirez par vous en rendre compte.

Juliette se sentit rougir jusqu'à la racine des cheveux.

— Luce, je vais être honnête avec toi. Je pense que Jude et moi attendons des choses très différentes de la vie. Même si je vends mon entreprise, je n'ai pas l'intention de l'accompagner dans ses tournées. J'ai besoin de plus que cela pour être heureuse, tu le sais. J'espère que ce n'était pas le sens de ta proposition.

— Mon Dieu, pas du tout ! s'exclama Lucy. Ce n'est pas ce que je voulais dire. Je suis la dernière personne qui te pousserait à faire une chose pareille.

Juliette se remémora la période trouble que Lucy et Zane avaient connue quelques mois auparavant. Lucy venait d'apprendre qu'elle était enceinte lorsque Zane avait décroché le travail de ses rêves dans un ranch en Floride.

Elle avait déménagé avec lui, mais une partie de son cœur était restée à la Grange Campbell et elle n'avait jamais réussi à l'oublier. Elle avait travaillé trop dur pour abandonner son entreprise au moment où elle devenait florissante. Quant à Zane, il avait fini par se rendre compte que sa vie rêvée n'était pas si paradisiaque que cela – ou bien qu'il aimait Lucy davantage que son travail. Ils étaient rentrés tous les deux à Celebration et filaient le parfait amour depuis.

Juliette songea que Jude et elle se trouvaient à présent dans une situation comparable, mais à l'envers. Ils avaient chacun une brillante carrière derrière eux. Insatisfaits, ils voulaient changer de vie, mais aucun des deux ne savait comment s'y prendre.

Maintenant que Jude était de retour et qu'ils étaient tous les deux célibataires, les gens semblaient prendre pour acquis le fait qu'ils allaient se remettre ensemble. Juliette ne pouvait nier que l'attirance entre eux n'avait pas changé. Malgré tout, ils avaient vécu et évolué pendant ces dix années l'un sans l'autre. Elle ne pouvait baser tout son avenir sur une personne qu'elle connaissait à peine.

Consciente que Lucy attendait une réponse, elle fit un effort pour revenir à la réalité.

— Envoie-moi une offre détaillée quand tu auras le temps, lui proposa-t-elle. Nous pourrons en discuter ensuite.

Lucy battit des mains avec une joie enfantine.

— C'est génial ! s'exclama-t-elle, le sourire aux lèvres. Je m'en occupe le plus tôt possible. Au fait, j'ai un petit quelque chose pour toi.

Elle plongea la main dans son sac, un modèle dernier cri signé Tori Ashford, et lui tendit une petite boîte. Juliette rougit de plus belle en voyant qu'il s'agissait de préservatifs.

— Lucy ! Qu'est-ce que c'est que ça ?

— S'il faut vraiment que je te l'explique…

— Non, l'interrompit-elle brusquement.

Elle prit la boîte à deux mains pour tenter de la cacher, comme si les passants au-dehors avaient pu la voir.

— J'aimerais simplement que mon frère et toi ne receviez pas de *cadeau surprise*, si tu vois ce que je veux dire, reprit Lucy. Il y a un temps pour tout et vous avez des choses à régler avant de me faire un neveu ou une nièce. Cela dit, n'attendez pas trop longtemps, d'accord ?

— Lucy, ce n'est pas comme si nous allions…

— Ça va, Jules. Je ne suis pas ta mère. Tu peux me dire la vérité.

Juliette s'apprêtait à lui dire qu'elle était honnête, que Jude et elle n'avaient pas partagé un lit depuis des années et qu'elle ne savait pas s'ils le feraient de sitôt, mais quelque chose l'arrêta et elle répondit simplement :

— Merci, Lucy. Je vais les mettre dans mon sac.

Évitant soigneusement d'imaginer comment Jude et elle utiliseraient le « petit quelque chose » de Lucy, Juliette se demanda plutôt ce qu'elle pourrait faire de sa vie si elle acceptait de vendre son entreprise. Les possibilités étaient infinies. Ce choix l'effrayait, mais elle se sentait surtout libérée et stimulée.

Pour la première fois, elle allait pouvoir décider du cours que prendrait sa vie professionnelle. Certes, elle avait créé Les Mariages de Juliette de son plein gré, mais elle avait surtout fait ce choix de carrière parce qu'il s'agissait d'un marché juteux et en pleine expansion. Ses débuts s'étaient faits presque par hasard.

Lorsque la jeune femme qui organisait le cinquième mariage de Guenièvre l'avait laissée tomber à deux semaines du grand jour, excédée par ses exigences, Juliette avait repris les rênes et sauvé la situation.

Sa mère avait invité la moitié du Texas à la fête. Comme à son habitude, elle n'avait pas manqué de raconter toute l'histoire à chacun des nombreux invités en dramatisant allègrement : l'ancienne organisatrice était une horrible personne qui l'avait lâchement abandonnée, sa fille chérie une véritable héroïne qui lui avait offert un mariage au-delà de ses rêves les plus grandioses. Bien sûr, le récit était assez éloigné de la vérité et omettait une information cruciale.

Juliette avait été demoiselle d'honneur pour quatre des cinq mariages de sa mère. Elle commençait donc à savoir ce qui lui plaisait ou non, mais pour Guenièvre, ce détail ne méritait pas d'être mentionné. Chaque fois qu'elle racontait l'histoire, celle-ci devenait un peu plus spectaculaire, jusqu'à transformer Juliette en déesse absolue du mariage dans l'imaginaire collectif.

De là, les gens avaient commencé à lui poser des questions. Une invitée voulait savoir combien lui coûterait un mariage organisé par ses soins. La fille d'une autre rêvait d'une réception dans le style « conte de fées », pourrait-elle réaliser son souhait ? D'autres encore lui demandaient où elle avait trouvé les fleurs magnifiques qui ornaient la salle.

Juliette s'était empressée de leur répondre, heureuse de pouvoir aider tous ces gens et heureusement surprise des tarifs qu'ils étaient prêts à payer pour ses services. Elle venait alors d'obtenir son diplôme de management. Organiser des mariages lui permettrait de mettre un peu d'argent de côté en attendant de trouver un travail, idéalement dans une ONG ou autre association à but non lucratif... Du moins, c'était ce qu'elle avait pensé au départ.

En quelques mois, les choses avaient pris des proportions auxquelles elle ne s'était pas attendue. Elle n'avait plus eu le temps de se demander si elle aimait les mariages : elle était trop occupée à les organiser. Cette occupation constante lui plaisait et l'empêchait de réfléchir à ce qu'elle voulait réellement faire de sa vie.

Accessoirement, sa mère rayonnait de joie à l'idée qu'elle avait « lancé la carrière de sa fille », comme elle le prétendait. Juliette préférait la laisser dire. Depuis que son père était décédé, l'année où elle était rentrée au lycée, sa mère n'avait été heureuse que lorsqu'elle la voyait exceller dans quelque chose. Peu importait le domaine pourvu que Juliette réussisse.

Qu'elle ait été élue reine de promotion ou meilleure élève de sa classe, qu'elle ait remporté le titre de meilleure cavalière du club ou une bourse d'études à St Andrews, Guenièvre avait toujours vécu pour ses victoires. Juliette avait été fière de pouvoir lui redonner le sourire.

À présent que sa mère vivait enfin un mariage heureux, le plus souvent du moins, Juliette sentait qu'il était temps de penser à elle-même. Elle en avait assez de faire passer les désirs des autres devant les siens. Vendre son entreprise lui permettrait de remettre ses priorités en ordre – voire, avec un peu de chance, de prendre des vacances.

Des images d'océan bleu et de sable fin affluèrent à son esprit. Elle ferma les yeux, se vit allongée sur la plage, écoutant le bruit des vagues, Jude étendu près d'elle et la boîte de préservatifs à portée de main…

Stop ! Arrête ça tout de suite, se morigéna-t-elle.

Tori revint heureusement dans la boutique juste au moment où ses pensées commençaient à échapper à son contrôle. L'air curieux, elle se dirigea tout droit vers les deux mannequins du fond.

— Qui a confectionné ces robes ? demanda-t-elle en retournant l'ourlet de la robe bleue pour en inspecter les coutures. Elles sont magnifiques et parfaitement taillées.

— C'est moi qui les ai cousues, mais les dessins originaux ne sont pas de ma main, répondit Juliette. La mère de Zane, Dorothy, était une merveilleuse couturière. Elle avait l'habitude de griffonner ses modèles dans un petit carnet. Il y a quelques mois, la ville a organisé une cérémonie à sa mémoire et j'ai voulu redonner vie à ses derniers dessins.

— Tu es trop modeste, protesta Lucy. Les dessins de Dorothy n'étaient que des ébauches. C'est toi qui as imaginé toutes les finitions. D'ailleurs, je crois me souvenir que tu as complètement repensé la robe bleue.

— Je l'ai un peu modifiée, mais l'idée originale reste celle de Dorothy. Je ne suis pas si douée que tu le prétends.

— Quoi qu'il en soit, intervint Tori, ces robes sont vraiment superbes. Juliette, puisqu'il paraît que tu as envie de changement… que dirais-tu de travailler pour une maison de couture ? Pour *ma* maison de couture, par exemple ?

- 7 -

— J'aimerais pouvoir t'annoncer de meilleures nouvelles, Jude, soupira Clive Curtis.

Assis en face de lui à la table de réunion, le vice-président du marketing chez Copenhagen Sports le toisait d'un air dépité.

— Les ventes de la collection « Tout ou Rien » se sont mises à dégringoler depuis que tu as manqué tes dernières chevauchées. C'est pourquoi nous avons préféré reporter la séance photo qui était prévue aujourd'hui, mais je voulais tout de même te voir face à face – *mano a mano*, comme on dit, ajouta-t-il d'un ton mielleux. Certains doutent peut-être des bonnes relations entre Copenhagen et Jude Campbell, mais je peux t'assurer que je suis de ton côté.

Curtis s'interrompit pour boire une grande gorgée de café.

— Je ne vais pas te mentir, Jude, j'ai eu du mal à convaincre mes supérieurs de renouveler le contrat alors que tu n'es plus dans la course cette année. J'ai réussi à les convaincre à condition que tu promettes de participer au championnat la saison prochaine. Si tu refuses, non seulement tu perdras le financement, mais nous serons également obligés de nous débarrasser de la collection « Tout ou Rien ». Je suis vraiment navré. Comme je te l'ai dit, je déteste devoir t'apprendre de mauvaises nouvelles.

Jude doutait fortement de la sincérité de Curtis, surtout lorsqu'il le vit se désintéresser aussitôt de la conversation pour ouvrir un message sur son téléphone.

— Nous aurons besoin d'une réponse de ta part avant la fin de la semaine prochaine, énonça-t-il d'une voix de robot tout en pianotant sur son portable. Si tu n'as pas d'autres questions… Eh bien, nous en avons terminé.

Jude jeta un coup d'œil à son agent assis à côté de lui, s'attendant à ce qu'il intervienne et conduise les négociations pour lesquelles il le payait, mais il comprit rapidement que ce ne serait pas le cas. Bob resta muet et se mit à tambouriner du bout des doigts sur la table.

— Si je comprends bien, dit-il en se tournant de nouveau vers Bob, Copenhagen retire la collection du marché si je renonce à concourir l'année prochaine.

— La collection et le financement, oui, répondit Curtis sans même lever le nez de son téléphone.

Jude laissa le silence s'installer entre eux, fixant son interlocuteur jusqu'à ce qu'il daigne le regarder.

— Écoute, Jude, reprit-il en mettant son téléphone dans sa poche. Je ne suis pas complètement inhumain. Tu dois prendre soin de ta santé, c'est normal. Tout le monde le comprend chez Copenhagen. Avec un peu de diplomatie, je devrais arriver à obtenir un sursis pour toi. Et si tu attendais la fin du mois pour nous donner une réponse définitive lors de la convention de rodéo à Las Vegas ? Tu te sentiras peut-être mieux d'ici là. Si tu n'as pas envie de monter, tu pourrais rester derrière une table et signer quelques autographes, pourquoi pas quelques T-shirts.

« Pas envie de monter » ? « Quelques autographes » ?

Jude sentit une rage froide monter en lui. Curtis se

comportait comme s'il restait bien au chaud à la maison pour soigner un rhume, alors qu'il avait encaissé trois commotions en deux mois. De nouveau, il attendit que Bob joue son rôle, mais en vain. Il y aurait décidément plus d'un partenariat à remettre en question après cette réunion.

Inspirant à fond pour se calmer, il tenta de prendre du recul sur la situation. Les affaires étaient les affaires. Il le comprenait et n'aurait pas souhaité qu'on lui fasse un traitement de faveur.

Malgré tout, il avait espéré que la collection « Tout ou Rien » resterait sur le marché un peu plus longtemps. Il aurait même été prêt à s'investir davantage dans le marketing pour aider à relancer les ventes. Le recul de Copenhagen allait le forcer à prendre des décisions encore plus tôt que prévu.

Curtis se leva pour lui serrer la main.

— Jude, toujours un plaisir de vous voir. Ce genre de choses se discutent plus facilement *mano a mano*, n'est-ce pas ?

Jude leva les yeux au ciel mentalement. Curtis savait-il au moins que son expression fétiche ne signifiait pas « d'homme à homme », mais « de la main à la main », comme dans un combat ? Une chose était certaine : au point où en étaient leurs relations, il n'allait pas perdre son temps à le corriger.

Franklin se mit à aboyer avant même d'entendre le coup frappé à la porte d'entrée.

— Qui est-ce, Franklin ? demanda Juliette en s'essuyant les mains sur son tablier.

Elle préparait une *piccata* de poulet pour le dîner. Il

s'agissait de l'un de ses plats préférés, mais entre le travail et sa vie de célibataire, elle prenait rarement le temps de cuisiner. Inviter Jude était donc une bonne occasion pour elle d'exercer ses talents.

Bien sûr, Juliette. C'est la seule raison pour laquelle tu l'as invité.

Ignorant sa petite voix intérieure, elle vérifia son reflet dans le miroir de l'entrée et ordonna à son chien :

— Assis, Franklin. Montre-moi tes bonnes manières.

Sans cesser de se dandiner, le corgi obéit et leva les yeux vers elle comme pour récolter des compliments.

— Mais oui, tu es gentil, fit-elle en ouvrant la porte.

— Je suis content que quelqu'un le dise enfin, lança Jude.

Il portait une bouteille de vin dans chaque main, du rouge et du blanc, ainsi qu'un pack de bière sous le bras.

— Oh ! pardon. C'est à Franklin que tu parlais ?

En entendant son nom, le petit chien bondit de plus belle et posa les deux pattes avant sur le jean bien propre de Jude. Celui-ci s'accroupit, posa précautionneusement ses bouteilles sur le carrelage et caressa l'animal, qui entreprit de lui lécher le visage en guise de salutation.

— Pas sur la bouche, Franklin, dit-il en riant. C'est réservé à une dame très spéciale.

— Ah oui ? demanda Juliette sans pouvoir s'en empêcher. Est-ce que je la connais ?

Jude se releva, lui sourit.

— Il me semble que tu connais déjà la réponse.

L'espace d'un instant, elle crut qu'il allait l'embrasser. Elle aurait juré qu'il s'apprêtait à le faire. Peut-être repensait-il à sa promesse de ne rien tenter pour le moment, ce qui était tout à son honneur, mais elle se souciait peu de ce genre de considérations lorsque Jude se trouvait aussi près d'elle.

Juliette hésita un instant, se pencha légèrement vers lui, et…

— Je ne savais pas quel vin irait bien avec le dîner, lança Jude, l'interrompant dans son élan. J'ai pris une bouteille de chaque. En tout cas, quoi que tu aies préparé, ça sent divinement bon.

— J'espère que tu as faim, répondit-elle en ouvrant la marche en direction de la cuisine.

Elle ne savait pas si elle était déçue ou soulagée.

— Je meurs de faim.

— Sers-toi un verre de vin et du fromage, lui proposa-t-elle en désignant le plateau qu'elle avait préparé sur le comptoir. Le repas sera prêt dans vingt minutes. Au fait, comment s'est passée ta journée ?

— Pas vraiment comme prévu. Je me permets, ajouta-t-il en ouvrant la porte du réfrigérateur.

— Fais comme chez toi.

Jude posa le pack de bière sur une étagère avant de refermer la porte du réfrigérateur dernier cri de Juliette. Elle se l'était offert récemment, ainsi qu'une cuisinière professionnelle et de nouveaux meubles de cuisine sur mesure.

Tout cela était peut-être démesuré pour quelqu'un qui passait si peu de temps dans sa cuisine. Pourtant, le simple fait de regarder cette pièce la rendait heureuse. Elle savait que ce cadeau à elle-même l'attendrait jusqu'à ce qu'elle soit prête à l'utiliser.

Au moins, en cuisinant aussi peu, elle n'avait pas eu de mal à trouver de la place au réfrigérateur pour les ingrédients du dîner de ce soir. Elle avait préparé sa liste de courses avec soin : des escalopes de poulet, de la chapelure, des œufs, du beurre et des citrons.

Le fond d'une bouteille de vin blanc qui traînait au frigo lui avait servi de base pour la sauce. Avec des câpres et le persil de son jardin, elle serait parfaite. Elle servirait le poulet avec des haricots verts frais et une purée de pommes de terre. Si tout allait bien, Jude apprécierait le plat autant qu'elle.

— Qu'est-ce que je peux te servir ? lui demanda-t-il.

— Un verre de vin, s'il te plaît.

Elle ouvrit un des placards, sortit un bock pour Jude et un verre à vin pour elle. Jude prit le tire-bouchon qu'elle lui tendait et ouvrit la bouteille d'une main experte.

— Raconte-moi ta réunion, lui demanda-t-elle en s'installant en face de lui.

— Une minute. Raconte-moi quelque chose de positif d'abord – n'importe quoi.

Voilà qui n'augure rien de bon, songea Juliette avec une pointe d'inquiétude.

— Est-ce que tu te souviens de Tabatha, la future mariée que tu as aperçue l'autre jour à la grange ?

— Celle qui avait des chaussures violettes et se prenait pour une pilote de Formule Un ?

— Exactement, fit Juliette en éclatant de rire. Eh bien, figure-toi que j'ai fait reteindre les chaussures de la discorde et Tabatha en est absolument ravie. Elle m'a sauté au cou lorsqu'elle les a vues.

— Toi qui disais que ton travail n'était pas épanouissant, commenta Jude en riant à son tour.

— Je reconnais qu'il y a de bons moments. Cela dit, il s'est passé quelque chose d'autre aujourd'hui. Lucy m'a proposé de racheter Les Mariages de Juliette.

Jude écarquilla les yeux.

— Eh oui, je sais. Lucy voudrait fusionner mon entreprise avec la Grange Campbell, ce qui est une très bonne idée, à mon avis. Elle va m'envoyer une offre détaillée dans la semaine pour que nous puissions en discuter.

— Alors, tu étais vraiment sérieuse quand tu parlais d'une reconversion…

— Aussi sérieuse que le premier jour des soldes chez Bloomingdale's.

— Je te crois sur parole. Puisque tu seras bientôt sans emploi, tu vas pouvoir m'accompagner sur les routes.

— Nous y revoilà, commenta Juliette d'un ton léger. As-tu pris une décision aujourd'hui ?

Jude secoua la tête d'un air désabusé.

— C'était une journée très désagréable. Finalement, je suis content que tu ne sois pas venue. Copenhagen a décidé de reporter la séance photo jusqu'à ce que je leur confirme que je reviendrai dans la course l'année prochaine.

— Je vois. Cela veut-il dire que la ligne de vêtements dépend aussi de ta décision ?

— En effet, c'est ce qu'ils m'ont dit aujourd'hui. Inutile de t'expliquer que mon agent me pousse à continuer. Il n'a pas dit un mot de toute la réunion, mais il avait de grandes opinions dès que nous sommes sortis de la salle.

— Tu parles d'un agent, grommela-t-elle. On dirait qu'il se moque de ton état de santé.

Elle se tourna brièvement pour retourner le poulet dans la poêle avant de reprendre :

— Ce type doit bien savoir à quel point les commotions peuvent être dangereuses, non ?

Jude haussa une épaule.

— Il croit tout savoir sur le sujet. D'après lui, les vrais champions ne se blessent jamais. C'est pour cela qu'ils réussissent.

Juliette pesa ses mots avec précaution.

— Je sais que ça fait longtemps, toi et moi, mais… j'espère te connaître suffisamment bien pour savoir que tu feras ce qui est le mieux pour toi.

— Je ne sais pas, Juliette. Ce n'est pas une décision facile à prendre. J'ai beaucoup à perdre en arrêtant ma carrière aussi tôt. J'avais prévu de concourir au moins une saison de plus, de mettre plus d'argent de côté.

— Si tu es de nouveau blessé, tu risques de perdre bien plus que cela.

Jude resta silencieux. Son expression était indéchiffrable, mais elle le connaissait. Elle sentait la tension monter en lui comme si elle avait été palpable. Dans l'espoir d'alléger l'atmosphère, elle demanda :

— Imagine que l'argent n'existe pas dans ce monde, que tu pourrais faire tout ce que tu veux. Que choisirais-tu ? Je me suis posé la question plusieurs fois ces derniers temps. En admettant que Lucy achète mon entreprise, j'aurais suffisamment d'économies pour prendre un nouveau départ.

Elle prit leurs assiettes sur la table et se mit à servir de généreuses portions de poulet et de légumes.

— Je viens de me rendre compte de quelque chose, répondit Jude tout à trac. Je ne sais même pas ce que tu as étudié dans cette belle université européenne. Si je me souviens bien, quand nous étions au lycée, tu voulais travailler avec des enfants.

Le sourire tranquille de Jude la mit aussitôt plus à l'aise. Elle avait l'impression de le retrouver.

— Tu as bonne mémoire, en tout cas. J'ai étudié le management avec une option en gestion des ONG. Je pensais travailler pour une organisation caritative en lien avec l'enfance après mon diplôme, ou peut-être une association aidant les familles immigrées, et me voilà devenue l'esclave des mariées infernales. La vie fait parfois de drôles de détours.

Elle reposa les assiettes sur la table, tandis que Jude lui resservait du vin et remplissait un deuxième verre pour lui.

— C'est quelque chose que j'ai toujours admiré chez toi – ton affection pour les enfants, je veux dire.

Il lui sourit et entrechoqua son verre avec le sien.

— Je crois même que tu as fini par avoir une bonne influence sur moi. Ce qui m'ennuie le plus dans l'idée de perdre la collection « Tout ou Rien », c'est de ne plus pouvoir aider l'association à laquelle je versais une partie des bénéfices. Je me doute que ma contribution représente une goutte d'eau par rapport à tout ce dont ils ont besoin, mais c'était déjà quelque chose.

Jude haussa de nouveau une épaule et goûta un morceau de poulet.

— C'est délicieux, Juliette. Quand es-tu devenue une grande cuisinière ?

Elle ignora sa question et poursuivit sur le sujet qui l'intéressait.

— Tu sais, ce n'est pas parce que Copenhagen se retire que tu dois forcément tout arrêter. Tu pourrais faire les choses à ta manière.

— Pour tout te dire, j'ai déjà une idée, mais je ne sais pas encore comment la mettre en place. J'aimerais trouver des fonds pour ouvrir une école de rodéo qui serait accessible à tous sans conditions de revenus. L'argent ne devrait pas être un obstacle lorsque les enfants ont envie d'apprendre.

Jude s'interrompit un instant, secoua la tête.

— Mon père ne m'a jamais soutenu dans ma passion, ni financièrement ni émotionnellement. Tu sais à quel point il était borné. Puisque lui-même n'avait pas réussi dans le rodéo, il refusait de voir l'un de ses fils le dépasser. J'étais obligé de sortir en cachette pour glaner le peu d'expérience que je pouvais. Il ne risquait pas de me payer le moindre cours. À en croire son attitude, on aurait plutôt dit que je vendais de la drogue derrière son dos.

— Il avait peut-être peur que tu te blesses, hasarda Juliette tout en sachant que ce n'était pas entièrement vrai.

Donovan Campbell avait toujours été un homme dur, difficile à approcher. Son principal problème restait qu'il semblait aimer ses bouteilles davantage que son fils. Juliette avait assisté à de nombreuses disputes entre Jude et son père, mais jusqu'à cette dernière nuit qui avait tout changé, Donovan n'en était jamais venu aux mains. Il n'avait certainement pas pris de gants ce soir-là.

Dès lors que Juliette avait eu vent de l'histoire, elle s'était précipitée à la cabane, quasiment certaine d'y trouver Jude. Elle devait partir le lendemain à St Andrews et se sentait déjà chamboulée émotionnellement. Son inquiétude pour Jude avait achevé de la bouleverser.

Cet été-là, il avait travaillé comme comptable au Ranch des Trois C. Son père avait décidé que le fils rebelle devait prendre sa place dans l'entreprise familiale. Pour Ethan, travailler au ranch était naturel et correspondait à sa passion, mais Jude lui avait dit bien des fois que l'idée de passer sa vie sur les terres familiales lui donnait l'impression d'être aussi enfermé que les chevaux qu'ils élevaient.

Un peu plus tôt ce jour-là, alors que Juliette mettait la dernière main à ses préparatifs de départ, Donovan Campbell avait découvert une erreur dans la comptabilité tenue par Jude. À cause de sa dyslexie, il avait inversé deux chiffres dans une colonne. 1 925 dollars étaient devenus 9 125.

Son erreur avait provoqué un refus de chèque à la banque, et il en avait coûté une certaine somme à Donovan pour rectifier le tir. Il avait donc décidé de prendre l'argent sur les économies de Jude.

Juliette l'avait retrouvé en piteux état lorsqu'elle était arrivée à la cabane. Elle l'avait pris dans ses bras, consolé, réconforté jusqu'à ce qu'il redevienne lui-même – ou du moins, c'était ce qu'elle avait cru.

Jude avait passé de longues minutes à pleurer sur son épaule ; l'instant d'après, il la demandait en mariage.

Pars avec moi, s'il te plaît. Laissons cet endroit loin dans nos souvenirs et marions-nous. Nous pourrons recommencer à zéro ailleurs, juste toi et moi. Je t'aime, Juliette. Dis-moi que tu veux bien devenir ma femme.

Elle aussi l'aimait plus que tout au monde. Pourtant, elle ne s'était pas sentie capable de tout laisser tomber pour lui, sa bourse d'études en Écosse, la vie que Guenièvre avait soigneusement orchestrée pour elle. Sa mère avait déjà le cœur brisé d'avoir perdu son mari. Que serait-elle devenue si Juliette l'avait abandonnée ?

Elle avait tenté de faire comprendre à Jude qu'il ne s'agissait pas d'un « non » définitif, mais il avait perdu la tête. Ils s'étaient disputés et elle avait claqué la porte de la cabane derrière elle. Le lendemain matin, elle était partie en Écosse sans même lui dire au revoir.

Pendant son premier semestre à l'université, ils s'étaient à peine parlé une fois ou deux. Les appels internationaux coûtaient cher. Jude était parti sur les routes, s'inscrivant dans chaque tournoi de rodéo qu'il trouvait en chemin. Quant à Juliette, elle avait retenu une seule chose de ses journées à l'université : elle ne voulait pas vivre sans lui.

Elle était rentrée à Celebration trois mois plus tard avec l'intention d'abandonner ses études pour commencer leur vie ensemble. Ce devait être son cadeau de Noël pour Jude. Quelques heures après son arrivée, elle l'avait aperçu dans les bras d'une autre et elle était repartie sans même lui laisser le temps de la voir.

Juliette secoua la tête pour chasser ces pensées mélancoliques. Après tout, Jude n'avait pas épousé cette fille. Il lui avait dit lui-même qu'elle n'avait pas compté pour lui, qu'elle ne pouvait pas compter puisqu'elle n'était pas *elle,* Juliette – et pourtant, la douleur restait la même.

Une certitude se fit jour dans son esprit, une pensée qu'elle repoussait depuis le retour de Jude mais qui n'en restait pas moins vraie.

Elle n'avait jamais cessé de l'aimer.

— Mon père serait incroyablement satisfait s'il pouvait voir où j'en suis aujourd'hui, reprit Jude d'un ton caustique.

— C'est vrai, tu n'es que champion du monde…

— Un champion ruiné à qui il ne manque qu'une ou deux blessures pour garder des séquelles cérébrales permanentes. Je n'ai même pas pu défendre mon titre, Jules. Je l'entends presque se moquer de moi depuis sa tombe.

Juliette posa une main sur la sienne.

— Est-ce la raison pour laquelle tu y tiens autant ? Jude, tu sais qu'il n'y aurait aucune honte à prendre ta retraite dès maintenant. Tu n'as de comptes à rendre à personne. Si tu veux mon avis, tu devrais être fier de toi.

Il retourna sa main pour appuyer sa paume contre la sienne. Son pouce vint caresser doucement les contours de son poignet. Même avec un contact aussi léger, chaque effleurement provoquait un frisson de désir en elle. Ses caresses étaient si innocentes qu'elles en devenaient presque plus excitantes.

— La dernière fois que j'ai parlé à mon père, il m'a dit que j'étais une déception pour toute la famille et que je n'arriverais jamais à rien. Il est mort trois mois plus tard et je ne me sentirai en paix que lorsque j'aurai pu lui prouver qu'il avait tort.

— Jude…

Franklin se mit soudain à aboyer et Juliette entendit la porte d'entrée s'ouvrir. Jude et elle sursautèrent dans un bel ensemble.

— Hé oh, Juliette, claironna la voix de Guenièvre. Est-ce que tu es là ?

Le son de roulettes sur le plancher précéda l'entrée de sa mère dans la cuisine. Plantée sur le seuil, la main sur la poignée d'une énorme valise, Guenièvre se raidit et toisa Jude par en dessous d'un air contrarié.

— Oh. Je ne savais pas que tu avais de la compagnie.

Jude se leva aussitôt de sa chaise. Juliette savait qu'il s'agissait d'une marque de politesse envers sa mère, mais le geste la ramena à leurs années de lycée, lorsqu'ils s'écartaient l'un de l'autre comme des gamins pris en faute chaque fois que Guenièvre entrait dans une pièce.

Elle n'avait jamais apprécié Jude et, même dix ans plus tard, Juliette savait que la conversation n'allait être agréable pour personne.

— Maman, le 4x4 de Jude est garé dans mon allée, finit-elle par répondre. Je ne vois pas comment tu aurais pu le rater.

— Effectivement, admit sa mère avec un soupir. Bonsoir, Jude. J'ai entendu dire que vous étiez de retour parmi nous.

— Maman, s'il te plaît, intervint Juliette en lui décochant un regard noir.

Sa mère avait parlé d'un ton si corrosif qu'elle se sentait gênée pour elle. Décidément, certaines choses ne changeraient jamais.

— Bonsoir, madame Albright, répondit Jude avec une parfaite courtoisie. C'est un plaisir de vous revoir.

— Je vois que j'ai interrompu votre dîner.

— Nous venons de terminer, maman. Par contre, qu'est-ce que tu fais avec cette valise ?

— Je pars de la maison. J'ai décidé de quitter Howard.

Du coin de l'œil, Juliette vit Jude se figer sur place, l'air aussi choqué qu'elle-même.

— Tu… Quoi ? balbutia-t-elle faute de pouvoir trouver ses mots.

— Tu m'as bien entendue. J'en ai assez, déclara sa mère avec emphase. Je ne peux pas rester une seconde de plus avec lui.

Juliette n'avait pas été là pour calmer sa mère lors de ses ruptures avec ses maris précédents, non plus que pour la soutenir dans les moments réellement difficiles. Elle avait pourtant l'impression que Howard était différent des autres. Il semblait faire du bien à Guenièvre comme aucun autre ne l'avait fait.

Entre eux, elle n'avait détecté aucun de ces « signaux d'alarme » qu'elle voyait parfois chez ses clients et qui indiquaient presque à coup sûr que le mariage n'allait pas durer. Certes, sa mère pouvait être difficile à vivre, mais Howard et elle semblaient se compléter à la perfection, sans compter qu'ils avaient l'air de s'aimer sincèrement.

Quelle que soit la raison qui avait poussé Guenièvre jusque chez elle, il s'agissait probablement d'un malentendu. Elle n'allait pourtant pas lui demander les détails de l'histoire devant Jude. Sa mère resterait chez elle pour la nuit et elles discuteraient tranquillement le lendemain matin.

Dans un rare moment de lucidité, Guenièvre elle-même lui avait donné cet excellent conseil : ne jamais prendre de décisions importantes lorsque l'on était fatigué, affamé ou énervé.

— Je vais peut-être vous laisser, proposa Jude. On dirait que vous avez besoin de discuter toutes les deux.

— Non, reste là, ordonna fermement Juliette.

— Juliette chérie, si Jude doit partir, ne le retiens pas.

— Jude n'allait pas partir avant que tu arrives, maman.

L'attitude de sa mère lui rappelait une fois de plus ses années de lycée. À l'époque, elle avait soutenu que Juliette était trop jeune pour avoir un petit ami, qu'elle devait se concentrer sur ses études. Elle répétait souvent que sa fille devait explorer le monde et trouver son prince – littéralement, un *vrai* prince.

Guenièvre était persuadée que le destin de Juliette la prédestinait à épouser un héritier royal. Elle s'était vantée plusieurs fois d'avoir envoyé sa photo au prince

Harry, bien que Juliette ne fût jamais parvenue à savoir où exactement elle avait adressé son courrier.

Elle avait préféré laisser sa mère vivre dans ses rêves. Accessoirement, ses histoires à dormir debout l'empêchaient de voir à quel point elle était folle de Jude. Il n'avait pas besoin d'être un prince pour régner sur son cœur.

Juliette se leva de sa chaise et déclara d'un ton ferme :

— Maman, je te laisse t'installer dans la chambre d'amis. Il reste du poulet et des légumes si tu as faim. Mange quelque chose, prends un bain et détends-toi. Jude et moi allons sortir un moment. Je reviendrai plus tard.

— Où comptez-vous aller ? demanda sa mère en posant les mains sur ses hanches.

— Tu es chez moi, maman. Ce n'est pas à toi de me poser des questions. À tout à l'heure.

D'un signe de tête, elle invita Jude à la suivre dans le couloir. Elle attrapa une veste et son sac à main avant de retrouver avec soulagement l'air frais du dehors.

— Si tu dois rester avec elle, je comprends tout à fait, dit aussitôt Jude.

— Absolument pas. Je pense qu'un peu de temps seule lui fera du bien. Allons à la cabane, d'accord ?

— Je ne vais certainement pas protester.

Un grand sourire aux lèvres, il lui ouvrit la portière côté passager avant de s'installer au volant de son 4x4.

- 8 -

Jude entra le premier dans la cabane. Il tâtonna pour trouver l'interrupteur, alluma la lumière et s'effaça pour laisser entrer Juliette.

La cabane était restée exactement dans l'état où il l'avait laissée le matin en partant. Ne sachant pas que Juliette viendrait, il avait laissé traîner une tasse à café et un journal sur la table basse du coin salon. De l'autre côté de la petite pièce à vivre, le lit poussé contre un mur était heureusement bien fait. Jude n'avait jamais perdu l'habitude de faire son lit dès qu'il se levait le matin.

La kitchenette et la salle de bains étaient également plutôt bien rangées. Dans l'ensemble, la situation aurait pu être pire. Jude avait pris l'habitude de vivre dans de petits espaces lors de ses tournées. Il avait décidé d'acheter une caravane qu'il attachait derrière son 4x4, plus économique qu'une chambre d'hôtel tous les soirs.

La caravane avait trouvé preneur la veille de son retour à Celebration. Grâce à l'argent de la vente, il réussirait à payer les impôts sur son terrain et à vivre sans trop de soucis jusqu'à ce qu'il décide de la prochaine étape.

Juliette pivota lentement sur ses talons, observant chaque détail de la pièce.

— Waouh, murmura-t-elle. Je n'ai pas mis les pieds ici depuis…

Elle s'interrompit brusquement, comme assaillie par

le souvenir de la dernière fois qu'ils s'étaient trouvés ensemble dans la cabane. Jude se repassa les images de cette soirée à la fois douce et amère. Le simple fait de se retrouver de nouveau ici avec Juliette faisait battre son cœur plus vite.

Il la regarda de nouveau, remarqua qu'elle portait toujours sa veste et s'accrochait à son sac à main comme à une bouée de sauvetage. Peut-être n'auraient-ils pas dû venir précisément à cet endroit. En tout cas, il était trop tard pour reculer. Les souvenirs dansaient entre eux comme des fantômes qui ne s'en iraient pas avant d'en avoir discuté une bonne fois pour toutes.

— Est-ce que je peux prendre ta veste ? lui proposa-t-il. Tu devrais poser ton sac à main aussi, je te promets que je ne te le volerai pas. Le quartier est sûr.

Comme souvent lorsqu'il se trouvait dans une situation tendue, il avait tenté un trait d'humour. Certaines personnes croyaient qu'il ne prenait jamais rien au sérieux. Au contraire, il ne cherchait qu'à mettre les gens à l'aise, à commencer par lui-même.

— Ne t'en fais pas, je connais suffisamment bien le quartier, finit-elle par répondre.

— Tu n'es pas venue depuis un bon moment.

— Toi non plus.

Il haussa une épaule, ne trouvant pas le courage d'aborder le sujet qui planait entre eux.

— Je crois que nous devrions reprendre là où nous en étions avant que ma mère arrive.

Juliette ôta enfin sa veste et posa son sac sur une chaise. Il l'invita d'un geste à s'asseoir sur le canapé, puis sortit deux bouteilles de bière du réfrigérateur.

— Je suis désolé, fit-il avec une grimace d'excuse.

Si j'avais su que tu venais, j'aurais acheté une bouteille de vin.

— La bière me va très bien.

Sa main effleura la sienne lorsqu'elle prit la bouteille, et Jude frissonna.

— Si tu veux aller ailleurs, ce n'est pas un problème, reprit-il en s'installant près d'elle sur le canapé. Je comprendrais que cet endroit te mette mal à l'aise.

— Non, pas du tout. J'adore cette cabane. Pour tout te dire, j'étais même déçue de ne pas entrer la dernière fois – mais tu changes encore de sujet, ajouta-t-elle en fronçant les sourcils. C'est une mauvaise habitude que tu as prise, et si tu crois que je vais te laisser faire, tu rêves.

Elle lui sourit, mais son regard était plein d'incertitude.

— Est-ce que tu vas bien, Jude ? Parle-moi. Ce que tu as dit tout à l'heure à propos de ton père… Est-ce pour cela que tu envisages de repartir en tournée ?

— Peut-être. Oui, en partie. Je n'ai pas envie d'y penser maintenant. Mon père a déjà gâché trop de moments dans ma vie et il ne gâchera pas cette soirée, je te le promets.

Elle ouvrit la bouche pour répondre, la referma aussitôt et resta songeuse un long moment. Enfin, elle le regarda dans les yeux et demanda :

— Comment avons-nous pu rester si longtemps sans nous parler ?

— Tu ne t'imagines pas combien de fois je me suis posé la même question.

— Pourquoi n'as-tu pas essayé de me contacter ?

— Et toi, alors ?

Le silence s'installa entre eux, chargé de tous les fantômes du passé.

— L'homme qui m'a demandé de tout laisser tomber

pour lui est revenu trois mois plus tard fiancé à une autre. Figure-toi que j'ai eu du mal à faire le premier pas ensuite.

— Bien sûr, murmura Jude. C'est pour cela que je suis venu te voir dès la minute où je suis rentré.

— C'était probablement une mauvaise idée.

Elle amorça un mouvement pour se lever du canapé, mais il l'attira de nouveau contre lui.

— Non, ce n'était pas une mauvaise idée.

L'instant d'après, ses lèvres se posaient sur les siennes.

Juliette répondit à son baiser de la seule manière possible, se donnant tout entière, rattrapant le temps qu'ils avaient perdu. Le moment était différent de ce qu'ils avaient partagé le jour de leurs retrouvailles. Cette fois, Jude l'embrassait d'une manière tendre, pleine de promesses tout en lui laissant de l'espace pour faire marche arrière si elle le souhaitait. Elle avait pourtant essayé… Pendant une seconde, peut-être.

Leur baiser se fit plus possessif, plus sauvage. Ils se séparèrent hors d'haleine et le regard de Jude semblait comme assombri par le désir.

Et maintenant ?

— Je ne voulais pas te faire de mal, Juliette. Je ne l'ai jamais voulu. La seule chose que je désirais, c'était de me marier avec toi.

Elle retint son souffle, se demandant s'il allait ajouter les mots qu'elle souhaitait et redoutait à la fois.

« La seule chose que je désire encore. »

Jude sembla sur le point de dire quelque chose, mais il se tut et la tension retomba. Elle en profita pour se redonner une contenance. Pourquoi avait-il fallu que Jude revienne vers elle après tout ce temps ?

— Pourquoi n'as-tu pas épousé… Comment elle s'appelait, d'ailleurs ? Enfin, ça n'a pas d'importance, mais…

Sa voix se perdit lorsqu'elle comprit que si, au contraire, cette histoire avait une importance capitale pour elle. Elle aurait préféré que ce ne fût pas le cas.

— Elle s'appelait Glori, soupira Jude. Elle n'était pas toi.

— Comment ça ?

— Je ne pouvais pas me marier avec elle parce qu'elle n'était pas toi, tout simplement.

Juliette sentit son cœur louper un battement. Mettant délibérément de l'espace entre eux, elle appuya la tête contre les coussins du canapé et fixa le plafond. Enfin, elle avait entendu les mots dont elle avait souvent rêvé.

« Elle n'était pas toi. »

Juliette détestait l'admettre, mais elle ressentait une bonne dose de satisfaction. Le fait qu'une autre ait souffert ne l'enchantait pas, bien sûr, mais Jude était à elle. Il l'avait toujours été et le serait toujours.

— C'est pour cela aussi que tu ne t'es marié avec personne d'autre ? demanda-t-elle, incapable de s'en empêcher.

— Je ne vois pas de bague à ta main gauche non plus, rétorqua-t-il avant d'ajouter plus doucement : Je suis sûr que ce n'était pas par manque de choix. Lorsque tu étais occupée à conquérir l'Europe, il devait y avoir toute une armée de princes charmants qui auraient été prêts à renoncer au trône pour tes beaux yeux.

— Si tu crois que la flatterie t'amènera quelque part…

Il se pencha et l'interrompit d'un baiser, lent et sensuel.

— Alors ? Qu'est-ce que tu en dis ? murmura-t-il contre ses lèvres.

D'abord posée dans ses cheveux, la main de Jude glissa lentement le long de sa gorge, vint effleurer sa poitrine. Il la caressa doucement, comme pour lui laisser le temps de l'arrêter si elle le voulait, mais Juliette en aurait été bien incapable. Ce qu'elle voulait, c'était lui.

Sa main descendit le long de son ventre et se glissa sous l'ourlet de sa robe. Du bout des doigts, il traça un chemin le long de son ventre, de ses hanches, emportant avec ses caresses le peu de bon sens qui lui restait.

Juliette savait qu'elle risquait à nouveau d'avoir le cœur brisé, mais il était trop tard. Elle avait passé le point de non-retour. Cet instant, dans les bras de Jude, était tout ce qu'elle désirait ressentir.

Jude laissa échapper un grognement et serra Juliette plus fort contre lui. La sensation de son corps merveilleux entre ses bras avait libéré un instinct sauvage en lui, quelque chose d'animal qui ne pouvait plus attendre.

Il avait besoin d'elle – *maintenant.*

Sans rompre leur baiser, il aida Juliette à se mettre debout et voulut la guider jusqu'au lit, mais ils finirent plaqués contre le mur sans qu'il parvienne à comprendre comment. Elle passa les bras autour de son cou et il laissa ses mains descendre le long de son corps, entre ses courbes si douces et le bois brut de la paroi derrière elle.

Sa main agrippa la rondeur parfaite de ses fesses et il l'attira davantage contre lui. Laissant courir ses lèvres le long de son cou, il inspira à fond son parfum de fleurs et de soleil, profitant de l'instant présent. Juliette inclina la tête et posa son front contre le sien. Tout était parfait. *Elle* était parfaite, mais… Il avait besoin de plus.

Il fit courir ses doigts le long de sa cuisse, trouva le

pli délicat de son genou et passa sa jambe autour de sa taille. Son corps semblait reconnaître le sien comme s'ils avaient été faits l'un pour l'autre, deux pièces du même puzzle, créées pour se retrouver.

Chaque cellule de son corps avait faim d'elle. Jude le savait à présent : dès l'instant où il l'avait revue à la grange le jour de son arrivée, il avait eu envie de la tenir serrée contre lui exactement de cette manière. Le désir avait allumé son étincelle lorsqu'ils avaient bu un café au *diner*. Entre les souvenirs, les rires et les conversations, il n'avait fait que grandir depuis, jusqu'à devenir cet incendie qui lui faisait perdre la tête.

Pourtant, il n'avait pas essayé de la séduire – ou bien était-ce elle qui l'avait séduit ? Il en avait toujours été ainsi avec Juliette. Dès qu'ils se voyaient, ils avaient tendance à se sauter dessus. On n'aurait pu dire où commençait le désir de l'un et où finissait celui de l'autre.

Comment, comment avaient-ils pu rester loin l'un de l'autre si longtemps ?

Jude comprit alors qu'il avait attendu le bon moment pour revenir vers elle. Inconsciemment, il avait voulu devenir quelqu'un avant de la retrouver, atteindre le succès, montrer à tous qu'il était digne d'elle. Il avait attendu toutes ces années car il n'était jamais parvenu à se convaincre qu'il l'était déjà.

De toute manière, son père ne le croirait jamais digne de rien, alors pourquoi s'escrimait-il ? Il avait effleuré le succès et l'avait déjà perdu…

Stop ! Arrête tout de suite, se morigéna-t-il.

Il refusait de laisser le fantôme de Donovan Campbell gâcher ce moment. Pas aujourd'hui, pas avec Juliette.

Posant une main dans son dos, il pressa son bas-ventre contre elle et elle imita aussitôt son geste.

— Juliette…, murmura-t-il contre ses lèvres.

Elle empoigna le col de sa chemise et l'embrassa follement, passionnément, comme si elle ne devait plus jamais s'arrêter. Lorsqu'elle reprit son souffle, Jude s'écarta légèrement pour mieux la regarder. Sa robe était descendue jusqu'à sa taille sans qu'il puisse se souvenir du moment précis où cela était arrivé.

Impatient, il attrapa le tissu et Juliette l'aida en faisant passer la robe par-dessus sa tête. Il prit un moment pour contempler sa poitrine avant de la caresser avec adoration, d'abord par-dessus la dentelle de son soutien-gorge, puis dessous.

La douceur de sa peau était incroyablement familière sous ses doigts. Même après tant d'années, il avait l'impression de revenir chez lui – le seul foyer dont il avait besoin.

Ses lèvres se posèrent sur son cou, remontèrent lentement en semant un chemin de baisers. Il caressa du bout de la langue le point sensible juste sous son oreille avant de l'embrasser sur la tempe, le front, la joue, pour reprendre enfin possession de ses lèvres. Le souffle lui manquait et il se sentait ivre du bonheur d'être avec elle.

Juliette réagit en tirant sa chemise hors de son pantalon. Elle défit les deux premiers boutons, mais finit par céder à son impatience et fit hâtivement passer le vêtement par-dessus sa tête.

Jude passa une main dans son dos et défit l'attache de son soutien-gorge. Repoussant la dentelle bleu pervenche assortie à celle de son tanga, il inclina la tête et prit délicatement son mamelon durci entre ses lèvres. Juliette poussa un gémissement et il songea qu'il n'y avait jamais eu de plus belle musique pour lui.

Elle fit glisser ses mains de sa taille à ses fesses, l'attirant fermement contre elle tandis qu'un son rauque lui échappait. Jude lui retira son soutien-gorge presque à regret. Il le trouvait magnifiquement sexy, mais il était plus attiré encore par ce qui se cachait dessous. L'instant d'après, ses doigts trouvaient les élastiques du minuscule triangle de soie et de dentelle qui couvrait son intimité, et il le fit aussitôt glisser jusqu'au sol.

Sa main descendit entre ses cuisses et il crut devenir fou de désir. Visiblement, Juliette avait autant envie de lui que lui d'elle.

Ralentis, Campbell, ralentis, se répéta-t-il sans grand succès.

Il tenta de mettre une infime distance entre eux en l'attirant jusqu'au lit, mais Juliette ne voulut pas en entendre parler avant de l'avoir déshabillé à son tour. Elle défit le bouton de son jean, descendit la fermeture Éclair et écarta d'un geste impatient le tissu qui la gênait. Il crut exploser lorsqu'elle le prit au creux de sa main.

— Est-ce que tu as un préservatif ? murmura-t-elle.

L'esprit embrumé par le désir, il lui fallut un bon moment pour comprendre la question et répondre :

— Euh… Sûrement quelque part.

— Attends, fit Juliette en reculant d'un pas. Moi, j'en ai.

— Tu en as ? répéta-t-il, légèrement dégrisé par son geste.

— Dans mon sac à main. Donne-moi une seconde, ajouta-t-elle en déposant un baiser rapide sur ses lèvres.

Il la laissa partir à regret, admirant le léger balancement de ses hanches tandis qu'elle s'éloignait.

— Avais-tu prévu de me séduire aujourd'hui ? lui demanda-t-il en riant. Si c'est le cas, sache que je ne me plains pas, mais reviens vite.

— Je n'avais rien prévu du tout. Quelqu'un me les a offerts, rétorqua-t-elle en lui montrant le petit paquet argenté qu'elle venait de sortir de son sac. C'est un cadeau de la part d'une amie qui me connaît mieux que moi-même.

Elle traversa la pièce pour éteindre le plafonnier. La seule lumière qui leur parvenait était celle de la pleine lune, doucement tamisée par les persiennes. Juliette revint auprès de lui et le poussa sur le lit.

— Si tu permets…

Elle s'assit à son tour sur le matelas et déchira hâtivement l'emballage du préservatif. Après cela, elle ralentit la cadence, prenant le temps de le caresser, de l'embrasser, de le lécher jusqu'à ce que Jude se sente au bord de la folie.

— Juliette, murmura-t-il d'un ton suppliant. Si tu continues comme ça, je ne vais pas pouvoir tenir.

Elle le protégea d'un geste rapide et s'installa à califourchon sur lui. Jude crut perdre la tête en la voyant ainsi. Il avait hâte lui aussi, mais il voulait profiter de l'instant. S'obligeant à freiner ses instincts, il glissa une main entre ses cuisses et la caressa lentement, explorant son intimité brûlante de désir.

Elle était prête pour lui – si prête qu'il en laissa échapper un grognement sourd.

— J'ai besoin de toi, lui ordonna Juliette. Maintenant.

Il la prit par la taille et la fit basculer sur le dos, se plaçant entre ses cuisses. Juliette posa une main sur ses hanches et l'attira en elle. Il s'enfonça davantage entre ses jambes et poussa un grognement sourd, déjà près de perdre le contrôle. Son corps et son âme ne formaient plus qu'un avec elle et plus rien d'autre ne comptait.

Par miracle, il parvint à rester immobile suffisamment longtemps pour retrouver un semblant de maîtrise sur lui-même. Alors, il se mit à bouger en elle et Juliette lui rendit chacun de ses mouvements, retrouvant le rythme parfait qui était le leur. Sans aucun doute, elle non plus n'avait pas oublié. Ils allaient toujours aussi bien ensemble.

Juliette lui passa les bras autour du cou et l'attira encore plus profondément en elle. Il se mit à bouger de plus en plus vite, attentif au moindre de ses mouvements, de ses gémissements. Il la sentit se contracter autour de lui, une fois d'abord, puis une autre tandis qu'elle poussait un long cri de plaisir. L'instant d'après, il la rejoignait dans un orgasme qui effaça tout le reste de l'univers.

Jude n'aurait su dire après combien de temps il était revenu à lui. Une éternité, quelques secondes ? Tout ce qu'il savait, c'était qu'il ne s'était pas senti aussi épuisé depuis bien longtemps. Juliette haletait elle aussi et s'accrochait à lui comme à une bouée de sauvetage.

Ils restèrent ainsi de longues minutes, silencieux, jusqu'à ce que leurs respirations s'apaisent et que le monde se remette à tourner.

— Je veux te garder dans mes bras pour toujours, lui murmura-t-il. Est-ce que tu pourrais être heureuse comme ça ? Avec moi, dans cette cabane, pour toute la vie ?

— Si tu continues à faire ce que tu viens de me faire, je pourrai être heureuse un bon moment, chuchota Juliette en se nichant dans les bras de Jude.

Elle s'était rarement sentie aussi heureuse. La dernière

fois qu'elle avait ressenti cette plénitude, cette sérénité parfaite, avait probablement été avant que Jude et elle se séparent.

Et maintenant ? demanda une petite voix dans sa tête. Certes, elle avait l'impression d'être au paradis, mais Jude et elle n'auraient peut-être pas dû se précipiter ainsi. Elle venait de s'exposer à recevoir le coup le plus dur de sa vie – le perdre à nouveau.

Pourtant, elle ferma les yeux et enfouit le visage dans le creux de son épaule. Elle ne pouvait tout simplement pas s'en empêcher.

Jude resserra un bras autour de sa taille, l'autre posé sur ses yeux qu'elle devinait fermés.

— Je n'ai jamais fait ça avant, murmura-t-elle.

— Oh que si, tu as fait ça avant. Je peux en témoigner, répondit Jude d'une voix ensommeillée.

— Mais non, pas *ça*, rétorqua-t-elle en lui donnant un coup de coude. Je veux dire que je n'ai jamais fait l'amour avec quelqu'un sans attaches. Je n'ai jamais eu de relation purement physique avec quelqu'un, si tu préfères.

— C'est ce que tu veux ? demanda-t-il en se redressant sur un coude.

Juliette leva les yeux vers lui, ne sachant que répondre. Elle qui savait toujours où elle allait, ce qu'elle voulait, qui maîtrisait toujours ses émotions… Cette fois, elle se sentait perdue. Elle était là, débordée par ses sentiments, nue dans les bras d'un homme qui lui avait brisé le cœur et avec qui elle ne pouvait décidément pas vivre une histoire sans lendemain.

— Non, ce n'est pas ce que je veux, finit-elle par répondre. Pas vraiment. Je n'ai jamais eu ce genre de relation auparavant, et cette histoire floue que nous sommes en train de vivre est un peu étrange pour moi. Il me faudra du temps pour m'y habituer.

— Je ne comprends pas, fit Jude en fronçant les sourcils. Est-ce que tu abandonnes toute possibilité d'un « nous » ? En tant que couple, je veux dire.

— Non, mais je préfère me préparer à ce que ça ne fonctionne pas. J'ai peur de souffrir à nouveau. Je t'ai aimé pendant des années et des années, Jude. J'ai cru que je ne m'autoriserais plus jamais à aimer de nouveau.

— Je t'ai aimée et je t'aime toujours, Jules, murmura-t-il avant de déposer un baiser sur sa joue.

Malgré elle, ses mots allumèrent une étincelle dans son cœur, tout comme la sensation de sa main rugueuse contre la peau sensible de sa poitrine.

— Dans ce cas, reste ici, ne put-elle s'empêcher de demander. Tout serait plus facile si tu restais. Retire-toi de la compétition et viens commencer une nouvelle vie avec moi.

Juliette se sentit soudain vulnérable et remonta le drap jusqu'à ses épaules. Jude l'attira plus près contre lui, mais malgré la proximité de leurs corps, son silence ne lui disait rien de bon. Des milliers de questions inexprimées fusaient dans son esprit. Même la caresse de son pouce contre ses mamelons ne parvenait pas à la distraire.

Sentant probablement sa détresse, Jude s'arrêta. Elle aurait juré qu'il retenait sa respiration pour mieux réfléchir.

— J'ai envie de te promettre beaucoup de choses, finit-il par répondre. Pour autant, je ne peux pas te dire avec certitude que je vais mettre fin à ma carrière. Je dois retrouver une situation qui me permette de prendre soin de toi.

— J'ai largement de quoi prendre soin de nous deux, protesta-t-elle.

— Je refuse de profiter de toi, Juliette. C'est absolument hors de question.

Il secoua la tête et croisa les bras sur sa poitrine.

— Je dois prendre mes responsabilités. Jamais je ne pourrais commencer une vie avec toi si nous n'étions pas égaux. Autrement, j'aurais l'impression de ne rien avoir accompli, rien d'autre que vivre sur l'argent de ma copine.

Juliette se retourna pour le regarder dans les yeux.

— Ce serait plutôt comme un partenariat, proposa-t-elle en désespoir de cause. Je t'aiderais financièrement le temps que tu trouves un nouveau travail, mais tu contribuerais d'une autre manière, j'en suis certaine. Il y a mille façons d'apporter sa pierre à l'édifice dans une entreprise. Par exemple, imagine que je veuille ouvrir une école de rodéo. Certes, j'investirais le capital, mais je n'aurais pas la moindre idée de ce qu'il faudrait faire.

— Sais-tu comment tu pourrais apprendre ? En venant avec moi en tournée, rétorqua-t-il.

Il lui sourit et se mit à lui caresser les cheveux comme elle l'aimait, essayant sans aucun doute de lui changer les idées.

— C'est non, Jude, répondit-elle à contrecœur. Je ne peux pas faire ça.

— Je vois. J'ai l'impression que nous n'irons pas plus loin ce soir, soupira-t-il. Nous pouvons rester de mauvaise humeur ou essayer de passer une bonne nuit ensemble. En ce qui me concerne, je vote pour la deuxième option.

Sa main se glissa alors entre ses jambes et il taquina les points les plus sensibles qu'il connaissait par cœur. Juliette sentit son corps réagir au quart de tour. Oui, elle l'aimait ; oui, elle aurait du travail pour le convaincre de rester, mas pas maintenant.

Les doigts experts de Jude avaient accompli leur magie. Le désir flambait en elle et déjà elle en voulait plus. Elle s'apprêtait à l'attirer contre elle lorsque le téléphone de Jude, enfoui quelque part dans le tas de vêtements qui jonchaient le sol, se mit à sonner. Elle compta quatre sonneries avant que le silence revienne.

Loin d'y prêter attention, Jude l'embrassa avant de la prendre par la taille pour la faire basculer au-dessus de lui. Elle s'apprêtait à oublier l'interruption à son tour au moment où le téléphone sonna de plus belle.

— Tu ne veux pas répondre ? demanda-t-elle en s'écartant à contrecœur.

— Répondre à quoi ?

— Si quelqu'un appelle à cette heure-ci, c'est peut-être important. Je serai toujours là dans cinq minutes.

Peut-être que tu ne devrais pas rester, souffla de nouveau la petite voix dans sa tête. *Tu devrais en profiter pour t'habiller et partir. Tout de suite.*

— Rien ne peut être plus important que *ça*, là maintenant.

Jude embrassa son cou et sa main se glissa de nouveau entre ses jambes, la caressant jusqu'à ce qu'elle ne puisse retenir un gémissement de plaisir. Toute pensée rationnelle l'abandonna. Elle ne songeait plus qu'à ses mains posées sur elle, qu'à la dureté merveilleuse de son sexe contre sa paume et…

… Et le téléphone se remit à sonner.

Non !

Exaspérée, elle bondit au bas du lit, trouva l'objet

incriminé et le tendit à son propriétaire, non sans avoir aperçu le nom de l'appelant sur l'écran.

— Je t'en supplie, décroche. Il y en a peut-être pour une minute. C'est un certain Bob qui essaie de te joindre.

— Oui, je sais. Bob est mon agent et je lui ai assigné une sonnerie spéciale. Voilà pourquoi je n'étais pas pressé de lui répondre.

— Dans ce cas, dis-lui que tu es occupé et que tu le rappelleras plus tard.

Elle récupéra sa robe et s'en couvrit vaguement avant de s'asseoir au bord du lit.

— Ce n'est pas aussi simple, murmura Jude en rejetant son téléphone sur la couverture.

Elle comprit alors que son agent l'appelait pour le presser de prendre une décision concernant sa carrière. À en juger par leur conversation précédente, Jude avait probablement déjà choisi et ne voulait pas le dire devant elle, sachant à quel point elle serait blessée de son départ.

Juliette sentit son cœur se serrer. Des larmes qu'elle avait toutes les peines du monde à contenir lui brûlaient les yeux. Pourquoi réagissait-elle ainsi ?

Jude ne lui avait rien promis. Au contraire, il s'était montré honnête sur ce qu'il ne pouvait *pas* lui promettre. Elle-même avait parlé de relation sans lendemain. Dans ce cas, d'où venaient ces attentes, cette déception ?

Sentant son regard posé sur elle, elle enfila lentement sa robe dans l'espoir de lui cacher ses larmes.

— Je vais rentrer, finit-elle par dire. Je vois bien que tu as des choses à régler dont tu ne peux pas t'occuper en ma présence.

— Je préférerais que tu restes.

Il tendit la main pour lui caresser le bras, mais elle

s'esquiva rapidement et enfila son tanga après l'avoir repêché au milieu des autres vêtements. Soudain, elle se rappela qu'elle était venue jusqu'à la cabane dans la voiture de Jude. Elle allait dépendre de lui si elle ne voulait pas rentrer à pied en pleine nuit…

Décidément, elle n'était pas douée pour ce genre de choses – un signe de plus qu'elle avait fait une grosse erreur.

— Jules ?

Elle voulut répondre, mais aucun son ne franchit ses lèvres.

— Regarde-moi, s'il te plaît.

Elle s'obligea à lever les yeux. Jude était assis de l'autre côté du lit, la vieille couverture rejetée sur ses genoux. Elle enfonça les ongles dans ses paumes pour s'empêcher de pleurer.

— La seule chose qui compte à mes yeux, c'est de reprendre exactement là où nous en étions.

Son regard s'illumina de cette manière joueuse qui avait toujours charmé le monde autour de lui. Jude prenait certaines choses au sérieux, elle le savait, mais sa légèreté et son sourire attiraient les autres vers lui en permanence, sans parler de la gent féminine.

Juliette ne faisait pas exception à la règle. Comme toutes les autres et malgré la lourdeur de ses réflexions, elle fondait en sa présence et rougissait au moindre de ses sourires. Elle aurait voulu disparaître dans un trou de souris tant elle se sentait vulnérable.

— Jude, je ne voudrais pour rien au monde t'empêcher de vivre ta passion. J'espère que tu le sais. Seulement, c'est tellement dangereux et je… Si je te perdais, je ne crois pas que je pourrais le supporter.

Il se leva et enroula la couverture autour de ses hanches. Juliette soupira devant l'image merveilleuse qui s'offrait à ses yeux, ses épaules larges, son torse musclé, les lignes bien dessinées de ses abdominaux. Elle en oublia de respirer.

Encore davantage maintenant, elle comprenait pourquoi cette vidéo de Jude avec son T-shirt déchiré avait causé tant d'affolement. Il était magnifique. Ces idiots de Copenhagen auraient été stupides de le laisser partir.

Elle aurait été stupide de le laisser partir.

— Je comprends que ton inquiétude soit difficile à gérer, mais je crois qu'elle ne peut signifier qu'une chose, reprit Jude avec douceur. Tu m'aimes encore, n'est-ce pas ?

Elle s'apprêtait à nier, mais les mots restèrent bloqués dans sa gorge. Elle ne se sentait pas capable de lui mentir.

— En tout cas, moi, je t'aime toujours, reprit-il. Je n'ai jamais cessé de t'aimer. Si tu ressens la même chose, nous y arriverons, Jules. Nous trouverons un moyen d'y arriver.

Pas si tu continues à t'obstiner…

— Je ne sais pas, Jude. Je suis fatiguée. Est-ce que tu pourrais me ramener chez moi, s'il te plaît ? Ma mère est à la maison et j'ai besoin de réfléchir au calme.

Elle se leva comme pour se convaincre elle-même qu'elle voulait réellement partir. Moins elle passerait de temps avec lui, moins difficiles seraient les adieux, et elle était de plus en plus certaine que Jude avait déjà décidé de partir.

- 9 -

— À qui appartient cette voiture ? demanda Jude lorsqu'ils arrivèrent devant la maison.

— C'est celle de Howard, répondit Juliette avec un certain soulagement. Je suis contente qu'il soit venu. Avec un peu de chance, il arrivera à raisonner ma mère.

Jude fut obligé de se garer tout au bout de l'allée, derrière la voiture de Howard qui s'était lui-même glissé à côté de celle de Guenièvre. La petite Prius de Juliette était dans son garage. Si la moitié de Celebration débarquait chez elle tous les soirs, elle allait devoir finir par se garer sur le trottoir pour ne pas être bloquée au moment de partir, mais il s'agissait du dernier de ses soucis pour l'instant.

Avant de sortir de la voiture, elle prit un moment pour remettre de l'ordre dans ses pensées. La lumière extérieure du porche était allumée. Sa mère avait dû oublier de l'éteindre après l'arrivée de Howard.

De plus en plus, Juliette était convaincue que son beau-père était quelqu'un de bien. Sa présence suffisait à le prouver. Loin de fuir le problème, il avait rejoint sa mère pour essayer de l'affronter avec elle. Guenièvre n'était pas facile à aimer. Malgré tout, Howard avait toujours su manœuvrer ses moments difficiles, sans se laisser faire pour autant.

Ils semblaient réellement se compléter l'un l'autre. Juliette n'avait jamais vu sa mère aussi heureuse avec quelqu'un, et elle espérait qu'ils parviendraient à résoudre les problèmes qu'ils traversaient ce soir-là. Accessoirement, la présence de son mari détournerait peut-être l'attention de Guenièvre de celle de Jude. Sa mère pourrait même bien oublier de la bombarder de questions sur leur soirée ensemble.

Juliette ne se sentait pas capable d'affronter un interrogatoire. Elle était fatiguée, vulnérable et ses émotions se lisaient probablement sur son visage. Il y avait de l'amour, de l'inquiétude et une bonne dose de confusion.

Elle avait espéré mettre certaines choses au clair lorsqu'ils étaient partis pour la cabane un peu plus tôt. Au lieu de cela, elle se sentait encore plus perdue qu'auparavant.

Jude l'aimait toujours et elle ressentait la même chose pour lui. Ils voulaient tous les deux reconstruire quelque chose ensemble, mais comment auraient-ils pu y parvenir alors que leurs attentes envers la vie étaient si différentes ? Même avec tout l'amour du monde, Juliette ne voyait pas d'issue.

Faire l'amour avec lui avait rouvert une blessure qui ne s'était jamais vraiment refermée dans son cœur. Elle le voyait maintenant, mais il était trop tard. Elle ne cesserait jamais de souffrir, d'autant plus que Jude semblait décidé à reprendre la compétition malgré les risques.

Pendant toute leur conversation, elle s'était retenue de lui jeter à la figure l'ultimatum qui lui brûlait les lèvres.

Si tu m'aimes vraiment, tu ne partiras pas.

Si elle ne l'avait pas dit, c'était aussi parce que, à ses yeux, elle n'aurait pas dû avoir besoin de le formuler. S'il l'aimait, si leur histoire était sa priorité, il ne prendrait pas le risque de retourner en compétition. Tout aurait dû être simple. Et pourtant…

— Merci de m'avoir ramenée à la maison.

Jude lui répondit d'un baiser, tendre et doux. Juliette ferma les yeux et tenta de graver l'instant dans sa mémoire. Ce baiser devrait être leur dernier, du moins tant qu'ils ne seraient pas certains d'être sur la même longueur d'onde.

— Il faut que j'y aille avant que ma mère ne commence à allumer et éteindre la lumière du porche.

Jude éclata de rire, la tête rejetée contre le dossier de son siège.

— Oh là là, tu t'en souviens ? Elle détestait que tu restes dans ma voiture quand je te ramenais le soir.

— Elle avait peur de ce que les voisins pouvaient penser, répondit Juliette avec un sourire amer. Elle ne se rendait pas compte que ses illuminations attiraient l'attention de tout le quartier.

Son regard croisa celui de Jude et elle ne put s'empêcher de rire avec lui. Il l'embrassa de nouveau et garda son front posé contre le sien, sa main caressant sa joue.

— Je sais que je devrais te dire bonne nuit, mais je n'en ai pas envie. Je veux dormir avec toi. Je veux m'endormir en te regardant le soir et voir ton visage en me réveillant le matin.

— C'est Guenièvre qui serait contente si tu restais dormir, lança Juliette dans une tentative de maîtriser l'émotion que ses mots avaient attisée.

— J'ai peur que tout change au moment où tu sortiras de cette voiture, souffla Jude.

— En tout cas, tu sais déjà ce que tu peux faire pour que tout se termine bien. Je crois que mon avis sur la question était assez clair.

— Je sais, Jules.

Il ferma les yeux et se passa une main sur le front.

— Fais-moi confiance, d'accord ? J'ai juste besoin d'un peu de temps.

Juliette sentit la sincérité dans sa voix, ne put que hocher la tête.

— Tu viendras quand même au bal des anciens élèves avec moi, n'est-ce pas ?

— Je ne sais pas. Tu ne me l'as jamais proposé.

Jude sourit, repoussa avec douceur une mèche rebelle qui lui retombait sur les yeux.

— Juliette Lowell, acceptes-tu d'être ma cavalière pour le bal ?

— Avec grand plaisir, répondit-elle avant de l'embrasser de nouveau.

— Très bien. Je t'achèterai un bracelet de fleurs, n'espère pas y échapper, plaisanta-t-il.

Jude ouvrit sa portière et esquissa un mouvement pour sortir.

— Attends une minute. Où est-ce que tu vas ?

— Je t'accompagne jusqu'à la porte.

Elle défit sa ceinture elle aussi, mais attendit que Jude fasse le tour de la voiture pour lui ouvrir sa portière. L'idée des fleurs la faisait sourire malgré elle. Lorsqu'il l'aida à sortir, il garda sa main dans la sienne et l'embrassa encore une fois.

— Rentre vite avant de t'attirer des ennuis, murmura-t-il contre ses lèvres.

— Ma robe est bleue.

Jude fronça les sourcils, jeta un coup d'œil vers le bas.

— Je ne suis pas un expert, mais elle m'a l'air plutôt rose.

— Mais non, pas celle-ci. Je parlais de ma robe pour le bal.

— Oh ! d'accord. C'est noté, répondit-il avec une lueur joyeuse dans le regard.

Jude lui passa un bras autour de la taille et l'accompagna jusqu'au porche. Il se penchait vers elle pour l'embrasser une dernière fois lorsque la porte d'entrée s'ouvrit. Il s'agissait de Howard, pas de sa mère, mais Juliette eut le réflexe de s'écarter comme une adolescente prise en faute.

— C'est toi, Juliette ?

— C'est bien moi, Howard. Je suis contente que tu sois venu. Comment va maman ?

Howard détaillait Jude d'un regard suspicieux.

— Ta mère va bien, tout va bien. Ne t'en fais pas. Elle ne voulait pas partir avant de savoir que tu étais bien rentrée, et moi, je voulais rencontrer ton ami. Il paraît que vous êtes une célébrité locale, ajouta-t-il en s'adressant à Jude. Howard Albright, enchanté.

Jude accepta sa main tendue et la serra à son tour.

— Jude Campbell. Content de vous rencontrer, monsieur Albright.

— Oui, oui, moi de même. Entrez donc tous les deux. J'ai apporté le gâteau au rhum préféré de Guenièvre. Vous en prendrez bien une part ou deux.

— C'est gentil, monsieur, mais…

— Allons, ne protestez pas. C'est l'affaire de cinq minutes. J'ai déjà préparé le café.

Juliette sentit en effet une délicieuse odeur lorsqu'elle franchit le seuil. Parmi ses nombreuses qualités, Howard possédait un talent indéniable pour faire du bon café.

Elle se tourna vers Jude qui hésitait toujours de l'autre côté de la porte.

— Tu ferais aussi bien d'entrer, lui murmura-t-elle. Lorsque Howard a une idée en tête, il n'y a pas moyen de refuser.

Elle accompagna ses mots d'un sourire, espérant lui faire comprendre qu'elle voulait seulement faire plaisir à son beau-père.

— Bon, puisque c'est comme ça…

Jude lui sourit en retour et la suivit à l'intérieur. Howard avait déjà disparu ; quant à Franklin, il se rendit enfin compte qu'elle était rentrée et trottina jusqu'à elle pour l'accueillir. Le petit chien étira ses pattes avant, poussa un bâillement paresseux puis un jappement de bienvenue.

— Salut, toi, dit Juliette en se penchant pour caresser sa fourrure roux et blanc d'une douceur de velours. Je suis contente de te voir.

Franklin tourna la tête vers Jude et poussa un nouveau jappement dans sa direction. Jude le caressa à son tour, reçut un coup de langue sur le nez en guise de récompense.

— Houla, du calme, fit-il en se redressant. Nous ne nous connaissons pas encore. Si c'était le cas, tu saurais que je n'embrasse jamais au premier rendez-vous.

Juliette haussa un sourcil.

— Ah bon ? J'ai entendu dire le contraire, moi.

Jude lui tendit les bras et elle se nicha de nouveau contre lui.

— Juliette, tu veux une part de gâteau ? demanda alors Guenièvre depuis la cuisine.

Sa mère avait décidément un sixième sens. Elle parvenait toujours à interrompre les meilleurs moments entre Jude et elle. Pourtant, cette fois, Juliette était bien décidée à l'ignorer. Elle n'avait plus dix-huit ans. Si elle voulait embrasser un homme dans *son* hall d'entrée, même un homme qui ne plaisait pas à sa mère, elle le ferait.

Elle qui, deux minutes auparavant, s'était promis de ne plus rien faire avec Jude dès la minute où elle sortirait de la voiture…

Incapable de s'en empêcher, elle repoussa sa résolution à plus tard, lui passa les bras autour du cou et posa les lèvres sur les siennes.

— Juliette ? Est-ce que je te sers ? insista Guenièvre au loin.

— Oui, s'il te plaît. Une part pour moi, une pour Jude et deux cafés.

Elle l'embrassa de nouveau, et ce fut Jude qui rompit leur baiser avec douceur.

— Allez, viens, dit-il en l'entraînant vers la cuisine.

Juliette cligna des yeux sous la lumière vive du plafonnier. À peine était-elle entrée dans la pièce que sa mère jetait un coup d'œil critique vers l'horloge, avant de la regarder d'un air outré.

— Il est un peu tard, tu ne crois pas ?

— Il est dix heures et demie et je suis une adulte, maman. Je rentre chez moi à l'heure qui me convient.

Guenièvre poussa un grognement désapprobateur, mais s'abstint de répondre et posa délicatement la tranche de gâteau qu'elle venait de couper sur une assiette.

— Alors, jeune homme, lança Howard en se tournant vers Jude. Il paraît que vous sortez avec ma petite ? Bien sûr, Juliette est ma belle-fille, mais je l'ai toujours considérée comme ma propre fille et j'aimerais savoir quelles sont vos intentions envers elle.

Juliette eut un premier mouvement de protestation.

Quelle mouche avait piqué son beau-père ? Croyait-il qu'elle avait encore quinze ans ? Pourtant, l'instant d'après, elle se calma et comprit qu'il parlait sans la moindre intention de faire de l'autorité gratuitement. Howard tenait à elle et se souciait réellement de son bonheur.

En conséquence, elle se contenta d'un regard en coin à l'adresse de Jude et garda le silence. Elle était presque curieuse de voir ce qu'il répondrait.

Guenièvre resta curieusement silencieuse pendant que Jude parlait. Il raconta tout à Howard avec une franchise qui surprit Juliette – ses blessures pendant la saison, ses déboires avec Copenhagen, la décision qu'il devrait prendre fin octobre à Las Vegas. Il lui parla également de son idée d'ouvrir une école de rodéo à Celebration.

Juliette l'écoutait avec autant d'attention que son beau-père, touchée de voir à quel point il s'ouvrait à cet homme qu'il n'avait jamais rencontré. Jude avait toujours été ainsi. Il se montrait toujours sincère et naturel, même avec les gens qu'il connaissait depuis peu. La réponse de Howard, d'habitude plus réservé, l'étonna davantage.

— Je comprends, fiston. La vie a tendance à nous malmener de temps à autre. L'important, c'est de ne pas baisser les bras. J'en sais quelque chose. À mon âge et après des années dans mon domaine, je traverse de gros soucis professionnels en ce moment. Je t'en parle en me disant que tu apprendras peut-être de mon expérience.

Il s'interrompit pour décocher un petit sourire à Guenièvre.

— Howard, je ne suis pas sûre que ce soit une bonne idée de raconter nos affaires privées.

Elle n'alla cependant pas plus loin dans ses protestations,

se contentant de manger tranquillement sa part de gâteau tandis que son mari poursuivait.

— Il se trouve que les finances de mon entreprise ont reçu un coup récemment. Cela n'a pas été facile, mais j'ai décidé de continuer à me battre. Si une chose est importante pour toi, fiston, tu dois toujours te battre. J'ai travaillé deux fois plus pour essayer d'attirer un nouveau client. Ce client pourrait aussi bien me sauver que me détruire, mais je ne laisserai pas la deuxième option arriver, crois-moi.

Howard se tourna vers Juliette avant de reprendre :

— Je m'écarte un peu du sujet, mais Juliette, tu sais que ta mère s'inquiétait à propos de mes nouveaux horaires. J'aurais dû lui dire pourquoi je passais autant de temps au bureau. Je ne l'ai pas fait parce que je ne voulais pas l'inquiéter, mais maintenant, je suis soulagé qu'elle soit au courant. Je veux que tu saches que je ne ferais jamais rien qui pourrait blesser ta mère. Elle est la prunelle de mes yeux.

Les traits de Guenièvre s'adoucirent et Juliette aurait juré apercevoir un soupçon de rouge sur ses joues. Jamais elle n'avait vu sa mère si heureuse depuis... Pas depuis la mort de son père, en tout cas.

— Si je vous dis tout cela, Jude, c'est parce que j'espère que vous aurez la même honnêteté envers Juliette. Vous m'avez tout l'air d'un jeune homme responsable et vous semblez adorer notre fille. Quelque chose me dit qu'elle vous aime beaucoup aussi. Si je pouvais me le permettre, j'investirais tout de suite dans votre école de rodéo. Je pourrai probablement le faire dans quelques mois. Envoyez-moi une proposition sérieuse à ce moment-là et je verrai ce que je peux faire.

Comme toujours, Howard faisait preuve de franchise et de générosité. Juliette sentit son cœur fondre. Elle lui fut encore plus reconnaissante lorsqu'il invita sa mère à rentrer chez eux et que celle-ci prit congé sans le moindre commentaire sarcastique à l'adresse de Jude.

Ils se retrouvèrent seuls dans la maison, un moment qu'elle avait espéré autant que redouté. Elle ne savait plus ce qu'elle devait faire.

Une partie d'elle-même rêvait de passer la nuit avec lui. Elle aurait adoré se réveiller le lendemain dans ses bras, mais malgré leur complicité et l'étonnante acceptation de sa mère, Juliette savait que rien n'était joué entre eux.

Tout se déciderait lorsque Jude prendrait sa décision à Las Vegas le 23 octobre. En attendant, elle devait se protéger et mettre le plus de distance possible entre eux – et la distance commencerait ce soir, même si elle devait passer une nuit blanche en pensant à lui.

L'après-midi du match de football, Jude rejoignit Juliette au parc de Celebration, là où la parade devait commencer.

Le comité des anciens élèves avait eu une surprise de taille quelques jours auparavant. L'un des camarades de promotion de Jude, qui ne pouvait pas être présent à la fête, avait envoyé un chèque de deux mille cinq cents dollars pour participer au cadeau de la promotion. Il s'agissait de plus du double de la somme que Marilyn et Marcy avaient prévu de récolter grâce au spectacle.

Entre cette nouvelle, les faibles ventes d'entrées et le manque d'enthousiasme général, elles s'étaient donc résignées à annuler le concours de talents. Aux yeux de Jude, les festivités du week-end n'auraient pas pu commencer sur une note plus positive.

Juliette se trouvait déjà sur place depuis quelques minutes lorsqu'il la rejoignit. Son magasin se trouvait juste de l'autre côté de la rue, et elle était probablement venue directement après le travail. Jude ne lui avait pas proposé de se retrouver plus tôt. Elle n'avait pas répondu à ses derniers messages, et il avait compris qu'elle avait besoin d'espace…

… Ce qui ne l'avait pas empêché de lui envoyer une douzaine de roses au magasin ce matin-là.

Il n'eut pas de mal à la repérer, postée qu'elle était près de la Mustang décapotable rouge vif qui devait leur servir de carrosse pour le défilé. Une banderole sur le capot affichait leurs noms en lettres géantes : « Jude Campbell et Juliette Lowell, Promotion 2007 ».

— Merci pour les roses, lui dit-elle lorsqu'il arriva à sa hauteur. Tu n'étais pas obligé.

— Je le sais, mais j'en avais envie.

Il aurait eu envie d'en faire mille fois plus, de lui envoyer un bouquet de roses pour chaque jour qu'ils avaient passé l'un sans l'autre, mais il avait fait de son mieux pour rester calme. Juliette se sentait déjà mal à l'aise par rapport à eux et il ne voulait pas l'effrayer davantage. Il s'était contenté de glisser un court message dans les fleurs : « Fais-moi confiance. »

Lorsque Juliette leva les yeux vers lui, il eut toutes les peines du monde à se retenir de la prendre dans ses bras. Il se prit à maudire les camarades de promotion avec qui il devait passer la soirée. D'habitude, il était plutôt sociable, mais il ne savait pas combien de temps il resterait à Celebration et aurait voulu passer chaque minute seul avec Juliette.

Les organisateurs de la parade passèrent alors dans les rangs pour demander à chacun de prendre sa place. Jude salua leur chauffeur, puis aida Juliette à monter dans la voiture, repoussant délicatement la traîne de sa longue robe rouge avant de s'installer à côté d'elle.

L'instant lui rappela le défilé où ils avaient été couronnés roi et reine de promotion, dix ans auparavant. Les choses avaient été bien plus simples alors... Quoique, pas vraiment, ajouta Jude en pensée. Il avait eu une jeunesse compliquée et des problèmes avec son père, rien de simple à gérer, seulement un peu différent.

Il se remémora alors ce que Howard lui avait dit le soir où il avait raccompagné Juliette chez elle.

« Si une chose est importante pour toi, fiston, tu dois toujours te battre. »

Jude avait toujours partagé cette philosophie. C'était probablement la raison pour laquelle il avait tant de mal à renoncer à sa carrière, sans compter qu'il n'avait pas eu de douleurs à la tête ce jour-là, à peine quelques crampes musculaires. La situation allait peut-être s'arranger d'elle-même. D'ailleurs, dès le départ, il n'aurait jamais dû se trouver dans cette situation.

Les cavaliers de rodéos professionnels recevaient rarement des blessures avec séquelles. S'ils faisaient correctement leur travail, dans un mélange de force, d'endurance et de connaissance de l'animal, les choses se passaient bien. Le cavalier devait se débrouiller pour tenir au moins huit secondes sur le taureau qui se cabrait.

Ensuite, même s'il était éjecté, le travail du « clown de rodéo » consistait à détourner l'attention de l'animal suffisamment longtemps pour laisser au cavalier le temps de s'échapper. Manipuler une bête de parfois plus d'une tonne n'était jamais chose facile, mais la plupart du temps, tout se passait comme prévu.

Jude n'avait simplement pas eu de chance. La saison prochaine, s'il y participait, serait peut-être tout le contraire de celle-ci.

La voiture se mit doucement en marche et commença à descendre la rue principale. Jude sourit et se mit à saluer la foule massée des deux côtés de la rue, notant les visages connus tout comme ceux qui manquaient à l'appel, celui de son ami Tony Darcy par exemple.

— Au fait, sais-tu que Janet Darcy a accouché ? demanda-t-il à Juliette. Tony m'a appelé cette semaine pour m'annoncer la nouvelle. Il m'a aussi proposé de le remplacer au club de rodéo du lycée pendant son congé paternité.

— Vraiment ? demanda Juliette en écarquillant les yeux. Que lui as-tu répondu ? Si tu acceptes, j'imagine que tu devras rester à Celebration.

— Je ne sais pas encore. D'après Tony, je devrais d'abord aller à l'office régional pour recevoir une licence de coach. Je vais attendre de voir comment se passent les choses de l'autre côté. Tant que j'avais Tony au téléphone, je lui ai aussi parlé de mon projet d'école de rodéo. Je lui ai demandé s'il serait intéressé pour faire partie de l'équipe.

— Et alors ?

— Il m'a dit qu'il pourrait prendre un poste à temps partiel, mais pas davantage. Avec le nouveau bébé, il n'est pas en position d'investir de l'argent, encore moins de laisser tomber son poste au lycée. J'ai commencé à réfléchir à d'autres moyens de couvrir les frais de départ. En vendant seulement une partie de mon terrain, je me dis que j'aurais peut-être assez.

— C'est vrai ? Tu crois vraiment que ce serait possible ?

Juliette le regardait avec de grands yeux pleins d'espoir, et il comprit qu'il devait revenir à la réalité. Lui faire espérer des chimères était la dernière chose qu'il souhaitait. Ses projets n'étaient encore qu'une idée dont il lui parlait comme il l'avait toujours fait, pour avoir son avis, mais le sujet touchait Juliette de trop près.

— Je ne sais pas encore si ce sera possible, Jules. J'aurais de toute façon plus d'argent si je repartais en compétition. Copenhagen pourrait peut-être prolonger mon contrat pour quelques années supplémentaires. La dernière fois que j'ai discuté avec Bob, il a évoqué la possibilité de transformer leur financement en parrainage pour l'école de rodéo.

Juliette se détourna et se remit à agiter la main en direction de la foule. Lorsque son regard croisa le sien ensuite, elle semblait beaucoup plus distante.

— Moi aussi, j'ai des nouvelles, lui dit-elle après un court silence. Lucy et moi avons rencontré un notaire aujourd'hui. Les papiers ne sont pas encore terminés, mais tout sera officiel d'ici à la semaine prochaine. J'ai accepté de vendre Les Mariages de Juliette.

- 10 -

Le jour suivant, Jude se gara devant chez Ethan, l'esprit encombré de mille pensées. Jamais de toute sa carrière il n'avait eu à prendre une décision si importante. Au pire des cas, il avait dû choisir entre deux nuances de vert pour le dessin du T-shirt « Tout ou Rien ».

Ce choix-là aurait des conséquences sur toute sa vie. Il était d'autant plus difficile à faire, mais l'horloge tournait et Jude en avait conscience. Il n'avait plus le temps de tergiverser.

La veille, pendant le match, son frère lui avait dit qu'il devait lui parler d'une nouvelle idée à propos de son terrain. Au point où il en était, il se sentait prêt à tout entendre. Il en profiterait pour faire part à son frère de son intention de vendre la moitié de sa propriété. Ethan lui avait déjà dit qu'il n'avait pas de quoi l'acheter lui-même, mais après tout, il avait toujours un droit de préemption.

Jude ressentit une drôle d'impression en toquant à la porte de ce qui avait été sa maison. Si Ethan y avait vécu seul, il aurait peut-être continué à entrer sans frapper, mais à présent que Chelsea avait fait de lui un homme honnête, il leur devait cette élémentaire courtoisie.

L'idée le fit sourire et il se remémora la jeunesse de son frère. Au fond, il avait toujours été un homme honnête, aussi poli et aimable que lui-même se comportait en rebelle. Ethan et lui étaient aussi différents que la nuit et le jour.

Chelsea lui ouvrit la porte et le serra brièvement contre elle.

— Salut, Jude. Ethan est dans la cuisine, il vient de finir son déjeuner. N'hésite pas à te servir si tu as faim.

— Merci, Chelsea, ça ira. Je dois juste discuter une minute avec Ethan.

Il adressa un sourire sincère à sa belle-sœur, conquis comme toujours par son esprit chaleureux. Il avait l'impression qu'elle faisait partie de la famille depuis toujours. En tout cas, elle rendait son frère si heureux qu'il ne pouvait que l'aimer lui aussi.

En traversant le salon, son regard fut inévitablement attiré par le canapé où il avait vu Juliette assise la dernière fois qu'il était venu, tout en sachant très bien qu'elle n'était pas là. Il ne put s'empêcher de se demander s'ils partageraient un jour le même genre de relation que celle d'Ethan et de Chelsea.

Bien sûr, toute relation demandait des efforts et une base solide. Rien ne pouvait se faire si les deux partenaires avaient une vision totalement différente de la vie. Juliette ne savait peut-être pas exactement ce qu'elle voulait faire de la sienne, mais elle était certaine de ne pas vouloir l'accompagner en compétition et il ne pouvait l'en blâmer. Voir ceux que l'on aimait prendre des risques n'était jamais chose facile.

Pourtant, si elle avait pu céder ne serait-ce que quelques semaines…

D'après leurs dernières conversations, Juliette semblait envisager la possibilité de s'associer avec lui dans son projet d'école de rodéo. Quelle meilleure façon d'apprendre les ficelles que de venir le voir en compétition ? Certes, elle avait fait beaucoup d'équitation à l'époque du lycée, mais cela remontait à bien plus longtemps que Jude n'aurait voulu l'admettre.

Il secoua la tête pour chasser ses pensées confuses et se mit en devoir de rejoindre son frère. Lorsqu'il entra dans la cuisine, Ethan se tenait devant l'évier, occupé à rincer des assiettes qu'il mettait ensuite dans le lave-vaisselle.

— Chelsea, je ne savais pas que mon frère pouvait être domestiqué à ce point, lança-t-il à sa belle-sœur.

— Domestiqué ou pas, il est le meilleur mari du monde.

Chelsea se nicha contre le dos d'Ethan et le serra dans ses bras. De nouveau, Jude pensa à Juliette avec un pincement au cœur, qu'il dissimula en poussant une exclamation faussement dégoûtée.

— Eh oui, petit frère, commenta Ethan en s'essuyant les mains sur un torchon. Tout le monde n'est pas un sauvage comme toi.

— Mais non, Jude, je suis sûre qu'il y a de l'espoir pour toi, intervint alors Chelsea. Tu étais adorable hier soir avec Juliette. D'ailleurs, je suis désolée de ne pas être venue vous voir, mais il y avait tellement de monde ! J'espère que vous avez passé une bonne soirée.

— C'était une journée bien remplie, répondit Jude afin d'éviter la question.

En réalité, il n'avait pas passé la meilleure soirée de sa vie la veille. Juliette s'était montrée de plus en plus distante avec lui à mesure que les festivités se déroulaient. Elle avait semblé déçue lorsqu'il avait parlé de repartir sur les routes, et malgré toutes ses tentatives pour se rattraper ensuite, le mal avait été fait.

Il ne s'était pas vexé lorsque, à ses questions concernant

la vente de son entreprise à Lucy, Juliette avait répondu par monosyllabes. Il avait tout de même réussi à savoir que la transaction n'était pas finalisée. De toute manière, le barbecue au milieu de tous leurs anciens camarades de classe n'était pas le meilleur moment pour avoir une conversation privée.

Ils s'étaient retrouvés à la mi-temps du match de football pour couronner ensemble les nouveaux roi et reine de promotion du lycée. À ce moment-là, Jude avait eu la certitude que Juliette l'évitait consciencieusement. Elle avait prétendu que tout allait bien lorsqu'il s'était décidé à l'interroger. Par précaution, il lui avait demandé si elle viendrait toujours au bal avec lui, et Juliette lui avait donné rendez-vous pour passer la prendre à 18 heures.

À la réflexion, peut-être sa froideur n'avait-elle eu aucun rapport avec lui. Elle s'était peut-être fait du souci à propos de la vente de son entreprise ou d'autres problèmes dont il ne savait rien. Il n'était pas le centre du monde, après tout…

— Est-ce que vous aurez un photographe ce soir ? demanda alors Chelsea. Sinon, je peux venir prendre quelques photos.

— Je suis sûr que les filles y ont pensé.

— Tant mieux. Vos soirées ont l'air géniales, ajouta-t-elle avec un soupir. À Londres, nous n'avions pas de bal des anciens élèves.

— Ne t'en fais pas, ma chérie. Je te promets que je t'emmènerai à la soirée de ma promotion.

Il l'attira alors dans ses bras et l'embrassa comme s'ils avaient été dans un film romantique.

— Eh ! protesta Jude. Trouvez-vous une chambre, tous

les deux. Ou plutôt, Ethan, laisse ta femme tranquille et viens avec moi dehors.

En sortant de la maison, Jude proposa à son frère de marcher jusqu'au lac. Sa partie du terrain était la plus éloignée de celle d'Ethan. Ils auraient près d'un kilomètre de promenade pour discuter tranquillement, en passant par l'ancienne grange et la maison de Lucy.

Ils marchaient depuis cinq minutes à peine lorsque le portable de Jude se mit à sonner. Il jeta un coup d'œil rapide à l'écran.

— Désolé, je vais devoir décrocher, dit-il à son frère. C'est mon agent.

— Pas de problème.

Jude sortit le téléphone de sa poche et fit glisser son doigt sur l'écran.

— Salut, Bob. Comment ça va ?

— J'espère que tu es assis, répondit son agent d'un ton exalté. J'ai de très bonnes nouvelles pour toi.

— Vraiment ?

— Je viens d'avoir Clive Curtis, de chez Copenhagen, au téléphone. Nous avons reparlé de la collection « Tout ou Rien ». Si tu acceptes de participer au championnat l'année prochaine, Copenhagen s'engage à garder la collection sur le marché jusqu'à la fin prévue du contrat. C'est génial, non ?

Jude prit une seconde pour digérer la nouvelle. En théorie, il s'agissait du meilleur scénario possible, le signe qu'il avait attendu pour prendre sa décision. Il aurait dû se sentir prêt à sabler le champagne. Et pourtant…

— Qu'ont-ils dit à propos des dons à l'association ?

— Non, Jude. Ils préfèrent laisser tomber pour cette

année. De toute façon, il est peut-être temps de passer à autre chose, tu ne crois pas ?

— Non, je ne crois pas, rétorqua-t-il fermement. Je refuse de laisser tomber cet argent dans les poches de Copenhagen. Rappelle-les et dis-leur que ce n'est pas négociable.

Bob resta silencieux un bon moment.

— Réfléchis-y, d'accord ? Ce n'est peut-être pas la peine de perdre la guerre à cause d'une seule bataille. Nous en reparlerons à Vegas.

Jude marmonna un au revoir et termina l'appel, le regard d'Ethan rivé sur lui.

— Des nouvelles de ton sponsor ?

— En quelque sorte. Les conditions ne me conviennent pas, alors j'espère que Bob fera son travail.

— Je vois. En parlant de conditions, j'ai épluché mes livres de comptes après notre dernière conversation. Je voulais voir si j'arrivais à te proposer un prix juste pour ton terrain, mais ce ne sera pas possible, Jude. Je suis désolé. Je dois faire attention à mes réserves et ne pas chercher à agrandir le ranch trop vite, sans compter que Chelsea et moi pensons à fonder une famille. Les enfants coûtent cher.

Jude sourit, peu surpris par la nouvelle. Il avait toujours pensé que son frère et Chelsea auraient des enfants rapidement.

— Moi aussi, j'ai fait mes calculs. Je ne m'en sortirai pas sans vendre la moitié du terrain. Je compte garder la partie avec le lac et le chalet. Avec l'argent de la vente, et celui de la collection « Tout ou Rien » si Copenhagen accepte de la maintenir une année de plus, je pourrai rentrer à Celebration et ouvrir mon école.

— Et le rodéo, dans tout ça ?

— Je ne sais pas encore, répondit Jude en haussant une épaule. Si le terrain se vend rapidement, je pourrai prendre ma retraite tout de suite. Sinon, je serai obligé de repartir pour une saison de plus. Évidemment, je préférerais avoir l'argent *et* continuer à concourir, mais…

Mais sans me faire tuer ou paralyser, si possible, ajouta-t-il en pensée.

— Sinon, tu n'as jamais pensé à exercer un métier normal comme nous autres le commun des mortels ?

— Si, bien sûr. J'y ai réfléchi, mais je ne gagnerais jamais autant qu'avec le contrat de sponsoring, la collection de vêtements et les compétitions.

Ethan hocha la tête.

— J'ai tout de même une proposition pour toi, si tu es prêt à m'écouter en gardant l'esprit ouvert.

— Bien sûr.

— As-tu déjà pensé à un endroit où installer ton école de rodéo ?

— J'ai quelques idées, mais rien de concret pour le moment. Je pensais envoyer quelques demandes la semaine avant mon départ pour Vegas.

Ethan et lui approchaient désormais des rives du lac. Sur sa droite, Jude apercevait la cabane, comme un fantôme de sa nuit avec Juliette. Il y avait pourtant dormi deux soirs depuis sa venue. Malgré tout, le souvenir continuait de le hanter.

Tournant résolument la tête de l'autre côté, il s'efforça de ne plus penser à elle et se concentra sur les propos de son frère.

— Voilà le plan, commença Ethan. Ton école de rodéo pourrait faire partie du Ranch des Trois C. De cette manière, tu serais un employé du ranch et je pourrais te verser un salaire dès le début si tu me donnes un coup de main aux écuries. L'un de mes palefreniers vient de déménager. J'ai besoin de le remplacer, et je préfère prendre quelqu'un de ma famille plutôt qu'un inconnu.

Ethan reprit son souffle avant de poursuivre :

— Pour l'école, tu pourrais utiliser les étables et le manège à l'est du ranch. Tu achèteras le reste du matériel quand tu pourras te le permettre. Cela dit, avec un emploi et un salaire fixe, ce sera probablement plus facile pour toi d'obtenir un prêt à la banque. J'espère que cette solution te permettra de garder ta partie du terrain.

Jude resta interdit. Passé le choc initial, et son aversion naturelle envers un travail quotidien où il devrait dépendre de quelqu'un, fût-ce son frère, il fut bien obligé de reconnaître que la proposition d'Ethan était plus que généreuse.

Malgré tout, une question revenait en boucle dans son esprit. Où était le piège dans tout cela ? Avec son père, il y avait toujours eu un piège ou un prix à payer – mais Ethan n'était pas son père.

— Tu ferais vraiment ça pour moi ? finit-il par demander.

— Bien sûr. C'est à ça que sert la famille. Jude, tout le monde a besoin d'aide à un moment ou à un autre. Dieu sait si j'en ai eu besoin il y a quelques années.

— Oui, mais je n'étais pas là pour toi…

— Je ne t'en veux pas. Tu avais tes propres démons à combattre. Prends ça comme une avance sur le futur, d'accord ?

— Tu es vraiment trop généreux pour ton bien.

— Non, pas vraiment. J'attends aussi quelque chose de toi en retour.

Ah, voilà le piège…

— Je voudrais que tu cesses d'en vouloir au monde entier, poursuivit Ethan. Tu repousses les autres en permanence, comme si tu étais seul sur cette Terre. Détends-toi une minute et laisse-moi t'aider.

Ethan lui sourit, mais son regard était sérieux.

— Il ne s'agit pas seulement de moi, reprit-il en secouant la tête. Si tu laisses Juliette sortir de ta vie une nouvelle fois, tu ne te le pardonneras jamais.

Jude sursauta comme si un insecte l'avait piqué.

— Eh bien, commenta-t-il d'une voix moins ferme qu'il ne l'aurait voulu. Il n'y a que les frères pour vous faire prendre conscience des choses à ce point.

Pendant des années, Jude avait accordé peu de valeur à la famille. Ses parents n'avaient jamais été là pour lui. Son père l'avait traité comme le fardeau de la maison ; quant à sa mère, elle avait vécu au service de Donovan et s'était efforcée de prévenir ses explosions de colère.

Pourtant, depuis le mariage d'Ethan, Jude avait tissé de nouveaux liens avec lui. Il avait également des conversations assez fréquentes avec Lucy. Les messages et les coups de téléphone s'enchaînant, il avait fini par comprendre que son frère et sa sœur – et Juliette – étaient la seule famille dont il avait besoin.

Sa colère envers son père l'avait empêché de revenir à la maison pendant trop longtemps. Enfin, il comprenait l'étendue de son erreur. Il essayait depuis sa mort de lui prouver qu'il était à la hauteur. Si seulement il avait pu chasser cette idée ridicule d'un coup de baguette magique…

— Je dois quand même aller à cette convention la semaine prochaine, dit-il à son frère. J'y suis obligé par mon contrat avec Copenhagen.

Ethan hocha la tête.

— Prends le temps d'y réfléchir d'ici là. Si le travail t'intéresse, tu pourrais commencer dès ton retour de Las Vegas. Penses-y tranquillement.

Jude y pensait déjà, et pas aussi tranquillement que son frère le suggérait. L'idée de venir tous les jours à la même heure et au même endroit, faire le même travail avec les mêmes personnes, le faisait grincer des dents. Il était attaché à la liberté qu'il avait connue dans le rodéo.

Et puis, Ethan serait son patron…

Bien sûr, Jude ferait du bon travail et son frère ne serait pas un chef tyrannique, mais ils venaient de retrouver une bonne relation et Jude avait peur de tout gâcher. S'il ne parvenait pas à s'adapter ? S'il finissait par craquer et détruisait ses liens avec Ethan, avec Lucy, même avec Juliette ?

Décidément, il ferait peut-être une faveur à tout le monde en repartant sur les routes une année de plus.

— Je viens d'acheter ton entreprise ! Je n'arrive pas à y croire, Juliette.

Dans l'ascenseur qui les éloignait du bureau de Seth Ryan, son avocat, Lucy battait des mains comme une enfant devant un stand de glaces. Juliette regarda encore une fois le chèque qu'elle tenait à la main. Incrédule, elle compta les zéros après le chiffre plutôt confortable qui y était inscrit.

— Moi non plus, je n'en reviens toujours pas. Je ne me serais jamais imaginé que tu avais autant d'économies.

Juliette glissa le chèque dans son sac à main, songeant qu'elle n'aurait pas dû être surprise après tout. Elle était bien placée pour savoir à quel point le commerce des mariages pouvait rapporter.

Bras dessus bras dessous, Lucy et elle sortirent du bâtiment et commencèrent à remonter la rue principale de Celebration.

— Je sais que tu dois voir Jude un peu plus tard, reprit Lucy, mais tu auras bien le temps de prendre une coupe de champagne pour fêter la bonne nouvelle ? Tori et Chelsea sont au café Saint-Germain, elles veulent que nous les rejoignions.

Juliette sentit son cœur bondir dans sa poitrine lorsqu'elle entendit le nom de Jude. Elle leva les yeux au ciel mentalement, consciente qu'elle n'aurait pas dû réagir ainsi. Jude allait partir. Il ne le savait peut-être pas encore, mais elle le connaissait. Certains signes ne trompaient pas.

Si elle avait encore eu des doutes, leur conversation lors du défilé la veille avait achevé de la convaincre. Jude était toujours incapable de dire qu'il resterait. Elle aurait même préféré qu'il n'évoque pas la proposition de Tony Darcy. À quoi bon, excepté pour décevoir ses espérances ?

Juliette repéra Chelsea et Tori installées autour d'une table haute et s'efforça de chasser ses pensées mélancoliques. Sur la table, une bouteille de Veuve Clicquot dans un seau à champagne les attendait, ainsi qu'un verre de cidre sans alcool pour Lucy, qui ne buvait plus d'alcool depuis qu'elle était enceinte.

Les deux sœurs étaient habillées avec une élégance parfaite. Tori avait opté pour une robe droite noir et blanc assortie à des bottines noires, tandis que Chelsea portait une longue tunique à motifs colorés avec de hautes bottes cavalières. Juliette reconnut aussitôt la patte de Tori Ashford Designs. Chelsea et elle avaient servi de testeuses pour Tori à l'époque de l'université, lorsqu'elle commençait tout juste à créer ses vêtements.

Aussitôt qu'elles entrèrent dans le bar, Chelsea se dressa sur sa chaise.

— Alors ? demanda-t-elle d'un ton surexcité.

— C'est fait, s'exclamèrent Lucy et Juliette en chœur.

Juliette avait du mal à croire qu'elle venait de laisser derrière elle ce qui avait été toute sa vie depuis la fin de ses études. Le point positif restait que Lucy allait hériter de toutes ses mariées infernales, Tabatha en tête. Elle ne se sentait pourtant pas le cœur de l'abandonner au milieu des loups. Certes, Lucy avait déjà des connaissances solides en matière de mariées insupportables, mais elle l'aiderait probablement à opérer la transition en douceur.

Le mariage de Tabatha aurait lieu dans deux semaines. D'ici là, Juliette comptait bien se reposer et prendre le temps de réfléchir à ce qu'elle voulait faire.

Tori versa le champagne dans les coupes et leva son verre en direction de Lucy et Juliette, rapidement imitée par sa sœur.

— À Juliette, lança Chelsea avec un sourire. Je te souhaite beaucoup de bonheur, et surtout, profite bien d'être débarrassée de tes chères clientes.

— Et à Lucy, s'exclama Tori. Je te souhaite de dompter les mariées infernales et de vivre heureuse pour toujours.

Les quatre jeunes femmes éclatèrent de rire et entrechoquèrent leurs coupes de champagne.

— La seule chose qui m'empêche de vivre heureuse

pour toujours, c'est ma vessie, grommela Lucy. Voilà encore une joie de la grossesse dont personne ne m'avait prévenue. Quelqu'un m'accompagne aux toilettes ?

— J'y vais aussi, dit Chelsea.

Tori et Juliette restèrent seules à leur table. Après s'être resservi du champagne, Tori demanda :

— Alors, Jules, es-tu vraiment libre de toute contrainte ? Plus de mariages, pas de Jude dans ta vie ?

Juliette sentit à nouveau des papillons dans son estomac. Elle avait l'impression de descendre des montagnes russes chaque fois que le nom de Jude apparaissait dans une conversation, à ceci près que l'impression était beaucoup moins divertissante.

Comment Tori savait-elle qu'il n'y avait *pas* de Jude dans sa vie ? Qu'avait-elle entendu dire chez les Campbell ? Peut-être avait-il déjà pris sa décision, celle de repartir sur les routes, et elle serait la dernière au courant…

— En effet, je suis libre, finit-elle par répondre. Le seul homme dans ma vie est mon chien Franklin. Pourquoi cette question ?

— J'aimerais te proposer de diriger la nouvelle collection Mariage de Tori Ashford Designs à Londres. Avec ton sens du style et tes connaissances sur l'univers du mariage, tu serais parfaite pour ce poste. Alors, qu'en dis-tu ?

- 11 -

En arrivant chez Juliette, Jude se fit la promesse que cette soirée serait plus légère que la précédente. Il avait trop parlé de lui la veille. Ce soir, il n'évoquerait pas la proposition d'Ethan ni les doutes qui subsistaient en lui. Il comptait bien profiter de la compagnie de Juliette et s'assurer qu'elle passait un bon moment.

Avant de monter les marches du perron, il jeta un dernier coup d'œil à sa tenue. Il avait commencé par enfiler un jean bleu foncé et une chemise blanche. Pourtant, à la dernière minute, il s'était décidé pour le pantalon plus habillé qu'il avait porté lors de leur dernier rendez-vous avec une veste de costume.

Il s'était également souvenu que la robe de Juliette serait bleue et avait enfilé une cravate de cette couleur. Il voulait lui montrer qu'il avait fait un effort, lui qui ne s'habillait jamais de manière élégante. Juliette le connaissait assez pour le savoir.

Jude sortit de sa poche la boîte qui contenait le bracelet de fleurs acheté le matin même, un assemblage délicat de minuscules roses blanches, et frappa à la porte de sa main libre. Il se sentait aussi nerveux que s'il s'était agi de leur premier rendez-vous. En quelque sorte, c'était le cas pour lui. Il ne désirait rien tant que de repartir de zéro avec Juliette, de construire de nouvelles bases.

Juliette ouvrit la porte et écarquilla les yeux.

— Waouh, commenta-t-elle après l'avoir observé des pieds à la tête. Tu es très élégant.

Jude aurait voulu répondre, mais elle était si belle qu'il ne trouvait plus ses mots. Il savait déjà que les robes de soirée lui allaient tout aussi bien que les jeans. Pourtant, il ne se souvenait pas de l'avoir déjà vue aussi jolie que ce soir-là. Ses cheveux étaient relevés en chignon, avec une ou deux mèches qui encadraient son visage. Elle portait une robe de soirée bleue qui mettait ses courbes magnifiques en valeur et lui donnait envie de l'attirer contre lui.

Pour résister à la tentation, il laissa son regard glisser vers ses sandales à talons argentées, une erreur dont il se rendit rapidement compte. Ses jambes encore bronzées par l'été paraissaient d'autant plus fines. Juliette arrivait presque à sa hauteur avec ces chaussures, et il mourait d'envie de l'embrasser.

— Salut, parvint-il enfin à articuler.

— Tu es prêt à partir ?

Jude remarqua alors qu'elle portait déjà son sac à main et une petite boîte blanche très similaire à celle qu'il avait apportée. Il reprit ses esprits et lui tendit le bracelet de fleurs.

— Il est magnifique, Jude. Merci beaucoup.

Il ouvrit à son tour la boîte de Juliette, y trouva un bouton de rose blanche parfaitement assorti au bracelet. Il fut tenté d'imaginer une connexion parfaite entre leurs esprits. Lorsque la raison reprit le dessus, il songea que le fleuriste de Celebration avait dû l'aiguiller sur la couleur à choisir.

Juliette passa le bracelet à son poignet et l'aida à épingler la rose à sa boutonnière. Il lui offrit son bras pour la guider jusqu'à sa voiture, qu'il avait pensé à nettoyer de fond en comble après sa visite chez Ethan. Après avoir ouvert la portière et attendu que Juliette s'installe, il prit place au volant et démarra en douceur.

Le trajet jusqu'à la Grange Campbell ne dura que quelques minutes. Le silence qui s'était installé entre eux dans la voiture n'eut pas le temps de devenir gênant, mais Jude fut soulagé de le voir se terminer.

Il fut reconnaissant à Juliette d'avoir attendu qu'il vienne lui ouvrir avant de descendre. De cette manière, leur sortie ressemblait davantage à un rendez-vous, pas seulement à des retrouvailles forcées sous le coup de l'habitude. Il avait réellement envie de passer du temps avec elle et espérait que le sentiment était réciproque, malgré la tension entre eux depuis quelques jours.

Parviendrait-il un jour à laisser de côté ses batailles avec son père, ou avec lui-même, ce qui était encore plus difficile ? Pourrait-il s'autoriser à aimer Juliette et à être réellement heureux ? En tout cas, il refusait de gâcher la soirée en ruminant ces questions.

Il posa une main dans le dos de Juliette lorsqu'ils entrèrent dans la grange. La musique joyeuse d'un groupe installé sur une estrade les accueillit, ainsi qu'un brouhaha de conversations et l'odeur appétissante des brochettes qui grillaient de l'autre côté de la cour.

Après le match de football de la veille, Jude était passé donner un coup de main à l'équipe de décoration comme promis. Il avait surtout porté quelques tables et autres objets lourds. Lorsqu'il s'était inscrit comme volontaire, il avait espéré passer du temps avec Juliette, mais il ne l'avait pas vue avec les autres.

L'endroit était méconnaissable par rapport à l'état dans

lequel il l'avait quitté. Quelqu'un avait installé des guirlandes de minuscules lampions tout le long des poutres du plafond. Des nappes blanches ornées de bougies et de fleurs recouvraient les tables, et quelques éclairages disséminés de part en part offraient une lumière agréable. La vieille grange de sa famille ressemblait à un restaurant branché de Houston.

— La décoration est géniale, remarqua Juliette à son tour. Je suis venue donner un coup de main hier avant la parade, mais ce n'était rien par rapport à aujourd'hui. Quelqu'un a dû se surpasser.

— Je crois qu'on parle de moi, pépia Marcy qui s'était matérialisée en face d'eux.

— Merci beaucoup d'y avoir passé tout ce temps, dit Juliette. La grange est superbe. J'espère que tu ne nous en veux pas trop pour le concours de talents.

Le sourire de Marcy était aussi forcé qu'une scène de dispute dans une mauvaise série.

— Non, non, bien sûr. Tout s'est bien terminé pour finir. Nous ne voulions pas obliger qui que ce soit à faire quelque chose qu'*elle* ne voulait pas faire, n'est-ce pas ? Au fait, tu disais que tu es venue décorer hier après-midi ?

— Oui, juste avant le défilé.

— Ah bon, fit Marcy d'un ton sceptique. C'est curieux, je ne t'ai pas vue. J'ai dû mal regarder.

Elle se tourna alors vers Jude.

— *Toi*, par contre, je t'ai vu après le match de football. Je ne sais pas ce que nous aurions fait sans tes bras musclés. Merci infiniment pour ton aide.

La différence de ton était si gênante que Jude resta muet d'embarras. Il n'avait fait que soulever quelques meubles, après tout, sans rien organiser ni décider.

— Réserve-moi une danse pour tout à l'heure, d'accord ?

Il s'agissait d'un ordre bien plus que d'une question. Venant d'une femme qui prétendait ne pas vouloir obliger les gens à faire quoi que ce soit, c'était un peu fort. L'instant d'après, et au grand soulagement de Jude, Marcy repéra une invitée qu'il ne connaissait pas et fondit sur elle avec un glapissement surexcité.

— La nuit va être longue, soupira Juliette.

— Pas si j'en décide autrement. Je n'ai tout de même pas mis mon meilleur pantalon pour passer une mauvaise soirée, rétorqua-t-il avec un grand sourire.

Juliette éclata de rire. Pour la première fois depuis qu'il était passé la prendre chez elle, il eut l'impression de la retrouver.

Jude repéra alors une table près de l'entrée, recouverte d'étiquettes portant les prénoms des invités et ce qui ressemblait à leurs photos individuelles de la dernière année de lycée. Juliette et lui se glissèrent dans la file et attendirent patiemment que les gens agglutinés autour des photos laissent la place aux suivants.

— Personne ne peut nous accuser d'avoir été une classe élégante, commenta-t-il au milieu des rires suscités par les photos.

— Et pourtant, nous nous croyions à la pointe de la mode. C'était l'époque des serre-tête et des jeans taille basse.

— Mon Dieu, les jeans taille basse, fit Jude en riant. Je ne sais pas comment j'ai pu les oublier. En tout cas, toi, tu as toujours été parfaite. Tu étais l'exception à cette règle du mauvais goût.

— Voilà que tu recommences avec tes flatteries.

Lorsqu'ils parvinrent enfin à récupérer leurs étiquettes, Lucy les rejoignit, son téléphone à la main.

— Salut, vous deux. Je suis contente de vous avoir enfin trouvés. J'ai promis à Chelsea de vous prendre en photo, puisque vous n'y penserez probablement pas vous-mêmes.

Jude et Juliette se placèrent à l'écart pour ne pas gêner la file qui attendait les étiquettes.

— Jude, mets ton bras autour de ses épaules, ordonna Lucy. Juliette, mets ta main sur son torse pour bien montrer ton bracelet. Voilà, vous êtes très mignons. Faites-moi votre plus belle pose.

Lucy continua de jacasser tout en prenant une série de photos avec son téléphone. Étant plus jeune de trois ans que Jude et Juliette, elle n'était pas invitée à la fête, mais gérait l'événement en tant que propriétaire de la grange. Jude espérait tout de même pouvoir passer du temps avec elle. Avec sa joie de vivre et sa légèreté, sa sœur rendait n'importe quelle soirée agréable.

— Oh ! vous allez trop bien ensemble, commenta Lucy en faisant défiler les photos sur son écran. Venez voir.

Jude et Juliette se serrèrent autour d'elle pour regarder les clichés. En effet, ils allaient bien ensemble, et Jude songea que c'était vrai sur tous les plans. Juliette et lui étaient faits l'un pour l'autre.

— La déco est super, vous ne trouvez pas ? demanda Lucy. J'étais tellement contente lorsque Marcy et Marilyn m'ont demandé si je pouvais accueillir votre soirée ici. Je ne serais pas mécontente d'organiser d'autres événements à la grange en dehors des mariages. Bien sûr, avec ce qu'il vient de se passer, ce sera peut-être plus difficile.

Rayonnante comme toutes les femmes enceintes – du

moins, Jude l'avait entendu dire –, Lucy semblait prête à exploser de joie d'une minute à l'autre. Son regard faisait des allers-retours entre Juliette et lui.

— Juliette t'a annoncé la bonne nouvelle, j'espère ?

— Elle m'a dit que tu envisageais d'acheter son entreprise. J'en déduis que les choses avancent dans le bon sens ?

Lucy écarquilla les yeux.

— Je n'y crois pas, Jules. Tu ne l'as même pas dit à ton copain ?

Le choix des termes aurait pu être gênant, mais Jude savait que sa sœur ne pensait pas à mal et il espérait que Juliette le prenait aussi de cette façon.

— Alors, qu'est-ce que c'est que cette fameuse nouvelle ? finit-il par demander.

— Lucy et moi avons conclu la vente aujourd'hui, répondit Juliette avec nettement moins d'enthousiasme que sa sœur.

— Eh oui, tu te trouves dans le nouveau bureau des Mariages de Juliette, s'exclama Lucy.

Jude les regarda tour à tour, stupéfait.

— Mais… Déjà ? balbutia-t-il.

— Eh oui, déjà, répondit Lucy. Je crois qu'une deuxième coupe de champagne serait de mise. Enfin, bien sûr, ce sera un verre de limonade pour moi, ajouta-t-elle en tapotant son ventre. Je ne me plains pas, c'est pour la bonne cause.

Lucy partit d'un pas décidé en direction du bar. Juliette et Jude la suivirent avec un temps de retard.

— Comment ça, une autre coupe ? demanda-t-il tandis qu'ils traversaient la foule des invités.

— Lucy et moi avons déjà fêté la bonne nouvelle cet

après-midi avec Chelsea et Tori, juste après avoir signé les papiers.

— Waouh, fit-il en secouant la tête. Je suis content pour vous, mais c'était rapide, non ? Vous avez commencé à en discuter il y a quelques jours à peine.

— Les choses n'auraient pas pu être plus simples. L'entreprise n'avait aucune dette et Lucy avait assez d'économies pour ne pas avoir besoin d'un prêt. Il suffisait d'attendre que son avocat rédige le contrat, ce qu'il a fait aujourd'hui. Il ne me reste plus qu'à négocier avec mon propriétaire pour essayer de rendre mon local en ville plus tôt que prévu. Lucy va déménager la boutique ici, donc elle n'aura pas besoin d'un autre espace.

Jude était sincèrement heureux pour Lucy et Juliette. Dans ce cas, pourquoi ressentait-il ce pincement de… De quoi au juste ? Il n'en savait rien, mais l'idée que sa sœur – sa *petite* sœur – avait réussi à économiser suffisamment pour acheter une entreprise prospère était pour le moins troublante.

Son frère était en mesure de lui verser un salaire, et la femme qu'il aimait se trouvait désormais assise sur un joli tas d'or après avoir vendu ce qui représentait des années de travail pour elle. En comparaison, Jude avait l'impression d'être un raté.

Il refusait pourtant de s'apitoyer sur lui-même. Ce temps-là était révolu. Il savait quelles options s'offraient à lui ; à présent, il n'avait plus qu'à choisir sa route et à s'y tenir. L'exemple de son entourage ne ferait que l'encourager à se dépasser.

Lorsque Juliette et lui parvinrent enfin à sortir de la grange, Jude repéra Lucy derrière le bar, installée entre deux torches géantes qui réchauffaient l'air plutôt frais du crépuscule. Sa sœur avait mis la main sur une bouteille de vin pétillant qu'elle versait dans des coupes en plastique. Prenant les deux coupes d'une main et son verre de limonade de l'autre, elle se dirigea précautionneusement vers eux.

— À l'avenir qui nous attend tous les trois, s'exclama Lucy, mais à vous deux surtout. Je suis tellement contente que vous soyez de nouveau ensemble !

Cette fois, Jude sentit qu'il devait remettre les choses au clair. Sa sœur allait trop loin. Un bref coup d'œil à Juliette, qui masquait difficilement sa gêne, acheva de l'en convaincre.

— Juliette et moi essayons de reconstruire quelque chose. Ce n'est pas aussi simple que cela, mais je suis sûr que nous y arriverons. J'ai confiance en nous.

Il aurait voulu ajouter qu'il avait suffisamment de confiance et d'amour pour eux deux, mais il espérait que Juliette le savait déjà.

— Alors, vous avez trouvé une solution pour gérer la distance ? demanda Lucy.

Juliette lui décocha un regard qui aurait fait taire toute autre personne que sa sœur. Elle paraissait encore plus mal à l'aise, et Jude sentit ses instincts protecteurs prendre le dessus.

— Ça suffit, Lucy, déclara-t-il fermement. Pas besoin de nous mettre la pression. D'ailleurs, j'ai peut-être un plan qui nous évitera de devoir entretenir une relation à distance, ou du moins pas pour très longtemps, mais nous n'en sommes pas encore là.

Lucy fronça les sourcils d'un air confus.

— Je ne parlais pas de toi, Jude. Je pensais plutôt au

départ de Juliette pour Londres. J'imagine qu'elle t'a parlé de son nouveau travail chez Tori.

Jude eut l'impression d'être pris pour un idiot. Encore une fois, il était le dernier au courant de ce qu'il se passait dans la vie de la femme qu'il aimait.

— Tu pars à Londres ? parvint-il à articuler. Depuis quand ?

— Houla, commenta Lucy. Je suis désolée, j'étais sûre que vous en aviez déjà parlé.

Jude connaissait bien sa sœur. Derrière ses airs innocents, il était certain qu'elle avait fait exprès d'aborder le sujet pour les obliger à en parler.

— Non, Lucy, je ne lui avais pas encore annoncé la nouvelle. Je ne pensais pas que ce soir serait l'occasion idéale.

Lucy leva les yeux au ciel.

— Je dois aller voir si tout se passe bien à l'intérieur. De toute façon, il me semble que vous avez deux ou trois choses à discuter. Désolée d'avoir mis les pieds dans le plat, mais vous connaissant tous les deux, Juliette aurait pu être dans l'avion avant que tu te rendes compte de quoi que ce soit, ajouta-t-elle en donnant un léger coup de coude à Jude.

Ils restèrent silencieux un long moment, Juliette évitant son regard, jusqu'à ce que Jude demande à nouveau :

— Alors comme ça, tu pars à Londres ?

— Tori va lancer une collection de robes de mariée. Elle m'a demandé d'en être la directrice, ce qui signifie que je devrai vivre à Londres, puisque ses bureaux y sont.

Jude ne savait plus quoi dire. Il avait l'impression que le sol se dérobait sous ses pieds. Dix ans après, l'histoire se répétait. Juliette allait partir à l'autre bout du monde au moment même où ils essayaient de reconstruire leur histoire.

— Est-ce que c'est vraiment ce que tu veux ?

- 12 -

Au fond, que voulait-elle vraiment ?

Juliette n'eut pas besoin de se poser la question bien longtemps. La réponse lui parvint comme une évidence. C'était Jude qu'elle désirait par-dessus tout, mais elle ne pouvait pas continuer à prétendre que tout irait bien entre eux comme elle le faisait depuis son retour à Celebration.

Certaines personnes ne trouvaient jamais leur âme sœur. Pour d'autres, il s'agissait davantage d'une question de mauvais timing. Jude et elle appartenaient sans aucun doute à cette dernière catégorie. Malheureusement, le rôle des amants poursuivis par le destin était bien moins romantique dans la vraie vie qu'au cinéma.

Juliette sentait son cœur se briser à l'idée de perdre Jude une nouvelle fois. Lorsqu'il était rentré à Celebration avec Glori dix ans auparavant, elle aurait peut-être eu une chance de reprendre la place qu'elle avait occupée dans son cœur si elle avait essayé, mais maintenant ? Elle ne pouvait pas se battre contre ses rêves et ses ambitions.

Si Jude abandonnait le rodéo pour elle, il risquait de le regretter toute sa vie. Il finirait peut-être même par lui en vouloir. Non, décidément, elle ne se placerait pas entre lui et sa carrière.

Jude était un adulte capable de prendre les décisions qu'il jugeait les meilleures pour lui. Il connaissait les risques s'il décidait de poursuivre la compétition. En revanche, Juliette n'avait pas à le regarder mettre sa vie en danger. Elle serait bien mieux à Londres où, avec un peu de chance, l'expression « loin des yeux, loin du cœur » finirait par se vérifier.

Rêve toujours...

Le groupe passa d'une chanson rythmée à un slow et Juliette cligna des yeux, se demandant combien de temps elle était restée dans ses pensées.

— Je ne sais pas si c'est ce que je veux, finit-elle par répondre. La seule chose dont je suis certaine, c'est que j'aimerais danser avec toi.

Jude lui prit la main pour la guider sur la piste de danse, le regard ravagé par la tristesse – ou bien n'était-ce qu'un reflet de ses propres sentiments ? Plusieurs couples avaient eu la même idée et se balançaient lentement au son de la chanson *Mine Would be You*, de Blake Shelton. Jude l'attira contre son torse et ils s'accrochèrent l'un à l'autre comme s'ils ne devaient plus jamais se quitter.

Si seulement ça pouvait être vrai...

L'amour n'aurait pas dû être si compliqué, songea Juliette avec un serrement de cœur. Lorsque deux personnes s'aimaient vraiment, elles trouvaient toujours un moyen de s'en sortir. Pourquoi Jude et elle avaient-ils tant de mal à trouver ce moyen ?

L'espace d'un instant, quelques secondes merveilleuses, elle parvint à se perdre dans les bras de Jude et à oublier qu'elle s'y trouvait pour la dernière fois. La chanson s'acheva en douceur. Jude s'écarta et la regarda droit dans les yeux.

— Il faut qu'on en parle, Juliette. Allons dehors.

La gorge nouée, elle le suivit à l'extérieur jusqu'au porche de la maison de Lucy, où Jude l'invita à s'asseoir près de lui sur la balancelle recouverte de coussins. Juliette frissonna sous la brise nocturne et regretta de ne pas avoir emporté un châle plus épais. Comme s'il lisait dans ses pensées, Jude retira sa veste et la posa sur ses épaules.

La pleine lune éclairait ses traits marqués par le chagrin. Juliette percevait encore les accents d'une nouvelle chanson depuis la grange – comment s'appelait-elle, déjà ? Pourquoi se posait-elle cette question alors que son univers était en train de s'effondrer ? Plus rien n'avait d'importance.

— Quand avais-tu l'intention de me le dire ? demanda Jude.

— Bientôt. Pour être honnête, je n'avais pas l'intention de le faire ce soir et j'en veux à Lucy d'avoir abordé le sujet, mais je lui en parlerai plus tard. Tori m'a proposé ce travail il y a quelques heures à peine. Même moi, je ne réalise pas encore.

— Dois-je en déduire que tu n'as pas encore accepté ?

Juliette haussa une épaule.

— C'est une proposition incroyable, Jude. Des centaines de filles seraient prêtes à tout pour avoir cette opportunité.

— Probablement les mêmes qui auraient été prêtes à tout pour avoir ta bourse d'études à St Andrews.

— C'est vrai.

Ils restèrent silencieux un long moment. Les grincements de la balancelle formaient un curieux métronome pour la musique de la grange, ou plutôt un chronomètre égrenant le temps qu'ils perdaient en restant assis là.

— Pourquoi est-ce que nous n'y arrivons pas ?

demanda-t-elle enfin. Si je comprends bien, tu n'as aucune intention de rester à Celebration et…

— Et toi, tu m'as dit que tu ne m'accompagnerais pas en tournée parce que tu voulais *rester* à Celebration, l'interrompit Jude. Maintenant, j'apprends que tu es prête à retourner en Europe à la moindre occasion. Comment est-ce que je me sens, à ton avis ?

Juliette ferma les yeux et tenta de se concentrer sur les oscillations de la balancelle. Malheureusement, rien ne parvenait à calmer ses nerfs à fleur de peau.

— Déménager à Londres n'aurait rien à voir avec la vie en tournée. J'espère que tu es capable de voir la différence. En travaillant chez Tori Ashford Designs, j'aurais un but, une occupation. Je ne serais pas simplement la copine du cow-boy. Je ne devrais pas te regarder chevaucher des taureaux et risquer ta vie tous les jours. Je t'ai dit que j'en avais assez de bouger sans cesse, mais déménager est une autre histoire, Jude. J'ai vingt-huit ans. J'ai besoin de me créer des racines, une famille. Je veux rentrer à la maison tous les soirs et retrouver…

Elle s'interrompit brusquement, chassa une larme qui perlait à sa paupière. Jude secoua la tête d'un air désabusé.

— Tu sais ce qui est le pire dans cette histoire ? Je suis venu à cette soirée avec un plan en tête, une idée qui m'aurait permis de ne pas devoir repartir.

— Quelle idée ?

— Ça n'a plus d'importance maintenant, dit Jude en haussant une épaule. L'école de rodéo peut attendre. Puisque tu ne seras plus là, je peux aussi bien recommencer la compétition. Je m'en sortirai bien mieux avec l'argent des tournois.

Sa voix dénotait une profonde blessure, comme si

elle l'avait trahi de la pire manière possible, mais elle ne put s'empêcher de penser qu'il avait pris sa décision depuis longtemps.

— Est-ce que c'est ta manière de me punir ? Me raconter que tu avais l'intention de rester mais refuser de me dire quel était ton plan, décider en une seconde que tu préfères retourner sur les routes à cause de moi ?

Jude posa les coudes sur ses genoux et la fixa un long moment sans dire un mot.

— Lorsque tu es partie la première fois, tu m'as brisé le cœur, Juliette. Je n'ai pu aimer personne d'autre que toi.

— Tu sais très bien ce que je ressens pour toi, mais ce n'est pas juste de ta part de m'accuser de t'avoir brisé le cœur. Tu as eu suffisamment d'opportunités de t'en remettre. Tu as même trouvé Glori, n'est-ce pas ?

Juliette sentait les larmes couler le long de ses joues, mais elle n'essayait même plus de les retenir.

— En effet, je suis sorti avec des femmes qui n'étaient pas toi et ne pourraient jamais l'être. J'aurais peut-être dû tourner la page plus tôt. De ton côté, il est clair que tu l'as déjà fait.

— Jude, j'ai de bonnes nouvelles, claironna Bob entre deux bouchées de son hamburger. Copenhagen accepte ta demande. Ils continueront à verser le même pourcentage des ventes de la collection « Tout ou Rien » à cette association à laquelle tu tiens tant.

Assis en face de Bob dans le restaurant de Las Vegas où ils s'étaient donné rendez-vous ce midi-là, Jude se demanda pourquoi la nouvelle ne l'enchantait pas davantage. Il aurait dû se réjouir de cette chance de récupérer son titre mondial, de faire une sortie au sommet. La réponse était pourtant évidente.

Sa tête lui faisait mal depuis des jours. Chaque fois qu'il se levait le matin, il ressentait cette douleur dans tout le corps qui commençait à devenir une habitude. Il avait l'impression que ses os se briseraient en mille morceaux si un taureau lui donnait la moindre secousse. Ce n'était pas une vie, Jude le savait, et la situation risquait d'empirer s'il recommençait les chevauchées.

— Il y a encore mieux, insista Bob devant son silence. Copenhagen voudrait intégrer cette histoire de charité dans les publicités pour la collection. Ils ont enfin compris qu'ils pourraient redorer leur image et booster les ventes grâce aux dons à l'association. Ne t'inquiète pas, je m'assurerai que le public sache d'où venait l'idée, ajouta-t-il précipitamment. Les gens doivent savoir que c'est ton argent qui va dans les coffres de l'association, pas celui de Copenhagen.

Jude sentit la moutarde lui monter au nez.

— Bob, je t'ai déjà dit que je ne cherchais pas la gloire en donnant une partie de mes gains. Je refuse d'utiliser des enfants pour améliorer mon image.

— Si tu ne le fais pas, c'est Copenhagen qui en tirera profit.

— Ce ne devrait pas être une question de profit. Pas si on le fait pour les bonnes raisons, en tout cas.

Bob engouffra une dernière bouchée de hamburger tout en éclatant de rire.

— Voilà, je te reconnais bien, commenta-t-il. C'est cette naïveté qui fait ton charme auprès des demoiselles.

La seule demoiselle qu'il aurait voulu charmer s'apprêtait à déménager à Londres. Jude aurait peut-être dû se décourager, mais il n'y parvenait tout simplement pas. L'idée de la perdre une nouvelle fois était insurmontable pour lui.

Si elle souhaitait traverser la planète pour travailler chez Tori, il ne comptait pas la retenir, mais il profiterait de ce temps pour remettre sa vie en ordre et il irait la rejoindre ensuite. Du moins, il lui ferait savoir qu'il serait toujours là quand elle se sentirait prête.

— Dans la suite des bonnes nouvelles, Copenhagen serait prêt à envisager un financement de ton école de rodéo si tu remportes le championnat l'année prochaine. Ce ne sera pas sans une liste de conditions longue comme le bras. Tu les connais, il faut toujours qu'ils y gagnent quelque chose. Ce sera une conversation pour plus tard. Cela dit, c'est toujours une motivation supplémentaire pour toi, non ? Tu vois qu'être un champion permet d'avoir ses exigences. En attendant, parlons des choses sérieuses. Voilà ton nouveau contrat.

Bob prit la chemise cartonnée posée près de lui sur la banquette, la fit glisser sur la table en direction de Jude.

— Tu ferais probablement mieux de le signer tout de suite, dit-il en lui tendant un stylo. Avec tout ce que tu as à faire pendant la convention, nous n'aurons probablement pas le temps de nous en occuper.

Jude ouvrit le dossier estampillé du logo de son sponsor, parcourut le verbiage légal habituel et parvint à la dernière page sans avoir retenu une ligne de ce qu'il venait de lire. La petite voix dans sa tête lui criait qu'il était en train de faire une erreur. Il se sentait fatigué, usé et il n'avait plus le cœur à repartir dans l'arène.

Travailler au ranch avec Ethan lui parut soudain comme la seule solution qui pourrait lui convenir. Même si Juliette partait à Londres, il voulait rentrer à Celebration. Il avait eu besoin d'aller jusqu'à Las Vegas pour comprendre à quel point sa maison était là-bas. Avec un peu de chance et en lui laissant le temps qu'il faudrait, Juliette finirait par atteindre la même conclusion.

Jude referma le dossier et le tendit à Bob.

— Tu as oublié de signer.

— Je ne vais pas le signer, déclara-t-il d'un ton ferme. J'arrête la compétition. Je viendrai donner des autographes à la convention, puisque Curtis m'a dit que je n'étais pas obligé de chevaucher ce week-end, mais c'est la dernière chose que je ferai pour Copenhagen. Je m'arrête, Bob.

Jamais de sa vie Jude ne s'était senti aussi libre. Certes, il n'avait pas pu défendre son titre cette année, mais il avait été champion du monde et personne ne pourrait lui retirer cela – ni Copenhagen ni son père.

Il était temps pour lui de mettre à profit ce qu'il avait appris pendant toutes ces années. Jude s'en faisait la promesse : plus jamais il ne vivrait dans le passé.

La séance d'autographes attira une foule considérable. Jude se sentit réconforté à l'idée que ses fans venaient encore faire signer leurs T-shirts et autres affiches, mais le sentiment fut de courte durée. Au bout d'une heure, l'éternelle rengaine des « Bonjour, comment t'appelles-tu ? » commença à devenir lassante.

La file d'attente était encore longue et, selon l'agenda prévu avec Copenhagen, Jude n'avait plus que cinq minutes à passer sur place. Les agents d'accueil pressaient les gens de plus en plus vite jusqu'à sa table. Vers la fin, Jude ne levait même plus la tête pour regarder la personne qui se trouvait devant lui, se contentant de la saluer et de lui demander son prénom.

Alors qu'il commençait à se demander combien de personnes restaient encore, quelqu'un glissa un petit papier sur sa table. Quelques mots y étaient écrits : « Jude, veux-tu m'épouser ? » Il sourit sans lever la tête pour autant. Ce n'était pas la première fois qu'il recevait ce genre de petits messages, mais il n'en avait pas encore eu ce jour-là.

— Bonjour, pour qui dois-je signer ?

— Juliette, s'il te plaît, avec deux « T » à la fin.

Une seconde s'écoula, un instant d'éternité pendant lequel chaque cellule de son corps reconnut la voix de celle qu'il aimait. Il leva la tête et vit Juliette, *sa* Juliette, devant lui.

Le sens des mots écrits sur le petit morceau de papier parvint enfin à son esprit. Il les relut une fois, deux fois, avant de reporter son regard sur Juliette. Elle lui souriait d'un air amusé.

— Alors, cow-boy ? Tu ne vas tout de même pas rester muet après m'avoir fait faire tant de chemin ? J'ai toujours rêvé d'un mariage à Las Vegas.

— Tu… Tu es sérieuse ? balbutia-t-il. Est-ce que tu viens vraiment de me demander en mariage ?

— Tout dépend de ce que tu répondrais.

— Je répondrais…

Jude se leva, s'éclaircit la gorge et lança à la cantonade :

— Bonsoir à tous. Je suis très content de vous voir aussi nombreux aujourd'hui, mais malheureusement, je dois vous laisser. La femme de ma vie vient de me demander en mariage. Je l'ai déjà laissée partir une fois et je ne compte pas refaire cette erreur. Si vous voulez bien m'excuser, je dois trouver une chapelle.

La foule explosa en applaudissements tandis que Jude sautait par-dessus la table, prenait Juliette dans ses bras et embrassait longuement sa fiancée.

Deux heures plus tard, Juliette et Jude se tenaient l'un à côté de l'autre devant l'autel de la « Petite Chapelle d'Elvis », sur le boulevard de Las Vegas. Un sosie hasardeux d'Elvis Presley officiait comme représentant de la loi. Il terminait tout juste une reprise tout aussi hasardeuse, mais attendrissante, de la chanson *Can't Help Falling in Love*.

Juliette n'aurait pas pu être plus heureuse, même si le vrai Elvis était venu chanter avec les bonnes notes. Elle portait un voile qu'elle avait emprunté à une de ses anciennes clientes et la robe dans laquelle elle avait fait le trajet. Son bouquet de fleurs en soie, offert par la chapelle, était son « quelque chose de bleu ». Et le « quelque chose d'ancien », alors ?

Cet élément-là était son préféré. Il s'agissait de l'amour que Jude et elle partageaient depuis des années, qui avait survécu au temps, à la distance, à tout ce qui n'avait pas pu les séparer.

Enfin, Elvis les déclara mari et femme. Il accompagna leur sortie de la chapelle avec une version enflammée de *Burning Love*. Une fois dehors, Jude et Juliette rentrèrent directement à l'hôtel que Jude occupait, traînant la valise de Juliette qu'elle n'avait même pas pris le temps de poser depuis sa descente de l'avion.

Une fois dans la chambre, ivres de joie, ils ne perdirent pas de temps pour consommer leur tout nouveau mariage.

Juliette posa la tête sur l'épaule de Jude et soupira de bonheur. Les jambes encore emmêlées aux siennes et la voix ensommeillée, Jude demanda :

— Bon, comment allons-nous gérer cette histoire de distance ? Je suis prêt à tout essayer. Tant que tu es heureuse, tout me convient.

Juliette sourit et se nicha un peu plus contre son épaule.

— Tu es adorable et je suis décidément la femme la plus chanceuse du monde. Je suis sûre que nous pouvons y arriver. La première chose à savoir, c'est l'endroit où tu seras chaque semaine.

— Ce n'est pas compliqué. Je serai à Celebration, et le reste du temps à Londres. Je peux faire des allers-retours en avion. Si tu es d'accord, tu pourras venir certains week-ends aussi.

— Oh ! mais non, s'exclama Juliette en riant. Je ne vais plus à Londres. Je parlais plutôt de tes compétitions.

Jude se redressa sur un coude pour la regarder, l'air incrédule.

— Comment ça, tu n'y vas plus ? Tu n'as quand même pas refusé le travail chez Tori ?

— Je m'apprêtais à le faire, mais je n'en ai pas eu besoin. Tori m'a dit que je pouvais gérer la plupart du travail à distance et venir à Londres quelques fois par année. Elle avait déjà tout prévu. Comme quoi, les seuls qui n'étaient pas au courant, c'était nous-mêmes…

— Nous le sommes depuis deux heures environ, rétorqua Jude avant d'éclater de rire.

— J'ai dit à Tori que ce ne serait pas un problème de voyager de temps en temps, puisque tu seras souvent en tournée, reprit Juliette.

— Je ne serai plus jamais en tournée, Jules.

— Que… Pardon ? demanda-t-elle, sous le choc. Et ton contrat avec Copenhagen, alors ?

Jude haussa une épaule.

— Bob me l'a donné aujourd'hui, mais je me suis senti incapable de le signer, comme toi de partir à Londres. Je serais idiot de risquer ma vie. Imagine que je ne puisse plus te serrer dans mes bras, avoir des enfants avec toi, vivre et vieillir à tes côtés.

Juliette sentit les larmes lui monter aux yeux et se serra de nouveau contre lui. Jude lui raconta tout, la proposition généreuse d'Ethan, la vie au ranch, la future école de rodéo. Il parla d'établir l'héritage de ses futurs enfants – de *leurs* futurs enfants – au cœur des terres familiales.

— La seule chose qui me manquait, c'était de rentrer à la maison avec ma femme.

Juliette l'embrassa comme s'ils avaient toute la vie devant eux. Lorsqu'ils reprirent enfin leur souffle, elle lui murmura :

— C'est exactement ce que nous allons faire. Crois-moi, mon cow-boy, je ne te laisserai plus jamais partir.

Vous avez aimé *Le retour de Jude* ?
Retrouvez sur Harlequin.fr d'autres romances
se déroulant à Celebration !

1. *L'ombre du scandale*
2. *Une nouvelle bouleversante*
3. *Le retour de Jude*

Retrouvez prochainement,
dans votre collection

PASSIONS

Un mariage pour l'héritier, de J. Margot Critch - N°1055

Willa n'a jamais pu oublier la délicieuse nuit qu'elle a passée avec Garrett dix ans plus tôt. Le revoir est un choc d'autant plus grand qu'il lui propose de l'épouser afin de toucher un héritage ! D'abord outrée, Willa finit par accéder à sa folle requête. En lui permettant d'éloigner son ex insistant, ce faux mariage pourrait lui être profitable – à la condition expresse qu'elle garde son cœur à l'abri de Garrett qui l'a autrefois brisé…

Cette aventure imprévue, de Niobia Bryant

Montgomery est dans tous ses états ! Jamais elle n'aurait dû céder au désir entre les bras de Sean Cress, un chef et play-boy notoire, qui excelle aussi bien au lit que derrière les fourneaux. Alors que son amant refuse toute forme d'engagement, comment lui révéler aujourd'hui qu'elle attend son enfant ?

Le bébé d'un rival, de Jules Bennett - N°1056

Impossible… Consternée, Morgan fixe son test de grossesse positif, résultat de la nuit torride qu'elle a passée avec Ryan Carter. Le rancher a beau l'agacer prodigieusement depuis toujours, il l'attire aussi plus que de raison. Alors qu'elle se résout, pleine d'appréhension, à lui annoncer qu'elle est enceinte, Ryan lui fait une proposition inattendue : se marier avec lui…

La passion à sa porte, de Marie Ferrarella

Daniel Stockton, sur le pas de sa porte ? Anne est émue au-delà des mots. Depuis que son amour de jeunesse a disparu douze ans plus tôt, elle a rêvé cette scène tant de fois… Tandis que les questions fusent et que ses sentiments pour Daniel resurgissent avec force, Anne se demande comment lui révéler l'impensable : sans qu'il l'ait jamais su, il est le papa d'une petite fille…

Une union de papier, de Shannon McKenna - N°1057

SÉRIE : MARIÉS PAR DEVOIR 1/4

Un mariage sur le papier, un simple accord commercial. Voilà ce que Caleb ose proposer à Tilda ! A-t-il oublié qu'il l'a brutalement quittée neuf ans plus tôt, lui brisant le cœur au passage ? Hélas, alors qu'elle voudrait l'effacer de sa mémoire à jamais, Tilda n'est pas en position de force : pour sauver l'entreprise de son père, elle est obligée d'accepter ce pacte scandaleux...

Attirée par un *bad boy*, de Shannon McKenna

SÉRIE : MARIÉS PAR DEVOIR 2/4

Maddie doit absolument se marier ou elle perdra le contrôle de l'entreprise familiale. Acculée, elle décide de présenter à sa grand-mère tyrannique le dernier homme que cette dernière aurait choisi pour elle : Jack Daly. L'ancien associé de son frère, considéré comme un traître par la matriarche, dissuadera à coup sûr celle-ci de se mêler de sa vie sentimentale ! Si toutefois Maddie parvient à convaincre Jack de se prêter au jeu...

Une liaison si grisante, de Jules Bennett - N°1058

SÉRIE : IDYLLES À ANGEL'S SHARE 1/3

Propriétaire de la distillerie Angel's Share, Elise a toujours fait passer le travail en premier. Jusqu'à ce que, par une nuit d'orage, elle se retrouve coincée dans le domaine avec un client très important, le séduisant Antonio Rodriguez, et se laisse emporter par la passion entre ses bras... Dès le lendemain, Elise est tiraillée : elle, qui n'a jamais mêlé les affaires et le plaisir, a soudain très envie de poursuivre cette grisante liaison...

Nouveau départ pour Carissa, de Kerri Carpenter

Après une douloureuse rupture, Carissa vient se ressourcer à Bayside, sa ville natale. Or à peine arrivée, voilà qu'elle se retrouve nez à nez avec Jasper, son premier amour. Si autrefois elle a dû le quitter la mort dans l'âme, elle se surprend à éprouver des sentiments toujours aussi vifs pour lui... Et bientôt, l'espoir s'immisce en elle : Jasper pourrait-il lui pardonner d'être partie et leur offrir une seconde chance ?

Un père presque parfait, de Barbara Dunlop - N°1059

Lorsque Kate apprend le décès de sa sœur, elle est bouleversée. D'autant qu'à la douleur du deuil vient s'ajouter une angoisse irrépressible… Car c'est désormais Quentin, son beau-frère, qui veillera sur Annabelle, sa nièce de six mois. Quentin, un noceur invétéré dont Kate s'est toujours méfiée. Résolue à obtenir la garde d'Annabelle, Kate décide d'espionner Quentin, dans l'espoir de recueillir contre lui les preuves de son inconséquence en tant qu'homme, mais aussi en tant que père…

Sauvée par un milliardaire, de Joss Wood

Lorsque Jonas Halstead lui propose ce marché, Kat est troublée. Épouser le séduisant milliardaire avec qui elle a eu une brève aventure et incarner son épouse durant un an, le projet aurait tout pour la séduire. Tout, si le contrat ne stipulait pas qu'aucun sentiment n'était permis entre eux… alors que le regard de braise de Jonas lui fait déjà bien trop d'effet…

L'étau du secret, de Karen Booth - N°1060

Se réfugier dans les bras de Logan, son amour de jeunesse, pour se remettre d'une rupture compliquée était une très mauvaise idée, Julia le comprend à présent. Mais en revoyant Logan au mariage de sa sœur – si beau, si attentionné, à l'exact opposé de son ex-fiancé –, elle a senti son cœur chavirer. Pourtant, elle ne peut se permettre de souffrir à nouveau et doit quitter Logan au plus vite. Même si celui-ci est le père de l'enfant qui arrondit déjà son ventre…

Séduction passagère, de Katherine Garbera

Quand Will lui annonce son départ du ranch où elle le loge, Amberley ne peut calmer sa fureur. Comment ose-t-il lui faire cela après les délicieux moments qu'ils ont vécus ensemble? Ne voit-il pas combien elle tient à lui et à sa petite Faye? Bien sûr, elle sait depuis le début que Will n'est que de passage au Texas. Ce qu'elle ignorait, c'est que les dernières semaines passées avec elle signifiaient si peu pour lui…